Nachtzuster

Van dezelfde auteur

Het dertiende sterrenbeeld
Dromenvanger
De Rouwmantel
Roodkapje
Zwanenmeer

Unni Lindell

Nachtzuster

Vertaald door Carla Joustra

2003
uitgeverij Signature / Utrecht

Europese thrillers van wereldniveau

Speur nu ook op internet
WWW.SIGNA.NL

Derde druk, juni 2006

Published by agreement with Bengt Nordin Agency Sweden
Oorspronkelijke titel: Nattsøsteren
Vertaling: Carla Joustra, verbonden aan het Scandinavisch Vertaal- en Informatiebureau Nederland

Omslagontwerp: Wil Immink
Typografie: v3-Services, Baarn
Druk- en bindwerk: Koninklijke Wöhrmann, Zutphen
ISBN 90 5672 047 3
NUR 305

Met dank aan Ellen Holager Andenæs voor haar hulp.

Wie kijkt,
weet niet
wat hij niet ziet.

Het leven sluipt stil richting graf.
'Schoon het kind onbezorgd toelachte
de dag.
Intussen wiegt een leven in golven.

Herman Wildenvey

Dinsdag 20 februari, acht minuten na middernacht

De vrouw zocht in het dashboardkastje naar tolgeld en deed tegelijk haar best om de auto op de weg te houden. Uit de stereo-installatie klonk het hese geluid van Chris Rea's Winter Song. *Ze vond het geld, sloeg het klepje van het dashboard dicht en stak het briefje van vijftig tussen haar dijen. Toen hield ze het stuur weer met twee handen vast.*

Vlak voor de rotonde doemde het bushokje op. Het licht van de koplampen spleet de duisternis in tweeën en kleurde het grijze bushokje een paar tellen geel. Toen zwaaide het verder over de sneeuwprut en het donkere asfalt. Plotseling stond een jong meisje in de lichtbundel. Het beeld van de tiener, leunend op twee krukken, had ze niet verwacht. Ze leek een jaar of dertien. Hooguit veertien. De vrouw wierp een blik op haar horloge. Het was acht minuten na middernacht. Het meisje had halflang, blond haar. Ze droeg een beige duffel en een donkere broek. Ze stond slechts een paar seconden in het licht van de koplampen, maar toch kon de vrouw in de auto zien dat het meisje aan haar ene voet een zwarte laars met een dikke zool had en aan de andere voet gips. Ze leunde op haar krukken, haar hoofd half afgewend. Het beeld had iets verontrustends. Jonge meisjes hoorden niet midden in de nacht in bushokjes vlak voor de ingang van een tunnel te staan.

De vrouw reed de rotonde op en sloeg af in de richting van de donkere opening. Ze moest door de lange tunnel die onder het water was aangelegd naar de andere kant, naar het schiereiland Hurumlandet. Het was 20 februari. Het was één graad onder nul en er viel een lichte motregen.

HIJ WAS NET IN SLAAP GEVALLEN TOEN HIJ WAKKER WERD VAN DE telefoon. Hoofdinspecteur Cato Isaksen kwam met een schok overeind. Hij zag dat hij had vergeten de lamp op het nachtkastje uit te doen. Het politieblad *Etterlyst* was naast het bed op de vloer gevallen en lag opengeslagen bij een artikel over hemzelf.

Hij pakte zijn mobiele telefoon, drukte op 'yes' en schraapte een paar keer zijn keel voor hij antwoord gaf. Hij had Roger Høibakk aan de lijn, sinds jaar en dag zijn collega.

"Een oude vrouw neergeschoten in Ullevål Hageby", zei hij kortaf. "Je sliep toch nog niet?"

Cato Isaksen keek vlug op de wekker. Het was 23.16 uur. Het was nog steeds woensdag 7 maart.

"Nee", zei hij kortaf en hij wreef in zijn ogen. Bij uitzondering was hij eens vroeg naar bed gegaan. Bente had nachtdienst in het verpleeghuis. Zo te horen was Vetle nog op en keek hij beneden tv.

Roger Høibakk wist niet precies wat er was gebeurd.

"Het bericht kwam net binnen", zei hij. "We zijn nu onderweg. Wanneer kun jij er zijn?"

"Over 25 minuten", zei Cato Isaksen. Hij gooide het dekbed van zich af en stond op. Hij zag de rode kat die stiekem op bed was gekropen, opgerold aan het voeteneind liggen.

De gordijnen waren open. Hij zag de weerspiegeling van zijn witte, markante gezicht in het glas, een vermoeide 47-jarige man, met dun blond haar. In het raam waren zijn ogen zwarte gaten. Na een herfst met vrijwel alleen regen, gevolgd door een koude winter met veel sneeuw, had hij niet veel energie meer over. Hij riep boos naar zijn zoon dat hij moest maken dat hij in bed kwam.

"Je moet morgen naar school."

Hij kleedde zich aan en kwam halverwege de trap zijn zoon tegen.

"Ik ben het zat dat je zelf de tijd niet in de gaten houdt", zei hij geërgerd. Zijn zoon trok onverschillig de schouders op.

Cato Isaksen pakte de autosleutels. Hij liep snel terug naar de keuken om een paar grote slokken water uit de kraan te drinken voor hij naar buiten liep, de koude nacht in.

Op weg naar zijn auto die aan het eind van het garageblok stond geparkeerd, draaide hij zich even om en wierp een blik op de dicht op elkaar staande rijtjeshuizen. Hij zou wel willen verhuizen, een vrijstaande woning willen kopen. Maar dat was misschien iets te laat nu zijn zoons al zeventien en twintig jaar waren. Zijn jongste zoon Georg woonde het grootste deel van de tijd bij zijn moeder. Cato Isaksen trok zijn jas dichter om zich heen. De maartlucht ging vergezeld van een ijzige wind, die door zijn jas heen drong. Het voorjaar had even pas op de plaats gemaakt.

Ullevål Hageby stond bekend om de in Engelse stijl gebouwde stenen woningen met oude dakpannen en kleine tuintjes. De bijzondere bebouwing had ervoor gezorgd dat de buurt de laatste jaren een populaire en dure woonwijk was geworden.

Toen Cato Isaksen de John Collets-allé in reed, zag hij verderop de toegestroomde toeschouwers en de blauwe zwaailichten van patrouillewagens.

De rechercheur van de afdeling Moordzaken parkeerde zijn auto half op het trottoir. Hij keek om zich heen en liep huiverend naar zijn collega's toe. Achter veel ramen van de kleine stenen huizen brandde licht.

Een stuk of vijftien nieuwsgierige omstanders stonden achter de versperringen zachtjes met elkaar te praten. Hun bleke gezichten lichtten op in het schijnsel van de lampen die door de politie waren neergezet. De rood-witte afzetlinten wapperden in de wind. Het publiek keek naar de politiemensen en de arts die op de plaats delict aan het werk waren. De hele machinerie draaide op volle toeren. Agenten in uniform praatten met mensen en noteerden gegevens die van belang konden zijn. Daarna verzochten ze de aanwezigen zich te verwijderen.

Cato Isaksen begroette kort zijn collega's van de technische recherche. Hij keek of hij Ellen Grue zag, maar hij kon haar nergens ontdekken. Politieagenten noteerden de kentekennummers van de auto's die in de straat stonden geparkeerd en fotografeerden de omgeving.

Het slachtoffer, een oude vrouw, lag op haar zij. Haar ene arm lag op een vreemde manier achterovergebogen, alsof hij van rubber was.

Haar ogen waren gesloten. Het grijze haar viel naar voren en bedekte een groot deel van haar gezicht. Cato Isaksen keek naar de mond met de strakke, bleke lippen. Op het rugpand van de lichte voorjaarsjas zat een grote, donkere bloedvlek. Het bloed was naar beneden gelopen en vormde een plasje op het asfalt. De vrouw was bij haar val een van haar stevige wandelschoenen verloren. De rechercheur zag dat de dikke, bruine kousen op de hiel waren gestopt. Nog altijd trok een koude rilling door hem heen bij het zien van de dood. Hij kon zich nog steeds een aantal uitdrukkingsloze dodenmaskers van jaren geleden voor de geest halen. Hij bleef naar het lijk staan kijken. Een arme, oude vrouw. Haar tasje lag een meter verderop. Het zat nog dicht.

Roger Høibakk kwam naar hem toe. Hij knikte even.

"Daar gaan we weer", zei hij.

Cato Isaksen knikte terug.

"Hoe heet ze?"

"Brenda Elise Moen, 75 jaar. Ze woont hier in de straat, op nummer 51."

Roger Høibakk trok zijn handschoenen beter over zijn handen. Hij gaf Cato Isaksen een bibliotheekpas.

"Alles lijkt nog in haar tasje te zitten. Ik heb deze uit haar portefeuille gehaald."

Cato Isaksen pakte het pasje aan, maar hij keek er niet naar.

"Het was in elk geval geen roofmoord." Roger Høibakk knikte naar het zwarte tasje.

Cato Isaksen bedacht dat je geen oude vrouw doodschoot alleen om haar portemonnee te pikken. Schietpartijen waren er genoeg in deze stad. Over het algemeen waren het groepen allochtonen die elkaar in de haren vlogen. Ook drugsgebruikers, uitsmijters en mensen met een jaloerse echtgenoot of geliefde stonden hoog op de hitlijst. Maar geen oude vrouwen met stevige wandelschoenen en gestopte kousen.

Hij kreeg sterk de indruk dat er iets merkwaardigs met de vermoorde vrouw aan de hand was. Er straalde iets treurigs van haar uit zoals ze daar hulpeloos op de grond lag met haar versleten kousen en schoenen en een voorjaarsmantel die betere tijden had gekend. Er klopte iets niet.

Het licht van de dichtstbijzijnde lantaarnpaal scheen door de kale takken van een boom. Twee politiemannen doorzochten grondig een aantal vuilnisbakken. De hondenpatrouille was druk bezig. Een herdershond en een labrador trokken ongeduldig blaffend aan de riemen. Drie patrouilleauto's waren ingezet om de buurt nader te onderzoeken.

Ze keken in het bijzonder uit naar een paar jonge skaters die rond het tijdstip van de moord in de buurt waren gesignaleerd.

Een politieauto reed met hoge snelheid over de verkeersdrempels en stopte achter het toegestroomde publiek. Technisch rechercheur Ellen Grue, gekleed in een spijkerbroek en een zwart leren jack, stapte samen met een agente uit. De gure wind kreeg vat op Ellens korte, donkere haar. Ze keek achterom, liep vervolgens de weg op en bukte zich om onder het afzetlint door te lopen. Cato Isaksen volgde de kleine, slanke vrouw met zijn ogen.

Het gerucht ging dat Ellen Grue een advocaat had gevonden. Een advocaat van naam. Hij was bijna zestig. Een aardige man, met een groot appartement, vakantiehuizen en veel geld. Maar oud, dacht Cato Isaksen. Hij had een onbehaaglijk gevoel over de situatie. Het was gemakkelijk geweest om Ellen als minnares te hebben, gemakkelijk en moeilijk. Ze begrepen elkaar. Na afloop waren er nooit toestanden. Ellen had eens tegen hem gezegd dat zij degene was die hem gebruikte en niet andersom. Hij vond dat fantastisch gezegd van een vrouw. Tegelijkertijd, misschien juist omdat hun verhouding zo gemakkelijk was geweest, had hij zich bij tijd en wijle een bedrieger gevoeld. Ze zeurde niet, maar doorzag hem. Of misschien hoefde ze hem niet te doorzien, omdat ze het begreep. Op dit moment deed het echter pijn dat ze er niet meer waarde aan hechtte.

Terwijl ze een papieren jas aantrok en een paar gummihandschoenen uit een tas haalde, knikte ze even naar hem.

"Trek jij deze ook aan", riep ze en ze wierp een paar blauwe plastic sokken naar hem toe. Toen trok ze een lichtgroen kapje over haar haar.

Cato Isaksen trok de sokken over zijn stevige schoenen aan en wreef even over zijn gezicht. Hij voelde zich opeens enorm fit. Tien minuten slaap hadden hem nieuwe energie gegeven.

Een journalist die zojuist was gearriveerd, riep iets naar Cato Isaksen. Het felle, witte licht van een flitslamp verlichtte de donkere voorjaarsavond. De rechercheur draaide zich geïrriteerd om en wuifde met zijn handen dat de journalist achteruit moest gaan.

"Je weet dat ik niets kan zeggen voordat de naaste familie op de hoogte is gesteld", zei hij.

Het jonge stel dat in het dichtstbijzijnde huis woonde, zat voor verhoor in een van de politieauto's. Ze hadden vast iets gezien. Zij hadden de moord bij de politie gemeld en verteld over de jonge skaters die langs waren gekomen vlak voor de vrouw werd neergeschoten.

Roger Høibakk kwam weer naar hem toe lopen. Een van de lampen die op een statief waren geplaatst, verlichtte de helft van zijn gezicht. Het viel Cato Isaksen op dat het donkere haar van zijn collega achter de oren een spoortje grijs vertoonde.

We worden allemaal ouder, dacht hij triest.

Het huis lag slechts honderd meter van de plaats delict. Brenda Elise Moen was weduwe, vertelde Roger. Haar man was al jaren geleden gestorven. Het slachtoffer had twee kinderen, een zoon en een dochter. De zoon stond geregistreerd op hetzelfde adres als zijn moeder.

Cato Isaksen keek zijn collega ernstig aan en knikte.

"Neem een van de aspiranten mee en ga naar nummer 51", zei hij.

Roger Høibakk en de jonge aspirant liepen over het trottoir. Enkele nieuwsgierigen liepen langzaam achter hen aan. Op de oprit van John Collets-allé 51 stond een witte Volkswagen Passat CL. Op de eerste verdieping was alles donker, op de begane grond brandde licht. Het hek stond open. De politiemannen liepen over het smalle grindpad tussen de kleine tuintjes. Een steile stenen trap voerde naar de voordeur. Twee naambordjes hingen boven elkaar. In het zwakke licht dat door het matglazen raam van de buitendeur viel, waren de letters op de bordjes nauwelijks te lezen. BRENDA E. MOEN stond er naast de bel van de begane grond, terwijl de naam van haar zoon, ALF B. MOEN, naast de bel van de eerste verdieping te lezen was.

Roger Høibakk drukte op de bel. Het viel hem op dat de jonge aspirant een opgewonden en nerveuze indruk maakte.

"Is dit je eerste keer?" vroeg hij. De aspirant schudde het hoofd. "De tweede", zei hij.

Høibakk drukte nog een keer op de bel. Na een minuutje wachten hoorden ze dat er binnen een deur werd geopend. Het buitenlicht werd aangedaan en ze hoorden iemand naar beneden komen.

De deur werd geopend door een man van middelbare leeftijd met een buikje, gekleed in een gestreepte ochtendjas. Hij was niet al te lang, bijna kaal, maar bij zijn oren waren nog enkele lokken rood haar overgebleven. Zijn voeten lichtten krijtwit op in het donker. Hij keek hen nieuwsgierig aan.

Roger Høibakk stelde zich voor en vroeg of hij familie was van Brenda Elise Moen.

De man keek hem aan. Zijn ogen kregen een waakzame uitdrukking voor hij zich omdraaide en naar de deur van het appartement op de begane grond keek. Die was gesloten.

"Brenda Moen is mijn moeder", zei hij en hij knikte naar de deur. "Ze woont daar."

Toen Roger Høibakk zo voorzichtig mogelijk vertelde wat er was gebeurd, keek de zoon hem aanvankelijk niet-begrijpend aan, daarna werd hij boos. Hij keek even op zijn horloge, dat bijna middernacht aangaf, liep naar zijn moeders deur en belde aan. Toen er niets gebeurde, wilde hij naar zijn eigen appartement gaan om de sleutel te halen.

"Ze slaapt vast", zei hij, alsof hij de boodschap van de politieman niet had gehoord.

"Laat u maar", zei Roger Høibakk rustig, "zoals ik u heb verteld, is ze overleden."

Alf Boris Moen raakte duidelijk in verwarring en wilde onmiddellijk naar de plaats van de moord, maar de rechercheurs konden hem ervan overtuigen dat niet te doen.

"Wacht in elk geval tot u wat tot rust bent gekomen", zei de aspirant terwijl hij zich vriendelijk naar hem toe boog.

"Hij heeft gedronken", zei hij zachtjes tegen zijn collega.

Roger Høibakk rook de scherpe geur ook, maar dacht dat het ook iets anders kon zijn. Misschien terpentine.

"Hebt u gedronken?" vroeg hij. Alf Boris Moen schudde resoluut zijn hoofd. Hij liep achteruit, tastte naar de trapleuning en ging moeizaam op een van de onderste treden zitten. Hij had moeite met ademhalen en Roger Høibakk vroeg de aspirant een arts op te roepen.

"Wilt u dat we ook een dominee laten komen?" vroeg Roger Høibakk vriendelijk.

Alf Boris Moen schudde het hoofd.

"Moeder gaat om deze tijd nooit naar buiten", zei hij keer op keer. "Ze ging om deze tijd nooit uit. Niet op zo'n manier."

"Op welke manier bedoelt u?"

Alf Boris Moen legde zijn hoofd in zijn handen. Hij had dikke vingers, aan een ervan droeg hij een ring.

"Zo laat", zei hij. "Ze ging nooit zo laat uit."

Roger Høibakk en de jonge aspirant probeerden hem zo goed mogelijk te kalmeren. Dergelijke situaties waren vaak onderwerp van gesprek. Hoe ga je om met de naaste familie? Hoe stel je je vriendelijk en empathisch op als je tot aan je nek in het werk zit en je eigenlijk alleen informatie wilt krijgen en niets anders? Ze moesten informatie over de moeder krijgen. En snel. Was er bijvoorbeeld iemand die haar kwaad wilde doen? Dat soort dingen. Maar ze konden het wel vergeten. Het was onmogelijk om op dit moment een zinnig antwoord te krijgen van de man op de trap. Zijn leven was zojuist ingestort.

"Zullen we naar uw appartement gaan en ons gesprek daar voortzetten?" Roger Høibakk probeerde de man van de trap te krijgen. "Bent u de hele avond thuis geweest?"

De man knikte. "Ik heb helemaal niets gehoord. Ik dacht dat moeder al naar bed was gegaan. Ze gaat meestal om een uur of halfelf naar bed."

"De auto op de oprit ..."

"Die is van mij. Moeder heeft geen auto. Ook geen rijbewijs. Hebben jullie mijn zus Helena al gebeld?" vroeg hij verdrietig terwijl hij van de traptrede overeind krabbelde.

"Zover zijn we nog niet gekomen", zei Roger Høibakk. "Waar woont ze?"

"In Drøbak. Wilt u haar alstublieft bellen?"

"Ik ga het nu doen", zei Roger Høibakk en hij pakte zijn mobiele telefoon. Op dat moment kwam de arts de stenen trap op, een jonge man met een leren jack.

Even na middernacht werd het lijk weggebracht. De beide politiemannen met de honden zochten nog steeds de omgeving af. Vanuit de patrouilleauto's die waren ingezet, kwamen meldingen door. Een auto had de skaters opgepikt, ze werden voor verhoor naar het bureau gebracht.

Cato Isaksen liep naar Ellen Grue toe. "Het is stervenskoud", zei hij. Ze knikte even en ging verder met het veiligstellen van de sporen. De meeste nieuwsgierigen waren vertrokken, de een na de ander. Maar er stonden nog steeds mensen voor de ramen te kijken naar de politieauto, de afzetting en de kleine tent die was opgezet op de plaats waar het lijk had gelegen. De wind blies kil tussen de stenen huizen door, waaide door de straten en rukte aan gedeeltelijk met ijs bedekte takken en struiken in de kleine tuintjes.

De politiemensen verlangden naar het politiebureau en de warmte daar. De plaats delict werd met een provisorisch hek afgezet. Er werd een auto ingezet om 's nachts de boel te bewaken.

CATO ISAKSEN SPRAK IN EEN VAN DE VERHOORKAMERS MET DE JONGE skaters. In het kille licht van de tl-buizen leken hun gezichten nog witter dan ze al waren. Buiten was het nacht. De jongens met hun skatebroeken, anoraks en opvallende mutsen, die ze tot ver over hun oren hadden getrokken, waren duidelijk onder de indruk van de ernst van de situatie.

"We kwamen van de skatebaan op de Damplass. Toen hoorden we iets wat op een schot leek", zei een van hen, "en toen nog een. Ik draaide me om en hij ook, maar hij", zei de jongen, wijzend op zijn vriend, "ging gewoon verder alsof er niets was gebeurd."

"Omdat ik dacht dat het niets was, dat het gewoon wat herrie was." Hij haalde even de schouders op. "Vuurwerk of rotjes of zoiets."

"Ik draaide me om en zag een oude vrouw die met haar rug naar ons toe over de stoep liep, de andere kant op", zei de eerste. "Meer heb ik niet gezien. Ik weet niet of dat de vrouw was die is neergeschoten, of het eerste schot mis was of dat het een andere oude vrouw was."

"Zagen jullie niemand op het trottoir liggen?"

De jongens schudden het hoofd.

"Toen kwamen er een paar auto's aan", zei een van hen. "Misschien twee. Ik dacht een BMW."

Cato Isaksen praatte twintig minuten lang met hen. Dit was de enige informatie die de jongens konden bijdragen. De rechercheur keek hen alle drie om beurten aan, bedankte hen en regelde dat ze met een politieauto werden thuisgebracht.

Hij had zijn vaste medewerkers opgeroepen. Inspecteur Randi Johansen was er al. Ze deed het licht in een van de vergaderruimtes aan. De tl-buizen knipperden een paar keer voor ze definitief gingen branden en hun kille schijnsel in de kamer wierpen. Een kwartier later was iedereen, behalve Preben Ulriksen, gearriveerd.

Asle Tengs, de oudste rechercheur, pakte twee stoelen die tegen de muur stonden en zette ze bij de ovale vergadertafel. Afdelingschef Ingeborg Myklebust had wel bericht gekregen, maar had doorgegeven dat ze pas de volgende ochtend vroeg zou komen. Cato Isaksen vond dat allang best. Hun slechte verstandhouding was weer helemaal terug na een tijdelijke verbetering die deels verband hield met een ernstige ziekte die bij haar was geconstateerd. Toen ze echter was hersteld, was het weer van hetzelfde laken een pak.

De rechercheurs namen rond de tafel plaats. Roger Høibakk kwam binnen met een computeruitdraai.

"Brenda Moen werkte bijna dertig jaar in de kantine van het Ullevål-ziekenhuis", zei hij. "Tien jaar geleden is ze gestopt, toen ze 64 was. Ze heeft een smetteloos leven geleid, ze heeft zelfs nooit een parkeerboete gehad."

"Misschien had ze geen rijbewijs", zei Randi Johansen sarcastisch.

"Tja, dat klopt", zei Roger.

"Waarom heeft de dader haar tasje niet meegenomen? Het slachtoffer was vast niet sterk", mompelde de jonge aspirant opgewonden. Het was duidelijk dat hij graag deel wilde uitmaken van het team ervaren rechercheurs. Eigenlijk was hij nog maar een jonge snotneus, die goed zijn best had gedaan op school. De meningen waren nogal verdeeld of jongens zoals hij zonder ervaring konden deelnemen aan het onderzoek in moordzaken. Maar het systeem zat nu eenmaal zo in elkaar, of je het ermee eens was of niet.

"Hij was misschien niet op haar tasje uit", concludeerde Randi Johansen.

Onder de tafel strekte Roger Høibakk zijn lange benen. Op het vel papier dat voor hem lag stonden de namen van enkele buren, onder andere van een oude vrouw die verderop in de straat woonde, recht tegenover nummer 51. Ze had gezegd dat ze hen graag in haar appartement wilde spreken. Roger Høibakk had beloofd dat de politie de volgende dag contact met haar zou opnemen om een en ander nader door te nemen. Dan zouden ze een deur-tot-deuractie houden in het hele gebied om de observaties die van belang konden zijn voor het onderzoek in kaart te brengen.

Randi Johansen draaide haar trouwring om haar vinger. Ze had haar voorhoofd gefronst. "Is het normaal dat oude vrouwen 's avonds om elf uur een wandeling maken?" vroeg ze.

De anderen schudden het hoofd. "Haar zoon bevestigde dat het niet normaal was dat ze zo laat van huis ging. Ze werd even voor elf uur op het trottoir gevonden", zei Roger Høibakk en hij bladerde door de papieren die hij voor zich op tafel had liggen. Een van de blaadjes, dat met de naam van de oude vrouw aan de overkant van de straat, viel op de vloer.

"De melding kwam precies om 22.58 uur binnen", begon hij. "Een jong echtpaar dat in het dichtstbijzijnde huis woont, vond haar een paar minuten later. Ze hoorden dat er geschoten werd, waarschijnlijk maar één schot, misschien twee. Ze liepen naar het raam. Het was donker, maar de stoep voor hun huis werd verlicht door de straatlantaarn buiten. Ze zagen alleen een paar auto's en drie skaters die door de straat uit het zicht verdwenen, verder was het stil. Pas toen ze de buurman naar de plaats delict zagen rennen, gingen ze naar buiten. Eerst dachten ze dat het rotjes waren geweest, omdat de drie skaters net op hun skateboards langs waren gekomen."

"De jongens hebben er waarschijnlijk niets mee te maken", zei Cato Isaksen. "Ze zeggen dat ze allang voorbij de plek van de moord waren toen de vrouw werd neergeschoten. Dat klopt ook met waarnemingen van andere buren verderop in de straat."

"Het kan toch een ordinaire tasjesdief zijn geweest?" probeerde de aspirant bedeesd.

Roger Høibakk knikte instemmend. "Misschien gebeurde er iets waardoor de dader haar tasje niet mee kon nemen."

Cato Isaksen zocht in zijn papieren met allerlei notities en vatte het kleine beetje dat ze wisten samen.

"Het jonge echtpaar op de begane grond van het nabijgelegen huis hoorde de schoten, maar ze liepen pas een halve minuut later naar buiten toen ze de oude man van de overkant van de straat haastig naar de plaats delict zagen lopen. Brenda Elise Moen moet buiten het hek hebben gelegen zodat ze haar vanuit het huis niet konden zien. Hun waarnemingen kloppen precies met wat de skaters hebben gezegd", zei Cato Isaksen en hij begon zijn notities in een kleine dictafoon te lezen.

"Woensdag 7 maart, 22.58 uur werd een schietpartij gemeld aan de John Collets-allé. Het slachtoffer was 75 jaar. Ze heeft een zoon en een dochter. De zoon Alf Boris Moen werkt op het ministerie van Defensie en de dochter Helena Bjerke zit op het moment in de Ziektewet, maar werkt normaal gesproken in een wasserij."

"Werkt hij op het ministerie van Defensie? Hoe presteer je het om Alf Boris te heten en op het ministerie van Defensie te werken", zei Preben Ulriksen, die net de vergaderkamer binnenkwam. Hij plofte neer op een van de lege stoelen. Op zijn voorhoofd stonden nog strepen van zijn kussen.

Cato Isaksen zette geïrriteerd de dictafoon uit, waarna hij hem weer aanzette en verderging.

"De zoon heet Alf Boris Moen", herhaalde hij. "Dochter Helena Bjerke woont met haar gezin in Drøbak. Ze zijn respectievelijk 47 en 42 jaar. Ze zijn allebei op de hoogte gesteld. De zoon woont in hetzelfde pand als zijn moeder in de John Collets-allé 51. Hij zegt dat hij niet wist dat zijn moeder naar buiten was gegaan. Ze bewonen ieder hun eigen appartement, dus dat kan kloppen. Roger Høibakk denkt dat hij alcohol had gedronken, maar hij was niet onder invloed."

Cato Isaksen zette de dictafoon uit. Randi Johansen boog zich over de tafel om iets te zeggen, maar werd onderbroken door Preben Ulriksen. "Heb jij koffie gezet?" vroeg hij vermoeid.

Randi Johansen keek hem met een ijskoude blik aan. "Nee", zei ze, "jij kwam als laatste binnen, dus doe jij het maar."

Cato Isaksen keek hen allebei aan en knikte even naar Preben, ten teken dat hij koffie moest zetten. Tegelijkertijd ging de mobiele telefoon in zijn binnenzak. Preben Ulriksen stond op en verliet de kamer, terwijl Cato Isaksen zijn mobiel pakte. Hij herkende het nummer van Ellen Grue. Ze deelde kort mee dat ze onderweg was van het lijkenhuis.

"Het waren twee schoten", zei Ellen Grue toen ze tien minuten later de vergaderruimte binnen kwam. "Waarschijnlijk twee", herhaalde ze en ze wuifde even met haar hand voordat zij en een andere vrouw van de technische recherche allebei een stoel pakten en aan de ovale tafel plaatsnamen.

Cato Isaksen keek even naar het tafelblad. Haar nabijheid liet hem nooit onberoerd. "Wanneer krijgen we het voorlopig sectierapport?" vroeg hij.

Ellen Grue keek hem aan. "De pathologen kwamen binnen op het moment dat wij vertrokken", zei ze. "Ik durf geen exact tijdstip te noemen. Misschien morgen rond de lunch. Of vandaag, bedoel ik." Ze keek even op haar horloge, dat inmiddels vijf voor halftwee aanwees.

Ellen en de andere vrouw van de technische recherche stonden op en verlieten de kamer. Tien minuten later zei Cato Isaksen dat hij naar het toilet moest. Hij liep de gang op, belde mobiel naar Ellen en vroeg haar of het waar was dat ze ging trouwen. Ze aarzelde. Hij zei dat hij het recht had dat te weten. Toen lachte ze even en antwoordde bevestigend. "Ja", zei ze. "Ik ga trouwen met de advocaat."

Cato Isaksen liep het toilet binnen en waste zijn gezicht met koud water. Hij vermande zich en ging terug naar de anderen.

Terwijl hij weg was, was er bericht gekomen dat een van de honden een spoor teruggevolgd had naar het huis van het slachtoffer. De andere was over een paadje tussen twee tuinen door gelopen, vervolgens langs de hoofdweg naar de tramwissels aan de Sognsvei.

Thorsen en Billington kwamen binnen. De beide rechercheurs van middelbare leeftijd werkten meestal samen en hadden een ouder echtpaar verhoord dat tegenover de plek woonde waar het slachtoffer was gevonden.

"We kwamen niet weg", zeiden ze terneergeslagen. "Koffie met koek en familiefoto's en weet ik wat nog meer." De ander lachte even.

"Het oudere echtpaar had de schoten gehoord en was naar het raam gelopen. Het slachtoffer lag toen op de grond en de man liep zo snel hij kon naar de plaats delict", zei Billington ongedurig. "Hij zag een donkere auto en iemand die de hoek omsloeg. Vlak nadat hij bij het slachtoffer was gekomen, kwam het jonge echtpaar uit het nabijgelegen huis eraan rennen. Zij hadden de politie gebeld."

Het was al vier uur 's morgens voordat Cato Isaksen weer thuis in Asker was. Op weg naar huis had hij nagedacht over de oude vrouw en de manier waarop ze was terechtgesteld. De rechercheurs hadden zich al een beeld gevormd van de loop der gebeurtenissen.

De rode kat sprong van de bank toen hij de deur van het slot draaide. Hij was erg aanhalig. Hij rekte zich vlak voor zijn voeten uit en begon achtjes te draaien om zijn benen. Ten slotte raakte Cato Isaksen zo geïrriteerd dat hij hem resoluut met een voet aan de kant schoof. "Het is nog geen morgen", mompelde hij en hij liep naar de keuken om een bekertje yoghurt uit de koelkast te pakken. Hij liep naar boven en dekte Vetle toe voor hij zijn trui over zijn hoofd trok en naar de badkamer liep. Hij stapte in het lege tweepersoonsbed en sliep drie uur vast totdat de wekker afliep. Hij nam een douche. Toen hij de gang in liep om zijn overjas aan te trekken, kwam hij Bente tegen die thuiskwam van haar nachtdienst. Hij vertelde vlug wat er was gebeurd. "Ik was om vier uur thuis", zei hij. Bente was moe en vroeg of Vetle zich had verslapen. Cato Isaksen vloekte zachtjes. Hij had weer vergeten de jongen te wekken. Dat was niet de eerste keer. Hij liep snel naar boven en bonkte op de deur van de jongenskamer. "Opstaan", riep hij en hij liep weer naar beneden naar de keuken. "Hij zit ook de halve nacht tv te kijken", zei hij geërgerd.

Bente keek hem verslagen aan. "Ik begrijp niet dat het zo moeilijk is om eraan te denken hem 's morgens te wekken. Zoveel dingen hoef je hier thuis niet te doen. Maar nu je weer een nieuwe zaak hebt, zullen we de komende weken wel nauwelijks contact met je hebben", zei ze hatelijk. Cato Isaksen liep naar buiten en knalde de buitendeur achter zich dicht.

TOEN CATO ISAKSEN DE LIFT UIT KWAM, TROF HIJ ROGER HØIBAKK die helemaal opgewonden was.

"De kleindochter van Brenda Elise Moen is veertien dagen geleden verdwenen", zei hij. "Dat meisje dat de laatste dagen op de voorpagina van alle kranten staat. Kijk." Hij hield een exemplaar van *VG* voor zijn chef op. Cato Isaksen pakte de krant en staarde naar de foto van het mooie, blonde meisje. GEEN NIEUWS OVER KATHRINE, stond er over de hele voorpagina.

Preben Ulriksen mengde zich in het gesprek. Beide rechercheurs praatten door elkaar heen. Ze hadden de hele nacht gewerkt. Cato Isaksen trok verstrooid zijn jas uit terwijl hij door de krant bladerde en vlug doornam wat er in stond.

"Hoe zijn jullie erachter gekomen dat dit Moens kleinkind is?"

"Kathrine Bjerkes moeder heeft niets gezegd toen ik belde om haar op de hoogte te stellen van de moord op haar moeder", zei Roger Høibakk. "De politie van Follo nam contact met ons op toen ze hoorden van de moord."

"Waarom heeft Alf Boris Moen niets gezegd?"

"Dat is misschien niet zo vreemd. Waarschijnlijk was hij in shock toen hij nog zo'n afschuwelijk bericht te horen kreeg", zei Preben Ulriksen begripvol.

Cato Isaksen liep door de gang naar zijn kantoor en legde de krant opengeslagen op de tafel. Preben en Roger kwamen achter hem aan. "Hij is van gisteren", zei Roger Høibakk vlug.

Cato Isaksen had het gevoel dat hij het meisje op de foto kende. Glimlachend, lief, met blauwe ogen en blond haar. Hij had elke dag over haar gelezen. Ze was op 20 februari in Drøbak verdwenen. Kathrine Bjerke was nog maar veertien jaar en ze was het laatst gezien door een vrouwelijke automobilist die haar even na middernacht bij de ingang van de Oslotunnel had gezien.

Het onderzoek had niets opgeleverd. Er was in de directe omgeving naar haar gezocht, zowel in het bos als in het water. Cato Isaksen besloot alles nog eens te lezen. *Een vrouwelijke getuige reed even na middernacht langs een bushalte. Een paar dagen nadat er voor het eerst iets over Kathrine Bjerke in de krant was verschenen, meldde zij dat ze een jong meisje op krukken had gezien bij de bushalte vlak voor de Oslotunnel. De politie acht haar observatie betrouwbaar. De beschrijving die de vrouw van het meisje gaf deed denken aan Kathrine, bovendien klopte de waarneming van de krukken.*

Er stond een grote foto bij van de vrouw die het meisje had gezien. Op haar schoot zat een baby.

Cato Isaksen leunde achterover op zijn stoel. Preben had een kop koffie voor hem gehaald. Hij pakte hem aan zonder te bedanken. De rechercheurs keken elkaar aan. Ze kenden elkaar. Ze hadden ontelbare malen zo bij elkaar gezeten.

Afdelingschef Ingeborg Myklebust stond plotseling in de deuropening. Ze droeg een roze twinset en een bruine rok. Ze maakte een fitte indruk. In haar hand hield ze *Dagbladet*.

"Ze hebben al over Brenda Moen geschreven", zei ze, "maar ze hebben de moord nog niet in verband gebracht met de verdwijning van Kathrine Bjerke."

"Natuurlijk niet", zei Preben Ulriksen. "We hebben het zelf net gehoord. Wat zit je haar trouwens leuk", vervolgde hij knipogend.

Ingeborg Myklebust deed of ze zijn commentaar niet hoorde. Iedereen wist dat ze een hekel had aan complimentjes. Ze nam plaats op een lege stoel.

"Het gebeurt hier in de stad niet vaak dat oude vrouwen worden neergeschoten", zei ze.

"Maar jongeren die verdwijnen", zei Roger Høibakk gapend, "dat is niet zo ongewoon."

"Ze is nog maar veertien", zei Ingeborg Myklebust. "Dit is een ernstige zaak."

De andere rechercheurs waren het erover eens. Ze hadden natuurlijk zelf de verdwijningszaak ook op de voet gevolgd. Samen met de landelijke recherche leidde het politiedistrict Follo de zaak rond Kathrine. Dat die zaak iets te maken had met de moord op de oude vrouw in Ullevål Hageby was hoogst onwaarschijnlijk, maar het moest wel worden nagegaan.

"Het toeval speelt ons vaak parten", zei Preben Ulriksen eveneens gapend.

De afdelingschef knikte ernstig.

"Ik vind dat je meteen een bezoek moet brengen aan de moeder van het slachtoffer", zei ze naar Cato Isaksen knikkend.

"Ze woont in Drøbak", zei Roger Høibakk. "Ik ga mee. We vertrekken direct nadat de politie van Follo hier is geweest. Ze komen eraan."

"Nu?" Cato Isaksen keek op zijn horloge.

"We moeten de zaken zo snel mogelijk op een rijtje zetten", zei Roger Høibakk vermoeid glimlachend. "Anders Ovesen van de landelijke recherche komt ook. Zij werden er een week geleden bij betrokken."

Cato Isaksen voelde de moedeloosheid door zijn lijf trekken. Zo was het altijd aan het begin van een nieuwe zaak. Hij wist dat hij urenlang aan het werk zou zijn. Vandaag moest hij trouwens niet vergeten zijn jongste zoon Georg van de kleuterschool te halen. Sigrid Velde, met wie hij vijf jaar geleden een verhouding had gehad, was de moeder van zijn zoontje. Die relatie had veel ellende en pijn veroorzaakt. Nadat hij bijna twee jaar met de moeder van het jongetje had samengewoond, was hij weer teruggegaan naar zijn ex-vrouw Bente om voor de tweede keer met haar te trouwen. Hij haalde vlug een hand over zijn gezicht. Zijn collega's hadden vaak grappen over zijn privé-leven gemaakt. Dat was tot daar aan toe. Het was allemaal onschuldig bedoeld. Hij was echter blij dat zijn collega's niets vermoedden over hem en Ellen. Misschien was het maar goed dat ze ging trouwen, dan had hij een probleem minder.

Thorsen en Billington hadden ook de hele nacht gewerkt. Asle Tengs leek fit en uitgerust te zijn, Preben, Roger en de jonge aspirant gaapten echter om het hardst.

Randi Johansen kreeg de opdracht alle gevaarlijke gevangenen te checken die op vrije voeten waren. Psychoten, geweldplegers, iedereen.

"Ik neem de drugsgebruikers wel", zei Asle Tengs rustig. "Want hoewel haar tasje niet is gestolen, kan het toch zijn dat iemand dat wel heeft geprobeerd."

Een halfuur later kwamen de beide rechercheurs van politiedistrict Follo. Cato Isaksen ontving hen en riep zijn team bijeen in de grootste vergaderruimte. Vijf minuten later klopte ook Anders Ovesen van de landelijke recherche op de deur. Ze zaten een paar minuten te kletsen, maar gingen toen aan het werk. De beide rechercheurs van het politiedistrict Follo legden alles wat ze over de Kathrine-zaak hadden op tafel; foto's en verslagen van alles wat ze hadden ondernomen in verband met haar verdwijning. Er waren grondige overzichten gemaakt van alle instanties die hadden deelgenomen aan de zoekacties. Burgerwacht, Rode Kruis en andere vrijwilligers. Het was allemaal grondig bijgehouden waar en wanneer ze hadden gezocht. In de haven was ook gebruikgemaakt van een minionderzeeër en duikers van het leger, om te checken of ze misschien in het water was gevallen. Verdwijningen van veertienjarige meisjes kregen automatisch de hoogste prioriteit. Alles was in het werk gesteld om haar te vinden. Kathrine Bjerke was een kind van gescheiden ouders. Ze had een stiefvader met wie ze nogal eens aanvaringen had. Maar niets in haar naaste familie- en vriendenkring was bijzonder opvallend. Ze had regelmatig contact met haar biologische vader en kon goed met haar moeder overweg. Er was contact opgenomen met haar lerares, maar dat had ook niets opgeleverd. Ze had gezegd dat Kathrine Bjerke weliswaar geen perfecte leerling was, maar toch heel gemiddelde resultaten bereikte. Een beetje voorlijk en op zichzelf, maar zo waren er nog minstens vier of vijf andere leerlingen in de klas aan te wijzen. Ze was enerzijds wel, maar anderzijds geen leiderstype. Ze kon wel en niet als zorgzaam worden omschreven. Ze was zeker intelligent. Er lag ook een verslag van een gesprek met de dominee bij wie ze catechisatielessen volgde. De dominee had haar als een heel gewoon meisje omschreven. Niet bijzonder geïnteresseerd in religie, maar dat waren de meeste anderen op catechisatie ook niet. Ze hadden gecontroleerd of ze met drugsgebruikers omging. Met name daar waren ze grondig te werk gegaan, omdat drugsproblematiek bij eerdere zaken vaak de oorzaak was gebleken. De conclusie was negatief. Kathrine was ook niet politiek actief geweest, noch was ze bijzonder geïnteresseerd in speciale dingen op internet.

De rechercheurs hadden rapporten opgesteld met theorieën of ze zwanger, ongelukkig of boos kon zijn. Wat dat betreft konden natuurlijk geen conclusies worden getrokken, maar informatie uit haar naaste omgeving had in geen enkel geval tot positieve aanwijzingen geleid. Kathrine Bjerke zou vrijwillig verdwenen kunnen zijn, zoals zoveel jongeren elk jaar deden, om na een tijdje weer gewoon op te duiken. Ze kon ontvoerd of vermoord zijn, ze zou in het water gevallen kunnen zijn en verdronken. Ze was voor het laatst gezien door de automobiliste vlak bij de ingang van de tunnel, 20 februari, een paar minuten na middernacht.

Er kon natuurlijk van alles zijn gebeurd. Alleen al de afgelopen twee jaar waren in Noorwegen zeventien kinderen en jongeren vermoord. Velen waren ook spoorloos verdwenen en nooit meer boven water gekomen. Er was in eerste instantie niets wat erop wees dat de moord op haar grootmoeder in Ullevål Hageby ook maar iets te maken had met de verdwijning van Kathrine Bjerke. Toch was het een merkwaardige samenloop van omstandigheden. Soms grepen zaken op een volkomen onwaarschijnlijke manier in elkaar. Daarom was het belangrijk niet al te krampachtig vast te houden aan één bepaalde theorie.

Anders Ovesen van de landelijke recherche nam het gesprek over. Cato Isaksen kende hem als een enigszins hooghartige en verwaande man. De verhouding tussen de afdeling van Ingeborg Myklebust en de landelijke recherche was bij vlagen allesbehalve hartelijk geweest. Uit ervaring was gebleken dat het niet altijd meeviel als zoveel politiemensen moesten samenwerken. Prestige en afgunst maakten deel uit van het dagelijkse politieleven. Volwassen mannen gedroegen zich als kleine kinderen als het erom ging wie de beste was.

Ovesen vertelde dat de politie van Follo een week geleden contact met hen had opgenomen. Ze hadden een opsporingsbericht van het meisje verspreid over het hele Schengengebied, wat in dergelijke zaken tot de vaste routine behoorde. Verder hadden ze een samenvatting gemaakt van de dingen die de politie van Follo had ondernomen. Cato Isaksens intuïtie zei hem dat dit een zaak was die lang zou duren. Noch de politie van Follo, noch de landelijke recherche had concrete punten om van uit te gaan. "Zoals de zaak er nu voor staat, liggen alle mogelijkheden nog open", besloot Ovesen en hij drong erop aan dat de drie instanties nu, in het licht van de nieuwe moordzaak, verder moesten samenwerken. Cato Isaksen zond Roger Høibakk een veelzeggende blik. Cato Isaksen en zijn team kregen kopieën van de rapporten en de beschikking over al het andere materiaal dat met de zaak te maken had. Na de bijeenkomst stapten hij en Roger Høibakk in de auto en reden naar Drøbak. Ze hadden de namen gekregen van Kathrine Bjerkes vriend, van vrienden, buren en anderen die relevante informatie konden verstrekken.

"Haar vriend heet Kenneth Hansen. Hij is zestien jaar", las Roger Høibakk voor uit de aantekeningen. Cato Isaksen concentreerde zich op het rijden.

"Op de avond van haar verdwijning heeft ze eerst een tijd met die Kenneth en haar vriendin Maiken Stenberg doorgebracht", vervolgde Høibakk. "Het is nu belangrijk om uit te zoeken hoe haar verhouding met haar grootmoeder was en of ze in de dagen voor haar verdwijning contact met elkaar hebben gehad. Dat moeten we aan haar moeder vragen."

Cato Isaksen knikte en keek geërgerd naar een jongeman die hen in een oude auto, vlak voor een bocht, met hoge snelheid passeerde. Hij weerstond de neiging om het blauwe zwaailicht op het dak te zetten en jacht te maken op de snelheidsduivel.

"Ik ben ervan overtuigd dat de zoon van Brenda Moen naar alcohol rook toen we hem kwamen vertellen wat er was gebeurd." Roger Høibakk draaide het raampje naar beneden. "Waarom ontkende hij dat hij iets had gedronken?"

"Mensen ontkennen zoveel dingen", zei Cato Isaksen. "Op het moment dat ze met de politie te maken krijgen, is het net alsof ze over allerlei onbelangrijke ditjes en datjes een slecht geweten krijgen. Daar weet jij toch ook alles van."

Roger Høibakk knikte afwezig. Na dertig minuten kwamen ze langs het pretpark Tusenfryd, dat nog steeds voor de winter was gesloten. Tien minuten later waren ze in Drøbak.

Helena Bjerke zat buiten op het terras en inhaleerde de rook van haar sigaret diep in haar longen. Ze rustte met haar hoofd tegen de buitenmuur en had haar oogleden half gesloten. Haar blik verplaatste zich langzaam van de ene naar de andere kant, zonder dat ze echt iets zag. Ze liet het landschap, met de zee als een blauwgrijze streep langs de rand van het beeld, diffuus langs zich heen glijden zonder het echt waar te nemen. Ze nam nog een trek van haar sigaret. Ze merkte dat haar handen beefden en sloot haar ogen weer. De zon wierp een vriendelijk licht over haar lichaam dat gekleed was in een versleten ski-jack en een zwarte spijkerbroek. Ze voelde hoe het licht haar vermoeide gezicht verwarmde.

Het was Helena Bjerke opgevallen dat haar lichaamsgeur was veranderd. Ze rook naar angst, en verdriet. Wat was er gebeurd met Kathrine? In haar hoofd werd het beeld van haar dochter steeds groter. Ze stond op het punt om gek te worden. De gedachten bleven maar in haar hoofd rondspoken. Dag en nacht. Dat haar moeder was vermoord, kon ze niet vatten. Die schok was als een donderslag bij heldere hemel gekomen en had de chaos nog versterkt. Ze bevond zich in een nachtmerrie. Dit was meer dan een mens kon verdragen. Ze had tien minuten geleden aan de telefoon met haar broer gesproken. Hij had gehuild en was totaal buiten zinnen geweest. Ze kon hem niet troosten en Alf Boris kon haar niet troosten. Hij had gezegd dat hij die middag naar haar toe zou komen.

Zo werd Helena Bjerke door de rechercheurs aangetroffen, zittend op het rommelige terras. Aan de zijkant stond een stapel oud tuinmeubilair. Voor haar op tafel stond een glas met een lichtbruine inhoud. Haar ogen waren dik van het huilen.

Ze keek hulpeloos op naar de politieman die voor haar stond. De blonde man zag er aardig uit. Hij stelde zichzelf en zijn collega voor. Ze knikte even en vergat de namen op hetzelfde moment.

Cato Isaksen draaide zich om en keek uit over het water. De mooie omgeving stond in schril contrast met de situatie van deze vrouw. Hij nam een stoel van de stapel. Hij gaf hem aan Roger Høibakk en pakte er nog een voor zichzelf. Helena Bjerke maakte een apathische indruk. Dat was misschien ook niet zo vreemd als ze juist had gehoord dat haar moeder was vermoord. Cato Isaksen haatte dergelijke ontmoetingen. Soms betrapte hij zichzelf op een wrang gevoel van vreugde dat het hemzelf niet betrof.

"We zijn genoodzaakt u een aantal vragen te stellen", verontschuldigde hij zich.

"Ik drink melk met cognac", zei Helena Bjerke. "Moeder deed dat altijd als ze zich ziek voelde. Wij kregen het ook als we verkouden waren. Alf en ik, toen we klein waren", voegde ze eraan toe terwijl ze zich vooroverboog en haar handen om het glas legde. Haar wervelkolom tekende zich messcherp onder haar jack af.

"De verdwijning van uw dochter ..."

Helena Bjerke nam een slok uit het glas, zette het met een klap terug op tafel en liet haar tranen stromen. Ze had met ontelbare mensen over de verdwijning van Kathrine gesproken. Vrienden, bekenden, familie, buren en de politie. Het had niet geholpen. Ze hadden haar niet gevonden.

Roger Høibakk gaf commentaar op het mooie uitzicht. Hij had een idee-fixe dat hij met onbenullige opmerkingen mensen kon afleiden van hun verdriet. Soms kwam dat erg ongepast over. Zoals nu. Cato Isaksen keek hem boos aan voor hij zich plichtbewust omdraaide en naar de veerboot keek die op weg naar Denemarken juist uit het zicht verdween. Aan de overkant van de fjord lag het schiereiland Hurumlandet.

Roger Høibakk keek haar glimlachend aan. Het leek alsof Helena Bjerke ontwaakte. Ze drukte driftig haar sigaret uit in de asbak, trok haar ski-jack dichter om zich heen en stak van wal.

"Jullie moeten dit uitzoeken", zei ze luid. Het was geen vraag, het was een bevel.

"We doen ons best", zei Cato Isaksen.

Helena Bjerke hield zijn blik vast.

"Ze had eigenlijk Katharina moeten heten, naar haar overgrootmoeder", begon ze. "Maar dat was eigenlijk iets té. Mijn grootmoeder was Russische, begrijpt u. Kathrines overgrootmoeder." Een verbitterde glimlach verscheen om haar lippen. "In 1905 kwam ze als achttienjarige hierheen. In hetzelfde jaar waarin Noorwegen zich losmaakte uit de unie met Zweden. Ze kreeg maar één kind, mijn moeder. Toen was ze al veertig."

De rechercheurs keken haar zwijgend aan.

"Maar het werd dus Kathrine", besloot ze haar verhaal en ze nam nog een slok van de cognacmelk.

"Hebt u meer kinderen?" Cato Isaksen vulde zijn longen met frisse zeelucht.

"Nee."

"Wat deed Kathrine zo laat buiten in de nacht waarin ze verdween?"

"Ik weet het niet." Helena Bjerke keek hem vermoeid aan. Meestal was ze om een uur of halfelf wel thuis."

Cato Isaksen vond dat nogal laat voor een veertienjarige op een doordeweekse dag, maar hij zei niets.

"We waren boos, Tage en ik. De man met wie ik samenwoon", verklaarde ze. "Want we konden niet naar bed. We waren woedend. Pas om een uur of halftwee begon ik echt bang te worden."

"Was dat niet wat laat?"

"Jawel, maar u kent Kathrine niet. Ze provoceert wel vaker en ik wist dat ze boos was op Tage."

"Waarom?"

"Hij stelde grenzen aan haar gedrag. Hij is strenger dan ik. Dat is ook wel eens moeilijk."

"Maar om een uur of halftwee geloofde u dat er wel eens iets gebeurd kon zijn?"

"Dat wist ik toch niet en omdat het al zo laat was kon ik ook niemand bellen om te vragen of zij iets wisten. Dus kleedden Tage en ik ons aan en gingen we naar buiten om te zoeken. We gingen eerst naar Kenneth."

"Haar vriend?" viel Cato Isaksen haar in de rede.

Helena Bjerke knikte. "Daar was alles donker. Toen gingen we naar Maiken, haar beste vriendin. Daar brandde ook geen licht. Ik kon om die tijd mijn moeder niet meer bellen, dus belde ik Alf, maar hij sliep. Tage is naar de boot gegaan om te kijken of ze daar was, terwijl ik naar huis ging om te kijken of ze misschien thuis was gekomen. Een uur later hebben we de politie gebeld. Toen was het even na drieën."

"Dus jullie hebben een boot?"

"Tage heeft een boot. Die ligt hier beneden in de haven."

"Hoe was de relatie tussen uw moeder en Kathrine?" Roger Høibakk merkte hoe de koude voorjaarslucht ondanks de zon langs zijn benen omhoog kroop.

Helena Bjerke keek verschrikt op, alsof ze even vergeten was dat haar moeder was vermoord.

"Mama was ...", begon ze. Ze moest zich beheersen om niet in tranen uit te barsten. Ze wreef driftig over haar ogen. Haar mond trilde vervaarlijk. "Mama was de liefste mens ter wereld", ging ze verder. "Ze was dol op Kathrine, haar enige kleinkind. En Kathrine was dol op haar", zei ze verdrietig. Ze zweeg even. Niet meer huilen, dacht Cato Isaksen gelaten. Hij merkte dat hij in de loop der jaren steeds ongeduldiger werd met naaste familieleden. Roger was hier beter in.

Helena Bjerke wendde zich gedeeltelijk af. Haar gezicht leek een masker. Haar ogen waren leeg.

"Zou er een verband kunnen zijn? Bent u daarom hier?"

"Dat weten we niet", zei Roger Høibakk voorzichtig.

"Maar daarom bent u hier", herhaalde ze.

"We moeten bekennen dat we ons in de eerste plaats bezighouden met het onderzoek naar de moord op uw moeder", zei Cato Isaksen. "Heeft Kathrine op de dag van haar verdwijning nog contact gehad met haar grootmoeder? Of de dag ervoor?"

"Niet op de dag dat ze verdween, maar een paar dagen eerder is ze bij haar geweest. Toen heeft ze haar enkel gebroken. Ze viel van de trap."

De rechercheurs keken elkaar aan.

"We lazen in een rapport dat ze met krukken liep", zei Cato Isaksen. "Kunt u misschien een lijst maken van de mensen waar uw moeder mee omging? Haar vrienden ... en vijanden."

"Mama had geen vijanden", viel Helena Bjerke hem verontwaardigd in de rede.

"Er was niemand met wie ze onenigheid had?"

"Absoluut niet."

"En in het verleden ..."

"Mama had geen vijanden", herhaalde Helena Bjerke bits. "Zo was ze niet."

"Drinkt uw broer?" Cato Isaksen hoorde zelf hoe bruut de vraag klonk, maar een van de tactieken voor het verhoren van getuigen was om snel van het ene naar het andere onderwerp over te schakelen.

"Drinken?" Helena Bjerke keek hem vol onbegrip aan. "Wat bedoelt u?"

"We dachten dat hij gisteravond naar alcohol rook toen we hem op de hoogte kwamen stellen", zei Roger Høibakk ontwapenend.

"Nee", zei ze. "Daar geloof ik niets van. Hij drinkt niet."

Misschien probeerde hij zijn zenuwen tot rust te brengen, dacht Cato Isaksen.

“Maar misschien heeft hij wel een borrel genomen vanwege die toestand met Kathrine”, zei ze nadenkend. “Hij trekt het zich erg aan.”

“Natuurlijk”, zei Roger Høibakk. “Hoe is uw relatie met uw broer?”

Helena Bjerke drukte de sigaret uit in de asbak. Ze leek even onzeker, alsof ze na moest denken.

“Alf is de beste broer, oom en zoon die je je maar voor kunt stellen”, zei ze luid. “Ik weet niet wat ik zonder hem had gedaan. Hij is sinds de verdwijning van Kathrine bijna elke dag hier geweest. Alf Boris probeert altijd alles te regelen. Hij houdt de familie bij elkaar. Nu is er niet veel familie meer over om bij elkaar te houden.” Ze sloot haar ogen en haar mond begon weer vervaarlijk te trillen. “Nu zijn we nog maar met zijn tweeën”, zei ze verdrietig.

De rechercheurs zeiden niets. Het gezicht van de vrouw op de bank kreeg een boze uitdrukking, alsof er in haar verdriet ook veel woede zat.

“Ik heb valium ingenomen”, zei ze. “Daarom kan ik met jullie praten.”

Cato Isaksen draaide zich om en keek weer uit over het landschap. Voornamelijk om iets te doen in de korte stiltes die anders niet om uit te houden waren. Misschien had ze gelijk. Misschien had Alf Boris een borrel genomen vanwege de toestand met zijn nichtje.

Een windvlaag drong onder zijn jas en blies koud langs zijn wervelkolom.

“Weet u wat het ergste is?” Helena Bjerke schoof onrustig heen en weer. “Binnenkort, over een paar weken, wappert hier overal de vlag. Op 13 mei. Kathrines confirmatiedag. Er zouden een heleboel mensen komen. De gastenlijst ligt al klaar. Ik heb zelfs al servetten gekocht. Roze, met vlinders erop. Ze wordt in de kerk geconfirmeerd, niet burgerlijk zoals veel van haar vrienden.”

“Het is nog lang geen 13 mei”, zei Cato Isaksen.

Hoofdschuddend zei Helena Bjerke zachtjes: “U gelooft toch zelf niet ...”

Cato Isaksen wachtte even voor hij verderging. “Was ze gelovig?” Plotseling viel zijn oog op een exemplaar van *VG* met de foto van Kathrine op de voorpagina. Hij lag half onder het kussen waarop haar moeder zat.

Helena Bjerke schudde het hoofd.

“Ze geloofde niet”, zei ze. “Maar haar vader heeft haar overgehaald af te zien van burgerlijke confirmatie, hij vond dat ze zich aan de familietraditie moest houden. Etiquette is voor hem altijd heel belangrijk geweest.”

“We hebben nog niet met hem gesproken”, zei Cato Isaksen ernstig. “Morgen neem ik in de loop van de dag contact met hem op.”

"Hij heeft niets te vertellen." Kathrines moeder stak een nieuwe sigaret op. Ze nam een diepe trek en legde de roze aansteker op de oude tuintafel. "En laat Tage met rust. Er wordt al zoveel gekletst", vervolgde ze.

"Wat wordt er verteld?" Roger Høibakk pakte een Ray Ban-zonnebril uit de binnenzak van zijn leren jack en zette hem op.

"Van die idiote verhalen", zei ze. "Dat hij er iets mee te maken heeft."

"Met Kathrines verdwijning, bedoelt u?"

"Ja. En dat is je reinste onzin. Alleen maar geroddel. Hij heeft er niets mee te maken", concludeerde ze. "Hij was die avond thuis. Hij was thuis op de avond dat Kathrine verdween."

Cato Isaksen wachtte even.

"Bent u getrouwd?" vroeg hij.

"Ik heb toch gezegd dat we samenwonen. We wonen al vijf jaar samen."

"Waarom wordt er over hem geroddeld?" Roger Høibakk zette zijn zonnebril recht.

"Tja, waarom?" Helena Bjerke haalde verslagen de schouders op. "Zo gaan die dingen. Mensen praten. Vrienden van Kathrine van wie de ouders een nieuwe partner hebben, vinden het ook moeilijk. Zo gaat dat hier."

"Ik begrijp wat u bedoelt", zei Cato Isaksen, hij dacht aan de verhouding tussen zijn oudste zoon en Sigrid.

"En haar stiefvader?" vroeg Roger Høibakk. "Hoe is zijn relatie met Kathrine?"

"Hij is haar stiefvader niet. Dat woord gebruiken we niet. Tage is mijn partner. Ik vind dat hij altijd heel tegemoetkomend is. Hij staat altijd voor haar klaar."

"Vertel eens iets over Kathrines vriend", verzocht Cato Isaksen.

"Over Kenneth?" Helena Bjerke had duidelijk genoeg van alle vragen. "Eigenlijk mag ik hem wel", zei ze terwijl ze de sigaret uitdrukte in de asbak.

"Eigenlijk?"

"Ja, hij is misschien wel wat lui", zei ze vermoeid. "Maar hij is aardig. Ik heb niets op hem tegen."

"Dus u denkt niet dat hij iets met de verdwijning van Kathrine te maken heeft?"

"Natuurlijk niet."

Cato Isaksen en Roger Høibakk keken haar zwijgend aan. Na een tijdje ging ze verder.

"Misschien drinkt en fuift hij wel wat te veel. Maar zo is de jeugd tegenwoordig. Kathrine was in elk geval gek op hem."

"Maar ze is pas veertien."
"Zo gaat dat tegenwoordig", zei ze berustend.
"Wat voor relatie hadden ze, weet u dat?" Cato Isaksen ging wat gemakkelijker zitten.
"Ze zei dat ze niet met elkaar naar bed gingen, als u dat bedoelt." Helena Bjerke werd opeens onzeker. "U hebt toch niets ontdekt?" Ze rechtte haar rug. "Weet u iets wat ik niet weet?"
"Nee", zei Cato Isaksen vriendelijk.
Helena Bjerke ademde opgelucht uit. "Er is ook in het water gezocht. En in de bossen."
"Als een kind op zo'n manier verdwijnt, is dat het ergste wat je kan gebeuren", zei Roger Høibakk vriendelijk.
"Sinds haar verdwijning ben ik al zeven kilo afgevallen. Ik kan niet eten. Ik rook alleen maar. En ik loop de hele tijd rond. Ik zoek en zoek maar. Tage is vaak met me meegegaan, maar hij begint er genoeg van te krijgen, dus nu ga ik alleen."
"Er worden altijd veel jongeren vermist." Roger Høibakk zette zijn bril af.
"Op dit moment zijn het er 24", nam Cato Isaksen het over. "De meesten komen weer terecht", zei hij troostend.
Helena Bjerke draaide zich om en keek uit over het water van Drøbaksundet.
"Ik ben doodsbang dat ik haar opeens zal vinden als ik aan het zoeken ben", zei ze. "Dat ze dood op de grond ligt."
Beide rechercheurs sloegen de ogen neer.
"Ze is vast dood." Helena Bjerke dronk haar glas leeg. "Ze is nu al zestien dagen weg. Ik heb me ziek gemeld. Ik kan niet werken."
Cato Isaksen keek haar ernstig aan. "U werkt toch in een wasserij?"
"Ja, in City-Drøbak, het winkelcentrum."
"Heeft Kathrine vrienden in het buitenland?"
"In het buitenland?"
"Iemand die ze bijvoorbeeld op een reis naar Zuid-Europa heeft leren kennen?"
"We zijn nog nooit in Zuid-Europa geweest. Ze is niet vrijwillig verdwenen, als u dat bedoelt. Zo is ze niet. Dan had ze een bericht achtergelaten, zodat ik me geen zorgen zou maken."
Roger Høibakk zocht Cato Isaksens blik. De stilte werd slechts doorbroken door het geluid van auto's in de verte en een paar vogeltjes die vrolijk kwinkeleerden in een dennenbosje.

Toen Helena Bjerke door de kamer met hen meeliep naar de buitendeur, viel Cato Isaksens oog op een kinderfoto van de vermiste dochter. Hij hing aan de wand achter de bank in een brede, bruine lijst. Haar ogen glimlachten naar de fotograaf. Ze had geen boventanden in haar mond en droeg het blonde haar in twee kleine vlechtjes.

KENNETH HANSEN ZAG TWEE PAAR BENEN LANGS HET RAAM VAN HET souterrain lopen. Inwendig vloekend viel hij achterover in de kussens. Hij greep de afstandsbediening en zette het volume van de muziek die uit de grote luidsprekers dendeerde wat lager. Een paar minuten later hoorde hij de politiemannen de trap afkomen. Zijn moeder opende de deur naar de kamer in het souterrain.

"Kenneth ..." begon ze met de bezorgde stem die hem zo irriteerde. Zijn gezicht werd warm en zijn keel droog. Hij voelde het zweet onder zijn oksels sijpelen.

Cato Isaksen keek naar de onverzorgde zestienjarige die op de rommelige bank lag. Hij was grof gebouwd en droeg een spijkerbroek en een zwart T-shirt met een rode opdruk en witte letters. SOFT stond er dwars over zijn borst geschreven. Het slordige bruine haar was al lange tijd niet gewassen. Onder zijn ogen zaten donkere wallen. Wat zag een meisje als Kathrine Bjerke in die lummel die daar op de bank lag, dacht Cato Isaksen verwonderd.

In de kamer heerste chaos. Op de vloer lagen overal cd-hoesjes, videofilms en vieze kleren. Lege colaflessen en gebruikte borden met ketchupresten stonden op de bruine tafel. De bedompte lucht rook naar schimmel. Door het raampje viel een zuil van zonlicht naar binnen. In de zuil dansten stofdeeltjes.

Cato Isaksen stelde Roger Høibakk en zichzelf voor en vertelde dat ze bij Kathrine Bjerkes moeder vandaan kwamen. Kenneth Hansen keek hen woedend aan en zei niets.

"We weten dat je in verband met de verdwijning van Kathrine al vaker bent verhoord", begon Cato Isaksen.

"Klotesmerissen", mompelde Kenneth Hansen.

"Wat zei je?"

"Kunnen jullie niet beter op zoek gaan naar Kathrine?"

"Ben je altijd zo onbeschaamd? Je zou blij moeten zijn dat we alles in het werk stellen om haar te vinden", vervolgde Cato Isaksen terwijl hij plaatsnam op het puntje van een stoel. Kenneth Hansens moeder stond nog steeds bij de deur. Ze hield de klink krampachtig vast.

"Ga weg", zei haar zoon dreigend en hij knikte in haar richting. Toen kwam hij langzaam overeind en zette de muziek uit. Hij wreef even over zijn voorhoofd en ademde diep in. De angst laaide weer in volle hevigheid op.

Roger Høibakk liep langzaam door de kamer op en neer. Hij pakte een ingelijste foto van het tafeltje in de hoek. Een kleurenfoto van Kathrine Bjerke, die glimlachte. Achter haar, met zijn armen beschermend om haar schouders geslagen, stond Kenneth Hansen met een blauwe muts diep over zijn voorhoofd getrokken. Ook hij glimlachte. Kenneth hield de rechercheur scherp in de gaten. "Die heb ik van Kathrine gekregen." De stilte na die woorden werd slechts doorbroken door het geluid van zijn moeders voetstappen op de trap naar boven.

"De avond dat Kathrine verdween ..."

"Daar heb ik al honderd keer antwoord op gegeven. Van hieruit gingen ze naar Maiken. Ik ging niet mee. Vraag het de anderen maar."

Cato Isaksen keek hem aan. "Kathrines grootmoeder ..." begon hij, maar hij werd weer onderbroken.

"Ik weet het. Ik weet het verdomme", zei de jongen heftig. Met zijn armen beschermend voor zijn lichaam deed hij een paar passen achteruit. "Maiken belde me en vertelde het."

"Kathrines vriendin?"

Kenneth Hansen knikte.

"We zullen een van de komende dagen een gesprek met haar hebben", zei Cato Isaksen en hij ging verder met het informele verhoor. "Kende je haar grootmoeder?"

De stilte vulde de rommelige, donkere kamer. Kenneth Hansen legde zijn onrustige handen in zijn schoot. Zijn hals vertoonde rode vlekken.

"Ik ben al honderd keer verhoord", zei hij dreigend. "Ik kende haar grootmoeder niet. Ik weet er niets van."

"Heb je Brenda Moen wel eens ontmoet?"

De jongen was opeens op zijn hoede. Probeerden ze hem erin te luizen? Hij dacht even na.

"Ik mocht haar wel", zei hij snel. "Een aardige, gezellige, oude vrouw."

"Dus je hebt haar ontmoet?"

"Maar één keer."
"Wanneer?"
"Met kerst."
"Met kerst?"
"Ja." Hij glimlachte schamper. "Met kerst", herhaalde hij.
"Hoelang zijn jullie al bij elkaar?"
"Al van voor de kerstdagen."
"Wat voor relatie had je met Kathrine?"
Kenneth Hansen reageerde furieus.
"Verdomme", riep hij. "Jullie pakken me niet. Ik weet dat het niet mag onder de zestien."
Roger Høibakk slenterde nog steeds door de kamer. Kenneth Hansen keek hem boos aan. Kon die verdomde smeris niet ophouden met op en neer te lopen en hem steeds nerveuzer te maken?
Cato Isaksen sloeg zijn armen over elkaar.
"Het was mooi geweest als je ons had kunnen helpen", zei hij. "Wat voor relatie had je met Kathrine?" herhaalde hij.
"Daar wil ik geen antwoord op geven. Dat heeft er goddomme niets mee te maken."
Cato Isaksen kon zich niet beheersen.
"Het lijkt wel alsof je ergens bang voor bent", zei hij. "Wat zit je dwars?"
De tiener schudde heftig zijn hoofd.
"Weet je hoe haar grootmoeder werd vermoord?"
"Nee", zei hij vlug.
"Wil je het weten?"
Kenneth Hansen haalde onverschillig zijn schouders op.
"Ze is doodgeschoten", zei Cato Isaksen kortaf.
Kenneth Hansen gaf geen antwoord. Hij staarde naar een vlek op de vloer.
"Dat wist je dus niet?"
"Nee", zei hij.
Terwijl Cato Isaksen over zijn volgende vraag nadacht, keek hij de jongen bedachtzaam aan. Er klopte iets niet.
"Gebruik je drugs?"
"Verdomme, nee. Daar zeurden die andere politiemannen ook al over. Ik drink een pilsje, en soms een borrel, maar ik gebruik geen drugs. Ik moet er niet aan denken."
"Hoe goed ken je Kathrine?"

"Dat weet ik niet." Kenneth Hansen kwam weer overeind. "Maar zij rotzooit er ook niet mee, als u dat soms bedoelt. Zo zijn we niet."

"O, nee? Hoe dan wel?"

Kenneth Hansen keek hem dom aan. Wat voor vraag was dat? Hij dacht een tijdje na. "Dat weet ik niet", zei hij ten slotte. De rest van de antwoorden bestond grotendeels uit 'Dat weet ik niet'. Hij had geen idee wat er met Kathrine was gebeurd. Hij had die bewuste avond niets aan haar gemerkt. Hij wist niets. Helemaal niets.

"Waar was je gisteravond?"

"Gisteravond?" Kenneth Hansen trok wit weg. Opeens werd hem duidelijk dat de politieman hem verdacht van de moord op Kathrines grootmoeder. Hij wist niet wat hij moest antwoorden. Zijn stem stokte hem in de keel. Erger kon het niet.

Cato Isaksen keek zijn collega aan, die zich tijdens de hele sessie bijna passief had gedragen. Nu nam hij het over.

"Vind je het moeilijk om antwoord te geven?"

"Nee. Ik heb niets bijzonders gedaan", zei hij verontwaardigd.

"Was je hier?"

Kenneth Hansen haalde de schouders op. "Overal en nergens", zei hij.

"Wat betekent dat?"

"We hebben wat rondgezworven. Ik en een vriend."

"Hoe heet hij?"

"Lars Lofthus."

"De hele avond?"

"Nee. Wanneer werd ze vermoord?"

"Hoe laat was je thuis?"

Kenneth Hansen slikte even. "Een uur of elf, denk ik."

Cato Isaksen nam het weer over. "Heb je daarvoor een getuige?"

"Mijn moeder", zei hij kregel. "En Lars natuurlijk. Nu geef ik geen antwoord meer op die shitvragen." Zijn gezicht stond dwars. De rechercheurs zagen in dat ze een verzadigingspunt hadden bereikt en niet verder zouden komen.

"We willen je graag zo snel mogelijk op het bureau zien voor een officieel verhoor", zei Cato Isaksen. De tiener reageerde echter niet zoals hij verwachtte. "*As you like it*", zei Kenneth Hansen vlot en hij begon koortsachtig naar de afstandsbediening te zoeken.

MAI BRITT HANSEN ZAT AAN DE KEUKENTAFEL TOEN ZE UIT HET souterrain kwamen. In het licht dat door het keukenraam viel, was duidelijk zichtbaar dat ze veel make-up gebruikte, maar desondanks waren de wallen onder haar ogen nog goed te zien. Voor haar op tafel stond een onaangeroerd kopje koffie.

"Werkt u niet?" Cato Isaksen wuifde met zijn hand toen ze op wilde staan. "Blijf maar zitten", zei hij.

"Jawel. Ik heb late dienst vandaag." Ze nam vlug een slok uit het koffiekopje. "Toe", zei ze smekend, "val Kenneth niet meer lastig. Hij heeft er niets mee te maken. Hij is al weken zichzelf niet. Ik kan er niet meer tegen."

"Hebt u nog meer kinderen?" vroeg Cato Isaksen rustig.

"Nog twee zoons", zei ze en ze wreef met haar vinger over het bruingeruite tafelzeiltje. "Het valt niet altijd mee", voegde ze eraan toe, "met drie jongens, bedoel ik."

"Ik weet er alles van." Cato Isaksen glimlachte. "Ik heb zelf drie jongens."

"Bent u alleen met uw zoons?" vervolgde hij.

Ze knikte even. "Al zeven jaar."

De oudste broer van Kenneth Hansen, Stein Ove, zat in militaire dienst.

"De één na oudste, André, zit nog op school en werkt in de avondwinkel bij het benzinestation aan de weg naar het centrum", verklaarde de moeder trots. "Dus hij werkt en hij gaat naar school."

"En Kenneth, wat doet hij?"

"Hij gaat naar school, hij leert voor timmerman. Dat is net wat voor hem. Hij is sterk." Ze glimlachte trots. "Maar de laatste dagen voelt hij zich niet zo lekker. André volgt algemeen vormend onderwijs. Hij doet het heel goed."

"Was Kenneth thuis vannacht?" Roger Høibakk, die zich tot nu toe op de achtergrond had gehouden, liep naar de keukentafel.

“Natuurlijk”, zei Mai Britt Hansen vlug. “Waarom wilt u dat weten?”

“Zomaar”, stelde Cato Isaksen haar gerust. “We stellen dat soort vragen aan iedereen.”

“Dat zal ook wel”, zei ze kortaf. “Het zijn alle drie leuke jongens.” Ze kwam overeind en zette het raam op een kier. Ze hoorden een auto naderen en voor de deur stoppen. De motor bleef nog even lopen en werd toen uitgezet.

“Zijn vrienden”, zei Mai Britt Hansen en ze stond op. “Ze doen hun best hem te troosten.” Er werd even op de deurbel gedrukt. Mai Britt Hansen riep dat ze binnen moesten komen en twee jongens van een jaar of achttien openden de deur. Ze groetten haar en de rechercheurs, schopten hun schoenen uit en denderen de trap naar het souterrain af.

“Hoe heten ze?” Cato Isaksen wendde zich weer tot de moeder. “Lars en Haakon”, zei ze kortaf.

“Wat nog meer dan Lars en Haakon?”

“Lars Lofthus. Haakons achternaam ken ik niet.”

“Van wie is de auto?”

“Van Lars. Hij is erg aardig. Iedereen mag erin rijden.”

Cato Isaksen bedankte haar en zei dat ze misschien nog eens terug zouden komen. Toen ze bij de buitendeur waren, draaide hij zich zogenaamd toevallig om en vroeg hoe laat Kenneth de vorige dag thuis was gekomen.”

“Om een uur of elf”, antwoordde Mai Britt Hansen zonder aarzelen terwijl ze hem met haar donkere ogen aankeek. Cato Isaksen hield haar blik zo lang vast dat ze zich ten slotte omdraaide en op het aanrecht begon te rommelen.

Roger Høibakk noteerde het kenteken van de oude verroeste Ford Transit waarmee de vrienden waren gekomen. Toen stapten ze in de civiele politieauto en reden terug naar Oslo.

HET TEAM WERKTE UIT ALLE MACHT AAN HET VERZAMELEN VAN informatie, zowel over de moord als over de verdwijningszaak. Er waren veel tips gekomen van mensen die meenden dat ze Kathrine Bjerke hadden gezien. De politie van Follo had de tips gesorteerd en nader onderzocht. Afdelingschef Ingeborg Myklebust keek naar de groep die bestond uit twaalf personen. Ze had, een beetje plechtig, Cato Isaksen gevraagd of hij in het onderzoek naar de moord op Brenda Moen de leiding op zich wilde nemen. Hij ergerde zich aan haar manier van vragen, alsof het een eer was, waarvoor hij haar zou moeten bedanken. Ze had haar roze vest uitgetrokken en over een stoel gehangen. Haar trui spande over haar borsten. Cato Isaksen kon de gedachte niet uit zijn hoofd zetten dat een van haar borsten nep was. Hij vroeg zich af hoe ze er naakt uit zou zien.

Randi Johansen stootte hem aan.

"Denk aan Georg", zei ze. "Ik moest je helpen herinneren."

Cato Isaksen knikte dankbaar en keek op zijn horloge. Over drie kwartier moest hij hem van de kleuterschool halen. Als hij het niet zou redden, zou de hel weer losbarsten. Het hoofd van de school zou Sigrid bellen, die hem vervolgens weer op zijn mobiel zou proberen te bellen. Hamza, Sigrids nieuwe man, zou zich ermee bemoeien en hem vertellen hoe je een goede vader moest zijn. Hij had geen zin in al dat gezeur. Daarom had hij zijn mobiel uitgezet. Bente had vandaag vrij en zou bij een vriendin op bezoek gaan, dus hij wilde haar niet lastigvallen. Ze was al zo vaak in de bres gesprongen om hem te helpen met het kind. Hij zou net als vorige week een taxi sturen om het kind op te halen.

Terwijl ze zat te praten keek Ingeborg Myklebust hem aan. Ze herkende de afwezige uitdrukking op Cato Isaksens gezicht. Ze stond net op het punt hem te vragen verslag van het een of ander te doen, toen hij opstond. Hij verontschuldigde zich met de mededeling dat hij een telefoontje moest plegen. Hij liep de gang op en belde naar de receptie. Hij vroeg of een van de vrouwen daar het transport vanaf de kleuterschool kon regelen.

Toen hij de vergaderkamer weer binnen kwam, keek Ingeborg Myklebust hem geërgerd aan. Asle Tengs leunde over de tafel naar voren.

"We hebben het jonge stel dat vlak bij de plaats delict woont weer verhoord", zei hij. "Bovendien hebben zich twee automobilisten gemeld, maar geen van beiden rijdt in een donkere BMW."

"Heeft de oudere vrouw die vlak voor of na de moord in de omgeving is gezien zich nog gemeld?" Randi Johansen bukte zich om aan haar enkel te krabben.

"Een paar vrouwen hebben contact opgenomen." Asle Tengs zocht tussen zijn aantekeningen. "Maar niemand komt overeen met het signalement van degene die vlak na de moord is gezien. De vrouwen die zich hebben gemeld, zeggen dat ze geen van allen een schot hebben gehoord. Ze kunnen ook niet precies aangeven wanneer ze langs zijn gelopen, maar denken dat het ongeveer op het tijdstip van de moord is geweest. De buren kunnen eigenlijk geen goede beschrijving geven van de vrouw die ze hebben gezien. De skaters dachten dat ze een donkere mantel droeg. De buren dachten dat het ook een man had kunnen zijn."

Cato Isaksen legde zijn mobiele telefoon op tafel. Hij kon wachten op Sigrids telefoontje. Telkens als hij een taxi stuurde om zijn zoon op te halen, belde het hoofd van de school naar Sigrid voor toestemming dat de jongen op die manier werd gehaald. Cato Isaksen had erover geklaagd en het hoofd de les gelezen. Als hij het jongetje zou halen, was het ook zijn verantwoordelijkheid hoe dat gebeurde.

Om het andere weekend en elke woensdag of donderdag was zijn jongste zoon bij Cato Isaksen. Dat het dit weekend nu net zijn beurt was. Met het oog op de nieuwe moordzaak had het niet slechter kunnen treffen.

"En die skaters staan helemaal buiten verdenking?" Ingeborg Myklebust keek met een scheef oog naar Roger Høibakk die net een kam door zijn haar haalde.

"Ja", zei hij en hij richtte zich op. "Cato en ik hebben ze ieder een keer verhoord. Ze zijn veertien en vijftien jaar. Drie stuks. Ze zijn om een uur of halftwaalf opgepikt door een patrouillewagen bij de tramhalte aan de John Colletsplass. Ze zeggen dat ze een knal hebben gehoord, maar ze begrepen niet wat het was omdat ze te ver weg waren. Ik geloof dat we ons niet al te druk moeten maken over die jongens."

"Ze leken doodsbang toen we met ze praatten", zei Cato Isaksen. "Doodsbang in de goede zin van het woord, als je dat zo kunt zeggen. Ze hadden geen van drieën een slecht geweten."

Randi Johansen vouwde haar handen onder haar kin.

"De zoon van het slachtoffer zei dat zijn moeder nooit zo laat naar buiten ging. Hij vertelde dat ze bij een soort damesclubje zat dat zich bezighoudt met het koningshuis. De vergaderingen beginnen altijd om zes uur 's avonds, dus ze was altijd ruim voor tienen thuis. En bovendien was er die avond geen vergadering", voegde ze eraan toe. "Dat ze vlak voor elf uur het huis verliet klopte dus niet. Dat was letterlijk wat hij zei: 'Het klopte niet.' Ze ging af en toe met een vriendin naar de bioscoop of de schouwburg, maar nooit zo laat."

Een jonge aspirant kwam de kamer binnen en gaf een vel papier aan Cato Isaksen. Hij had hem gevraagd de Ford Transit te checken waarmee Kenneth Hansens vrienden waren gekomen. De wagen stond geregistreerd op naam van Birger Lofthus in Drøbak, maar werd dus door zijn zoon Lars gereden, een van de vrienden van Kenneth Hansen. Vanwege de verzekering, dacht Cato Isaksen. Daarom stond de auto op zijn vaders naam. Hij dacht aan de wens van zijn oudste zoon Gard om zijn oude auto op zijn vaders naam te zetten, zodat hij goedkoper uit was. Maar dat kon hij niet doen, als politieman moest hij zich aan de regels houden. Hij had ook niet aangeboden zijn zoon financieel bij te springen.

"Hoe zit het eigenlijk met die Alf Boris Moen?" Preben Ulriksen boog zich over de tafel heen. "Roger, jij zei toch dat er iets bijzonders met hem was?"

Randi Johansen antwoordde voor hem.

"De zoon is aangeslagen, maar lijkt verder in orde. Ik heb vanmorgen een lang gesprek met hem gehad. Hij heeft met zijn moeder samengewoond, in het appartement boven haar, sinds hij een jaar of twintig was. Hij is vrijgezel en heeft geen strafblad. Werkt op het ministerie van Defensie. Volgens de mensen met wie we hebben gesproken is het een goede vent, een beetje saai, hij werkt als ambtenaar, maar is verder oké."

"Klinkt verdacht", zei Roger Høibakk met een grijns.

"Helemaal mee eens", zei Preben Ulriksen.

"Je schiet je eigen moeder toch niet honderd meter van je eigen voordeur dood", zei Randi Johansen terwijl ze een papvlek van haar broek probeerde te krabben.

"Misschien wel. Misschien was hij degene die vlak na de schoten de hoek omging. Hij zou zo thuis zijn en kon doen alsof hij de hele avond thuis was geweest. Jij zei toch dat hij naar alcohol rook?" Cato Isaksen knikte naar Roger Høibakk, die hem afwezig aankeek.

"Ik weet niet of het alcohol was", zei hij. "Het kan ook iets anders zijn geweest."

"Een dag eerder is er een tasjesroof op Majorstua geweest." Thorsen pakte een vel papier uit een map. "Een oude vrouw, 84 jaar. Haar tasje werd gestolen door een jonge man op een fiets. Die zaak leggen we natuurlijk aan de kant, tenzij we iets nieuws vinden waardoor hij weer interessant wordt."

Een van de vrouwen van de receptie belde Cato Isaksen op zijn mobiel om te zeggen dat zijn zoon bij het politiebureau was aangekomen. Hij stond beneden bij de receptie op hem te wachten. Cato Isaksen stond op en liep snel naar de deur.

Het vijfjarige jongetje was vies en nat en had een snotneus.

"Ik heb water in mijn laarzen, papa", zei hij. "Gaan we vandaag in een echte politieauto rijden?"

Cato Isaksen knikte even tegen de receptioniste en legde zijn arm om de schouders van het ventje.

"Vandaag niet", zei hij.

"Ik doe mijn laarzen uit", zei Georg. Hij schopte de blauwe cherroxlaarzen met ogen en een rij tanden op de neus van zijn voeten.

Cato Isaksen bukte zich en pakte ze op. De natte kindervoeten lieten een spoor achter op de vloer.

Toen ze op de afdeling kwamen, was de vergadering met het onderzoeksteam afgerond. Iedereen liep naar zijn eigen kamer. Ingeborg Myklebust was gelukkig nergens te zien. Hij kon haar hatelijke opmerkingen als hij op zijn zoon moest passen niet verdragen. Zij vond het werk het allerbelangrijkste. Dat kwam vóór alles.

"Ik moet nog één ding doen voor we naar huis gaan", zei Cato Isaksen tegen zijn zoon die zijn muts had afgezet. Zijn natte haar piekte alle kanten op. Een lange streep viezigheid liep van zijn ene oor over zijn wang tot halverwege zijn hals naar beneden.

Cato Isaksen zocht het verslag op van het verhoor van de getuige die Kathrine Bjerke had gezien in de nacht dat ze verdween. De vrouw, een jonge moeder uit Drøbak, was op 20 februari even na middernacht in de richting van de tunnel gereden. Ze zou haar man van zijn werk bij het Rainbowhotel in Røyken halen.

Terwijl Georg alle laden van de drie kasten in de kamer opentrok en weer dichtschoof, las de rechercheur snel het verslag door.

Verhoor van Heidi Greaker, geboren: 06-05-1975.

Een jong meisje stond bij de bushalte vlak voor de ingang van de tunnel (aanvulling: de Oslofjordtunnel, vanuit de richting Drøbak). Het meisje, naar alle waarschijnlijkheid Kathrine Bjerke, vanaf nu K.B. genoemd, leunde op twee krukken terwijl haar ene voet op de andere rustte. Ze droeg aan een voet een zwarte sneeuwlaars, in een moderne uitvoering met een dikke, zware zool. De andere voet zat in het gips. Het jonge meisje werd een paar seconden lang door de koplampen verlicht. Ze droeg een beige duffel en had halflang, blond haar. (Komt overeen met de informatie van de moeder.) Haar gezicht stond ernstig. De getuige, vanaf nu H.G. genoemd, schatte haar op twaalf of dertien jaar, maar ze kon natuurlijk ook veertien zijn. Ze vertoonde duidelijk overeenkomsten met de vermiste K.B. Getuige H.G. zegt: "Hoewel ik haar slechts enkele seconden heb gezien, kan ik me haar heel goed herinneren omdat het beeld me verontrustte. Jonge meisjes zouden niet in hun eentje, midden in de nacht, in het donker moeten staan. Zeker niet zulke jonge meisjes." H.G. zegt dat ze zelf een dochtertje heeft, en dat het meisje haar daarom opviel.

De weg liep langs de bushalte in de richting van de rotonde. Het was even na middernacht op dinsdag 20 februari. H.G. zegt dat het een paar graden vroor, omdat er een dun laagje ijs op de weg lag en het spekglad was. Het motregende een beetje, dus moest H.G. gebruikmaken van de ruitenwissers.

De deur ging open en Roger Høibakk kwam binnen.

"Ik ga nu naar huis", zei hij. "Ik heb een hele tijd niet geslapen."

Cato Isaksen vouwde het verslag van het verhoor dubbel en legde het terug in de map. Tegelijk pakte hij de kleine tape waarop het verhoor was opgenomen en stopte hem in de cassettespeler. Georg schoof een lade zo hard open en dicht dat het pijn deed aan zijn oren. "Hou op!" riep Cato Isaksen tegen zijn zoon, die hem beteuterd aankeek.

Roger Høibakk liep naar Georg toe en haalde een hand door het haar van het jongetje.

"Het is mooi dat Ellen gaat trouwen", zei hij, "dan produceert die viriele vader van jou tenminste niet meer van die kleine druktemakers."

"Nu moet je ophouden", zei Cato Isaksen kortaf.

"Zo is het verdomme toch", zei Roger Høibakk. "Jij denkt alleen maar aan neuken." Een grijns trok over zijn vermoeide gezicht.

Cato Isaksen wuifde hem schaapachtig weg. Toen lachte hij even. Hij kon het niet laten, hoewel het hem grenzeloos irriteerde dat Roger het wat betreft hem en Ellen precies goed geschoten had.

Roger liep de kamer uit. Cato Isaksen drukte op de startknop van de cassettespeler. Na een paar tellen dreef Heidi Grindakers stem door de kamer.

"Als je 's nachts autorijdt, zie je af en toe iets wat even op je netvlies blijft hangen. Je rijdt in het donker en ziet bijvoorbeeld iemand langs de kant van de weg lopen. Eén moment lang word je in beslag genomen door die onbekende, door het tijdstip, de beweging en de plaats. Dan vergeet je alles weer."

"Waardoor bleef het beeld van dit meisje hangen? En het tijdstip?"

"De hele setting."

"Leek ze bang?"

"Dat geloof ik niet. Het kwam met name omdat het zo laat was en pikdonker, en omdat ze zo jong leek. En dan waren er nog die krukken."

Cato Isaksen zette de cassettespeler uit. Georg zei dat hij honger had en zijn vader beloofde dat ze onderweg iets zouden kopen. Later zouden ze met elkaar warm eten, als Bente thuiskwam van de vriendin die ze op haar vrije dag had bezocht.

HET WAS ZATERDAG 10 MAART, EEN UUR OF TWEE 'S MIDDAGS. CATO Isaksen had besloten dat hij zelf met Alf Boris Moen zou gaan praten. Tot nu toe had hij de verhoren overgelaten aan Roger Høibakk en Randi Johansen. Hoewel het zaterdag was, was Moen eerder die dag op het politiebureau geweest voor een kort, officieel verhoor door Asle Tengs. Mentaal was hij over de eerste schok heen, had hij gezegd. Maar de toestand had hem duidelijk aangegrepen. Hij was ambtenaar op het ministerie van Defensie. Hij had gezegd dat hij een aantal dagen thuis zou blijven van zijn werk. In het licht van de gebeurtenissen was dat niet vreemd.

Cato Isaksen en Randi Johansen liepen over het grindpad naar de John Collets-allé 51. De witte auto stond voor het hek geparkeerd. Rond het grijze, rechthoekige stenen huis lag een kleine tuin die in een aantal kleine percelen was verdeeld. Er waren vier appartementen in het huis; aan beide zijkanten zat een voordeur. Het gras was dood, de bomen bruin en triest. Straks zou alles weer groen worden. Hij voelde zich onrustig. Het was voorjaar, en binnenkort zou Ellen Grue in het huwelijk treden. Het gevoel van gemis was herkenbaar. Hij had een slecht geweten. Bente had gezegd dat zij Georg mee zou nemen als ze boodschappen ging doen. Hij had beloofd thuis te zijn voor het kinderprogramma op tv begon. Cato Isaksen en Randi Johansen liepen de stenen trap op en belden aan.

"Eergisteren was het vrouwendag", zei Randi Johansen opeens. Ze trok haar jas beter om zich heen.

Cato Isaksen draaide zich om en keek haar even aan.

"Dat weet ik", zei hij. "Wat heeft dat met de zaak te maken?"

Randi haalde de schouders op.

"Moen werkt op het ministerie van Defensie ..." begon Cato Isaksen.

"Denk je dat hij aan wapens kan komen? Daar heb ik ook al aan gedacht", zei Randi.

"Vast niet. Eerder het tegendeel, zou ik zeggen. Ik vraag me alleen af of hij een militaire achtergrond heeft."

Al snel hoorden ze zware voetstappen op de trap. De deur werd geopend. Alf Boris Moen knikte naar Randi Johansen en nodigde de rechercheurs uit om binnen te komen. Hij gaf Cato Isaksen een hand. Die keek hem geïnteresseerd aan en probeerde zich een beeld van hem te vormen. Hij had een gedrongen postuur, een rond gezicht en bijna geen haar. Het viel Cato Isaksen op dat hij grote, krachtige handen had. Toen ze achter hem aan de trap op liepen, merkte hij ook het brede achterwerk van de man op.

Randi Johansen keek even naar de deur van Brenda Elise Moen. Die was verzegeld. Aan de wanden van het trappenhuis hingen foto's van koningshuizen. Cato Isaksen herkende de Zweedse en de Deense koninklijke families en een oude foto van koning Haakon tijdens de oorlog.

Het appartement, dat ongeveer zeventig vierkante meter groot was, bestond uit twee kleine kamers en een tamelijk grote keuken. Hij zag een deur die waarschijnlijk naar de slaapkamer leidde. De inrichting was een vreemde mengeling van mannelijke en vrouwelijke elementen. Alf Boris Moen was duidelijk trots op zijn appartement. Diverse oude wapens hingen boven een groot bureau. Er hingen ook foto's van mannen in uniform en van een oud vliegtuig. Cato Isaksen concludeerde dat hij het prototype was van een burger die voldoening vond in goede daden voor zijn ouders en het vaderland. Iemand die hield van het gewone leven en consequent was in zijn denken en doen.

Boven de versleten, turkooizen bank hing een amateuristisch schilderij van de Russische tsaar en zijn familie. Cato Isaksen las snel het messing plaatje dat op de lijst zat vastgeschroefd. Op het salontafeltje lag een roze, gehaakt kleedje met een kanten rand. Er stond een zwarte, glimmende asbak op. Alf Boris Moen legde een boek van Virginia Woolf en een paar kassabonnen van Adelsten aan de kant en veegde een paar broodkruimels op.

Voordat Cato Isaksen kon bedanken, antwoordde Randi Johansen dat ze graag een kop koffie wilde hebben. Hij had gedacht maar even te blijven. Moen was vanzelfsprekend nog steeds van slag na het plotselinge overlijden van zijn moeder. Het leek alsof de man een blauwe plek op zijn voorhoofd had.

"Wat hebt u gedaan?" De rechercheur knikte naar de bloeduitstorting.

Alf Boris Moen keek hem niet-begrijpend aan voor hem duidelijk werd wat hij bedoelde.

"O", zei hij zachtjes en hij streek met zijn dikke vinger over zijn voorhoofd. "Dat is al een paar dagen geleden gebeurd. Ik stootte mijn hoofd tegen een tak toen ik een wandeling door het bos maakte."

"Dus u houdt ervan om de natuur in te gaan?"

"Ja zeker. Wandelingen door het bos zijn voor mij de beste recreatie. Ik zit tenslotte de hele dag op een klein kantoor", verklaarde hij. "En dan is er nog die toestand met Kathrine. Af en toe denk ik dat ik gek word. Sinds ze is verdwenen ben ik om de andere dag bij mijn zus geweest. Daarna moet ik er gewoon even uit om al mijn gedachten op een rijtje te zetten."

Cato Isaksen knikte en keek naar de corpulente gestalte van de man. Hij zou nog meer moeten trimmen, dacht hij. Ze gingen op de oude, degelijke bank zitten terwijl Alf Boris Moen in de keuken bezig was met de koffie. Hij kwam de kamer weer binnen met een schaal koekjes.

"Moeder was helemaal van slag toen Kathrine verdween. Denkt u dat er een verband is?"

"Dat weten we nog niet", zei Cato Isaksen.

"Die zaak valt buiten ons district", Randi Johansen trok haar blouse glad, "maar nu dit met uw moeder is gebeurd, zullen wij er natuurlijk ook naar kijken."

Moen zette kopjes op tafel.

"Wat voor relatie had u met uw nichtje?"

Alf Boris Moen reageerde onmiddellijk. Hij sloot zijn ogen en vocht tegen de tranen. Cato en Randi sloegen beschaamd hun ogen neer.

"Alles in de familie draaide om haar. Iedereen wilde haar in de watten leggen, om het zo maar te zeggen. Neem me niet kwalijk", zei hij en hij liep weer naar de keuken. Toen hij terugkwam, was hij rustiger.

"Er is ons verteld dat u goed voor uw moeder zorgde", zei Cato Isaksen voorzichtig.

"Ja", zuchtte hij. "Ik hielp moeder overal mee. Ik maakte zelfs het huis voor haar schoon en zorgde voor het eten. De warme maaltijd werd aan huis gebracht, door het wijkcentrum", voegde hij eraan toe.

Hij liep weg en pakte een foto van de wand naast de keukendeur.

"Dat ben ik met mijn Russische grootmoeder", zei hij trots. Op de foto stond een oude vrouw met een lange jurk en een in het wit gekleed kind op schoot. Het kind droeg een kapje dat onder de kin was gestrikt en een kanten jurk. "Dat ben ik dus. Mijn grootmoeder kwam in 1905 naar Noorwegen, als jong meisje. Ze was de zeventig al gepasseerd toen ik werd geboren", zei hij op weg naar de keuken.

"Bent u zelf getrouwd?" Cato Isaksen keek Randi Johansen even aan, misschien liep hij te hard van stapel. Het bleef stil in de keuken. De man kwam de kamer weer in met een rode thermoskan met roze rozen erop. Hij ging op het puntje van de leunstoel zitten, nog steeds met de thermoskan in zijn handen. De buik puilde over zijn dijbenen heen.

"Ik ben een keer verloofd geweest", zei hij met vaste stem, de rechercheurs om beurten aankijkend. "Ze is gestorven", zei hij kortaf en hij hield de kan voor hen op.

Randi Johansen pakte haar kopje en boog voorover. "Wat erg", zei ze.

"Het was verschrikkelijk." Moen zette de thermoskan op tafel. Hij wreef zich vermoeid door zijn ogen. "Ik was 28, nu ben ik bijna vijftig." Hij schudde even het hoofd alsof hij alles wilde vergeten. "Waarom hebben jullie haar appartement verzegeld?" vroeg hij. "Ze is toch op straat gestorven?"

"Zo gaan die zaken", zei Randi Johansen. "Dat heeft met formaliteiten te maken."

"Wat denkt u dat er is gebeurd?" vroeg Cato Isaksen. Hij nam een slok van de warme koffie.

De man in de stoel zweeg. Hij zette zijn mok op tafel, leunde achterover en slikte moeizaam. Zijn mondhoeken begonnen zachtjes te trekken en zijn bolle wangen trilden. Cato Isaksen smoorde een geluidloze zucht. Hij kon er niet tegen als volwassen mannen gingen huilen. Door de jaren heen had hij talloze nabestaanden ontmoet. Hij had ze gebogen over het slachtoffer zien zitten dat even daarvoor nog had geleefd; een moeder, een vader, een echtgenoot of, en dat was het allerergste, een kind. Hij dacht aan het absurde van de tijd, waardoor de overledene steeds verder werd weggevoerd. Sommige verwanten riepen en schreeuwden alsof ze gewond waren. Andere zaten stijf rechtop, alsof ze zich niet langer in hun eigen lichaam bevonden.

"Er is zoveel ..." begon Alf Boris Moen met trillende stem. "Het is vooral een vreselijke schok. Een afschuwelijke tragedie. Ik geloof dat het nog niet echt tot me doorgedrongen is. Dat je hier kunt worden doodgeschoten, in zo'n rustige wijk als Ullevål Hageby, bedoel ik."

Randi Johansens mobiele telefoon ging. Ze stond op en liep naar de gang.

"Ik ben gisteren niet naar mijn werk geweest", ging Alf Boris Moen verder.

"Dat is begrijpelijk. Wat doet u op het ministerie van Defensie?"

"Ik werk in het archief. Al 21 jaar."

Cato Isaksen wierp een blik uit het raam. Randi Johansen kwam terug.

"Privé", zei ze, op haar mobiel wijzend.

"Ik maak me zo'n zorgen om mijn zus. Ze staat op het punt van instorten, de arme stakker. Wilt u alstublieft proberen haar te laten stoppen met die lange zoektochten?"

"We zullen het proberen", beloofde Cato Isaksen. We zullen verder samenwerken met de politie van Follo en de landelijke recherche", zei hij. "Hoewel het twee verschillende zaken zijn, moeten we ze toch op een bepaalde manier met elkaar in verband brengen."

"Ze blijft maar rondlopen. Stel je voor dat ze haar opeens vindt. Dat mag niet gebeuren." Alf Boris Moen verontschuldigde zich, stond op en liep naar de badkamer. Toen hij terugkwam, werd hem gevraagd wat meer te vertellen over de kennissenkring en de gewoonten van zijn moeder. De conclusie was dat ze een gewone bejaarde was die met niemand in onmin leefde of vijanden had.

"Moeder was heel gezellig", zei hij, "en tolerant en netjes. Ze hield zich altijd aan afspraken. Ze trad niet op de voorgrond. Ze ging af en toe naar de bingo en had een paar goede vriendinnen."

"Ze had geen relatie met een man?"

Alf Boris Moen vertrok zijn mond even in een glimlach.

"Zeker niet", zei hij beslist. "Mijn vader is jaren geleden gestorven en daarna is er nooit een man in beeld geweest. Zo was ze niet. Af en toe werd ze gepest door een paar jongens, maar dat worden zoveel oude vrouwen in deze buurt. Er zijn niet veel ouderen over, weet u. Er zijn jonge gezinnen komen wonen en dat heeft de buurt veranderd. Vroeger was het hier rustig. Nu zijn er kinderen en skaters en zo. Ze gooiden sinaasappelschillen, propjes papier en steentjes naar haar grote hoeden. Dat soort jongens noem ik etterbakken. Ik ben ze een paar keer achterna gegaan, maar ze waren er op hun skateboards zo vandoor."

Cato Isaksen vroeg hem wat meer te vertellen over het damesclubje waar zijn moeder lid van was. Alf Boris Moen ademde diep in. "Moeder zat bij een royalistenclub, zoals ze zelf zei. Ze was met hart en ziel trouw aan het koningshuis." Een glimlachje verscheen om zijn lippen. "Ze wist alles van de koninklijke familie. U moet eens met haar vriendinnen praten, Tulla Henriksen en Solveig Wettergren. Lieve, vreemde, oude vrouwen."

Cato Isaksen vroeg of hij van het toilet gebruik mocht maken. Na al die koffie was dat wel noodzakelijk. Hij sloot de deur van de badkamer. Alles was keurig en blinkend schoon. Badjas, scheergerei, pantoffels. Matglas in het raam naar de binnenplaats. Lichte handdoeken op keurige stapeltjes op twee plankjes en een zweem van een zoetige, scherpe geur die hij niet thuis kon brengen.

IN DE ZONDAGEDITIE VAN *VG* WERD DE VERDWIJNING VAN KATHRINE Bjerke in verband gebracht met de moord op haar grootmoeder. KATHRINES GROOTMOEDER VERMOORD, stond er met grote letters op voorpagina.

De 75-jarige vrouw die vijf dagen geleden op straat in Ullevål Hageby werd neergeschoten en vermoord, was de grootmoeder van de verdwenen Kathrine Bjerke. Het 14-jarige meisje verdween ruim twee weken geleden uit haar woonplaats Drøbak. De politie, hulptroepen van het Rode Kruis, de Burgerwacht en vrijwilligers hebben actie ondernomen om het meisje terug te vinden. Acht dagen geleden werd haar opsporingsbericht verspreid in het hele Schengengebied. Inmiddels zijn er zaken naar voren gekomen die erop wijzen dat het meisje vrijwillig is verdwenen. Maar nu, na de moord op haar grootmoeder Brenda Elise Moen, die woensdagavond op straat werd doodgeschoten, is het volgens onbevestigde berichten volkomen duidelijk dat de zaak een andere wending heeft genomen. De politie wil niet speculeren over een verband tussen beide zaken, maar uit betrouwbare bron is vernomen dat er nu al diverse concrete theorieën bestaan over de eventuele gebeurtenissen.

"Een lek", zei Roger Høibakk teleurgesteld.

Afdelingschef Ingeborg Myklebust keek haar team ontevreden aan. Ze schikte haar rode haar en prutste even aan de kraag van haar beige zijden blouse voor ze ging zitten en Cato Isaksen het woord gaf. Hij begon met een algemeen verhaal over de beide zaken en waarschuwde het team zich niet vast te bijten in een bepaalde theorie.

"Dat de kranten al met dergelijke conclusies komen, is natuurlijk irritant", begon hij, "maar we moeten proberen ons niet te laten beïnvloeden. Het is echter wel afgelopen met de rust. We kunnen er niet van uitgaan dat er een verband tussen beide zaken bestaat. Tegelijkertijd hebben de kranten gelijk dat de verdwijning van Kathrine Bjerke nu in een ander licht is komen te staan. We moeten ons concentreren op het verband. Alle theorieën toetsen. Ons niet ophangen aan één theorie. En dan maar kijken waar we uitkomen. In gesprekken met de pers wil ik dit daarentegen niet overdrijven. Over een paar uur hebben we weer overleg met de politie van Follo. Morgenvroeg om negen uur is er een gezamenlijke persconferentie."

"Die doe ik", zei Ingeborg Myklebust snel.

"Mooi", zei Cato Isaksen.

"Wat denken jullie van een geheel nieuwe theorie?" zei Roger Høibakk. "Misschien heeft Kathrine Bjerke haar grootmoeder wel doodgeschoten."

"Die gedachte is bij ons allemaal opgekomen", zei Asle Tengs.

Roger Høibakk keek zijn collega's om beurten aan.

"Het is een theorie", zei hij schouderophalend.

"Maar geen waarschijnlijke", nam Randi Johansen het over. "Vaak zijn 14-jarige meisjes dol op hun grootmoeder en meestal schieten ze die niet dood."

"Ze kan verslaafd zijn aan drugs", zei Roger. "Wie zal het zeggen. Misschien heeft ze om geld gevraagd of van haar gestolen."

"Ik dacht dat drugsgebruik was uitgesloten", zei Randi.

"Maar misschien weten we niet alles. Misschien had Kathrine geheimen waar niemand in haar familie of vriendenkring iets van wist."

"Daar kun je natuurlijk gelijk in hebben." Er verscheen een bezorgde rimpel op Cato Isaksens voorhoofd.

"Sommige mensen hebben een dubbelleven", zei Roger Høibakk.

"Maar ze is nog maar veertien", zei Randi Johansen.

"Alf Boris Moen, de zoon van het slachtoffer, vertelde dat zijn moeder een paar keer lastig was gevallen door een stel skaters", zei Cato Isaksen. "We moeten die jongens nog maar eens verhoren."

Om acht uur op maandagmorgen kwamen de rechercheurs in Cato Isaksens kamer bij elkaar. Ze waren er allemaal, behalve Ingeborg Myklebust die met de landelijke recherche en de politie van Follo een bespreking had over de komende persconferentie. Een stroom van tips over Kathrine Bjerke was in het kielzog van de nieuwe zaak naar voren gekomen. De rechercheurs werden bevestigd in hun vermoeden dat een militair wapen was gebruikt om Brenda Elise Moen op straat neer te schieten en te vermoorden.

Ellen Grue presenteerde het rapport, waarin stond dat het slachtoffer was geraakt door twee 9mm-projectielen. Er was waarschijnlijk gebruikgemaakt van een Glock P-80 militair pistool, maar het zou ook een MP-5 wapen kunnen zijn. "We hebben informatie opgevraagd bij het leger", zei Ellen Grue. "Alleen al in Oslo zijn er 728 wapens vermist. En dan hebben we het over automatische wapens van het type AG-3, machinepistolen van het type MP-5 en een aantal Glock-pistolen. Een paar weken geleden is er ingebroken in het wapendepot bij Rud in Bærum, maar er verdwijnen regelmatig wapens uit dergelijke militaire depots zonder dat de zaak wordt opgelost. Op 9 februari werden twee wapens als vermist opgegeven bij de vliegbasis Rygge. Er zwerft dus een enorme hoeveelheid wapens ergens rond."

"Dat wordt dus zoeken naar de beroemde speld in de hooimijt", zei Roger Høibakk gapend.

"Berg", zei Randi Johansen, "hooiberg."

Roger keek haar grijnzend aan.

"Misschien moeten we ons niet te veel bezighouden met het onderzoek in het leger", vervolgde Randi. "We weten tenslotte dat die wapens worden doorverkocht in allerlei milieus. Het drugsmilieu, groepen allochtonen, overal."

"Misschien heb je gelijk. Ik wil informatie over iedereen in de kringen rond Kathrine en haar grootmoeder. Met name mensen die op de een of andere manier connecties hebben met het leger", zei Cato Isaksen terwijl hij de groep aankeek. "Preben, ik wil dat jij grondig onderzoek doet naar iedereen die te maken heeft met Alf Boris Moen, zowel wat betreft zijn werk als privé. Thorsen, jij neemt Kathrine Bjerkes kring, alles en iedereen. Vaders van haar vriendinnen die lid zijn van de Burgerwacht, buren, collega's van haar moeder en haar stiefvader. Al dat soort mensen."

De persconferentie liep gesmeerd en gedurende de dag werkten de rechercheurs in kleine groepjes verder. Cato Isaksen besloot een bezoek te brengen aan de vriendinnen van Brenda Moen. Hij had met een van hen gebeld en een afspraak gemaakt. Zij had beloofd de ander op de hoogte te brengen.

Terwijl hij wachtte op Randi Johansen, die hem zou vergezellen, voelde hij zijn vermaarde onrust weer bovenkomen. De zaak was nog te nieuw om er echt grip op te krijgen. Er waren geen concrete uitgangspunten. Hij liep de kamer uit en zag de rug van Ellen Grue verderop in de gang. Hij draaide zich vlug om en liep zijn kamer weer binnen.

Hij kreeg door dat Randi met een van de drie jonge skaters in de verhoorkamer zat. De beide anderen zaten op de gang te wachten.

Cato Isaksen klopte zachtjes op de deur. Hij knikte even tegen zijn collega, die vooral goed was in het verhoren van kinderen.

"Hallo", begroette hij de jongen. "Hoe gaat het?"

"Het is niet waar", zei de jongen. "We hebben nooit sinaasappelschillen naar oude vrouwen gegooid." Hij leek oprecht verontwaardigd. "Wij zijn ook niet de enige skaters in de buurt", vervolgde hij. "Er komen zelfs jongens uit het centrum naar de halfpipe op de Damplass."

"Veel mensen ergeren zich aan het lawaai van de boards, hè?" Cato Isaksen keek hem glimlachend aan. "Mogen jullie echt zo laat nog buiten zijn? Woensdag is toch een doordeweekse dag?"

"Eigenlijk niet", zei de jongen somber.

TULLA HENRIKSEN WOONDE IN EEN HAVELOZE PORTIEKWONING IN de Waldemar Thranesgate. Toen de rechercheurs aanbelden, werd de deur onmiddellijk geopend. Ze had duidelijk op hen staan wachten. Cato Isaksen stelde Randi Johansen en zichzelf voor.

"Kom binnen", zei ze druk, "Solveig is er ook. Kom verder." Op de achtergrond klonk de stem van een presentator van Radio P4. Cato Isaksen deed zijn schoenen uit en liep langzaam de kamer in.

Een weeë, misselijkmakende geur kwam hen tegemoet.

"Ik ben viskoekjes aan het bakken, in echte boter", verontschuldigde Tulla Henriksen zich en ze liep naar de keuken.

Solveig Wettergren keek de rechercheurs ernstig aan. Ze was een stevig gebouwde vrouw met een mooi en popperig, gepoederd gelaat en lichtblonde, bijna witte, gepermanente krullen. De zon, die weerkaatste in een raam aan de overkant van de straat, viel in kleine, ovale vlekken op de wand. De lichtvlekken dansten op haar lichte haar. De bordeauxrode jurk accentueerde de felle kleuren van haar make-up. Tulla Henriksen was het tegengestelde van Solveig, mager en gerimpeld, met een grote opvallende bril en dun, grijs, onverzorgd haar. Ze droeg een slobberbroek en een onelegante trui.

"We zijn helemaal uit het veld geslagen", begon Solveig Wettergren. Ze wierp een geïrriteerde blik in de richting van de keuken; haar vriendin ratelde maar door en riep iets wat ze niet konden verstaan. "We waren helemaal verbijsterd toen Alf ons belde", zei ze en ze liep naar de keuken. Ze had een grote, hoekige gestalte maar had toch een lichtvoetige tred. "Ga zitten", zei ze vriendelijk. Ondanks de enorme schok van het verlies van hun vriendin bij de afschuwelijke schietpartij enkele dagen geleden, maakten de beide oude dames een bijzonder levendige indruk.

Randi en Cato namen plaats in de twee stoelen die deel uitmaakten van het bankstel. Tulla Henriksen riep uit de keuken iets over thee en de rechercheurs zeiden dat ze wel een kopje lustten.

Solveig Wettergren kwam binnen met een schaal koekjes.

"Ik begrijp gewoon niet dat ze is doodgeschoten. Zoiets lees je in de krant overvallen, berovingen en moord. Wij hebben daar niets mee te maken. Of misschien toch", voegde ze er bezorgd aan toe. "We zaten erover te praten voordat jullie kwamen. Zou iemand ons clubje naar het leven staan?"

Cato Isaksen probeerde een glimlach te verbergen. "Dat geloof ik niet", zei hij.

"Haar kleinkind is verdwenen." Randi Johansen was ongeduldig en wilde met het verhoor beginnen.

"Dat was vreselijk." Solveig Wettergren keek naar haar handen. "Dat is vreselijk", verbeterde ze.

"Brenda had het heel moeilijk met de verdwijning van Kathrine. Het was een aardig meisje", zei Tulla Henriksen vanuit de keukendeur. "Wij hebben geen kleinkinderen." Ze knikte even naar haar vriendin.

"Nee, hoe zou dat kunnen zonder kinderen", zei haar vriendin met een zoetzure glimlach.

"We waren bijna jaloers op haar. We weten dat we wat dat betreft iets missen." Tulla Henriksen keek voor bijval naar haar vriendin. "In de twee weken dat Kathrine weg was, werd Brenda tien weken ouder. Ik geloof dat ze sindsdien geen nacht heeft geslapen."

"We zijn niet bijgelovig." Tulla Henriksen hief haar magere handen op en sloeg ze zachtjes tegen elkaar, "maar je zou het haast worden. Brenda had een grote, oude spiegel in de hal hangen. Een paar dagen voordat Kathrine verdween, viel hij naar beneden en brak. Het was zo'n mooie, oude consolespiegel, weet u wel, mooi bewerkt, met geslepen randen."

"Hoe is dat gebeurd?" Cato Isaksen pakte zijn mobiele telefoon, die in de binnenzak van zijn jas overging. Hij zette hem uit. Het was een telefoontje van thuis. Vast Vetle. Hij zou hem terugbellen als ze klaar waren met de beide oude vrouwen.

"Misschien wilden ze hem ergens anders hangen. Ik weet het niet. Denk jij dat ze hem wilden verhangen?" Ze keek naar haar vriendin die de schouders ophaalde. "U kunt het aan Alf vragen. Als een spiegel breekt, betekent dat zeven jaar ongeluk", zei Tulla Henriksen dramatisch. "Dat is een akelige gedachte."

"Wanneer hebt u Brenda voor het laatst gezien?" Randi Johansen noteerde de antwoorden van de vrouwen in een klein notitieboekje.

"Afgelopen zaterdag. We waren bij haar thuis. Ze wilde het huis niet uit, de arme stakker, maar we dachten dat het wel fijn was als we bij haar kwamen. Dan kon ze haar zinnen verzetten."

"Ontmoette u elkaar ook buiten de bijeenkomsten?"

"Ja, af en toe bij de bingo. Soms ging Alf ook mee, op zondag."

"Wie zou Brenda Moen kwaad willen doen?"

De beide vriendinnen keken elkaar aan. "Ik kan niemand bedenken", zei Tulla Henriksen.

"Ik ook niet", zei Solveig Wettergren. Ze haalde een verfrommelde zakdoek tevoorschijn en veegde langs haar ogen. "Je gedachten slaan vaak op hol, hè? Je denkt dat je veilig bent. Je loopt op straat, en opeens leef je niet meer."

Tulla Henriksen zette theekopjes en bordjes met een rozenpatroon op het versleten, bruine salontafeltje. "Brenda was eigenlijk de aanvoerder van ons clubje. Hebt u haar appartement gezien?"

Cato Isaksen schudde het hoofd. "Nog niet, maar andere politiemensen zijn er geweest."

"Ik ben er geweest", zei Randi Johansen.

"Het is er anders dan hier", vervolgde Tulla Henriksen, druk met haar armen zwaaiend. Opeens vielen Cato Isaksen de talloze foto's van koningshuizen op die aan de wanden hingen.

"Ik heb foto's uit bladen en tijdschriften ingelijst." Tulla Henriksen liep weer op een drafje naar de keuken en kwam terug met een theekan die ze op tafel zette. "Maar Brenda had echte foto's", maakte ze haar opmerking af.

"Geërfd", zei Solveig Wettergren zachtjes. De lichtvlekken vielen niet meer op haar haar. "Haar moeder was Russische en een groot verzamelaar van foto's en voorwerpen. We weten niet precies hoe ze eraan kwam, maar er gaan geruchten dat ze de geliefde was van een van de leden van de hofhouding van koningin Maud en koning Haakon." De keurig verzorgde oude dame keek naar haar handen. Aan haar rechterhand droeg ze twee grote diamanten ringen.

"Het is zo'n merkwaardig sprookjesverhaal dat het bijna ongeloofwaardig is. Brenda's moeder kwam ongeveer tegelijk met koning Haakon naar Noorwegen. Ze was echt een schoonheid", nam Tulla Henriksen het verhaal over terwijl ze de slappe thee inschonk en de machtige chocoladekoekjes presenteerde. "Kijk maar eens naar de foto's als u bij Alf Boris bent. Ze had geen plek om te wonen en wist niet wat ze moest doen. Maar de hele stad was vol omdat de nieuwe koning zou arriveren.

Ze had nauwelijks geld, maar ze kocht een tijdschrift met een foto van het nieuwe koningspaar op de voorpagina. Zo is het begonnen. Ze liep rechtstreeks naar het slot en vroeg om een baan. Ze vertelde dat ze voor de Russische tsarenfamilie had gewerkt. Dat was natuurlijk onzin, maar misschien hebben ze haar daarom wel aangenomen."

"Later, toen ze wat meer geld had, kocht ze een plakboek en begon ze systematisch foto's en artikelen te verzamelen", zei Solveig Wettergren. "Ze werkte nog jarenlang aan het hof, totdat Brenda werd geboren. We hebben vaak lol gehad om de vraag wie haar vader zou kunnen zijn."

"Op de een of andere manier wist ze ook de hand te leggen op een schilderij dat door de jaren heen steeds meer waard werd. Het heet *Wespentaille*. Het hangt bij Brenda thuis", zei Tulla Henriksen.

Randi Johansen knikte. "Ik heb het gezien", zei ze.

"Interesseert haar zoon zich ook voor dat soort zaken?" Cato Isaksen zette het tere theekopje voorzichtig terug op tafel.

"Nee", de beide oude vrouwen keken elkaar vragend aan. "Ik weet het niet zo goed, ik geloof het niet."

Solveig Wettergren stond op. "Het kwam wel eens voor dat hij er bij was. Hij kwam vaak naar beneden als wij bij Brenda waren."

"Had hij vrienden?"

"Ik geloof niet dat ik daar iets over heb gehoord", zei Tulla Henriksen.

"Ik kan het me niet herinneren", voegde haar vriendin eraan toe.

Randi Johansen pakte de schaal met koekjes nog eens aan en gaf hem door aan Cato Isaksen, die nog niets gegeten had die dag en zich ineens een beetje misselijk voelde na het eerste koekje. Toch nam hij er beleefd nog een.

"Vindt u het niet vreemd dat Brenda Moen haar huis zo laat nog verliet op de avond dat ze werd vermoord?" vroeg hij.

"Zeker", zeiden de beide oude vrouwen in koor terwijl ze elkaar verongelijkt aankeken. "Brenda was erg voorzichtig, een beetje bedeesd misschien." Solveig Wettergren schoof haar grote lichaam onrustig heen en weer, streek voorzichtig over haar enorme boezem en voelde aan de broche die uit vuurrode stenen bestond.

"Ze had in elk geval geen vijanden." Solveig Wettergren speelde afwezig met haar broche. "Het is wel leuk dat we zo'n clubje hebben, zeker nu het huwelijk van de kroonprins nadert", zei ze dramatisch. "We hebben een kamer gereserveerd in het Grand Hotel, aan de straatkant. Daar gaan we kijken naar de stoet. We hebben ons daar heel erg op verheugd."

De beide vrouwen praatten door elkaar heen. Cato Isaksen luisterde maar met een half oor. De relatie van kroonprins Haakon met de uit Zuid-Noorwegen afkomstige Mette Marit interesseerde hem totaal niet.

"Het wordt vast heel bijzonder", zei Solveig Wettergren, "en we moeten positief blijven. Het is wel apart om er op 25 augustus bij te zijn op de Karl Johans-gate."

"Tja, het is niet zeker dat we er nu mee door kunnen gaan. Als we kijken naar wat er met Brenda is gebeurd", zei Tulla Henriksen.

"We zullen wel zien", zei Solveig Wettergren en ze stond op om suikerklontjes te halen. Haar grote lichaam straalde vastberadenheid uit. Haar brede, blozende gezicht had een resolute trek om haar mond. Cato Isaksen vond opeens dat ze een bepaalde gewichtloosheid uitstraalde.

Toen Randi en Cato in de auto zaten op weg terug naar het politiebureau, zette hij zijn mobiel weer aan en belde naar huis. Er werd niet opgenomen. Hij besloot dat hij een van de komende dagen langs een telefoonwinkel zou gaan om een mobiele telefoon te kopen voor zijn zoon. Randi Johansen lachte even en zei dat ze aan de beide oude dames dacht. "Ik hoop dat ik niet zo word", zei ze.

"Vast wel", zei Cato Isaksen glimlachend.

De volgende dag werd een rommelige dag. Geen verhoren, alleen een heleboel losse documenten waar ze niets aan hadden. Er liepen continu mensen aan zijn hoofd te zeuren, ze vroegen om raad, wilden weten wat hij dacht. Ten slotte liep hij naar het toilet om zijn gezicht met koud water te wassen. De hele dag kwam hij het politiebureau niet uit.

Zijn oudste zoon Gard en Tone, het meisje met wie hij samenwoonde, hadden hem en Bente die avond om halfacht uitgenodigd voor het diner, samen met haar vader en moeder. De ouders hadden elkaar nog niet eerder ontmoet. Eigenlijk kwam het slecht uit; hij zou de hele avond door moeten werken aan de Moen-zaak. Hij keek even op zijn horloge. Het was tien voor zeven. Als hij haast maakte, kon hij op weg naar huis even bij zijn moeder op bezoek gaan in het bejaardenhuis in Frogner. Het was al een week of drie geleden sinds hij haar voor het laatst had gezien.

Hij wist dat het personeel het niet op prijs stelde dat familie nog zo laat op bezoek kwam, maar dat lapte hij aan zijn laars. Zijn moeder zat tenslotte niet in een gevangenis. Al die regels en bezoektijden. Ze was zijn moeder. Hij wilde haar bezoeken als hem dat uitkwam.

Hij moest aanbellen om binnen te komen. Een verpleegster keek hem verwonderd door de glazen deur aan. Hij vertelde kortaf voor wie hij kwam.

"Ik denk dat mevrouw Isaksen al naar bed is", zei de in het wit geklede vrouw. Hij voelde boosheid opkomen. Het was net zeven uur geweest en ze hadden zijn moeder al in bed gestopt.

"Maar ze wil het zelf", zei de verpleegster toen ze zag hoe hij reageerde. "Ze voelt zich op het moment erg moe. Het zal het voorjaar wel zijn." Ze speelde met haar horloge dat aan de witte borstzak was vastgemaakt.

Cato Isaksen nam de lift naar de eerste verdieping en liep met doelgerichte stappen door de stille gang. Inderdaad, zijn moeder sliep. Ze zouden haar wel slaaptabletten hebben gegeven, dacht hij en hij liep naar haar toe. Ze was nu oud, erg oud. Haar breekbare handen lagen op het dekbed. Haar ademhaling ging regelmatig. Een klein lampje brandde op een tafel in de hoek. Het licht viel als een warme driehoek over haar handen en een deel van het dekbed. Hij keek naar de foto's aan de wand, de familiefoto's. De trouwfoto van hem en Bente, van hun eerste huwelijk. Hij dacht niet dat zijn moeder al zijn gerotzooi van de laatste jaren mee had gekregen. De kinderfoto's van Gard en Vetle waren lief. De tijd ging zo snel. Er veranderde veel, maar het oude bleef altijd bestaan.

Hij zag dat er verse bloemen op het nachtkastje stonden. Een boeket kleurige tulpen. Van wie had ze die gekregen? Hij wist het antwoord wel: Sigrid en Hamza. Hun attentheid kwam hem de neusgaten uit.

Aan de wand boven het bed had iemand een tekening van Georg vastgeplakt. Cato Isaksen glimlachte. Hij herkende de humoristische trekjes van zijn jongste zoon. Een paarse draak spoot vuur uit zijn geopende bek. Het jongetje was in een fase waarin hij bang was voor grote, onbekende dieren.

Cato Isaksen bukte zich en pakte voorzichtig de handen van zijn moeder. Ze merkte het niet en sliep rustig verder. Hij bleef even naar haar staan kijken en liep toen naar buiten, naar zijn auto en reed naar huis in Asker.

Het rechercheteam kwam in de gewone vergaderruimte bij elkaar. Het was de vorige avond gezellig geweest bij Gard en zijn vriendin. Ze hadden in de kleine kamer de tafel keurig gedekt en waren trots en nerveus dat hun ouders elkaar voor het eerst zouden ontmoeten. Het was goed gegaan. Cato Isaksen, die eigenlijk heel erg moe en gedeprimeerd was geweest na zijn bezoek aan het bejaardenhuis, was ontdooid en had gezellig gepraat met Tones vader. Bente en Tones moeder konden ook goed met elkaar overweg. Een paar jaar geleden had het er allemaal niet zo rooskleurig uitgezien. Gard trok op met jongeren die dagelijks drugs gebruikten. Gelukkig hadden ze het bijtijds ontdekt en hem geholpen de weg terug te vinden. Maar het was een strijd geweest. Een nachtmerrie die hij zijn ergste vijand niet toewenste.

Toen de rechercheurs de nieuwste rapporten van de politie van Follo hadden doorgenomen, belde Vetle. Hij was helemaal over zijn toeren en vertelde dat een grote hond Marmelade in zijn rug had gebeten en hem langs de huizen, door het weiland, het bos in had gejaagd.

"Maar ben je dan niet op school?"

"Ik kon niet gaan."

"Luister eens even", begon Cato Isaksen boos, maar iets in de stem van de zeventienjarige jongen maande hem tot rust. "Hij komt vast en zeker terug", probeerde hij Vetle gerust te stellen. "Een kat heeft negen levens."

"Maar hij is gewond. Hij kan wel doodbloeden. Jij hebt niet gezien wat er is gebeurd."

"Heb je naar hem gezocht?"

"Ik heb anderhalf uur rondgelopen en geroepen. Hij is weg."

"Waarom bel je mama niet?"

"Ze is aan het werk."

"Ik kan nu niet naar huis komen, als je dat bedoelt." Cato Isaksen keek naar de rapporten van de politie van Follo en het overzicht van de mobiele-telefoongesprekken die Kathrine en haar vrienden de laatste dagen voor haar verdwijning hadden gevoerd. "Ik wil een nieuwe mobiele telefoon voor je kopen", zei hij iets vriendelijker.

Het werd stil aan de telefoon. "Fijn", zei zijn zoon gedwee. Zijn oude was kapotgegaan toen hij hem een paar weken geleden op de grond had laten vallen.

Roger Høibakk stond op en vroeg hoeveel mensen koffie wilden hebben. Cato Isaksen knikte naar zijn collega en zei tegen Vetle dat hij moest maken dat hij op school kwam. Toen sloot hij het gesprek af en pakte de koffie die zijn collega hem aanreikte.

De gesprekslijsten van de mobiele telefoons van Kathrine Bjerke en Kenneth Hansen toonden aan dat ze samen drie gesprekken hadden gevoerd tussen zeven en elf uur op de avond van Kathrines verdwijning. Het laatste gesprek werd even voor elf uur beëindigd. Kathrine had ook met haar oom gebeld en met Maiken Stenberg, haar beste vriendin.

Randi Johansen schoof een ander papier naar hem toe.

"De stiefvader van Kathrine", zei ze. "De landelijke recherche heeft een apart rapport over hem gemaakt. De relatie tussen hem en Kathrine was niet goed. Ze verbinden daar op geen enkele manier conclusies aan, maar we moeten misschien wel zo snel mogelijk een gesprek met hem hebben."

Cato Isaksen nam een grote slok van de koffie die Roger had gehaald, liep nog eens snel de telefoonlijsten door en zei tegen Randi dat hij naar Drøbak zou rijden om het verhoor van de stiefvader alleen te doen. "Ik wil bovendien ook nog een gesprek hebben met haar vriendin."

Randi Johansen keek hem dankbaar glimlachend aan. Haar dochter moest naar een verjaardagsfeestje van een vriendinnetje en de moeders moesten meekomen. "Fijn dat je eraan denkt. Ik moet vandaag om vier uur thuis zijn", zei ze. "Maar ik neem een stapel papieren mee om vanavond door te lezen. Ik bel je als ik iets ontdek."

Cato Isaksen knikte even. Roger Høibakk, Preben Ulriksen, Asle Tengs, Thorsen en Billington verdeelden de taken onderling. Zelf moest hij eraan denken dat hij Vetle had beloofd die avond met hem mee te gaan naar school voor een informatiebijeenkomst over een vervolgopleiding. Zover hij zich kon herinneren begon het om zes uur.

Roger en Preben zouden nog een keer naar Ullevål Hageby gaan om te praten met de buren in de John Collets-allé. "We gaan ook nog bij Moen langs", zei Roger voor hij wegliep.

"Wacht", riep Cato Isaksen en Roger stak zijn hoofd weer om de deur. "Vraag hem naar de gebroken spiegel", zei hij.

"Welke spiegel?"

"Een spiegel die een paar dagen voor Kathrines verdwijning is gebroken. Vraag er gewoon maar naar. Hij snapt wel wat je bedoelt. En vraag ook naar het laatste telefoongesprek dat hij met zijn nichtje had. Volgens de lijsten van de telefoonmaatschappij vond dat plaats op 20 februari, even na halfelf."

"Oké", zei Roger Høibakk en hij liep fluitend de gang op.

KATHRINES STIEFVADER WAS SLAGER. HIJ HAD DE LEIDING OVER DE verswarenafdeling van supermarkt Meny, in het grote winkelcentrum City Drøbak. Het lag slechts een paar kilometer van de rijksweg af. Cato Isaksen reed eerst langs het winkelcentrum naar het centrum van Drøbak. Het was een grijze dag. De lucht was vochtig en vanuit zee kwam mist opzetten. Hij reed helemaal naar de oude veerbootkade waar hij omkeerde en dezelfde weg terugreed. Drøbak was een gezellig en exotisch stadje. Langs de smalle weg stonden oude houten huizen. Bij de rotonde draaide hij de parkeerplaats op en hij parkeerde voor het winkelcentrum.

Hij baande zich een weg naar binnen. Het was er stampvol mensen; jonge moeders met kinderwagens, mannen, vrouwen en bejaarde echtparen. Jongeren en kleine kinderen liepen door elkaar heen. Hij haatte dergelijke grote winkelcentra. Langs het cafeetje aan de linkerkant liep hij verder naar de supermarkt.

Hij maakte een verkenningsrondje voor hij helemaal achter in de zaak bij de slagerij uitkwam. Hij boog over de verse waren heen en vroeg een vrouw van een jaar of vijftig of hij met Tage Wolter kon spreken. Ze fluisterde zachtjes terug dat Tage Wolter niet op zijn werk was.

"Hij is vandaag thuis bij zijn vriendin. Het is allemaal zo verschrikkelijk. Ik weet niet of u weet wat er is gebeurd?"

"Jazeker", zei Cato Isaksen snel en hij bedankte haar voor de informatie.

"U bent van de politie, hè?" zei de vrouw nieuwsgierig. Hij knikte. Mensen van de landelijke recherche en de politie van Follo waren hem vast al voor geweest.

Hij zette de auto in zijn achteruit en reed de parkeerplaats af. Hij sloeg bij de golfbaan rechts af en reed een klein stukje rechtdoor naar het huis waar Roger en hij een paar dagen geleden met Helena Bjerke hadden gesproken.

Tage Wolter opende zelf de deur. Hij knikte even en zei verontschuldigend dat zijn vriendin niet aanwezig was. "Ze maakt een wandeling", zei hij.

"Ik wil eigenlijk met u spreken", zei Cato Isaksen vriendelijk en hij bekeek de lange, knappe man.

Tage Wolter nodigde hem uit om binnen te komen en vertelde dat zijn vriendin weer op zoek was.

"Elke dag gaat ze er urenlang op uit", zei hij, demonstratief op zijn horloge kijkend. Kathrines stiefvader had halflang grijs haar. Hij was smaakvol gekleed in een zwarte coltrui en een spijkerbroek. Hij gebruikte nog steeds de Zweedse taal, doorspekt met Noorse woorden en uitdrukkingen.

"Dus u bent niet samen met haar op zoek?"

"Ze wil het liefst alleen op pad", zei Tage Wolter. Hij nam de rechercheur mee naar de woonkamer en vroeg hem plaats te nemen.

Er stonden vuile kopjes en bordjes op de salontafel. Kranten en tijdschriften lagen op een stapel op de vloer. Het was duidelijk dat ze geen bezoek verwachtten.

Er hing een zware rooklucht in de kamer. Cato Isaksen nam plaats op de versleten leren bank en bedacht dat hij net zo goed recht op zijn doel af kon gaan.

"Hoe was uw relatie met Kathrine?" vroeg hij.

De stiefvader, die in de bruine leren stoel tegenover hem was gaan zitten, sloeg vermoeid zijn ene been over het andere. Hij trok heel even de schouders op en keek de rechercheur met een sombere blik aan.

"Dat is moeilijk te zeggen", zei hij. "Ik had geen speciale relatie met haar. Helaas", voegde hij eraan toe. "U weet het wel, giechelende meisjes op die leeftijd. Die zijn niet gemakkelijk."

Cato Isaksen keek hem aan zonder iets te zeggen. Het werd een lange stilte.

Tage Wolter bestudeerde zijn grote handen. Hij slikte een paar keer voor hij de rechercheur in de ogen keek. "Als u denkt dat het meevalt om stiefkinderen te hebben, dan hebt u het mis", zei hij ernstig.

"Ik weet er alles van", zei Cato Isaksen geruststellend glimlachend.

Tage Wolter glimlachte niet terug. "Ik heb het geprobeerd. Ik wilde dat ze van me zou houden. Dat wil je toch. Ik hou immers van haar moeder. Ze was negen toen ik haar moeder leerde kennen. Helena was pas gescheiden, dus dat had niets met mij te maken. Dat ze Kathrines vader verliet, bedoel ik."

De stiefvader was onrustig. Hij voelde zich duidelijk niet op zijn gemak.

"Hoelang gaat dit verhoor duren?" vroeg hij. "Ik heb om twee uur een afspraak op de zaak met een leverancier."

"U werkt op de verswarenafdeling?"

"Ik ben gediplomeerd slager", zei Wolter trots.

Cato Isaksen keek hem rustig aan. Hij bleef naar zijn handen zitten kijken.

"Hebt u enig idee wat er met Kathrine is gebeurd?" vroeg hij met de nadruk op 'u'. "Denkt u dat ze dood is?"

Tage Wolters handen bewogen onrustig. Hij gaf niet direct antwoord, staarde alleen over de schouder van de rechercheur heen. Cato Isaksen draaide zich om. Er was niets.

"Ik weet niet goed wat ik denk", zei hij ten slotte. Hij hief de handen op. "Er moet toch iets zijn gebeurd. Ze kan toch niet zomaar verdwijnen." Hij knipte demonstratief met zijn vingers.

"Kunt u iets meer over haar vertellen?"

"Kathrine ..." hij wachtte even, "was nogal eens moeilijk", zei hij voorzichtig, "maar nee ... ze was ook verstandig. Op een bepaalde manier sterk. Er wordt gespeculeerd dat ze zelfmoord heeft gepleegd ..." Hij schudde heftig het hoofd. "Dat heeft ze niet gedaan. Dat weet ik zeker. Zo was ze niet."

Het viel Cato Isaksen op dat hij 'was' zei, in plaats van 'is'. Ook al was Tage Wolter zelf niet bij de zaak betrokken, hij dacht in elk geval dat ze overleden was.

Alsof hij de gedachten van de rechercheur kon lezen, zei hij opeens: "Jullie hebben tenslotte overal naar haar gezocht, het Rode Kruis en de politie en vrijwilligers. Er zijn ook duikers ingezet, bij de haven in het centrum. Maar dat weet u natuurlijk zelf ook wel."

Cato Isaksen knikte. Het zag er even naar uit dat de stiefvader zou gaan huilen.

"Nee", zei hij luid, de nare gedachten van zich af schuddend. "Maar er moet iets zijn gebeurd", herhaalde hij toen hij opstond.

"En Kenneth Hansen?" Cato Isaksen leunde naar achteren in zijn stoel. Buiten was het nog steeds grijs.

"Een mafkees", zei de stiefvader hard. "Een idioot." Hij ging weer zitten. "Hij heeft zijn school nog niet eens afgemaakt. Het wordt nooit wat met hem."

"Zijn moeder zegt dat hij timmerman wordt."

"U meent het. Ik weet niet of hij er op de een of andere manier bij betrokken is, maar eerlijk gezegd kijk ik er niet van op."

"Mag ik vragen waar u de avond van Kathrines verdwijning was?"

"Ja, dat mag u zeker." Tage Wolters gezicht kreeg een vermoeide uitdrukking. "We waren allebei hier", zei hij vlug. "Helena was moe. Ze had een drukke dag gehad op haar werk. Ik ook. We sluiten de zaak pas om negen uur 's avonds, dus ik was pas om halftien thuis. Ik was een beetje boos, omdat Kathrine niet thuiskwam. Daarom konden we niet naar bed gaan. Ze is tenslotte pas veertien. Helena was ook boos", voegde hij eraan toe.

"Helena vertelde dat u een boot hebt." Cato Isaksen wist dat vragen over boten en auto's vaak de sfeer wat losser maakten.

Tage Wolters gezicht lichtte op. "Een Viknes 24", zei hij trots. "Een polyester kajuitjacht. Hij ligt hier in de haven."

"Hij ligt dus de hele winter buiten?"

"Ja, geen punt."

"Hoe heet de boot?"

"*Amora*."

Cato Isaksen vond het een mooie naam. "Hebt u in de nacht dat ze verdween ook bij de boot gezocht?" vroeg hij.

"Ja. Helena stond erop. Ik zag er eerst de ernst niet van in. Ik was alleen maar woedend op Kathrine. Dat ze zoiets kon verzinnen. Niet naar huis komen. Ja, ik was woedend."

"Waarom gaat u niet mee als Helena naar haar op zoek gaat?"

Hij haalde onverschillig de schouders op. "Ze wil niet dat ik meega."

"Waarom niet?"

"Tja, waarom? Zoals ik net al zei: ze vindt het beter om alleen te gaan", zei hij.

HET WAS AL NA DRIEËN TOEN CATO ISAKSEN HET SMALLE WEGGETJE met aan weerszijden struiken opreed. Hij was op weg naar Kathrine Bjerkes vriendin. Hij streek even met een hand langs zijn voorhoofd. Hij had Vetle beloofd op tijd thuis te zijn voor de bijeenkomst op school. Vetle, die op de middelbare school zat, wist niet wat hij moest worden. Hij gedroeg zich bij tijd en wijle erg kinderlijk, en hij was behoorlijk van slag over de verdwijning van de kat. Het gedrag van zijn zoon baarde hem nogal zorgen.

Een oude man in een duifgrijs pak bleef staan en keek hem na toen hij langsreed. Cato Isaksen zag in de spiegel dat de man met zijn stok naar hem zwaaide. De wolken trokken weg en opeens was de hemel bijna blauw. De scherpe voorjaarszon vlijde zich als een warme deken over de auto.

Er was hem verteld dat Maiken Stenberg, Kathrines vriendin, met haar ouders en haar jongere broer een klein stukje van de weg in een geel huis woonde. Hij reed langs een tuinderij en over een bruggetje. Hij volgde de macadamweg en bereikte na een paar honderd meter het huis, dat gelegen was tussen verschillende kleine lapjes grond en percelen met hekken en omheiningen van draad. Rond de kavels lagen aarden wallen. Het leek alsof iemand bezig was met het aanleggen van een drainagesysteem. Aan de rand van de akkers rees het bos als een muur op. De vogels kwetterden toen Cato Isaksen uit de auto stapte. Op de voordeur hing een zelfgemaakt houten bord waarop vier hoofden waren geschilderd. De namen stonden eronder. Maiken Stenberg deed de deur open. Ze was tenger en zag er verdrietig uit. Ze droeg een spijkerbroek en een lichtblauwe angoratrui. De rechercheur stelde zich voor en op hetzelfde moment trok er een angstige trek over het gezicht van het jonge meisje.

“Hebben jullie haar gevonden?” vroeg ze. Cato Isaksen vertelde snel dat dat niet het geval was en probeerde haar gerust te stellen met de opmerking dat hij alleen maar even met haar wilde praten.

"Denk je dat je ouders het erg vinden als ik je een aantal vragen stel?"

"Dat is al zo vaak gebeurd", zei ze.

"Dat weet ik, maar ik kom van een ander bureau. Ik leid het onderzoek naar de moord op haar grootmoeder."

Maiken Stenberg slikte moeizaam. Ze vroeg hem binnen in de keuken, waar een groot raam op het zuiden uitkeek.

"Gezellig is het hier", zei Cato Isaksen ontwapenend en hij vroeg of ze haar ouders wilde bellen om toestemming te vragen voor het verhoor.

"Ik weet dat het in orde is", zei Maiken zacht. "We willen toch allemaal dat Kathrine weer thuiskomt."

"Ja", zei de rechercheur moeizaam.

Ze gingen aan de grenenhouten tafel zitten. Maiken peuterde afwezig aan de blauwgeruite loper.

Ze begon uit zichzelf te vertellen. Ze zei dat ze op de avond van Kathrines verdwijning vaak contact hadden gehad. "Ik heb haar twee of drie keer via de mobiel gesproken en bovendien zijn we nog even bij elkaar geweest. Dat heb ik ook al tegen die andere politieman gezegd", herhaalde ze. Cato Isaksen keek haar glimlachend aan. "Dat weet ik", zei hij voor ze verderging. "Er was niets bijzonders aan de hand, we belden elkaar altijd om het minste of geringste."

Cato Isaksen knikte. Hij kon zich goed voorstellen dat meisjes van die leeftijd een haast symbiotische relatie hadden.

"Kun je me wat meer vertellen over die avond?"

Maiken Stenberg haalde haar schouders op. "Er gebeurde eigenlijk niets bijzonders. We waren bij Kenneth, maar opeens wilde hij dat we weggingen."

"Waarom?"

Ze haalde haar schouders weer op. "Zo is hij nu eenmaal, opeens wordt hij chagrijnig."

"Wilde hij dat Kathrine ook wegging?"

"Nee. Maar ze ging toch. Kenneth is zo eigenaardig."

"Kun je daar wat meer over vertellen?"

"Het is moeilijk te verklaren, want er gebeurde eigenlijk niets. Maar iedereen is wel eens gewoon chagrijnig. Daarom gingen we weg."

Cato Isaksen keek Maiken Stenberg aan. Hij bedacht dat ze qua uiterlijk veel op Kathrine moest lijken. Blond en tenger, blauwe ogen, mooi gezicht.

Hij liet haar praten.

"Kenneth is zo sloom. Hij heeft bijna nooit ergens zin in. Hij heeft nog nooit een boek gelezen, alleen maar Donald Ducks. En hij is al zestien. Hij weet zelfs niet wat Hezbollah is." Ze keek de rechercheur lang aan. "Weet u wat Hezbollah is?" vroeg ze.

Cato Isaksen glimlachte. "Een Libanese guerrillabeweging", zei hij.

Er trok een glimlachje over Maikens gezicht. "Juist", zei ze, "Dat weet toch iedereen."

"Weet jij dan waar NAVO voor staat?" Cato Isaksen kon het niet laten.

"Voor staat?" Maiken keek hem ongedurig aan. "Wat bedoelt u? Ik weet wel wat de NAVO is."

"Ja, maar waar staan de letters voor?"

Maiken Stenberg bloosde.

"Noord-Atlantische Verdragsorganisatie", zei Cato Isaksen en tegelijk drong tot hem door dat hij een blunder beging. Hij moest zorgen dat ze zich ontspande en hem zo veel mogelijk vertelde. In plaats daarvan stak hij de draak met haar en duwde haar zo van zich af. "Neem me niet kwalijk", zei hij, "ik bedoelde het niet zo, maar je kunt niet altijd alles weten. Dat wilde ik alleen maar zeggen."

Maiken Stenberg beet op haar lip. Toen knikte ze.

"Waren jullie de enige twee die daar waren?"

"Lars en Haakon waren er ook. Maar niet alleen Kenneth was chagrijnig. Kathrine was ook in een slecht humeur, weet u. Ze had ruzie gehad met Tage. Hij is een idioot, hij is niet fair tegenover Kathrine. Hij wil haar liever kwijt."

"O, ja?"

"Ik geloof dat hij haar geld weigerde voor een broek."

Cato Isaksen glimlachte even. De uitdrukking 'geld weigeren' amuseerde hem. "Weet je zeker dat het daarover ging?"

Maiken Stenberg schudde het hoofd. "Ik weet het niet precies, maar ik dacht het wel. Kathrine was gek op kleren kopen. Tage vond dat ze verwend was. Hij was altijd chagrijnig als wij er waren. Geïrriteerd op de een of andere manier. Zoiets merk je. Maar nooit als haar moeder thuis was, bijna nooit in elk geval."

"Waren jullie die avond bij Kathrine thuis?"

"Nee. Maar ik geloof dat haar moeder en Tage allebei aan het werk waren, dus het had wel gekund."

"Maar jullie waren er niet?"

"Nee."

"En toen?"

"Toen gingen we hierheen. Lars, Haakon en Kathrine en ik. We waren een tijdje in het tuinhuisje. Daar zitten we af en toe. Toen ging Kathrine weg. De anderen bleven nog even."

"Hoe laat ging ze weg?"

"Dat weet ik niet meer precies. Om een uur of halfelf? Ik keek niet op mijn horloge. Ze belde ook nog een keer. Gewoon om even te praten."

"Waarover?"

"Niets bijzonders."

"Was jij de laatste die haar heeft gezien?"

Maiken Stenberg stak haar wijsvinger in haar mond. "Dat weet ik toch niet", zei ze ongelukkig. "Maar ik denk het wel. Ik ben tot aan de macadamweg met haar meegelopen, voor ik terugging naar Lars en Haakon." Ze slikte een paar keer moeizaam en haar ogen werden vochtig.

"En wanneer gingen Lars en Haakon weg?"

"Lars ging direct na Kathrine. Haakon bleef nog even." Ze bloosde snel.

"Heb je verkering met Haakon?"

"Nee", zei ze vlug.

"Had Lars zijn auto bij zich?"

"Ja."

Cato Isaksen trommelde met zijn vingers op tafel. "Je zei dat Kenneth bijna nooit ergens zin in had, wat bedoelde je daarmee?"

"Hij heeft alleen maar zin in domme dingen en hij wil nooit eens naar de bioscoop of zoiets. Hij vindt dat je beter films kunt huren om er thuis naar te kijken. We waren heel vaak bij hem, of hier, maar nooit bij Kathrine. Haar moeder vond dat niet leuk. Dat heeft ze eens tegen mij gezegd, maar het was vanwege Tage. Hij kan om de een of andere reden niet tegen lawaai. Ik geloof dat hij meer van zijn boot dan van Kathrine houdt."

"O, ja?"

"Dat is zo. Hij ligt beneden bij het Aquarium. Weet u waar dat is?"

Cato Isaksen schudde het hoofd.

"Direct aan de Havnegata."

De rechercheur stond op en liep naar het raam. Maikens broer liep bij een klein rood hok dat door gaas was omheind. "Hebben jullie kippen?" vroeg hij.

"Ja", zei Maiken. "Papa houdt zich met van alles en nog wat bezig. Hij verbouwt ook dingen." Ze wees naar de kleine percelen die voorlopig alleen maar bruin en onaangeroerd lagen. "Hij gaat volgende week beginnen met planten."

"Ik wil weten wat je bedoelde toen je zei dat Kenneth alleen maar zin had in domme dingen."

Maiken Stenberg gaf geen antwoord. "De koffie in de thermoskan is nog warm", zei ze. "Al vanaf het ontbijt. Wilt u een kopje?"

Cato Isaksen knikte afwezig. De tijd verstreek. Hij moest snel vertrekken als hij de bijeenkomst met Vetle nog wilde halen. Terwijl Maiken een kopje uit de kast pakte, bleef hij door het raam naar haar broer staan kijken. Hij was mollig, had groene rubberlaarzen aan en droeg een blauw ski-jack. "Hoe oud is je broer?" vroeg hij.

"Twaalf", zei Maiken. Ze schonk de lauwe koffie in een wit kopje en bracht het naar hem toe.

"Kenneth en zijn domme dingen", herhaalde hij.

"Ik bedoelde het eigenlijk niet zo", zei ze vlug. "Zo heb ik het niet gezegd. Ik heb gezegd dat hij geen zin had om dingen te doen."

"Alleen domme dingen, zei je. Hij had alleen maar zin in domme dingen." Cato Isaksen nam een slok van de koude koffie en keerde zich naar haar om.

Maiken Stenberg kreeg een felrode kleur en liep naar het aanrecht. "Dan heb ik me versproken. Dat bedoelde ik niet." Alsof ze vrede wilde sluiten, liep ze weer naar hem toe. Ze bleven allebei een tijdje naar haar broer staan kijken.

"Ze waren al oud toen ze ons kregen. Mama was 39 toen ik werd geboren en 41 toen Alexander kwam. Daarom is hij zo." Ze knikte even naar het raam. Op dat moment draaide haar broer zich naar hen om. Het was duidelijk te zien dat hij het syndroom van Down had. Cato Isaksen hoorde het verdriet in haar stem. Hij keek op haar neer. Voelde dat dit het juiste moment was voor vertrouwelijkheid. "Is er iets wat je de politie niet hebt verteld", vroeg hij ernstig, "iets wat Kathrine je heeft verteld, wat je beloofd hebt aan niemand te vertellen?"

Maiken Stenberg bleef zwijgen. Ze keek een paar seconden schuin naar hem op voor ze naar de vloer keek. "Nee", zei ze. Ze stak haar wijsvinger in haar mond en trok een stuk van haar nagel af. Toen streek ze ongeduldig met haar hand over haar nek.

Cato Isaksen gaf haar de tijd. De stilte in de kamer werd slechts verbroken door Maikens broer die hen plotseling in het oog had gekregen, naar het raam toekwam en luid lachte met open mond waardoor zijn scheve tanden zichtbaar werden. Hij drukte zijn neus tegen de ruit. Maiken glimlachte niet. Ze draaide zich half om.

Cato Isaksen kreeg het gevoel dat ze iets niet wilde zeggen.

"Kun je een lijstje maken met de namen van haar vrienden? Ook bekenden, iedereen die je kunt bedenken."

"Maar dat heb ik al gedaan. Voor die andere politiemannen."

"Dat weet ik. Maar kun je een nieuwe maken voor mij?"

"Oké", zei ze kortaf.

Toen hij wilde vertrekken, stak ze haar voeten in een paar rubberlaarzen en liep met hem mee. Ze wees naar de kleine lapjes grond aan de zijkant van het huis.

"Daar zetten we altijd kool en aardbeien."

"Wie is langs de randen bezig met graven?"

"Papa. Hij maakt draineersloten rond het hele stuk."

Toen Alexander hen in het oog kreeg kwam hij snel naar hen toerennen.

"Kip", zei hij met onduidelijke stem. "Zal ik laten zien?" Hij pakte de rechercheur ongedurig bij zijn arm.

"Alexander geeft ze voer", zei Maiken ernstig. "Hij zorgt heel goed voor ze."

"Heel flink. Kom", zei het broertje grijnzend.

Cato Isaksen glimlachte naar de jongen en liep met hem mee naar het kippenhok. Het kleine, roodgeverfde houten hok was hooguit twee meter lang. Het gaas, dat de omheining vormde, was ook over de bovenkant gelegd, zodat de kippen er niet uit konden fladderen.

"Lelijk tegen elkaar." Alexander liep door tot aan het kippenhok en wees naar twee kippen die op elkaar inpikten.

"Lelijk", herhaalde hij.

"Ze pikken naar elkaar", zei Maiken. "Ze maken elkaar ook dood. Eten elkaar op. Het zijn roofdieren."

"Moet doodmaken."

"Alexander maakt ze dood als er te veel zijn. Vijf of zes per jaar."

"O, ja?" zei Cato Isaksen. "Is dat normaal?"

"Ja", zei Maiken.

"Vijf of zes per jaar dood", zei Alexander trots.

Cato Isaksen keek naar de drie vogels die rondscharrelden en in de grond pikten.

"Minorka's", zei Alexander. "En Jæren."

"Kippenrassen", zei Maiken. "Zwarte Minorka's en Noorse Jær-hoenders."

"Hoe maak je ze dood?" Cato Isaksen keek Alexander geïnteresseerd aan.

"Zo." Hij hief zijn handen op en deed voor hoe hij ze de nek omdraaide.

"Alleen als papa het zegt", zei Maiken. "Af en toe moeten er een paar weg om de rust in het hok te bewaren. Zelfs papa vindt het vreselijk, maar Alexander mag het graag doen. Ze spartelen tegen, willen helemaal niet dood, ze blijven pas liggen als de kop eraf is. Soms zelfs dan nog niet." Ze lachte even.

"Willen niet dood", zei Alexander lachend. Zijn smalle ogen werden nog smaller. "Willen niet dood, maar wij eten ze op."

"Ik niet", zei Maiken. "Echt niet. Bah, walgelijk."

"Is dat het tuinhuisje?" vroeg Cato Isaksen, wijzend op een rood gebouwtje dat helemaal achter in de tuin stond. Een kleine oprit leidde naar een deur waar de witte verf afbladderde. Maiken Stenberg knikte.

"Dus daar zaten jullie die avond?"

"Ja. We hebben het ingericht met een oude bank en wat andere spullen."

"Mag ik even binnenkijken?"

Maiken knikte en liep voor hem uit de oprit op. Ze opende de deur en deed het licht aan. Er was niet veel te zien. Een bank, een paar kratten, een ladekast die betere tijden had gekend.

"Is het hier niet vochtig?" vroeg hij.

"Jawel", zei Maiken glimlachend. "Stein Ove komt hier trouwens ook wel eens, samen met ons."

"De broer van Kenneth?"

"Ja, de oudste. Hij zit nu in dienst."

"Is hij niet veel ouder dan jullie?"

"Ja, maar hij vindt het leuk om bij ons te zijn. Alexander is er trouwens ook wel eens bij. Verder wil niemand met hem omgaan", verklaarde ze.

Cato Isaksen knikte en bekeek het jonge meisje. Hij mocht haar wel. Ze maakte een open en eerlijke indruk.

Ze liepen de oprit weer af.

"Waar woont Lars Lofthus?" vroeg hij.

"Daar." Ze wees naar een bruin huis, een eindje verderop. Toen ze haar arm ophief, zag hij duidelijk de vorm van haar borsten onder de blauwe trui. Ze had het koud en haar tepels waren zo hard als besjes.

"Mag ik de naam van jullie leerkracht? Jij en Kathrine zaten toch in dezelfde klas, hè?"

Maiken knikte. "Ze heet Reidun Vik. Ze woont vlakbij aan de hoofdweg."

"Dank je wel", zei de rechercheur. "Ik moet er nu vandoor, dan kun jij de warmte weer in. Maar ik moet je nog een ding vragen. Kenneth Hansen zei dat je hem had gebeld en had verteld dat Kathrines grootmoeder gestorven was. Klopt dat?"

"Ja."

"Heb je hem verteld dat ze was doodgeschoten?"

Maiken Stenberg knikte. "Helena, Kathrines moeder, belde me om dat te vertellen", zei ze.

"Dank je wel", zei Cato Isaksen en hij liep naar de auto. Toen hij het weggetje weer afreed, viel zijn oog op een grote composthoop die voornamelijk uit modder en bladeren leek te bestaan.

Hij sloeg links af, in de richting van het huis waar Lars Lofthus woonde. In het rapport van de politie van Follo stond dat ze de Ford Transit hadden gecontroleerd. Een van de theorieën was dat Lars haar achternagereden was en haar had opgepikt. Het was onwaarschijnlijk dat Kathrine op krukken van Maikens huis naar de ingang van de tunnel was gestrompeld. Maar in de auto van Lars was geen spoor gevonden. Cato Isaksen stapte uit de auto en belde aan. Niemand deed open. De rechercheur keek even op zijn horloge en stapte weer in de auto. Morgen zou hij Kenneth Hansen oproepen voor een nieuw verhoor. Waarom had hij gelogen en gezegd dat hij niet wist dat Brenda Moen was neergeschoten?

HIJ KON DE AVONDSPITS NIET ONTWIJKEN. HET WAS AL BIJNA HALF-zes toen Cato Isaksen terug was in Oslo. Hij vloekte zachtjes voor zich uit toen hij de garage onder het politiebureau binnen reed. Hij zou die verdomde bijeenkomst met zijn zoon niet meer halen. Hij had eigenlijk 's morgens al het gevoel gehad dat hij het niet zou redden. Toen hij probeerde Vetle thuis te bellen, kreeg hij geen antwoord. Hij probeerde Bente op haar werk te bereiken, maar ook zij nam de telefoon niet op. Cato Isaksen gaf het op. Hij nam aan dat Bente meegegaan was naar de informatiebijeenkomst. Nu kon hij net zo goed nog een paar uur doorwerken.

Hij sorteerde de nieuwe rapporten die waren binnengekomen, en liep vlug het materiaal dat ze al hadden door. Daarna maakte hij een opzet voor het verhoor van Kenneth Hansen de volgende dag. Toen hij klaar was, was het bijna zeven uur. Hij belde inlichtingen en kreeg het telefoonnummer van Kathrines lerares. Hij bedacht dat hij net zo goed via de telefoon met haar kon praten, hoewel ze ook al uitvoerig was verhoord door de politie van Follo.

Ze nam zelf op. Cato Isaksen stelde zich voor en vertelde waarom hij belde. Ze klonk als een al wat oudere vrouw. Ze sprak haar afschuw uit over de gebeurtenissen en vroeg of er iets nieuws te melden was.

Cato Isaksen zei dat dat niet het geval was en vroeg haar wat meer over Kathrine te vertellen. "Ik dacht dat u later misschien nog iets te binnen was geschoten. Wat u nog niet tegen de politie van Follo hebt gezegd."

"Eigenlijk niet", zei Reidun Vik, "behalve dat ik misschien heb vergeten te benadrukken dat Kathrine niet zo goed lag bij haar klasgenoten. Afgezien van een paar dan."

"Zoals Maiken?"

"Ja. Ze waren dikke vriendinnen."

"Waarom was ze niet zo populair?"

"Ze was wel degelijk populair. Het was meer dat ze graag mocht treiteren, als ik het zo mag zeggen. Toen ze jonger was speelden er een paar zaken. Ze pestte een paar meisjes uit de parallelklas. Ze was hard, keihard. Een soort voorbeeld voor veel anderen. Ze had altijd nieuwe kleren. Ze was een middelmatige leerling."

"U mocht haar niet zo?" Cato Isaksens blik bleef hangen bij een vlek op de witte muur.

Het werd stil aan de andere kant van de lijn. "Ik had niets op haar tegen", zei Reidun Vik zacht. "Ik heb op geen enkele leerling iets tegen."

Cato Isaksen bedankte haar voor het gesprek en legde neer. Daarna bleef hij een paar minuten voor zich uit zitten staren. Een koud gevoel kroop langs zijn rug omhoog. Maar hij kwam er niet achter wat dat zou kunnen zijn.

Toen hij op weg was naar zijn auto dook plotseling een schaduw achter hem op. Hij schrok. Ellen lachte. Ze zei dat ze een hapje ging eten en vroeg of hij meeging. Hij wist dat hij zou moeten bedanken, maar zei toch ja.

Privé spraken politiemensen zelden over het werk. Misschien omdat het op zichzelf al zwaar genoeg was. Toen Cato Isaksen en Ellen Grue echter aan het achterste tafeltje in het kleine, bruine café naar elkaar toe bogen, hadden ze het wel degelijk over politiezaken. Misschien om privé-zaken te vermijden? Oppervlakkige gesprekken waren het veiligst. Er moesten geen stilten in het gesprek vallen. Cato Isaksen nam een slok van het alcoholvrije biertje. Ellen had het over vrouwelijke moordenaars.

"Waarom is het zoveel erger als een vrouw de moord pleegt?" vroeg ze. Ze dacht even na en kwam tot de conclusie dat het misschien toch niet zo gek was. Mannen moordden al duizenden jaren. Eerst om aan eten te komen, daarna in oorlogen. Als een vrouw doodt, lijkt het misschien erger. Vrouwen staan immers symbool voor zorg en het schenken van leven. Misschien is het een kwestie van het oerfeminiene tegenover het oermasculiene.

Cato Isaksen maakte een paar losse opmerkingen, maar vond het thema oninteressant. Normaal gesproken zaten ze niet zo te kletsen. Hij was moe na een lange dag. Hij had zijn mobiel uitgezet, zodat Bente hem niet kon bereiken.

Hij vroeg Ellen wat zij dacht van de nieuwe zaak. Ze keek hem even aan en herinnerde hem eraan dat het niet haar taak was om conclusies te trekken. "Ik breng alleen de sporen in kaart", zei ze, demonstratief op haar horloge kijkend. Hij interpreteerde dat signaal als verveling.

Toen ze weer in de frisse avondlucht stonden, voelde hij opeens een verbazingwekkende drang om te vluchten. Misschien om te zien welk effect dat op haar had. Of om te demonstreren hoe hulpeloos hij zich voelde. Hij wist het niet. Maar toen zag hij haar blik. Hij was vergeten hoe kwetsbaar ze hem aan kon kijken. In plaats van weg te lopen ging hij dicht bij haar staan. Hij voelde zich bang en gelukkig tegelijk. "Kom niet zo dicht bij me", zei ze.

Hij deed een stap naar achteren en maakte een machteloze beweging met zijn armen. Ze bleven naar elkaar staan kijken zonder iets te zeggen. Daarna liep hij weer naar haar toe. Toen zijn handen over haar haar streken, leunde ze tegen hem aan en drukte ze haar gezicht tegen zijn schouder. Ze lachten nerveus. "Het wordt niets meer met ons", zei hij.

Ze schudde het hoofd. "Ik wil kinderen", zei ze. Cato Isaksen slikte de opmerking in dat de advocaat met wie ze zou trouwen te oud was. Hij lachte even. Zij lachte. Ze lachten nog een keer, probeerden de vrolijke stemming vast te houden. "Ik kan je getuige zijn", grapte hij.

"Hanne is mijn getuige."

"Welke Hanne? Die samenwerkt met Billy T?"

Ellen knikte.

"Maar is zij niet een beetje ..."

"Een beetje wat?"

"Nee, niets", zei hij.

Ellen wierp het hoofd in de nek. "Je blijft bij me uit de buurt", zei ze gemaakt streng. Ze zeiden geen van beiden iets toen ze naar de auto liepen en instapten. Cato Isaksen startte de motor. Hij staarde naar een vlek op het plafond. Hij dacht aan de kat die was verdwenen. Morgen om acht uur zouden hij en Ellen elkaar weer zien in het appartement van Brenda Moen. Haar nabijheid maakte hem onrustig. En zoals altijd als hij zich onder druk gezet voelde, dacht hij aan Bente. Hij moest snel naar huis gaan. Hij keek op zijn horloge. "Ik moet gaan", zei hij. "Ik moet ook nog bij mijn moeder langs", loog hij. "De vorige keer dat ik er was, sliep ze."

"Zo laat nog", zei Ellen op haar horloge kijkend.

Cato Isaksen knikte. "Ja", zei hij, "zo laat."

Hij reed langs het politiebureau en zette haar af. Ze knikten even naar elkaar; Ellen stapte uit en smeet het portier achter zich dicht. Het was al na negenen. Tijdens de rit naar Asker probeerde Cato Isaksen zichzelf meester te worden. Hij zag in dat hij had verloren. Of misschien had hij wel gewonnen. Ellen moest maar gaan trouwen. Dat was eigenlijk het beste. Dan had hij een probleem minder.

Hij deed de deur van het slot en liep met een verontschuldigend gebaar naar Bente toe, pakte haar hand en trok haar met zich mee op de bank.

"Je zei dat je op tijd thuis zou zijn", zei ze geïrriteerd.

"Waar is Vetle?" vroeg hij.

"Buiten", zei ze. "Ik geloof dat hij de kat zoekt."

Hij zuchtte. "Het lukte doodeenvoudig niet", zei hij. "Je weet hoe dat gaat." Hij voelde schaamte en vertedering. En verslagenheid.

Ze ademde diep in en knikte begripvol. "Vetle was teleurgesteld", zei ze. "Hij vroeg ook naar de mobiele telefoon. Heb je hem een nieuwe beloofd?"

Hij knikte. "Die ga ik morgen kopen", zei hij.

De stilte tussen hen groeide. Bente zette de tv aan. De deelnemers uit het Big Brother-huis vulden het scherm. Cato Isaksen stond op en liep naar de badkamer, hij draaide de kraan open en voelde met zijn vingers aan de waterstraal. Hij stak zijn onderlip naar voren en blies de lucht langs zijn gezicht.

De volgende dag reed Cato Isaksen eerst naar Ullevål Hageby om een kijkje te nemen in het appartement van Brenda Moen. Ellen was er al. Ze glimlachte even naar hem. Hij had geen behoefte aan een gesprek.

Alf Boris Moen was niet thuis. Hij was waarschijnlijk weer aan het werk. Het betreden van Brenda Moens appartement leek wel een stap in een andere wereld, een reis terug in de tijd. De kamers waren overvol. Op de eerste verdieping had zeventig vierkante meter veel groter geleken. De wanden waren beplakt met gebloemd behang. Een grote, oude spiegel met een brede gouden lijst hing aan een van de wanden. Aan de tegenoverliggende wand hing het schilderij waar de oude vrouwen over hadden gesproken. Het was een schilderij van koningin Maud in een mosterdgele japon. Andere grote schilderijen met brede gouden lijsten hingen vlak naast elkaar. Oude meubels, een seringkleurige rococobank met een gouden krulpatroon, een witte, ronde tafel, eveneens versierd met goudverf en twee identieke stoelen stonden tegen een van de wanden. Voor de ramen hingen zware, gedrapeerde gordijnen van een goudkleurige stof. Een torso, zoals die vroeger werd gebruikt door kleermakers, stond op een statief in een van de hoeken.

"Allejezus", zei Cato Isaksen overrompeld terwijl hij naar een zwarte ladekast met een uitgeklapte bovenplaat liep die vol met ingelijste foto's stond. "Dit is toch verschrikkelijk", zei hij en hij haalde zijn vinger over het stof dat in vegen tussen de foto's lag.

Ellen Grue keek hem glimlachend aan. "Hier zou ik niet willen wonen", zei ze.

Cato Isaksen begreep wat ze bedoelde. Hij was een paar keer in Ellens flat geweest toen ze nog een verhouding hadden. Hij dacht aan de witte wanden, het minimalistische meubilair en een paar mooie lithografieën.

"Er horen ook een zolder en kelder bij, maar omdat dit niet de plaats delict is, zijn die nauwelijks interessant." Hij liep naar een van de ramen en schoof het gordijn open. Hij keek de tuin in en ontdekte een jonge vrouw die stond te harken in het perceel dat het verst verwijderd lag van Brenda Moens tuin.

"We kunnen een andere keer terugkomen om daar te kijken", zei Ellen Grue terwijl ze snel op haar horloge keek.

"Doe niet zo ongeduldig", zei hij, "wees een beetje tactvol."

"Wil je zeggen dat ik gedachten moet kunnen lezen? Probeer je mij in een soort moederrol te drukken?"

"Moederrol? Grote hemel." Cato Isaksen had het gevoel dat dit wel eens moeilijk kon worden. Hij draaide zich om en keek haar mistroostig aan. De toon die ze tegen hem aansloeg, kwetste hem.

"Waar zijn we naar op zoek?" vroeg ze.

Hij haalde de schouders op. "Ik weet het niet", zei hij. "Dit is niet de plaats delict", herhaalde hij. "Maar we moeten de boel hier toch onderzoeken."

"Ja."

Onbewust zocht hij naar aanwijzingen. Er zou iets in een brief kunnen staan, in een la kunnen liggen, of in een van de keukenkastjes. Brenda Moen was op straat neergeschoten. De moord was waarschijnlijk toevallig en ongemotiveerd. Waarom zou je dan zoeken naar spoken in stof of laden?

"Ik geloof dat we hier klaar zijn", zei hij. Hij dwong zichzelf naar haar mond te kijken. Ze moest het wel opmerken. Ze zag hoe moe hij eruitzag. Ze wilde het niet zien. Ze draaide zich om en liep naar de deur.

Bij de trap vond Cato Isaksen het gat van de haak waaraan de gebroken spiegel moest hebben gehangen. Hij vond ook een scherfje van de spiegel dat zat vastgedrukt onder de onderste traptrede. Hij pakte het op en stopte het in zijn zak.

De beide appartementen aan de andere kant van het huis werden bewoond door een ouder en een jonger echtpaar. Geen van hen had iets bij te dragen aan de oplossing van de zaak. De jonge vrouw in de tuin vertelde dat zij en haar man sinds een jaar in het appartement woonden. Ze hadden nauwelijks met Brenda Moen en haar zoon gesproken. "We hebben een baby", zei de vrouw, naar een kinderwagen op het pad knikkend. "Zij slokt al mijn tijd op. Zo gaat het nu eenmaal. Ik heb geen energie meer over."

Het oudere echtpaar dat op de begane grond woonde, was niets bijzonders opgevallen. "We praatten af en toe met elkaar over het tuinhek", zei de kleine, tengere man. "Meer niet. Het is hier niet gehorig en we hebben niets om over te klagen. Brenda was een aardige, rustige buurvrouw. Alf is een goede vent. Hij houdt alles hier op orde."

In de auto op weg naar het politiebureau kreeg Cato Isaksen het gevoel dat hij in het appartement toch iets over het hoofd had gezien. Er klopte iets niet. Even leek het of er iets boven kwam drijven, maar het ontglipte hem weer. Ellens aanwezigheid had hem misschien in de war gebracht. Dat was het probleem als je een relatie aanging met een collega. Ze reden ieder in hun eigen auto. Ellen moest meteen door naar een vergadering. Cato Isaksen keek even naar haar in het achteruitkijkspiegeltje. Hij dwong zijn hersenen de beelden op te roepen van de meubels, schilderijen en prullaria, maar de herinnering was verdwenen. Hij voelde alleen een steek van pijn als hij aan Ellen dacht. Hij stak zijn hand in zijn zak en voelde de scherpe glasscherf. Toen legde hij zijn handen weer op het stuur.

Op zijn bureau lag een rapport van Roger waarin stond dat de oude spiegel per ongeluk van de muur was gevallen. Brenda Moen was er zelf tegenaan gelopen waarna hij was gevallen en gebroken. Hij had jarenlang op dezelfde plek gehangen. Het leek gewoon een kwestie van metaalmoeheid te zijn. Moen bevestigde ook dat hij aan de telefoon met Kathrine had gesproken, een uur voordat ze op 20 februari voor het laatst was gezien. Moen zei dat ze niet over iets bijzonders hadden gesproken. Kathrine had gewoon even gebeld. Ze had niet de indruk gewekt dat er iets aan de hand was. Dat klopte met de andere rapporten. Kathrine praatte vaker laat op de avond met haar grootmoeder en haar oom. Het rapport was ondertekend met R.H.

KENNETH HANSEN STOND IN DE GANG TE WACHTEN TOEN CATO ISAKsen klaar was met de ochtendvergadering. Zijn grote lichaam leunde tegen de muur. Hij voelde zich duidelijk niet op zijn gemak.

"Kom maar binnen", zei Cato Isaksen en hij wees hem de weg naar een van de kleinste verhoorkamers. Kenneth Hansen liep naar binnen en nam plaats op een van de stoelen.

Cato Isaksen zette de kleine taperecorder aan. "Ik ga ervan uit dat het goed is dat ik deze aanzet", zei hij.

Kenneth keek hem boos aan. Toen knikte hij even en slikte moeizaam. Zijn adamsappel was duidelijk zichtbaar onder de dunne huid van zijn hals.

"Ga je straks naar de begrafenis van Brenda Moen?" begon Cato Isaksen.

Kenneth Hansen knikte. "Ja", zei hij. "Ik heb met de anderen afgesproken bij de kapel."

"Toen we de vorige keer bij je waren wist je dat er op Kathrines grootmoeder was geschoten", zei Cato Isaksen onverwachts. "Maiken Stenberg zegt dat ze je dat aan de telefoon had verteld. En dus is mijn vraag: waarom zei je dat je dat niet wist?"

Kenneth Hansen voelde zich duidelijk betrapt. Hij keek Cato Isaksen verward aan en zei dat hij het in *Dagbladet* had gelezen.

"In de krant stond dat het een tasjesdief was", zei hij. "Dat ze voor kleingeld was vermoord."

Cato Isaksen knikte nauwelijks waarneembaar. "Maar dat klopt niet", zei hij, "haar tasje werd niet gejat. Soms schrijven de kranten maar waar ze zin in hebben."

Kenneth Hansen keek hem beteuterd aan. "Wat heeft dat te maken met of er nu wel of niet op haar is geschoten", mompelde hij.

"Kun je mij vertellen waarom je hebt gelogen?"

"Ik heb er waarschijnlijk niet aan gedacht dat ze dat had gezegd. Ik vond het ook niet zo belangrijk. Ik maak me zorgen om Kathrine."

"Heb je een alibi voor de avond dat Kathrine verdween?"

"Ik was alleen thuis. Eerst waren we allemaal bij mij, maar toen gingen ze weg."

"Waarom?"

"Omdat we het niet met elkaar eens waren."

Cato Isaksen stond op en liep een paar rondjes door het kleine kamertje. "Waarover waren jullie het niet met elkaar eens?"

"Eigenlijk nergens over. Af en toe heb ik genoeg van dat gezeur. Niemand wil naar de films kijken die ik wil zien en dat soort dingen. Bovendien was Kathrine stikchagrijnig omdat Tage haar geen geld wilde geven voor een lila broek die ze had gezien."

Cato Isaksen bedacht dat dit klopte met de dingen die Maiken Stenberg had verteld. "Dus je bent ze niet achternagegaan, naar Maiken toe?" vroeg hij.

"Nee. Dat heb ik al eerder gezegd. Dat staat in het rapport van die andere politieman."

"Dat weet ik", zei Cato Isaksen, "maar ik wil het in jouw eigen woorden horen."

"Nee. Ik heb niets gedaan, heb ik gezegd. Ik was de hele avond thuis."

"Heb je dan een alibi voor die avond?"

"Mijn moeder was aan het werk. Mijn broer André zat in zijn computerkamer en was bezig op internet. Hij weet dat ik thuis was. Ik ben de anderen niet achternagegaan. Ik heb Kathrine die avond niet meer gezien."

"Gingen jullie met elkaar naar bed?"

Kenneth Hansen schrok ervan. "Nee", zei hij.

"Zeker weten?"

Kenneth Hansen schudde het hoofd en grijnsde teleurgesteld om aan te geven hoe idioot hij de rechercheur vond. Maar plotseling begon hij te huilen. Hij snikte zachtjes en veegde met zijn arm zijn neus af. "Ik weet niets over Kathrine", zei hij snotterend.

"Gingen jullie met elkaar naar bed?" Cato Isaksen nam weer rustig plaats.

"Soms", zei Kenneth Hansen bedremmeld.

"Waar was je op de avond dat Kathrines grootmoeder werd vermoord?"

Kenneth Hansen sperde zijn ogen open. "Thuis, vraag mama maar", zei hij. "Ze was die avond niet aan het werk. Waarom zou ik de grootmoeder van Kathrine willen vermoorden?"

Misschien omdat ze iets wist, dacht Cato Isaksen. Iets wat Kathrine haar over jou had verteld.

"Ik heb toch ook geen pistool", zei Kenneth Hansen, de rechercheur recht in de ogen kijkend.

"Dat weet ik toch niet", zei Cato Isaksen. "Het is vandaag de dag niet zo moeilijk om aan een pistool te komen. Je broer zit toch in militaire dienst?"

Kenneth Hansen schoof onrustig heen en weer. Hij wist niet waar hij zijn handen moest laten.

"Ik heb geen pistool", herhaalde hij.

"Sommigen van je vrienden zeggen dat je alleen maar domme dingen leuk vindt", ging Cato Isaksen verder. "Wat bedoelen ze daarmee?"

"Dat weet ik niet", zei hij snel. "Ik weet toch niet hoe ze mij zien."

"Nee", zei Cato Isaksen, "dat is wel zo. Maar je wilt toch wel dat we uitzoeken wat er met Kathrine is gebeurd, hè?"

Hij knikte. "Ja", zei hij gedwee.

Cato Isaksen stond op en zei dat het verhoor was afgelopen.

"Kan ik gaan?" Hij leek verbaasd te zijn.

"Ja", zei Cato Isaksen kortaf. "Je kunt gaan."

Nadat Kenneth Hansen met de lift naar beneden was gegaan, liep Cato Isaksen naar zijn kamer en deed de deur achter zich dicht. Hij ging aan het bureau zitten, stak zijn hand in zijn zak en haalde de kleine scherf van de spiegel tevoorschijn die hij had meegenomen uit Brenda Moens appartement. Hij legde de band met het verhoor van Kenneth Hansen voor zich neer en krabbelde een paar woorden op een vel papier. KATHRINE. DOOD. GROOTMOEDER, schreef hij in zijn hoekige schrift en hij streepte daarna alles weer door.

Er werd op de deur geklopt. Preben Ulriksen, Roger Høibakk en Randi Johansen kwamen binnen en namen plaats op de stoelen. De vergadering kon beginnen.

Cato Isaksen keek zijn collega's aan. "Ik moet over een halfuur weg", zei hij. "Brenda Moen wordt begraven."

"Dat weten we", zei Randi Johansen. "Ik wilde met je meegaan."

Cato Isaksen knikte. "Ik denk dat Kenneth Hansen iets weet", zei hij. "Zijn manier van doen klopt niet."

"Denk je dat het iets met Kathrines verdwijning te maken heeft?" Randi Johansen keek hem gespannen aan.

"Dat weet ik niet."

"Maakt hij een bange indruk?" Preben Ulriksen krabde zich met zijn pen achter het oor.

"Niet echt bang. Ik weet niet wat het is", herhaalde hij en hij schreef weer een aantal woorden op het witte vel papier. WAARHEID. ZIEN. DURVEN ZIEN.

BRENDA ELISE MOEN WERD BEGRAVEN OP VESTRE GRAVLUND. HET was koud in de kapel. De dikke stenen muren sloten de voorjaarszon buiten. Randi Johansen en Cato Isaksen schoven discreet op een van de achterste banken. De ijle tonen van het orgel vulden de ruimte. De familie zat met gebogen hoofd op de eerste bank. Cato Isaksen herkende Helena Bjerke. Ze zat tussen haar broer en Tage Wolter in. Een mooie, blonde man en een oudere vrouw zaten ook op de voorste bank. De vriendinnen van de royalistenclub waren er ook en een aantal van Kathrines vrienden. Maiken zat tussen Kenneth en Lars Lofthus in.

Het viel Cato Isaksen op dat er bijna geen bloemen waren. Op de kist lag weliswaar een boeket in witte, groene en oranje kleuren en er hingen een paar kleine kransen aan statieven, maar op de vloer lagen niet meer dan vijf boeketten.

De dominee kwam zachtjes binnen en begroette de vijf mensen op de eerste rij. Helena Bjerke boog het hoofd. De dominee sprak over het onverwachte einde van een leven en over onrechtvaardigheid. Helena Bjerke snikte luid. Zowel haar broer als haar vriend sloeg een arm om haar heen.

Randi Johansen boog zich naar Cato Isaksen toe en fluisterde zachtjes dat Helena Bjerke zeker twee keer zoveel verdriet had. "Misschien stelt ze zich voor dat Kathrine in de kist ligt. Dat moet verschrikkelijk zijn."

Cato Isaksen had hetzelfde gedacht. Nadat het ritueel was doorlopen en de psalmen gezongen, luidden de klokken als afsluiting van de ceremonie. Uit naam van de familie bedankte de dominee iedereen voor zijn komst. Randi en Cato verlieten als laatsten de kapel.

Einar Bjerke, Kathrines vader, werkte bij een firma die zich bezighield met verhuur van bedrijfslocaties. Het kantoor was gevestigd in de wijk

Skøyen, in een nieuw, imposant gebouw. De façade bestond uit glas, steen en staal.

Cato Isaksen had Preben Ulriksen meegenomen die in deze omgeving uitstekend tot zijn recht kwam. In zijn burgerpak zag hij eruit als een handelaar in effecten.

Ze namen de lift naar de vierde verdieping en kwamen in een receptie met grote ramen die uitzicht boden over de jachthaven.

"Hier zou ik het wel een tijdje uit kunnen houden", zei Preben Ulriksen grijnzend. "Waarom hebben wij niet zo'n kantoor?"

"Tja, waarom eigenlijk niet?" zei Cato Isaksen glimlachend.

Na vijf minuten wachten in een paar ronde, minimalistische fauteuils met stalen poten, werden ze binnengelaten bij Einar Bjerke die zich verontschuldigde omdat het even had geduurd. Cato Isaksen herkende hem van Brenda Moens begrafenis.

"Het is hier op het moment razend druk", zei Bjerke en hij vroeg de rechercheurs plaats te nemen. Daarna belde hij naar de receptie en bestelde koffie en water. "Misschien ook iets te eten?" Hij keek de rechercheurs vragend aan die allebei beleefd bedankten, hoewel Cato Isaksen zijn maag voelde knorren.

Hij constateerde dat het pak dat de vader droeg, van het duurdere soort was. Hij was een totaal ander type dan zijn rokende ex-vrouw, die met onverzorgd haar rondliep in versleten joggingpakken. Het was moeilijk om ze als een stel te zien. Einar Bjerke was natuurlijk geschokt over de moord op zijn ex-schoonmoeder. "Mijn moeder en ik waren gisteren op de begrafenis", zei hij. Cato Isaksen knikte en herinnerde zich dat hij hen op de voorste rij had zien zitten.

"Het is moeilijk te begrijpen wat er op dit moment allemaal met ons gebeurt." Hij haalde vermoeid een hand over zijn gezicht.

Cato Isaksen bekeek de blonde man. Hij had donkere wallen onder zijn ogen. Einar Bjerke zakte een beetje in elkaar op zijn stoel. "Helaas zag ik Kathrine niet zo vaak", zei hij. "Eerlijk gezegd had zij er niet zoveel belang bij."

"Bent u opnieuw getrouwd?"

"Ik woon samen en heb twee kleine dochtertjes. Ik geloof dat Kathrine jaloers op hen was. Ze heeft nooit noemenswaardige interesse getoond in Thea en Sofie."

"Hoe oud zijn ze?"

"Twee en drie jaar."

Cato Isaksen knikte begripvol. "Zoiets valt ook niet mee", zei hij, denkend aan zijn eigen situatie.

"Mona, de vrouw met wie ik samenwoon, vindt het ook jammer. Ze weet wat Kathrine voor mij betekent", zei hij vermoeid.

De receptioniste kwam binnen met een dienblaadje met koffie en mineraalwater, zwarte kopjes en een paar hoge, groene glazen. Einar Bjerke nodigde de rechercheurs uit zich te bedienen. Cato Isaksen nam koffie terwijl de beide anderen ieder een groen glas mineraalwater namen.

"Ik moet bekennen dat ik het aanvankelijk niet zo serieus nam. Hoewel, begrijpt u me niet verkeerd ..." Kathrines vader schoof onrustig heen en weer. "Ik schrok natuurlijk erg toen ik hoorde dat ze was verdwenen. Maar toen bleek dat ze zowel met Tage als met haar vriendje ruzie had, voelde ik me een tijdje weer wat rustiger. Kathrine is nogal lichtgeraakt ..." Hij aarzelde. "Ik heb vaak gedacht dat het mijn schuld was, dat ze zo geworden is omdat ik ben weggegaan."

Cato Isaksen glimlachte begripvol. "Dat denken we altijd." Plotseling zag hij hoeveel Kathrine op haar vader leek. Hij had dezelfde fijne, tengere bouw, maar was niet echt klein van stuk. Hij had hetzelfde blonde haar en dezelfde blauwe ogen als zijn dochter.

"Dus u denkt dat Kathrine ervandoor zou kunnen gaan om anderen angst aan te jagen of te straffen?"

"Nee", zei Einar Bjerke beslist. "Niet op zo'n manier. Als het nu een of twee dagen waren geweest, desnoods een week, maar niet zo. Zeker niet. Er moet iets met haar zijn gebeurd. Dat is juist zo verschrikkelijk."

"Hebt u een vermoeden wat er kan zijn gebeurd?"

"Nee", zei hij kortaf. "Mijn moeder woont in Bærum, op Jar. Om precies te zijn in het huis aan de Capralhaugen waar ik ben opgegroeid. Ik heb meteen contact opgenomen met haar."

"Dacht u dat ze daar zou kunnen zijn?"

"Eigenlijk niet."

"Had Kathrine veel contact met haar?"

"Nee. Mijn moeder heeft het daar heel moeilijk mee. Haar andere grootmoeder was veruit favoriet. Het was de hele tijd Bessa voor en Bessa na. Bessa was in alle opzichten een prima vrouw. Geen kwaad woord over haar. Ze was altijd vriendelijk tegen mij. Ze was hooguit een beetje vreemd met al die koningstoestanden waar ze mee bezig was. Maar Helena haatte mijn moeder, ze vond haar een snob. Toen we getrouwd waren, kwamen we nooit met zijn tweeën bij mijn moeder. Zelfs niet met kerst. Dat neem ik Helena wel een beetje kwalijk."

Cato Isaksen en Preben Ulriksen keken elkaar aan.

"Hebt u een goed contact met Kathrines stiefvader, met Tage Wolter?"

"Eigenlijk wel. Ik heb hem een paar keer ontmoet. We zouden ook samen haar confirmatie hebben gevierd."

"Ze kan toch nog voor die tijd terugkomen", zei Preben Ulriksen tactvol. "Hoe zal het feest dan worden gevierd?"

Einar Bjerke kreeg een vermoeide trek op zijn gezicht. "Ik weet het niet", zei hij zuchtend. "Kathrine wilde niet dat Mona zou komen. En Brenda is nu overleden." Hij schudde het hoofd en probeerde een huilbui te bedwingen.

"En uw moeder?"

"Zij zou er natuurlijk bij zijn. Helena is niet onredelijk. Ik heb haar het huis laten houden. Ze heeft het gekregen toen ik verhuisde. Mijn moeder vond het verkeerd, maar ik had een slecht geweten omdat ik degene was die wilde vertrekken. Ik heb het ook voor Kathrine gedaan."

Cato Isaksen knikte.

"Weet u dat Kathrine een vriendje had?"

"Ja, maar ik heb hem nooit ontmoet."

"Sommige mensen zeggen dat Tage Wolter en Kathrine niet goed met elkaar overweg kunnen."

"Dat weet ik, maar ik heb met hem gesproken. Kathrine was niet gemakkelijk. Ik vertrouw Tage volledig. Hij is een goede vent. Denkt u dat er een verband is tussen de moord op Brenda en de verdwijning van Kathrine?"

"Dat proberen we uit te zoeken", zei Cato Isaksen.

Toen ze het gebouw uit liepen, gaf Cato Isaksen de autosleutels aan Preben Ulriksen. "Heb je honger?" vroeg hij. Preben knikte. Ze liepen naar een van de nieuwe lunchcafés in het naastgelegen pand. Rond deze tijd zat het er vol met zakenlieden en jonge moeders. De rechercheurs wisten een plaatsje te veroveren aan een klein metalen tafeltje achter in de zaak. De ciabatta's waren lekker, net als de espresso en de café latte.

"Wat vond je van hem?" Cato Isaksen nam een slok koffie uit het hoge glas.

"Glad", zei Preben Ulriksen. "Maar natuurlijk dol op zijn dochter, daar twijfel ik niet aan. Trouwens raar dat hij Tage Wolter mocht. Dat klopt volgens mij niet helemaal."

"Misschien is hij blij dat Wolter zijn vrouw overnam."

Preben Ulriksen grijnsde. "Tja, daar weet jij alles van", zei hij.

Cato Isaksen glimlachte ook en nam nog een hap van de ciabatta. Hij moest niet vergeten een mobiele telefoon te kopen voor zijn zoon.

Na de maaltijd reden ze zo snel mogelijk naar Frogner. Cato Isaksen loog dat hij iets bij zijn moeder af moest geven. Preben zei dat hij wel even in de auto kon wachten. Cato Isaksen wilde alleen maar snel even bij haar langsgaan om een kijkje te nemen. Het beeld van zijn vorige bezoek, zijn slapende oude moeder in de halfdonkere kamer, zat hem dwars.

Gyda Isaksen was duidelijk verrast toen haar zoon plotseling in de deuropening stond.

Cato Isaksen keek zijn moeder aan. Hij wist niet of ze blij was hem te zien of alleen maar verrast.

"Cato", zei ze zachtjes en ze stak haar smalle hand naar hem uit. Ze wilde naar haar kleinkinderen vragen, maar wist opeens niet meer hoe ze heetten. Hij liep naar haar toe en pakte haar hand. Drukte hem voorzichtig. Er straalde nauwelijks warmte vanaf. Hij zei dat hij direct weer weg moest, dat hij alleen maar even kwam kijken. Het leek alsof ze dat wist. Misschien keek ze daarom niet zo blij. Hij had nooit tijd om te blijven. "Er zit een collega beneden in de auto te wachten", zei hij en hij liet haar hand los. "We zijn met een heel ingewikkelde zaak bezig. Er is een oude vrouw vermoord." Hij had direct spijt van zijn woorden. Hij had haar niet over de oude vrouw moeten vertellen. Misschien werd ze er onrustig van. Maar ze glimlachte dapper en wuifde even met haar hand. Op de vensterbank stond een halfverdroogde plant. Hij keek naar de foto's aan de wand. Uit de radiator klonk een tikkend geluid. De tulpen, die de vorige keer op haar nachtkastje hadden gestaan, waren weg.

"Ik kom terug", zei hij, "binnenkort."

Zijn oude moeder knikte, zuchtte en draaide zich om. Huilde ze? Hij wist het niet. Hij kon er niet tegen als ze huilde. Toen hij de deur achter zich dichtdeed, zag hij haar pantoffels tegen de muur staan. Op de gang rook hij een zoete, zware etensgeur. Oude mannen en vrouwen schoven langs de muren op weg naar de eetzaal. Een van de toiletdeuren stond open. Hij zag de lichtgroene tegeltjes, het stukje zeep dat op de vloer was gevallen. De linoleumvloer zat vol met vlekken.

De volgende dag had Cato Isaksen eindelijk de gelegenheid om de mobiele telefoon te kopen die hij zijn zoon had beloofd. Direct na de ochtendvergadering ging hij er even tussenuit en hij kocht het model dat Vetle het allerliefst wilde hebben. Daarna liep hij snel naar de overkant van de straat en kocht bij de Burger King een hamburger die hij binnen drie minuten naar binnen werkte, waarna hij terugreed naar het politiebureau om Randi Johansen op te pikken. Ze zouden naar Bærum gaan voor een gesprek met Kathrine Bjerkes grootmoeder. Randi had telefonisch met haar afgesproken dat ze om twaalf uur zouden komen.

Kathrine Bjerkes grootmoeder, Magnhild Bjerke, was een keurige oude dame uit Bærum.

"Het is tien over twaalf", zei ze toen ze de blauwe deur van de voorname bruine houten woning opendeed. "U zei dat u om twaalf uur zou komen."

"Neemt u ons niet kwalijk", zei Cato Isaksen, discreet zijn mond afvegend. Hij vermoedde dat hij naar hamburger rook. "We werken op dit moment met een heel strak tijdschema."

"Ja, ja, dat begrijp ik natuurlijk ook wel", zei de oude dame, "maar ik voel me ook zo opgejaagd. Er zijn de laatste tijd veel verschrikkelijke dingen gebeurd. En ik mag juist zo graag misdaadromans lezen. Ik lees nu het laatste boek van Anne Holt, maar ik heb het aan de kant gelegd. Ik kan er niet meer tegen."

Kathrine Bjerkes grootmoeder praatte onafgebroken door terwijl ze de rechercheurs de weg wees naar de zitkamer. "Het gaat helemaal niet goed met me", herhaalde ze steeds maar weer. "Ik verwijt mezelf dat ik niet meer aandacht aan haar heb besteed, dat ik niet vaker contact heb gezocht. Ik had het eigenlijk opgegeven. Kathrine belde me nooit. Ze kwam ook niet op bezoek. Ze had alleen maar aandacht voor haar grootmoeder van moederskant. Ik moet bekennen dat ik erg jaloers was."

Cato Isaksen en Randi Johansen namen plaats op de blauwe bank. De kamer was in klassieke stijl ingericht met schilderijen en een grote vleugel in een van de hoeken.

"Onderhield u contact met Brenda Moen?" Cato Isaksen was opgelucht dat de oude vrouw niet begon te zeuren over koffie.

"Natuurlijk, ik ben tenslotte keurig opgevoed. Ik kan maar niet begrijpen dat ze is vermoord. Het is verschrikkelijk."

De rechercheurs stemden zwijgend in. Randi Johansens oog viel op de mooie broche die was vastgespeld op de blouse van de oude vrouw.

"Met verjaardagen en zo kwamen we bij elkaar", vervolgde Magnhild Bjerke. "En ik was natuurlijk op haar begrafenis. Ik ben niet zo iemand die het laat afweten."

"Wat was uw indruk van Brenda Moen?" vroeg Cato Isaksen.

"Tja", ze lachte even veelzeggend, "als ik eerlijk moet zijn, en dat moet ik wel als de politie ernaar vraagt, moet ik bekennen dat ik haar een beetje treurig vond. Geen mooie kleren, geen keurig kapsel, dergelijke dingen. Gewoon een arbeidersvrouw."

Randi Johansen glimlachte even.

"Tja, u moet me niet verkeerd begrijpen. Dat maakt natuurlijk niets uit. Ik ben niet zo dat ik mensen veroordeel. Maar de hele familie is een beetje onordelijk, als ik het zo mag zeggen. Toen Einar de eerste keer met Helena thuiskwam, moet ik toegeven dat ik niet echt blij was. Ik voel zoiets aan. Einars vader leefde toen ook nog. Hij was het helemaal met me eens. We wisten gewoon dat Helena niet de vrouw voor hem was."

De grootmoeder legde haar gerimpelde handen in de schoot. Ze droeg verscheidene diamanten ringen aan haar dunne vingers.

"U hebt toch gezien hoe ze zich kleedt", ging ze verder. "Ze is niet erg netjes, wil ik maar zeggen. En dan haar broer. Je kunt het aan ze zien, als u begrijpt wat ik bedoel. En nu heeft Helena ook een nieuwe vriend gevonden. Die slager. Maar hij lijkt toch erg vriendelijk."

De rechercheurs knikten beleefd. "Dat gedoe met koningshuizen ..." begon Cato Isaksen.

"Ja, dat wilde ik juist zeggen. Dat is toch volslagen idioot. Ik weet niet waar ze het vandaan hebben, maar het is volstrekt pathetisch. Dat een dergelijke familie iets af zal weten van koningen en vorsten en tsaren." Ze schudde haar hoofd en trok haar glanzende rok recht. "Ze zijn allemaal knettergek. Ik ben zo blij dat Einar Mona heeft ontmoet en een nieuw gezin heeft gesticht. De kleine meisjes zijn zo lief. Maar dat met Kathrine is verschrikkelijk. Ze is mijn oudste kleinkind. Ik denk de hele tijd aan haar. Ik heb sinds haar verdwijning nauwelijks geslapen. Is het nu voorbij?" vroeg ze. "Is het te laat om haar te vinden?"

"Nee", zei Randi Johansen tactvol. "Er verdwijnen voortdurend jonge mensen die ook weer boven water komen."

"Ja, ja", zei Magnhild Bjerke vermoeid, "dat zal wel."

Toen ze opstonden om te vertrekken, keek Cato Isaksen om zich heen in de kamer. Zoals bij veel oude vrouwen stond de kamer overvol. Foto's aan de wanden, familieportretten op de glimmende vleugel. Plotseling kreeg hij weer het akelige gevoel dat hij in het appartement van Brenda Moen iets over het hoofd had gezien. Er waren hier dingen, in deze kamer, die hem daaraan deden denken. Maar nog steeds wist hij niet wat het was.

CATO ISAKSEN STOND BIJ DE BUSHALTE WAAR KATHRINE BJERKE EEN paar weken eerder voor het laatst was gezien. Hij dacht terug aan februari, aan de kou en de duisternis, aan de sneeuwprut langs de kant van de weg en de ijzig koude wind. Nu was het licht, een helderblauwe hemel. De weg was grijs van stof en viezigheid en alle rommel die bij het voorjaar hoorde. Het was dinsdag 20 maart, het begin van het voorjaar. Over tweeënhalve week zou de paasvakantie beginnen en het was nu precies een maand geleden dat Kathrine was verdwenen. Opeens kwam een herinnering uit zijn kinderjaren naar boven. Hij wist dat het iets te maken had met zijn bliksembezoek aan het bejaardenhuis in Frogner: het trieste gevoel van nooit aan verwachtingen te kunnen voldoen. Hij dacht dat dat gevoel hem altijd bij was gebleven. De herinnering stond hem duidelijk voor ogen. Hij was een jaar of vier geweest. Het was herfst, hij herinnerde zich de schone, akelig heldere lucht. De sjaal die voor zijn mond waaide. De hemel was zo blauw dat het bijna lelijk was. Hij wilde niet naar de kleuterschool. Hij haatte het hoge hek. Zijn moeder was de enige die hem kon redden uit zijn overweldigende eenzaamheid. De andere kinderen waren naakte bergtoppen, vreemde stenen, verklede heksen. Maar zijn moeder redde hem niet, hoe hij ook huilde. Ze ging weg en hoorde hem niet achter zijn sjaal die rook naar droge wol en die kriebelde aan zijn mond. De rug van haar mantel verdween over de weg en was net zo lelijk als de lucht. Hij riep haar na, maar ze hoorde hem niet. De sjaal waaide voor zijn mond en weer weg. Later die dag kwam er mist opzetten, die als een dikke katoenen deken over de boom bij de kleuterschool hing. Hij had het nooit aan zijn moeder verteld. Nu stond hij hier en het gevoel kwam weer terug. Iets zei hem dat Kathrine Bjerke erg eenzaam moest zijn geweest.

Een jonge moeder met een kinderwagen stond bij de bushalte. Cato Isaksen stak de weg over. Er was veel verkeer. Hij had de civiele politieauto aan de overkant geparkeerd, half naast de straat. Terwijl hij terugliep naar de auto besloot hij het kleine stukje naar het tolstation te lopen. VERBODEN VOOR VOETGANGERS, stond er op een geel bord. Hij liep toch verder, stak schuin het asfalt met de witte stopstrepen over en zette koers in de richting van de kleine glazen hokjes waar de tollenaars zaten om het geld in ontvangst te nemen. Hij liep naar het dichtstbijzijnde huisje toen hij plotseling de vrouw in het hokje aan de overkant herkende. Hij bleef staan en liet twee auto's passeren.

De vrouw zat met de rug naar hem toe, maar toch wist hij dat hij haar eerder had gezien. Zijn hersenen kraakten toen hij probeerde te bedenken wie ze was. De vrouw draaide zich half naar de automobilist toe om hem wisselgeld te geven. Nu kon hij de rest van haar gezicht zien. Het was Mai Britt Hansen, de moeder van Kathrine Bjerkes vriend. Dus hierop doelde ze als ze vertelde dat ze dienst had. Waarom had ze dat niet gezegd?

Cato Isaksen keek naar het stof dat opwaaide van het vieze asfalt toen een trailer passeerde. De motor ging tekeer toen de auto de donkere tunnelingang in reed.

Hij liep naar het huisje en klopte op de ruit. Mai Britt Hansen keerde zich geschrokken naar hem om. Hij zag dat ze hem herkende. Ze keek hem een paar tellen angstig aan, waarna ze het loket opende en hem afgemeten begroette. Een vrachtwagen denderde voorbij en zond wolken gore uitlaatgassen op hen af.

"Wat is er?" vroeg ze. Ze maakte opeens een bange indruk. "Is er iets gebeurd?"

Cato Isaksen schudde het hoofd. "Ik maak alleen een inspectieronde", verklaarde hij. "Waarom hebt u niet verteld dat u hier werkt?"

"U hebt het niet gevraagd", antwoordde ze snel.

Cato Isaksen stak zijn handen in zijn zakken. Het viel hem op hoe vies de ramen van het glazen hokje waren.

"Werkte u in de nacht dat Kathrine verdween?"

"Ja", zei ze vlug. "Om twaalf uur zat mijn dienst erop."

"Twaalf uur 's nachts?"

Ze knikte.

Cato Isaksen herinnerde zich uit de getuigenis van de vrouwelijke automobilist dat ze Kathrine ongeveer tien minuten na middernacht bij de bushalte had gezien. Hij besloot dat hij de vrouw opnieuw voor verhoor zou oproepen. Misschien was er iets over het hoofd gezien.

Naast hem stopte een auto. Hij deed een stap opzij. De jonge, vrouwelijke chauffeur stak een briefje van vijftig kronen uit het raampje. Mai

Britt Hansen nam het met een ervaren gebaar aan, scheurde een ticket af, drukte op de knop zodat de slagboom omhoogging en zei automatisch: "Goede reis." Cato Isaksen keek de grijze auto na toen hij in de richting van de donkere tunnelopening reed. Hij wendde zich weer tot Mai Britt Hansen.

"Hebt u Kathrine gezien in de nacht van haar verdwijning?" vroeg hij.

"Nee", zei ze vlug. "Ik heb niets gezien. Van hieruit kun je de bushalte niet zien. Mijn auto stond hierachter." Ze maakte een beweging met haar hoofd. "Ik heb alleen maar een paar woorden gewisseld met de man die me afloste toen mijn dienst erop zat."

"Weet u nog wie dat was?"

"Nils", zei ze vlug, "Nils Bergman, hij studeert, dit is een bijbaantje voor hem. Overdag studeren en 's nachts werken en omgekeerd, afhankelijk van zijn dienst."

"Dus u vertrok rond middernacht", zei Cato Isaksen. Hij werd onderbroken door een andere automobilist die wilde betalen. Hij noteerde de naam van de man die de dienst had overgenomen, besloot toen om zijn auto te halen en een rit door de Oslotunnel te maken. Hij wilde het spoor van Kathrine volgen. Hij had dat al veel eerder moeten doen, hoewel het natuurlijk niet zeker was dat ze de tunnel had genomen. Hij haalde de auto en reed langs Kenneth Hansens moeder die hem gratis door de tolpoort liet rijden.

Toen hij naar de tunnel toe reed, werd hij even verblind door de zon. Hij reed de tunnel in met het daglicht nog op zijn netvlies en werd daar verrast door de mooie, verlichte tunnelwanden. Hij had gelezen over het kunstmatige roze en blauwe licht dat de bijna witte rotswanden sierde. Een psycholoog had gezegd dat het voor mensen die leden aan tunnelangst gemakkelijker was om door een tunnel met lichteffecten te rijden. Dat zou wel eens kunnen kloppen. De weg liep steil naar beneden. Het kunstlicht werkte geruststellend. Met regelmatige tussenruimten waren plaatsen voor noodstops aangelegd waar stalen buizen de berg in voerden.

Cato Isaksen fantaseerde over wat er in de nacht van Kathrines verdwijning gebeurd zou kunnen zijn. Was ze met iemand die ze kende meegereden of was ze opgepikt door een onbekende? Was ze eigenlijk de tunnel in gegaan of was ze teruggegaan naar het centrum? Was ze het bos in gelopen of was ze de weg gevolgd? Hij greep het stuur steviger vast. Al snel zag hij het licht aan de andere kant van de tunnel.

Op de eerste rotonde aan de kant van Hurum keerde hij om en reed weer terug. Hij vroeg zich af wat zich achter de ijzeren deuren bevond.

Toen hij weer terug was gereden door de tunnel, stopte Cato Isaksen aan de kant van de weg om inlichtingen te bellen voor het telefoonnummer en adres van Nils Bergman. Hij belde het mobiele nummer dat hij had gekregen, maar de telefoon stond niet aan. Hij besloot de student een bezoek te brengen. Hij startte de motor weer en terwijl hij naar Drøbak reed, belde hij naar het bureau. Hij sprak met Roger en vertelde over zijn ontdekking met betrekking tot Mai Britt Hansen.

Toen hij klaar was met het gesprek, bevond hij zich vlak bij de haven. Hij kwam ineens op het idee om de auto te parkeren en een rondje door de jachthaven te maken voordat hij Bergman opzocht.

Hij vond Tage Wolters boot, die lag te dobberen tussen twee minder mooie boten. Cato Isaksen herkende de naam. *Amora* stond er met zwarte letters op de zijkant.

Hij draaide zich om en keek even naar het standbeeld van de drie zeemeerminnen op de kade voor hij aan boord sprong. Hoewel het geen nieuwe boot was, was hij erg goed onderhouden. Hij bukte zich en keek rond. Alles was netjes en opgeruimd aan boord. Na vijf minuten ging hij weer aan land.

Een oude vrouw zat op een van de bankjes langs de weg. Cato Isaksen liep naar haar toe. Ze dronk een blikje bier.

"Zit u hier vaker?" vroeg hij. De oude vrouw keek hem wantrouwend aan. Ze leek eerst bang, daarna boos.

"Is dat soms verboden?" vroeg ze scherp.

"Zeker niet", zei Cato Isaksen, ontwapenend glimlachend. "Ik vroeg me alleen af of u hier af en toe iemand bij de boten ziet, hoewel het seizoen nog niet is begonnen."

"Het is hier het hele jaar seizoen."

"Die boot daarginds, *Amora*", Cato Isaksen wees naar Tage Wolters boot, "hebt u daar de laatste tijd iemand gezien?"

"Mannen zijn barbaren", zei de vrouw, naar een boot knikkend die een stuk verderop lag en waar een oudere man met iets bezig was. Cato Isaksen zag opeens dat hij een fles sterkedrank in zijn hand hield. "Hij noemde mij een spook."

"O, ja?" zei Cato Isaksen en hij draaide zich om.

"Ze nemen vrouwen mee naar de boten. Ik heb het wel gezien."

"Hij ook?" Cato Isaksen knikte naar de man met de drankfles.

Op het oude gezicht verscheen een grote grijns. "O, nee", zei ze schor lachend. "Die oude zuiplap krijgt niets meer voor elkaar."

"Weet u wie de eigenaar van *Amora* is? Hebt u hem wel eens gezien?"

De vrouw keek hem achterdochtig aan. "Nee", zei ze kortaf en ze bracht het blikje bier naar haar mond.

Nils Bergman woonde in de Torggata in Drøbak. Het adres voerde Cato Isaksen naar een binnenplaats tussen een winkel in tweedehands kinderkleren en de Libris-boekhandel. Op de binnenplaats stond een grote kale boom die vol eksters zat. Ze maakten een hels kabaal, het leek wel alsof ze waarschuwden dat de politie onderweg was.

Hij moest een stalen trap aan de buitengevel op lopen, die een droog, metalen geluid veroorzaakte tegen de houten wand. Hij kwam bij een oude, gammele deur waarop nog een stuk van een affiche zat vastgeplakt. Naast de deur stond met zwarte stift in grote krulletters iets geschreven.

Er was geen bel, dus Cato Isaksen klopte een paar keer op de deur zonder dat iemand opendeed. Na vijf minuten gaf hij het op en hij reed naar het winkelcentrum waar Tage Wolter werkte. Hij wilde de stiefvader een paar vragen stellen en de slager eens in zijn werkomgeving zien. Hij draaide de parkeerplaats op en remde.

TAGE WOLTER SNEED VOOR EEN KLANT NET EEN GROTE LAMSBOUT IN stukken. Het gierende geluid van het zaagblad dat het bot versplinterde, sneed door de ruimte. Cato Isaksen voelde het geluid door zijn wervelkolom trekken. Naast de snijmachine stond een stapel aluminium en plastic bakjes voor salades en kant-en-klare maaltijden.

De rechercheur keek toe hoe Kathrine Bjerkes stiefvader het vlees hanteerde. Met ervaren handen, haast liefdevol. Nadat hij de lamsbout had doorgesneden, pakte hij een grote vleesbijl en sloeg er een paar stukken vanaf. Zijn bewegingen waren krachtig en nauwkeurig. Toen hij het vlees had ingepakt en aan de tevreden klant had gegeven, liep Cato Isaksen naar de toonbank toe.

Tage Wolter was niet echt opgetogen om hem zien. Hij veegde snel het bloed rond de zaagmachine weg, trok de dunne rubberhandschoenen uit en veegde zijn handen af aan zijn schort. De lange, mooie man stak scherp af tegen de knalgele tegels aan de wand. De klanten moesten nummertjes trekken. Twee vrouwen en een jonge knaap bedienden de klanten met karbonades, verse salades en beleg.

Cato Isaksen zei dat hij alleen een paar korte vragen wilde stellen en Tage Wolter vroeg hem even geduld te hebben. Een minuut later kwam hij de winkel in. Hij vroeg of de rechercheur ergens wilde gaan zitten, maar Cato Isaksen keek op zijn horloge en ontdekte dat hij geen tijd had.

“Het zijn maar een paar kleine dingen”, herhaalde hij. “Het spijt me als u mijn vraag aanstootgevend vindt, maar neemt u af en toe vrouwen mee naar uw boot?”

“Vrouwen?” Tage Wolter keek hem niet-begrijpend aan, maar toen werd hij boos. “Wat is dat voor een vraag? Ik wilde Helena ontzien, maar u mag het wel weten. Ik neem geen vrouwen mee naar de boot, maar Kenneth wel. Ik heb ze daar een paar keer betrapt. Kenneth en Kathrine. Het meisje is veertien. Wat zegt u daarvan?”

Cato Isaksen moest toegeven dat het tragisch was. "Maar denkt u dat u er Kathrine een plezier mee deed door niets tegen haar moeder te zeggen?"

"Ik weet het niet." Hij schudde het hoofd. "Maar ik heb het nog niet op kunnen brengen om er met haar over te praten."

"Ik heb gehoord dat Kathrine op de dag van haar verdwijning boos op u was."

"Ze wilde geld voor een nieuwe broek", zei hij terneergeslagen. "Maar dat kreeg ze niet. Ze koopt kleren alsof ze niets kosten."

Cato Isaksen knikte.

Na het gesprek met de stiefvader nam Cato Isaksen de roltrap naar de eerste verdieping. Het wemelde er van de kleine winkeltjes. Hij moest even zoeken voor hij de wasserij vond waar Helena Bjerke normaal gesproken werkte. Hij wist dat ze nog steeds in de Ziektewet zat.

De wasserij lag achter in de gang. Twee vrouwen waren druk bezig met het persen en sorteren van kleding. De scherpe geur van chemicaliën prikte in zijn neus. Zijn blik bleef even hangen bij een wit damasten kleed dat over een stander hing. Er was een groot verschil tussen het werk van Tage Wolter en Helena Bjerke. De kleuren rood en wit doken in zijn gedachten op.

De rechercheur liep naar de vrouwen toe en stelde zich voor. Ze vertelden dat ze Helena misten, maar er rekening mee hielden dat ze nog langer weg zou blijven. "Het moet verschrikkelijk voor haar zijn, de arme stakker", zei de jongste van hen, een blonde vrouw met sproeten. Aan haar dialect te horen kwam ze uit Bergen. De vrouwen hadden geen informatie, maar vertelden niets dan goeds over Helena. Een klant kwam binnen om een pak te halen. Cato Isaksen bedankte hen voor het gesprek en vertrok.

Cato Isaksen trof Heidi Grindaker bij de lift. Hij stak zijn hand uit en bedankte haar dat ze had willen komen. Ze liepen samen door de gang naar Cato Isaksens kamer.

De jonge vrouw keek hem onrustig aan. Ze vond het duidelijk niet leuk om te worden verhoord. Cato Isaksen vroeg haar plaats te nemen.

"Ben ik echt degene die haar het laatst heeft gezien?" vroeg ze.

"Ja", zei Cato Isaksen. "Daar lijkt het wel op."

"Het is nu toch al weken geleden." Ze zweeg, wachtte even, keek naar haar handen. "Ik had haast en was gespannen. Ik moest mijn man van zijn werk halen. Ik kan me nog goed herinneren dat op het moment dat ik langs een meisje aan de kant van de weg reed, Chris Rea op de radio zong: '*I got room for you darling. Till your winter has gone*'."

Cato Isaksen keek haar ernstig aan.

"Het is een beetje raar met dergelijke liedjes", ging ze verder. "Vaak herinner ik me precies wat ik deed of waar ik was als ik een bepaald nummer hoor. Hebt u dat ook?"

"Soms wel", zei Cato Isaksen en hij ging verder: "U hebt verder niets opgemerkt dan de dingen die u al hebt verteld?"

"Ik heb alles verteld", zei ze en ze keek hem vragend aan.

"Dat weet ik, maar als u er eens goed over nadenkt? Hebt u geen auto langs de weg zien staan? Of hebt u gemerkt dat er een auto achter u reed? Hebt u koplampen in de spiegel gezien?"

Ze schudde het hoofd. "Niet dat ik me kan herinneren. Maar ik had ook wat anders aan mijn hoofd, en ik zocht naar tolgeld. Bovendien ..." Ze zweeg even, glimlachte snel en nerveus.

Cato Isaksen wachtte ongeduldig.

"Mijn kind was alleen thuis", zei ze vlug. "Ik weet niet of dat verboden is. Maar het kon niet anders. Normaal gesproken heeft mijn man de auto, maar juist die dag moest ik boodschappen doen, dus ik moest de auto gebruiken. Ik moest ook met mijn dochter naar de dokter. Ze was snipverkouden."

Cato Isaksen hield haar blik vast tot ze haar ogen neersloeg. "Hoe zeker bent u ervan dat u Kathrine Bjerke hebt gezien?"

"Daar ben ik van overtuigd. Niemand had me verteld dat haar voet in het gips zat en dat ze met krukken liep. Dat vertelde ik uit mezelf."

Nadat Heidi Grindaker was vertrokken, belde Cato Isaksen naar Helena Bjerke om te vragen of ze wist wie Nils Bergman was. Dat wist ze niet. Ze zei dat ze nog nooit van hem had gehoord. Ze vertelde dat Kenneth de vorige dag op bezoek was geweest. "De arme jongen", zei ze, "hij lijkt helemaal van slag. Maar hij komt nooit als Tage thuis is. Hij mag Tage niet."

"Dat is misschien wel wederzijds?"

"Ja, ik denk het wel. Ik weet niet waarom Tage zoveel op hem tegen heeft. Kenneth heeft het er echt moeilijk mee. Hij moest zelfs een paar keer naar het toilet toen hij hier was. En ik hoorde dat hij haar kamer binnenging. Ik denk dat hij het moeilijker heeft dan wij denken."

Cato Isaksen kneep even in de telefoonhoorn. "Was hij lang binnen?" vroeg hij nieuwsgierig.

"Waar bedoelt u?"
"In haar kamer."
"Nee", zei Helena Bjerke, "niet lang. Hoezo?"
"Hij zou toch niets zoeken?"
"Wat zou dat moeten zijn?"
"Dat weet ik niet."
Het werd stil aan de andere kant van de lijn.
"Ik wil u ook nog graag iets anders vragen. Bent u net als uw moeder geïnteresseerd in koningshuizen? Uw broer ging af en toe toch ook naar die bijeenkomsten?"
"Ja", antwoordde ze, "maar hij ging mee om moeder een plezier te doen. Ik geloof niet dat het hem zo bezighoudt. Ik ben in elk geval niet geïnteresseerd. En van uiterlijk vertoon hou ik al helemaal niet."
"Was Kathrine erin geïnteresseerd?"
"Totaal niet", zei Helena Bjerke snel. "Toen ze klein was, naaide mijn moeder altijd mooie jurkjes voor haar. We maakten er af en toe een geintje over, Kathrine en ik, dan zeiden we dat we echt bij de koningin op bezoek zouden gaan. Maar we bedoelden er niets mee. Ik vind het eigenlijk wel lief waar die drie oude vrouwen zich mee bezighielden."

HET VIEL NIET MEE OM NILS BERGMAN TE PAKKEN TE KRIJGEN. DE jonge student, die Mai Britt Hansen had afgelost op het tolstation in de nacht dat Kathrine verdween, wilde duidelijk niet met de politie praten. Cato Isaksen had opnieuw geprobeerd hem via zijn mobiele telefoon te bereiken. Maar de telefoon stond aldoor uit, en hoewel hij een boodschap achter had gelaten en had gevraagd of hij kon worden teruggebeld, had hij niets gehoord. Daarom stapte de rechercheur in zijn auto en reed naar Drøbak om hem zonder afspraak te bezoeken. Hij reed langzaam door de hoofdstraat van Drøbak, waar mensen en auto's elkaar verdrongen voor een plaatsje. Om aan de chaos te ontkomen parkeerde hij aan de kade. Voor hij naar Bergman ging, liep hij een paar keer de hoofdstraat op en neer. Uiteindelijk belandde hij weer aan de kade waar vroeger, voordat de tunnel was aangelegd, de veerboot was vertrokken. Hij liep naar de rand en keek in het water. Was Kathrine hier geweest voor ze verdween? Door het deinen van het water leek het alsof de zee ademde. Regelmatig en gestaag, met een sissend geluid. Het zwarte oppervlak glinsterde en brak tegen de stenen kade. Opeens moest hij denken aan de gebroken spiegel. Spiegels leken op water. Al die vreemde dingen bij Brenda Moen aan de wand. Het grote schilderij van koningin Maud was mooi. Maar op de een of andere manier gaf het hem een naar gevoel. Hij had er nog niet over nagedacht, maar het had iets te maken met de onnatuurlijk smalle taille van de koningin en de zwaarmoedige uitdrukking op haar gezicht. De mosterdgele japon en het donkere haar. Eigenlijk vloekten die kleuren met elkaar. Het moest een kostbaar schilderij zijn.

Cato Isaksen was weer terug in de Torggata.

Hij probeerde door het vierkante raampje te kijken dat naast de deur zat, maar het was afgedekt met iets wat op een dekbedhoes leek. De rechercheur klopte nog een paar keer hard op de deur en wilde juist weer gaan toen de deur werd geopend. Een jonge man met alleen een boxershort aan stond in de deuropening. Het was duidelijk dat de rechercheur hem wakker had gemaakt. Op zijn ene wang stonden strepen van het beddengoed en zijn warrige, bruine haar stond één kant op.

Cato Isaksen stelde zich voor. "Het betreft die zaak van dat jonge meisje dat is verdwenen", zei hij. "Ben jij Nils Bergman?"

De jonge man knikte. Hij had het duidelijk koud in de deuropening, maar maakte geen aanstalten de rechercheur binnen te vragen.

"Een paar minuten voordat Kathrine Bjerke op 20 februari voor het laatst werd gezien, begon jouw dienst op het tolstation", vervolgde hij. "Klopt dat?"

"Ja." De jonge man haalde even een hand door zijn haar.

"Herinner je je nog precies hoe laat je er aankwam?"

"Ik ben daar al over verhoord."

"Jawel, maar er zijn dingen gebeurd die ertoe leiden dat we die verhoren opnieuw doorlopen, om het zo maar te zeggen."

"Hebben jullie haar gevonden?"

"Nee."

Nils Bergman vroeg of de rechercheur binnen wilde komen. "Maar het is hier wel een rommel", zei hij.

Dat was het met recht. Het appartement, als je het zo kon noemen, bestond maar uit één kamer. In een hoek was een klein aanrecht. Aan de wanden hing oud, afgeschilferd behang met blauwe bloemen erop. Onder het enige raam, dat was afgedekt, stond een oude divan waarop een dekbek zonder overtrek lag. Het dekbed had bruine randen. Cato Isaksen probeerde de rommel te negeren. "Wat studeer je?" vroeg hij.

"Ik moet toelatingsexamen doen", zei Nils Bergman. "Filosofie en dat soort vakken. Daarnaast werk ik bij het tolstation."

De rechercheur knikte en herhaalde de vraag van zojuist: "Herinner je je nog hoe laat je dienst die nacht begon?"

De student, die bezig was een broek aan te trekken, zei dat hij er om vijf voor twaalf was geweest, net als altijd. "Ik kom nooit te laat. 's Nachts werken is erg vervelend. En het is koud ook. We hebben wel een kacheltje voor de voeten, maar toch."

"Wanneer verliet Mai Britt Hansen het tolstation?"

"Ik heb even met haar gepraat, zoals altijd. Toen vertrok ze. Een paar minuten over twaalf, denk ik."

"Is Kathrine Bjerke je opgevallen, toen je aan kwam rijden?"

"Ik rij niet. Ik heb geen auto. Ik fiets langs een weggetje binnendoor. Een soort pad, dus ik heb haar niet gezien."

Cato Isaksen voelde dat de student de waarheid sprak toen hij zei dat hij haar niet had gezien.

"Ken je Kathrine Bjerke?" ging hij verder.

"Nee", zei Nils Bergman. "Maar Kenneth ken ik wel."

Voordat Cato Isaksen de informatie die hij had gekregen, kon analyseren, had Nils Bergman verklaard dat hij goed bevriend was met de oudste broer van Kenneth, Stein Ove.

"Stein Ove, ja", zei Cato Isaksen. "Hij zit toch in dienst?"

Nils Bergman knikte.

"Wat vind je eigenlijk van Kenneth?"

"Hoe bedoelt u?"

"Gewoon, wat vind je van hem?"

Nils Bergman raakte duidelijk in verwarring. "Hebt u iets gevonden?" vroeg hij. Hij leek opeens bang te zijn.

"Nee", zei Cato Isaksen, "ik stelde gewoon een vraag."

Nils Bergman verplaatste zijn gewicht naar zijn andere been. "Hij is misschien een beetje bijzonder", zei hij ten slotte. "Ze zijn totaal verschillend, de drie broers."

"Hoezo?"

"Tja, ik weet het niet zo goed."

Cato Isaksen keek hem nieuwsgierig aan. Kon hij niet gewoon zeggen wat hij dacht?

"Tja, ik weet het eigenlijk niet", herhaalde Nils Bergman vermoeid. "Ik denk met name aan die toestanden met André, de middelste."

"Welke toestanden?"

Het leek alsof Nils Bergman bang was in een val te trappen. "André houdt zich nogal veel bezig met computers en zo. De anderen zijn op een bepaalde manier wat apathischer."

"Ken je André?"

"Ja", zei hij.

Terwijl hij nadacht liep Cato Isaksen een paar keer over de versleten vloer op en neer. "Denk je dat Kathrine is meegereden in een auto die daarna langs het tolstation en verder door de tunnel is gereden?"

"Er gaat in elk geval geen bus om die tijd." De student trok een trui over zijn hoofd voor hij verderging: "Ik heb die nacht geen meisje in een auto gezien. Niet dat ik me kan herinneren in elk geval. Er komen om die tijd niet zoveel auto's voorbij. Eigenlijk voornamelijk trailers."

Cato Isaksen had de rapporten van de politie van Follo gelezen. Er waren uitgebreide pogingen gedaan het vrachtverkeer van die nacht in kaart te brengen. Er waren video-opnamen gemaakt van de auto's die het tolstation passeerden. De kentekennummers waren zichtbaar, maar niet de personen in de auto's. Er was contact opgenomen met de betreffende chauffeurs, maar zonder resultaat.

"Als ze is meegereden in een vrachtwagen, had je haar dan gemakkelijk kunnen zien?"

"Nee. Ik kan de chauffeur amper zien. Die auto's zijn zo hoog."

"Juist", mompelde Cato Isaksen voor zich uit. "Hoe goed ken je Mai Britt Hansen eigenlijk?"

"Ze is de moeder van mijn beste vriend. Ik ken haar heel goed."

"Wat voor indruk maakte ze toen je die nacht haar dienst overnam?"

"Indruk? Nu begrijp ik niet wat u bedoelt."

"Was ze net als anders?"

"Net als altijd. Denkt u dat zij er iets mee te maken heeft?"

Cato Isaksen schudde het hoofd. Hij zag ineens een groen uniform dat achter de deur over een stoel hing. Het uniform had camouflagekleuren.

"Wat is dat?" vroeg hij.

"Dat is mijn velduniform. Ik zit bij de jongerenorganisatie van de Burgerwacht." Nils Bergman krabde aan zijn arm.

Cato Isaksen keek hem even indringend aan. "Hoelang zit je daar al bij?"

"Een jaar, denk ik. Stein Ove heeft me meegenomen. Hij is helemaal gek van militaire dingen, om het zo maar te zeggen."

"Heb je ook meegeholpen bij het zoeken naar Kathrine?"

Nils Bergman vertelde dat hij twee dagen had meegezocht, samen met het Rode Kruis en de vrijwilligers. Hij vertelde dat het een bijzondere ervaring was geweest. Er had nog steeds sneeuw in het bos gelegen. Hij was de hele tijd bang geweest voor wat hij in de sneeuw tussen het hoge, verwelkte gras zou kunnen vinden.

"Dus jij denkt dat ze dood is." Cato Isaksen volgde met zijn ogen een scheur die midden op de wand begon en doorliep tot op het plafond.

"Ja", zei Nils Bergman luid.

Hij werd wakker door een lichtflits. Stralend wit licht, gevolgd door een donderslag. Cato Isaksen kwam geschrokken overeind in zijn bed. Onweer was in deze tijd van het jaar hoogst ongebruikelijk. Hij had gedroomd over een meisje dat zich had uitgedost in een lange, rode jurk. Op haar wangen flakkerde plotseling een licht dat schaduwen van bladeren had achtergelaten. Toen had iemand haar met een grote hamer geslagen. Op dat moment was hij wakker geworden van het onweer. Naast hem draaide Bente zich onrustig om. "Ik ga een glas water pakken", zei hij. Ze mompelde iets, draaide zich om en sliep verder.

Plotseling stond Vetle in de keukendeur. "Alleen maar wat onweer", zei zijn vader geruststellend.

"Dat weet ik. Maar ik denk aan de kat. Hij is vast doodsbang."

Cato Isaksen keek hem aan. "Je hebt alles gedaan wat je kunt", zei hij somber. "Briefjes opgehangen, een advertentie in de krant, de lokale televisie. De kat is dood, of misschien heeft hij een nieuw huis gevonden. Je kunt verder niets doen."

"We kunnen naar buiten gaan om hem te zoeken", zei Vetle verdrietig.

"Nu?" Cato Isaksen keek zijn zoon aan. Toen kreeg hij de waanzinnige gedachte dat ze dat nu juist moesten doen, naar buiten gaan om te zoeken. Niet voor de kat, maar voor Vetle. Hij had nooit tijd om iets voor zijn zoon te doen, het was altijd maar werken, werken en nog eens werken. Maar nu, midden in de nacht, had hij tijd. Hij zou toch niet meer in slaap vallen. "Oké", zei hij, "dat doen we."

Vetle keek hem verwonderd aan en rende weg om zijn kleren te pakken. "We leggen een briefje op de keukentafel voor mama", zei Cato Isaksen, "voor het geval ze wakker wordt."

De regen sloeg ijskoud in hun gezicht en op hun handen. De grond in het bos was bedekt met vieze sneeuw. "Ik denk eigenlijk wel dat hij nog leeft. En jij?" Vetle kneep zijn ogen dicht tegen de koude regen.

Cato Isaksen draaide zich om en keek zijn zoon aan. Het was bijna triest om te zien hoe blij hij was dat zijn vader met hem mee was gegaan. Alsof dat iets bijzonders was.

Door de harde wind viel de regen haast horizontaal. Alles om hen heen was bruin en zwart. De vieze sneeuw kraakte onder hun voeten. Waar de sneeuw was gesmolten, was de bodem glad. Al vonden we hem maar dood, dacht Cato Isaksen. Het water sijpelde langs zijn koude vingers naar beneden. Dan zou alles zoveel gemakkelijker zijn. Vetle zou kunnen rouwen. Hij huiverde toen hij aan Helena Bjerke dacht. Hoe voelde zij zich als ze in het bos liep te zoeken naar haar dochter? Het weerlichtte aan alle kanten. Ze kwamen bij een hek en keken een tuin in waar de kletsnatte was slap aan de lijn hing tot een nieuwe windvlaag de kledingstukken met een geluid van zweepslagen opzwiepte. Vetle riep zachtjes naar de kat. Het kleine huis was gebouwd van hele boomstammen. Een nieuwe lichtflits onthulde een wit gezicht achter een raam. Ze draaiden zich om en liepen weer terug door het bos. Iemand moest toch weten wat er met Kathrine was gebeurd. Er was altijd wel iemand die iets wist. Hij probeerde zich haar voor te stellen zoals ze langs de weg was gelopen en een doolhof was ingegaan. Hij vroeg zich af wat ze had gezegd, wat ze had gedaan. Hij stelde zich vreemde plaatsen voor. Afspraakjes, bedden, bos en auto's.

Toen ze weer terug waren in het donkere, warme huis, leek het alsof er iets nieuws tussen hen was ontstaan.

"We vormen samen een goed team, hè?" Cato Isaksen keek naar zijn zoon toen hij zijn drijfnatte jas uittrok.

"Hoe bedoel je?"

"Kijk ons nu eens, met onze kletsnatte gezichten." Cato Isaksen lachte. "Ik wist niet dat je gezicht zo nat kon worden."

Vetle glimlachte.

"Het ziet er niet uit!"

Op de trap draaide zijn zoon zich naar hem om. "Ik hield heel veel van die kat", zei hij onhandig.

"Ik ook", zei Cato Isaksen en hij meende het echt. "Welterusten", zei hij en hij liep de kamer in naar het grote raam. De regen sloeg tegen de ruit. De druppels liepen in strepen naar beneden. Een bruine, kale seringenstruik wuifde in de wind.

De rechercheurs kwamen niet verder. De Moen-zaak was vastgelopen. Cato Isaksen wist dat een kleinigheid de zaak weer aan het rollen kon brengen. Waarom had niemand iets gezien of gehoord? Waarom was er geen enkele tip binnengekomen die hen verder kon helpen? De bestuurder van de BMW had zich nog niet gemeld. Dat hoefde niets te betekenen. Mensen waren bang om ergens bij betrokken te raken. Maar hoe had Kathrine Bjerke gewoon kunnen verdwijnen?

Cato Isaksen had van Helena Bjerke en Maiken Stenberg lijstjes met vrienden en bekenden gekregen. Hij had erover nagedacht dat Maiken Stenberg had gezegd dat ze vaak in het kleine tuinhuisje bij elkaar kwamen. De vrijdag voor Pasen belde Cato Isaksen met de leider van het onderzoeksteam van de politie van Follo. Hij had de leiding van het onderzoek gehad een paar weken na Kathrine Bjerkes verdwijning, voordat de landelijke recherche werd ingeschakeld. Hij vroeg hoe grondig ze onderzoek hadden gedaan naar Kathrines kennissen en of ze bijvoorbeeld het tuinhuisje hadden onderzocht. Dat was inderdaad gebeurd, maar niet al te grondig. "We denken dat het antwoord daar niet te vinden is", concludeerde hij. "Er is ook geen reden om dat te denken", zei Cato Isaksen tegemoetkomend, maar hij had al besloten om er nog een keer naartoe te gaan en het tuinhuis nog een keer te onderzoeken.

Hij nam Randi Johansen mee, die zich afvroeg hoelang dat zou duren. "Ik moet vandaag naar de crèche", zei ze. "Mijn moeder komt op visite. Ze blijft beide paasdagen, dus ik moet boodschappen doen."

De paasvakantie begon dit jaar laat, pas op zaterdag 7 april. Bente zou een paar dagen vrij hebben. Zij en Vetle zouden met een van haar vriendinnen naar een vakantiehuisje gaan. Haar vriendin had een zoon en een dochter van Vetles leeftijd. Zelf moest hij werken, maar hij had beloofd dat hij de vrijdag voor Pasen zou proberen te komen. Dan konden ze in elk geval het weekend en nog een paar dagen samen doorbrengen. Vetle had bedenkingen om weg te gaan. Voor het geval de kat terugkwam, zei hij, dan zou het huis leeg zijn. Hij had nog steeds de hoop niet opgegeven dat het dier terug zou komen.

Op het moment dat Maiken Stenberg de deur van het ordeloze kamertje in het tuinhuisje opende, had Cato Isaksen het gevoel dat ze iets zouden vinden. Maiken droeg een spijkerbroek en een strak, mouwloos, roze T-shirt. Haar buik was bloot, volgens de laatste mode voor jonge meisjes. Cato Isaksen was dankbaar dat hij drie zonen had. Jonge meisjes kregen iets provocerends in dergelijke kleding.

"Wil je niet even naar binnen gaan om een jas aan te doen?" vroeg hij.

Ze schudde haast beledigd het hoofd.

De gammele bank in het vochtige kamertje lag vol oude dekens. Het tafeltje, dat maar drie poten had, was zo neergezet dat het bleef staan. Het steunde op een krat. De gordijnen, die ook hun beste tijd hadden gehad, waren gesloten. De overheersende geur van het kippenhok creëerde een bedorven atmosfeer in het gebouwtje. De stank had zich overal in vastgezet.

Terwijl de politiemensen rondkeken, hield Maiken Stenberg hen nauwlettend in de gaten. Ze was niet zo toeschietelijk als tijdens het vorige bezoek van Cato Isaksen. Ze leek boos en voelde zich duidelijk niet op haar gemak.

"Je mag best naar binnen gaan", zei hij.

"Hebt u geen huiszoekingspapieren nodig?" vroeg ze opeens.

Cato Isaksen glimlachte. Ze had duidelijk te veel tv-gekeken. "Heb je er iets op tegen dat we rondkijken?" vroeg hij.

"Nee hoor", zei Maiken Stenberg vlug. Ze vermande zich, maar er was toch iets veranderd.

Randi was bezig een oude ladekast van de wand te trekken. Plotseling viel er een bebloede lap op de vloer.

"Dat lijkt op een T-shirt", zei ze ernstig terwijl ze een paar rubberhandschoenen en een plastic zak pakte.

Maiken Stenberg draaide zich snel om en rende de deur uit. Ze hoorden haar voetstappen op de oprit. Cato Isaksen liep haar achterna. Ze rende het erf over het huis in. Op dat moment kwam er een taxi aanrijden, Alexander stapte uit en gooide het portier achter zich dicht. Hij hief zijn hand op en wuifde even naar de taxichauffeur. Toen zag hij Cato Isaksen en gaf glimlachend blijk van herkenning.

Maiken Stenberg wilde niet met de rechercheurs praten. Ze had de deur op slot gedaan en deed niet open toen ze aanbelden.

Randi Johansen vond dat ze versterking moesten oproepen zodat het huisje grondiger kon worden doorzocht en Cato Isaksen was het met haar eens. Na een paar telefoontjes over en weer, gaf het politiedistrict Follo groen licht aan de politie van Oslo om de klus te klaren. Vijftig minuten later kwam Ellen Grue met een collega van de technische recherche aan.

Toen Maiken Stenbergs ouders van hun werk thuiskwamen, stond Cato Isaksen op het erf te kijken naar een paar wanordelijke kraaiennesten in een boom. Boven hem cirkelden twee zwarte vogels met stijve, gele poten en zware lijven. Hun krijsende geluid sneed het landschap in tweeën. Zijn ogen gleden over de kavels en de slootjes langs de weg. Aan de randen van de veldjes lagen hopen klei en aarde.

Maikens vader zette zijn attachékoffer op de trap en liep snel naar Cato Isaksen toe om te vragen wat er aan de hand was. Cato Isaksen vertelde van de vondst en vroeg in één adem door of het klopte dat hij degene was die de hopen zand langs de weg had gemaakt.

"Ja", zei de vader bezorgd. "Ik draineer de veldjes. Hoezo?"

"We willen graag een nader onderzoek instellen op uw grondgebied." Cato Isaksen keek hem ernstig aan.

"Ik begrijp niet wat u bedoelt. Is er iets gebeurd?"

"Dat weten we niet."

"Maar Kathrine is toch voor het laatst bij de tunnel gezien."

"Dat klopt. Maar toch."

"Bedoelt u dat ze daarna weer teruggekomen kan zijn?"

Cato Isaksen schudde afwezig het hoofd. "Ik bedoel helemaal niets", zei hij. "Maar we hebben hier een interessante vondst gedaan. En daar moeten we van uitgaan."

Maiken, die zich nog steeds op haar kamer verborgen hield, gaf via haar vader door dat ze geen idee had van wie het T-shirt was. Haar vader was duidelijk niet te spreken over de vondst in zijn tuinhuisje. "Wat heeft dat te betekenen?" vroeg hij bezorgd.

"Dat weten we nog niet", zei Cato Isaksen. "Er staat iets op het T-shirt. Op de borst staat MAGIC. Kunt u Maiken vragen of dat haar iets zegt?"

De vader keek hem verontwaardigd aan. "Moeten we dat nu doen?" vroeg hij geïrriteerd. "Maiken is doodsbang."

Maikens moeder nam het allemaal wat beheerster op, maar het was duidelijk dat zij zich ook zorgen maakte.

"Het T-shirt is in elk geval niet van ons. Ik heb het nog nooit gezien." Ze streek haar dikke grijze haar uit het gezicht. Alexander scharrelde druk in het rond en grijnsde van oor tot oor. Zijn moeder probeerde geërgerd hem rustig te houden.

Cato Isaksen probeerde haar gerust te stellen. "We hebben op dit moment geen enkele aanwijzing voor wat dan ook", zei hij. "We hebben een bebloed T-shirt gevonden, meer niet."

De ouders keken elkaar bezorgd aan. De vader ging naar binnen om zijn dochter te vragen naar de tekst op het T-shirt. Even later kwam hij weer naar buiten. "Ze zegt dat het van Kenneth is", zei hij somber. "Ze heeft geen idee hoe het achter de ladekast terecht is gekomen. Het zou niet in Maikens hoofd opkomen om te liegen", zei hij hoogdravend.

"Dat geloof ik ook niet", zei Cato Isaksen rustig.

"Kan Kathrine hier vermoord zijn?" dramde de vader door.

Cato Isaksen schudde zijn hoofd. Hij kon hem geen antwoord geven. Alexander rukte zich los van zijn moeder, babbelde, gooide zijn hoofd in de nek en lachte. Zijn moeder draaide zich boos naar hem toe. "Stil zijn, alsjeblieft", zei ze luid.

"Wees zelf stil", riep hij terug.

Toen ze klaar waren met het onderzoek in het tuinhuisje, reed Randi met Ellen Grue en de collega van de technische recherche terug naar de stad. Cato Isaksen reed een paar honderd meter verder naar het huis van Kenneths vriend, Lars Lofthus. Het bruine huis dat gebouwd was in de jaren zeventig lag deels verborgen achter hoge dennenbomen. De Ford Transit stond op de oprit geparkeerd. Lars Lofthus opende zelf de deur. De mollige, blonde jongen zag er bang uit. Hij had opgevangen dat de politie bij het huis van Maiken ergens mee bezig was. Hij kreeg een hoogrode kleur toen Cato Isaksen vroeg of hij binnen mocht komen. De rechercheur hechtte niet veel waarde aan zijn gedrag. Hij was eraan gewend dat mensen nerveus reageerden als ze met hem spraken.

Ze bleven in de hal staan praten. Lars Lofthus antwoordde kort en bondig op de meeste vragen. Cato Isaksen had in het rapport gelezen dat de Ford Transit aan een nader onderzoek was onderworpen. Toen Cato Isaksen hem vertelde over de vondst van het bebloede T-shirt, werd Lars Lofthus echter bleek om zijn neus. Hij herinnerde zich niet of Kenneth zo'n T-shirt had en hij leek oprecht verwonderd over de vondst. "Maar ik let ook niet altijd op wat mensen dragen", stotterde hij.

"Het is wit met zwarte letters."

Lars Lofthus haalde de schouders op.

"Hoe sprak Kenneth tegen jou over Kathrine?"

Lars Lofthus bloosde hevig. "Tja, ik weet niet goed hoe ik dat moet zeggen", zei hij, terwijl hij nerveus zijn gewicht van het ene naar het andere been verplaatste.

"Schepte hij op dat hij met haar naar bed ging? Vertelde hij wat ze deden?"

"Soms."

"Heb jij een vriendin?"

De blonde jongen schudde het hoofd.

"Mocht je Kathrine?"

"Nee", zei hij onmiddellijk.

"Je mocht haar niet?"

"Niet op die manier. Ik mocht haar natuurlijk wel, maar ik dacht dat u bedoelde of ik geil op haar was."

"En dat was je niet?"

"Nee", zei hij beslist.

"Maar ze reed toch vaak met je mee?"

"Ja."

"Waarom?"

Hij haalde de schouders op. "Iedereen rijdt mee. De anderen hebben geen auto."

Cato Isaksen ging zitten op een kruk naast de kapstok die vol jacks en jassen hing. Er hing een doordringende schoenengeur in de donkere hal. Hij vroeg zich af hoe hij zijn volgende vraag onder woorden moest brengen.

Lars Lofthus keek hem nerveus aan. Het was een hele tijd stil.

"Ik heb nagedacht over die avond", zei Cato Isaksen ten slotte. "De avond dat Kathrine verdween, bedoel ik. Het is vreemd dat ze op eigen houtje helemaal naar de tunnel is gegaan. Ze had immers haar voet in het gips en ze liep met krukken."

Lars Lofthus kreeg rode vlekken in zijn hals. "Die andere politiemensen hebben me dat ook gevraagd", zei hij.

"En?"

"Niets", zei Lars Lofthus vlug. "Ze kan binnendoor door het bos zijn gegaan."

"Maar jij bent vlak na Kathrine vertrokken. Ben je toen rechtstreeks naar huis gereden?"

Lars Lofthus slikte even. "Ja", zei hij zacht.

"Nee", zei Cato Isaksen beslist. "Dat deed je niet. Jij hebt haar naar de tunnel gebracht, hè?"

Het leek alsof Lars Lofthus flauw zou vallen. Hij ademde moeizaam en moest steeds slikken. "Maar ik heb haar niets gedaan", zei hij ten slotte. "Ik ben direct weer naar huis gereden."

"Waarom heb je dat niet verteld?"

Lars Lofthus begon te huilen. Hij veegde driftig de tranen weg die over zijn bolle wangen naar beneden stroomden. "Ik wilde er niet bij betrokken raken", zei hij snikkend.

"Dus je hebt haar niet weer opgehaald, even na twaalf uur, en haar teruggebracht?"

"Nee. Vraag maar aan mijn ouders. Ik reed direct naar huis en was de hele tijd thuis. Ze waren nog niet naar bed toen ik thuiskwam."

Cato Isaksen zuchtte en veegde vermoeid met een hand over zijn ogen. "Waarom bracht je haar helemaal naar de tunnel?"

"Ze had een afspraak met iemand."

"Zei ze dat?"

Lars Lofthus knikte.

"Maar je weet niet met wie?"

Hij schudde het hoofd. "Nee", zei hij. "Ik heb haar afgezet en ben meteen weer weggereden."

CATO ISAKSEN BEËINDIGDE HET GESPREK MET LARS LOFTHUS EN reed direct naar Kenneth Hansen om over het bebloede T-shirt te praten. Terwijl hij de trap naar het souterrain af liep, kwam Roger Høibakk binnen. Toen hij het nieuws over de vondst had gehoord, was hij hierheen gereden om zijn collega bij te staan. Roger knikte even naar Mai Britt Hansen, die erg ongerust was over het politiebezoek. "Wat is er nu weer?" vroeg ze bezorgd. Roger Høibakk maakte een paar nietszeggende opmerkingen, terwijl hij zijn schoenen uitdeed en net als zijn collega naar beneden liep.

Kenneth Hansen had sinds het vorige bezoek zijn kamer niet opgeruimd. Misschien stonden er inmiddels andere borden op de tafel, maar verder zag alles er hetzelfde uit.

"Hij houdt er niet van als jullie daar beneden rondsnuffelen", riep zijn moeder hun bezorgd na. "Kunnen jullie niet wachten tot hij thuiskomt uit school? Hij is er over een paar minuten. Misschien is hij even naar het winkelcentrum. Dat doet hij meestal op vrijdag."

Mai Britt Hansen was hen achternagelopen naar het souterrain.

Cato Isaksen draaide zich naar haar om. "Bent u bang voor hem?" vroeg hij.

"Bang voor Kenneth bedoelt u? Nee", zei ze vlug.

"Hebt ú er iets op tegen dat we rondkijken?"

Mai Britt Hansen leek onzeker. Ze balde haar ene vuist. "Nee hoor", zei ze gedwee.

"Dit is een informeel bezoek, om het zo maar te zeggen. We willen alleen even rondkijken."

"Zoekt u iets speciaals?"

"Nee", zei Cato Isaksen. Hij had haar nog niet geconfronteerd met het bebloede T-shirt. Hij herinnerde zich Helena Bjerkes woorden over Kenneths bezoek aan de kamer van Kathrine. Had hij ergens naar gezocht? En zo ja, had hij het dan ook gevonden?

Roger Høibakk opende een klein kastje. "Nou ja, dan moeten jullie maar blijven wachten", zei Mai Britt Hansen en ze liep zachtjes de trap weer op.

Ze vonden niets van betekenis. Kenneth was nog steeds niet thuis toen ze de trap weer op liepen. Mai Britt Hansen zat als gewoonlijk aan de keukentafel.

"Mogen we de rest van het huis bekijken?" vroeg Roger Høibakk terwijl hij een hand door zijn haar haalde. "We doen dit bij iedereen die Kathrine op de een of andere manier kende", voegde hij eraan toe. Het deed er niet toe dat het niet waar was. Cato Isaksen zond zijn collega een dankbare blik.

Mai Britt Hansen liet haar schouders zakken. "Oké", zei ze verontwaardigd.

De rechercheurs liepen van kamer naar kamer. Het was overal een rommeltje. Vieze kleren en tijdschriften lagen in het rond. Achter de keuken bevond zich een klein kamertje, een soort hok, zonder ramen. "Wat is daar?" Cato Isaksen opende de deur en drukte op het lichtknopje.

"Dat is Andrés computerkamer", antwoordde Mai Britt Hansen toonloos. "Hij doet niets anders dan met de computer spelen, naar school gaan en werken. Hij vindt het niet leuk dat jullie hier rondkijken."

In tegenstelling tot de andere kamers in het huis was het hier opgeruimd. Keurig zelfs.

"Heeft André veel vrienden?"

"Dat weet ik niet goed. Ik heb er niet zoveel ontmoet. Hij heeft vrienden via internet."

"Juist." Opeens schoot Cato Isaksen te binnen wat Nils Bergman had gezegd.

"Dat is heel gewoon tegenwoordig", ging Mai Britt Hansen verder. "Om vrienden te hebben via internet." Ze veegde vermoeid met een hand over haar gezicht.

Cato Isaksen en Roger Høibakk keken elkaar even aan. Cato Isaksen liep de kamer binnen. Het was er pijnlijk netjes. Op het bureau lagen allerlei vreemde kaarten op keurige stapeltjes. Hij pakte er een en keek ernaar. MAGIC THE GATHERING stond er achterop. De kaart was in paars en zwart met angstaanjagende tekeningen van bovennatuurlijke wezens en groene draken. Aan de wand boven de computer was een poster geplakt met een vijfpuntige ster. PENTAGRAM, stond met zwarte letters op een witte achtergrond. Naast de computer lag een opengeslagen boek. MIDDELEEUWSE MAGIËRS stond er met sierlijke letters op de omslag.

Vanuit de deuropening keek Mai Britt Hansen naar wat de rechercheur uitvoerde. Cato Isaksen legde het boek netjes op zijn plaats terug en keek haar even glimlachend aan. Hij deed het licht uit en verliet de kamer.

"Waar is André?" vroeg hij.

Mai Britt Hansen kreeg een nerveus trekje om haar mond. "Wat wilt u van hem?"

"Niets", zei Cato Isaksen.

"In de avondwinkel, naast het benzinestation. Daar werkt hij."

"Aan de weg naar het centrum?"

"Ja, maar ik weet niet of jullie hem daar kunnen storen."

"Dat doen we ook niet", zei Cato Isaksen.

"Uw oudste zoon", begon Roger Høibakk.

"Hij zit in militaire dienst", zei Mai Britt Hansen snel. "Terreinbeveiliging, bij de luchthaven van Rygge. Hij is ook een flinke jongen", voegde ze er onzeker aan toe.

Cato Isaksen keek haar even aan en liep toen de kamer in. Hij wierp een blik om zich heen. Het huis was hoog gelegen en bood een weids uitzicht over een groot sportveld. Tegen een van de wanden troonde een versleten, bruine leren bank. Daarboven hing een vergroting van een foto met drie kleine jongens. Ze droegen allemaal gestreepte truien en hadden iets te lang haar. De middelste, de computerfreak, had rode uitslag om zijn mond.

"Hoe oud zijn ze daar?" Cato Isaksen glimlachte ontwapenend.

"Ik weet het niet meer precies. Vijf, zes en negen, zoiets", zei Mai Britt Hansen.

Kenneth Hansen stond plotseling in de deuropening. Hij was heel stilletjes binnengekomen. Het was duidelijk dat de aanwezigheid van de politiemensen hem niet beviel.

Cato Isaksen verspilde geen tijd. Hij vertelde zonder omhaal dat ze een T-shirt hadden gevonden achter een ladekast in het tuinhuisje bij Maiken Stenberg.

Kenneth Hansen was op zijn hoede. "Nou, en?" vroeg hij.

Zijn moeder bemoeide zich ermee. "Een T-shirt? Wat wil dat zeggen?"

"Er staat MAGIC op", ging Cato Isaksen verder. "Is het van jou?"

Kenneth Hansen schudde het hoofd. Zijn moeder werd bleek om haar neus.

"Maiken zegt dat het jouw T-shirt is."

"O, ja? André houdt zich met zulke duffe zaken bezig."

"Zou het kunnen dat jij het hebt gedragen?"

"Misschien heb ik het wel eens geleend", zei Kenneth Hansen iets gedweeër. "Maar wat dan nog, wat is er zo bijzonder aan dat T-shirt?"

"Het zit onder het bloed", zei Roger Høibakk kortaf.

Mai Britt Hansen viel neer op een stoel. Ze zat met haar hand voor haar mond en staarde met een lege blik naar het tafelblad. "Kenneth niet", mompelde ze. "Hij heeft er niets mee te maken. Hij heeft zelfs de moeder van Kathrine bezocht."

Dat was de aanleiding waarop Cato Isaksen had gewacht. "Kathrines moeder vertelde dat je de vorige keer in haar kamer hebt rondgesnuffeld", zei hij. "Zocht je iets?"

"Rondgesnuffeld?" Kenneth werd knalrood in zijn gezicht. Hij verhief zijn stem. "Dat heb ik verdomme niet gedaan."

"Wat deed je daar binnen?" vroeg Cato Isaksen rustig.

Kenneth Hansen zweeg.

"Wat deed je daar binnen?" herhaalde Cato Isaksen.

"Ik mag toch wel rondkijken in de kamer van iemand die is verdwenen?" Kenneth Hansen keek hem verongelijkt aan.

"Ze waren tenslotte verliefd op elkaar", zei Mai Britt Hansen zwakjes.

De steun van zijn moeder gaf hem zijn strijdlust terug. "Misschien heb ik wel verdriet omdat Kathrine verdwenen is. Heeft niemand van jullie daaraan gedacht?" vroeg hij luid. "Denken jullie dat ik hier sta te liegen?"

De rechercheurs gaven geen antwoord.

Kenneth Hansen voelde hun afkeuring en reageerde woedend. Hij greep zijn jas die hij over een stoel had gegooid en rende de gang weer in. Ze hoorden de buitendeur dichtslaan.

Cato Isaksen keek Mai Britt Hansen aan. Ze zag er niet goed uit. "Ik kan er niet meer tegen", jammerde ze. "Wat denken jullie dat Kenneth heeft gedaan?"

Cato Isaksen en Roger Høibakk reden ieder in hun eigen auto naar het centrum. Ze reden naar de avondwinkel. Cato Isaksen parkeerde, zette de auto in zijn vrij en trok de handrem aan. Roger Høibakk parkeerde achter hem. Ze liepen de winkel in, naar de koelkast met frisdrank en pakten twee flesjes cola. Deze vrijdagmiddag was het druk in de zaak. Op weg naar de kassa pakte Cato Isaksen nog twee repen melkchocolade. De rechercheurs keken om zich heen. Achter de toonbank stond een vrouw van middelbare leeftijd in een rode trui. Op het moment dat Cato Isaksen zou betalen, kwam er een jonge jongen met lang, zwart geverfd haar uit de ruimte achter de winkel. Hij droeg een donkere coltrui onder een dun jasje. Cato Isaksens aandacht werd getrokken door zijn bleke huid en de blauwe ogen die hem even aankeken, maar de jongen draaide zich om en liep terug naar het magazijn.

Cato Isaksen betaalde en vroeg of hij André Hansen kon spreken. De vrouw riep hem en de zwartharige, tengere, haast vrouwelijke jongen kwam de winkel weer binnen. Hij leek totaal niet op zijn jongere broer.

Cato Isaksen stelde zich discreet voor en vroeg of hij de volgende dag naar het politiebureau in Oslo kon komen voor een gesprek. André Hansen keek hem verwonderd aan. Toen haalde hij nietszeggend de schouders op en zei dat hij dat wel kon regelen. "Maar ik moet eigenlijk werken", zei hij.

"Hoe laat begin je met werken?"

"Om drie uur."

"Dan spreken we af om elf uur, op het politiebureau in Oslo. Is dat oké?"

André Hansen knikte even.

TOEN CATO ISAKSEN EINDELIJK WEER IN DE AUTO OP WEG TERUG was naar Oslo, was het bijna zeven uur. Hij streek vermoeid met zijn hand over zijn ogen. Wat een dag! Opeens werd hij overvallen door die vreemde onrust. Hij herkende het gevoel van eerdere zaken. Sommigen noemden het intuïtie. Als een klein stukje op zijn plaats viel, als een draad in een bepaald patroon paste. Het probleem was dat hij nog niet aan stukjes of draden toe was gekomen. Het bebloede T-shirt moest echter iets betekenen. De rest bestond slechts uit abstracte gedachten die door zijn hoofd spookten en die hij aan nieuwe mogelijkheden probeerde te koppelen. Hij probeerde de informatie in zijn hoofd te ordenen. Maar het geheel bleef onduidelijk.

Hij stopte een stukje chocola in zijn mond. Uit de autoradio klonk een populair popliedje uit de jaren tachtig. Daarna kwam een professor die een betoog hield over zwarte gaten in het heelal. Hij sprak over een ster genaamd Eta Cygnus.

Toen hij om een uur of negen eindelijk thuis was in Asker, was Georg al naar bed. "Hij was doodop", zei Bente verontschuldigend. Hij keek haar aan en wist dat zij geloofde dat hij dacht dat ze Georg naar bed had gebracht om een rustige vrijdagavond te hebben. Maar het was niet erg. Hij was moe en blij dat hij zelf een beetje rust kreeg.

Bente wilde theezetten, maar hij vroeg haar een fles wijn open te maken. "Oké", zei ze vrolijk en ze liep naar de keuken.

Terwijl Bente bij de tafel de wijn inschonk, kreeg hij opeens de neiging om te schreeuwen. Hij stond op en liep naar het raam. Hij bleef een tijdje hulpeloos staan voor hij de terrasdeur opendeed en de tuin in keek. Hij ademde een paar keer diep in, draaide zich om en keek naar Bente die achter hem stond en hem verschrikt aankeek. "Wat is er?" vroeg ze.

"Niets", zei hij onschuldig. "Ik dacht dat ik de kat hoorde."

Even later belde hij Maiken Stenberg op haar mobiele telefoon. Hij hoopte dat ze wat tot rust was gekomen. Eerst nam ze de telefoon niet op. Toen ze eindelijk antwoord gaf, kon hij aan haar ademhaling horen dat ze doodsbang was. Hij maakte een paar nietszeggende opmerkingen om haar gerust te stellen. Tot slot vroeg ze bang of er iets nieuws was, of ze iets meer hadden ontdekt over het bebloede T-shirt.

"Nee", zei Cato Isaksen, "maar daar moet je niet meer aan denken. Het duurt een paar dagen voor het bloed geanalyseerd is. Ga je in de paasvakantie nog weg?" vroeg hij. Dat ging ze niet. Het hele gezin zou thuisblijven.

Cato Isaksen legde in het kort uit waarom hij belde. "Als je me wilt helpen, zou ik graag nog wat meer informatie van je willen hebben."

"Ja", zei ze bang.

"Weet jij of Lars verliefd was op Kathrine?"

"Lars? Nee", zei ze verwonderd. "Dat geloof ik niet."

"Hij pikte haar op, op de avond dat ze verdween. Hij zegt dat hij haar naar de tunnel heeft gebracht omdat ze met iemand had afgesproken."

"O."

"Ik vind het vreemd dat hij dat niet eerder heeft verteld."

Maiken gaf geen antwoord.

"Ik heb een lijst van je gekregen met de namen van Kathrines vrienden", ging Cato Isaksen verder, "maar je hebt de naam van André niet opgeschreven. Kenneth zegt dat het T-shirt dat we vonden van zijn broer was."

"Dat zou wel kunnen, maar dan moet Kenneth het gebruikt hebben, want André is hier nog nooit geweest."

"Waarom niet?"

"Niet iedereen is met elkaar bevriend", zei ze. "André had andere vrienden. Hij is helemaal anders", zei ze beslist. Op de achtergrond lachte iemand luid. "Neem me niet kwalijk", zei ze.

"Heb je bezoek?"

"Dat is Alexander", zei ze bedrukt.

"Op wat voor manier is André anders?" ging hij verder.

"Ik weet niet goed hoe ik het zeggen moet, maar hij is zo'n enorme computerfreak. Hij is een nerd."

"Hoezo?"

Aan haar stem kon hij horen dat ze zijn gezeur zat werd. Ze antwoordde niet.

"Mogen jullie hem niet?"

"Ik heb daar niet over nagedacht", zei ze. Ze leek verrast door de vraag.

"Wat voor vrienden heeft hij?"

"Weet ik niet. Niemand, denk ik. Of toch wel. Een meisje van school, Sølvi Steen heet ze. Zij is ook een heel bijzonder type."

"Ik heb André Hansen voor morgen opgeroepen voor verhoor", verklaarde hij. "Een andere vraag die ik moet stellen is of Kenneth Kathrine ergens toe dwong."

Het werd stil aan de andere kant van de lijn. "Ik weet het niet", zei ze ten slotte. "Waar denkt u aan?"

"Dwong hij haar om dingen te doen die ze niet wilde?"

"Misschien een beetje."

"Heeft hij haar ooit verkracht?"

"Nee, bent u gek. Zo was het niet."

"Wist jij dat ze van de boot van haar stiefvader gebruikmaakten?"

"Ja."

De volgende dag zat André Hansen in een van de verhoorkamers. Hij voelde zich misselijk en slap. Hij had die nacht haast niet geslapen. Hij had ook niet gegeten. Hij kon niet eten als hij ergens tegen opzag. Toen de politiemannen de avond ervoor de avondwinkel binnenkwamen, was hij geschrokken. Hij had geweten dat ze van de politie waren, zelfs al hadden ze geen uniform gedragen. Toen hij hoorde dat hij voor verhoor moest komen, kreeg hij het op zijn zenuwen. Hij wilde met zijn broer praten, uitvinden wat er precies aan de hand was. Maar Kenneth was pas midden in de nacht thuisgekomen, dus André had het wachten opgegeven. Vanmorgen vertelde zijn moeder dat Kenneth en Lars naar Zweden waren geweest. Alleen maar om iets uit te zoeken, had ze gezegd. Kenneth was helemaal uit zijn doen. Net als Lars.

André Hansen droeg een zwarte spijkerbroek en een zwart T-shirt met rode letters dwars over zijn borst. AVALON, stond erop.

Cato Isaksen kwam binnen met twee flesjes cola en twee glazen. Hij ging aan de andere kant van de tafel zitten en schonk de flesjes leeg in de glazen. "Alsjeblieft", zei hij, een van de glazen in de richting van de zeventienjarige schuivend. Het viel hem op dat de middelste broer heel bleek was, een indruk die nog werd versterkt door zijn zwarte haar.

"Wat betekent Avalon?" begon hij, naar de tekst op het T-shirt knikkend.

"Dat is de naam van een winkel", zei André Hansen.

"Wat voor soort winkel?"

"Een winkel in het Paléet-winkelcentrum aan de Karl Johans-gate. Ze verkopen magic-kaarten, boeken over rollenspelen en allerlei toebehoren."

"Je ogen", wees de rechercheur en hij keek naar de grote pupillen van de jongen, "wat heb je daarmee gedaan?"

"Lenzen", zei André Hansen vlug. "Ik gebruik zwarte lenzen als ik speel."

"Als je op je computer speelt?"

"Nee, tijdens rollenspelen."

"En waarom draag je ze nu?"

"Omdat ik hierheen moest."

Cato Isaksen glimlachte triest. De jongen maakte een verwarde indruk. "Het is een speciaal wereldje waarin jullie verkeren, hè?"

De jongen knikte.

"Vertel er eens iets over."

"Over rollenspelen, bedoelt u?"

De rechercheur knikte.

André Hansen zag er even sceptisch uit, alsof hij bang was iets te verraden. "We praten er eigenlijk niet zoveel over. Op een bepaalde manier moet het iets zelfstandigs zijn. Maar het is niet zo bijzonder. Je kunt zeggen dat we een uitdaging stellen aan onze eigen intelligentie. Misschien met name de ruimtelijke intelligentie."

"De ruimtelijke?"

"Ja. We maken imaginaire reizen van A naar B, om het even snel uit te leggen."

"Wie zijn we?"

"De mensen met wie ik samenspeel."

"En wie zijn dat?"

"Veel verschillenden. We dagen de werkelijkheid uit. We zetten onze eigen, persoonlijke intelligentie voort. We verruimen de kleine gesprekken die we constant met onszelf voeren." Hij kwam nu echt op gang. Zijn zelfvertrouwen nam toe. "Iedereen doet dat. U ook", zei hij, naar Cato Isaksen knikkend. "Daar ben ik van overtuigd. Maar u bent het u misschien niet bewust."

Cato Isaksen gaf geen antwoord.

"Schrijf uw gedachten maar eens op", ging hij verder. "Dan krijgt u beter contact met de creatieve kern van het onderbewuste."

"Wat voor mensen houden zich hiermee bezig?"

André Hansen haalde de schouders op. "Allerlei mensen", zei hij. "Ook een aantal volwassenen. Een van de deelnemers heeft twee kinderen."

"Maar over het algemeen zijn het jongeren zoals jij?"

André Hansen knikte.

"Ook meisjes?"

"Jongens, bijna alleen maar jongens", zei hij. "We noemen ons broeders. Er doet maar één meisje mee."

"Hoe heet ze?"

André Hansen was plotseling waakzaam. Was dit een strikvraag?

De rechercheur merkte dat hij aarzelde. "Het is niet belangrijk", zei hij, "ik vroeg het me gewoon af."

"Sølvi Steen", zei hij. "Ze is vijftien."

Het was dezelfde naam als Maiken hem gisteren had gegeven.

"Kathrine Bjerke ..." begon Cato Isaksen.

"Daar hebben we niets mee te maken", zei André Hansen snel. Hij leek opeens nog zelfverzekerder. "We zijn geen satanisten of zoiets", zei hij koortsachtig. "Veel mensen denken dat, of ze denken dat we nazi's zijn. Dat is te gek voor woorden. We spelen alleen maar livetheater. We vinden het leuk om ons in een andere wereld in te leven."

"Voor een buitenstaander klinkt dat allemaal nogal merkwaardig."

"Ja, maar dat is het niet. Je zou kunnen zeggen dat wij computerspellen in het echte leven hebben gebracht. Zo simpel is het. Eerst speelden we rollenspelen met behulp van een bord. Ik en een paar anderen. Toen kwamen we in contact met Mirc. Dat is een chatprogramma op internet. Toen leerden we nog wat anderen kennen. We gebruiken geen manuscripten of zo. De spelleider maakt een setting, dan kiezen we allemaal een rol en zoeken een kostuum uit. Dan zien we wel wat er gebeurt. U moet toch toegeven dat het allemaal heel spannend klinkt?"

Roger Høibakk stak even zijn hoofd om de deur. Cato Isaksen wuifde hem geïrriteerd weg.

André Hansen zonk een beetje in elkaar op zijn stoel en nam nog een slok cola.

"We hebben een T-shirt gevonden in het tuinhuisje bij Maiken Stenberg. Je hebt dat natuurlijk al gehoord. Het is van jou, hè?"

André Hansens keek gelaten. Hij moest het heft uit handen geven. Het leek alsof hem plotseling inviel waarom hij voor verhoor was opgeroepen. Kenneths vriendin was verdwenen. Misschien was hij een mogelijke verdachte.

"Maar ik ben nooit bij Maiken geweest", zei hij.

Cato Isaksen stond op en liep naar het raam. Mensen en auto's spoedden zich voorbij in het grijze weer. Iedereen was druk bezig voor Pasen. De stilte in de kamer werd drukkend.

Na een tijdje draaide hij zich naar André Hansen toe.

"Er staat MAGIC op", zei hij. "Is het van jou?"

"Het is van mij. Maar Kenneth heeft het waarschijnlijk geleend."

"Wat voor rol speel jij meestal in die rollenspelen?"

"Op dit moment zijn we bezig met vampiers. Ik speel een middeleeuwse vampier. Ik heb net een stuk vacht voor mijn gezicht te pakken gekregen."

Cato Isaksen liep terug naar de tafel en ging weer zitten. André Hansen fascineerde hem. "Jullie dragen toch ook in het dagelijks leven een soort kostuum", zei hij.

"Sommigen denken dat we gothics zijn omdat we zwarte kleren dragen, maar dat doen we alleen omdat we het mooi vinden."

"Er hangt een poster van een ster in je computerkamer."

"Dat is een pentagram, een vijfpuntige ster."

"Hetzelfde teken staat op het T-shirt dat we hebben gevonden. Een klein sterretje tussen de letters. Kun je me vertellen wat dat pentagram betekent?"

"Het dook voor het eerst op tijdens de Middeleeuwen. De magiërs van die tijd dachten dat het geesten op kon roepen die de mensen konden helpen boze krachten in bedwang te houden."

Cato Isaksen leunde achterover. Hij liet de informatie op zich inwerken. André Hansen had, in tegenstelling tot zijn broer, een plechtige en volwassen manier om zich uit te drukken.

"Gebruiken jullie drugs of andere medicijnen tijdens het spelen?"

"Nee. Bent u gek." Het was duidelijk dat de vraag hem opwond. "Dat is nu zo verdomde irritant. We gebruiken geen narcotica. We doen geen vlieg kwaad. We dagen alleen onszelf uit. Het is net zoiets als een theatergroep."

"En Kenneth?"

"Wat is er met hem?"

"Dat vraag ik jou."

André Hansen staarde hem met zijn zwarte ogen aan. "Kenneth is dom", zei hij ten slotte. "Dat zijn de meeste mensen."

"O, ja? Wat bedoel je daarmee?"

"Dat ze dom zijn. Ik heb een IQ van 140."

Op de gang gooide iemand een deur dicht. Het was gaan regenen. De druppels tikten op de vensterbank aan de buitenkant van het raam.

"Wat een paasweer", zei Cato Isaksen en hij glimlachte ontwapenend naar de jongen op de stoel. "Wat denk jij dat er met Kathrine is gebeurd?" vroeg hij snel.

André Hansen sloot even zijn ogen. "Dat weet ik niet", zei hij.

"Het T-shirt zat onder het bloed", bracht hij hem in herinnering. "Denk je dat ze dood is?"

André Hansen keek hem ernstig aan. "Ik denk dat ze leeft", zei hij. Hij had zijn tong wel af kunnen bijten. Dat was vast een fout antwoord.

Cato Isaksen staarde de jonge jongen aan. "Waarom denk je dat?" vroeg hij.

"Intuïtie", zei André Hansen plechtig terwijl zijn hart onder zijn zwarte T-shirt tekeerging.

Cato Isaksen keek naar zijn handen; schone, dunne, witte vingers. "Ik begrijp nog steeds niet helemaal waarom jullie je met dat theater bezighouden. Is de werkelijkheid niet spannend genoeg?"

André Hansen kreeg iets agressiefs over zich. "Als u het niet begrijpt, dan begrijpt u het maar niet", zei hij. "Dan hebt u een blokkade in uw hoofd. Ik heb schijt aan de werkelijkheid. Het zal me een worst wezen."

"Waarom?"

"De werkelijkheid is niet interessant."

"Je gaat naar school. Hoe vind je tijd voor die rollenspelen?"

"We spelen meestal 's nachts en in het weekend. Rollenspelen geven nieuwe energie om te presteren op school. Maar de werkelijkheid is ondergeschikt", herhaalde hij en hij kreeg opeens de neiging om te lachen. Die rechercheur zag er volkomen belachelijk uit. Hij begreep er niets van. Helemaal niets. André Hansen wist zichzelf weer meester te worden. Hij hoestte nerveus. De ernst op het gezicht van de rechercheur maakte hem ondertussen onzeker. Wat gebeurde er eigenlijk? Wist de politie iets wat ze niet wilde zeggen?

HET WAS DOODSTIL IN DE STAD. VEEL MENSEN WAREN NAAR DE BERgen getrokken om te genieten van de sneeuw en de paaszon. Bente en Vetle waren diezelfde morgen afgereisd. De rechercheurs van Cato Isaksens team hadden daar geen tijd voor. Terwijl ze gespannen wachtten op de uitslag van de bloedanalyse, werkten ze onverdroten verder aan beide zaken. Preben Ulriksen en Roger Høibakk waren naar Akershus geweest om bij het ministerie van Defensie nader onderzoek te doen naar Alf Boris Moen. Randi Johansen en Asle Tengs hadden geprobeerd contact op te nemen met de vriendinnen van Brenda Moen, maar waren daarin niet geslaagd. De beide dames hadden duidelijk veel om handen. Ze hadden nog een keer met Brenda Moens buren gesproken.

Na een korte evaluatievergadering, waarin Cato Isaksen had verteld over de nieuwe rol van Lars Lofthus, reed hij naar Drøbak. Hij ging weer alleen, hoewel dat niet gebruikelijk was. Hij wilde nog een keer met Kenneth Hansen praten, maar hij reed eerst naar het huis van Stenberg, waar de manschappen bezig waren met het onderzoek van de grote composthopen en de draineersleuven langs de lapjes grond. Het werk vorderde. Ze hadden geen interessante vondsten gedaan.

Na tien minuten reed Cato Isaksen weer weg en hij had net de auto voor het huis geparkeerd toen Kenneth Hansen naar buiten kwam.

Toen hij de rechercheur zag, had hij de neiging om weg te rennen, maar hij beheerste zich. Waar was dat ook goed voor? De vermoeidheid zat als een dot katoen in zijn hoofd. Hij en Lars waren pas 's nachts om drie uur thuisgekomen uit Zweden, en hij was net opgestaan. Lars was erg nerveus. Hij was zelf ook zenuwachtig. Ze hadden vrij van school, het was paasvakantie. Moeder was aan het werk in het tolstation. André had hem op zijn mobiele telefoon gebeld en verteld dat hij ook was verhoord. Toen Kenneth dat hoorde, liep hij rechtstreeks naar het toilet en bleef daar een halfuur zitten.

Cato Isaksen liep met Kenneth Hansen naar binnen en begon weer te zeuren over zijn relatie met Kathrine. Het was duidelijk dat hij dacht dat Kenneth iets wist wat hij niet wilde zeggen. Dat was natuurlijk ook zo. Zou André tijdens zijn verhoor iets hebben gezegd? Kenneth antwoordde zo goed hij kon. Cato Isaksen zeurde ook over Lars. Maar Kenneth kon geen antwoord geven. Gelukkig vroeg de politieman niets over de trip naar Zweden. Hij zou er wel niets van weten. Lars en hij hadden een biertje te veel gedronken om hun zenuwen te bedwingen en waren daarna toch teruggereden naar Noorwegen. Nu zat de rechercheur hem te ondervragen over de dingen die hij en Kathrine in de boot hadden gedaan.

Kenneth keek hem somber aan en haalde de schouders op. "Tja, we neukten in de boot", zei hij ten slotte. "Nou en?"

Cato Isaksen keek hem aan.

Volwassenen waren zo dom. "Iedereen doet het", zei hij en hij haalde de schouders weer op. "Waarom zou je anders verkering hebben?"

"Dwong je haar ertoe?"

"Verdomme. Dat deed ik niet."

"Mensen zeggen dat je dat deed."

"Mensen? Welke mensen? Maiken?"

Cato Isaksen gaf geen antwoord.

"Zij is zo verschrikkelijk overgevoelig", zei hij, afwezig uit het raam starend. Plotseling veranderde zijn gelaatsuitdrukking. "Heeft Tage het gezegd?" vroeg hij geërgerd. "Dat van de boot?"

"Ja."

"Hij heeft me er een keer van langs gegeven. Behoorlijk. Hij had ons daar betrapt. Ik was bang dat hij me overboord zou gooien."

Cato Isaksen gaf geen antwoord.

"Is het misschien verboden? Staat het in de wet? Ik vraag het maar."

"Dat ligt eraan", zei Cato Isaksen koud.

Toen hij weer in de auto zat belde hij Ellen Grue op haar mobiele telefoon. Eigenlijk wilde hij alleen haar stem horen, maar hij zei dat hij belde om te horen hoe het ging met de bloedanalyse. Ze antwoordde dat die pas na Pasen klaar zou zijn. Hij zei dat hij niet zo lang kon wachten. Ze lachte.

"Je moet maar wat geduld hebben", zei ze. Hij vertelde waar hij was en waar hij mee bezig was. Toen hij bij de nieuwe woningen aan de Tranevei kwam, beëindigde hij het gesprek.

Sølvi Steen woonde aan de Tranevei 10. Omdat het schoolvakantie was, was ze alleen thuis. Dat kwam goed uit. Ze was een vrouwelijke uitgave van André Hansen. Zij was ook in het zwart gekleed. Zwarte spijkerbroek, zwart T-shirt, brede zwarte schoenen. Zwart haar en zwarte make-up.

"Het is dom dat u hierheen komt", zei ze en ze wees hem de weg naar de woonkamer.

"O, ja?" zei hij en hij keek eens om zich heen. Op de tafel stonden gele paaskuikentjes. Een flesje met nagellakremover stond ernaast.

"Mijn ouders zullen wel denken dat ik nu helemaal aan het freaken ben."

"En dat doe je niet?"

"Zeker niet." Ze verhief haar stem. "Wilt u misschien mijn cijfers zien?"

Cato Isaksen nam plaats op het puntje van een stoel. "André Hansen zegt dat jij het enige meisje in de livegroep bent", zei hij.

"Ja, en?" zei ze.

"Kende je Kathrine Bjerke?"

"Wat heet kennen. We zaten op dezelfde school."

"Niet in dezelfde klas?"

"Ze is een jaar jonger dan ik."

"Maar je wist wie ze was?"

"Is ze dood, omdat u 'was' zegt?"

Cato Isaksen kon niet anders dan voorzichtig grijnzen. Sølvi Steen was een harde dame. Hij schudde het hoofd. "We weten nog steeds niet wat er is gebeurd", zei hij.

"U bedoelt dat u niet weet of ze zelfmoord heeft gepleegd of dat iemand anders haar heeft vermoord?"

"Nee."

"Misschien heeft ze het zelf gedaan. Ik heb er ook wel eens aan gedacht. In moeilijke perioden", voegde ze eraan toe.

Cato Isaksen keek haar aan.

"Ik zonder me nogal eens af", ging ze verder terwijl ze door het raam naar buiten keek. In haar hals was haar hartslag zichtbaar. "Ik krijg wel eens het onaangename gevoel dat ik niets meer beteken. Dergelijke dingen. Hebt u dat ook wel eens?"

Cato Isaksen keek naar de tengere gestalte met het zwarte haar. Waarom vroeg ze hem zoiets?

Ze herhaalde de vraag. Ze hield haar hoofd iets achterover en keek hem met haar smalle, sterk opgemaakte ogen aan.

"Nee", zei hij.

Ze lachte even. "Dat is nu juist zo fijn met de livegroep. Je kunt daar al je frustraties in kwijt. U moet het ook eens proberen. Politiemensen hebben er vast baat bij. De werkelijkheid wordt op de een of andere manier naar de achtergrond geschoven."

"Dat klinkt raar."

"O, nee. De werkelijkheid bevindt zich als het ware ergens anders." Ze trok haar benen onder zich en keek een andere kant op. "Dat is zo'n uitdrukking die veel wordt gebruikt, hè?"

"De werkelijkheid is ergens anders. Tja, misschien", zei de rechercheur ernstig. "Ben je nooit bang?"

"Toch wel." Ze draaide zich weer naar hem toe, keek hem met haar donkere ogen indringend aan. "Dat is juist zo heerlijk. Dan hoef ik in het echte leven geen grenzen te verleggen, drugs te gebruiken en zo. Ik krijg een geweldige kick van de wereld die we binnentreden. Het is zo ongelofelijk. Een paar weken geleden speelden we in de regen. Ik dacht dat ik zou sterven van de kou. En weet u wat, ik zag de duivel. Ik zag hem gewoon. Opeens stond hij voor me." Ze hief demonstratief haar handen op. Ze spreidde haar vingers, met de zwarte nagellak, als twee waaiers voor zich uit. "Het was net alsof ik high was. Want niemand speelde die rol, het was gewoon een beeld dat plotseling voor een boomstam opdook. Dan heb je al je intelligenties nodig."

"Juist."

"Ja, want we hebben er tien, wist u dat?"

"Nee."

"De intelligenties variëren van het creatieve tot het fysieke en sociale. De fysieke intelligentie kan getraind worden zodat je bijvoorbeeld geen angst meer voelt. Over mijn persoonlijke intelligentie ben ik niet echt tevreden. Maar ik werk eraan. De gevoelsintelligentie daarentegen ben ik aan het onderzoeken. En ik ben al een heel eind gekomen."

Cato Isaksen keek naar het meisje dat voor hem zat. Er waren veel overeenkomsten tussen haar en André Hansen. Hun manier van praten, bijvoorbeeld. Het meisje was vijftien, maar ze sprak als een overrijpe dertigjarige.

"Hoe heet jullie leider?"

"We proberen elkaar een beetje te beschermen, dus daar kan ik geen antwoord op geven."

"Dat moet je wel. Die vraag wordt door de politie gesteld."

Een glimlachje krulde om haar lippen. "O, ja", zei ze sarcastisch, "is dat zo?"

"Hoe heet hij?"
"Hij heet Nils Bergman", zei ze zachtjes.

Cato Isaksen probeerde de informatie die hij had gekregen te laten bezinken. Wat betekende het dat Nils Bergman de leider van de livegroep was? Hij reed naar het centrum en liep een tijdje rond door de kleine straatjes. Hij liep een cafeetje binnen en kocht een kop koffie en een broodje. Er waren veel mensen op de been. Hij was al helemaal vertrouwd geraakt met het kleine zomerstadje. Voor hem was Drøbak vooral een zomerstadje, hoewel de stad zelf zich probeerde te profileren als de plaats waar de kerstman zijn werkplaats had. De informatie dat Nils Bergman de leider van de livegroep was, had hem verrast. Het was een nieuw puzzelstukje. Misschien een stap in de goede richting. Hij voelde dat hij wat dichter bij Kathrine was gekomen. Op een bepaalde manier leek het alsof hij haar kende. Hij dacht aan februari, aan de nacht dat ze verdween. Het weer, het jaargetijde, de kou, de duisternis, de eenzaamheid. Maar de oorzaak, wat er was gebeurd, wist hij niet.

Hij besloot dat hij een overzicht zou gaan maken als hij terug was op zijn kamer en daarin de namen zou zetten van alle mensen die er op de een of andere manier bij betrokken konden zijn. Dit was geen gewone zaak. Normaal gesproken had hij een lijk om van uit te gaan.

Nadat hij de koffie had opgedronken, liep hij langs een galerie waar hij een mooie zwarte theekop met een gouden motief voor Bente kocht. Hij wilde hem meenemen naar de bergen zodat hij hem als paascadeau aan haar kon geven. Op het moment dat hij de winkel wilde verlaten, zag hij een vrouwenfiguur op een van de lithografieën aan de wand. Het leek alsof ze zich naar hem toe draaide. Ze was naakt en glimlachte triest terwijl ze wees naar een jurk die op een hangertje naast haar hing. Cato Isaksen draaide zich vlug om. Hij voelde zich opeens duizelig. Nu begon hij ook vreemde dingen op foto's te zien. Hij zei 'Tot ziens' tegen de eigenaar van de galerie en liep de straat op. Hij liep een paar meter over het trottoir, ging een kiosk binnen en kocht vijf gevulde paaseieren. Eén voor ieder van de jongens, één voor Gards vriendin en één voor ieder van de kinderen van Bentes vriendin. Daarna ging hij op zoek naar een toilet.

Cato Isaksen voelde de ijskoude wind in zijn gezicht striemen. Hij ademde de frisse berglucht met volle teugen in. Het waren een paar mooie dagen in Norefjell. Gard en Tone waren elke dag aan het snowboarden op de slalompiste. Vetle, Bente en hij maakten een paar mooie skitochten samen met Bentes vriendin en haar twee kinderen. De zaterdag voor Pasen stond de zon aan een wolkeloze hemel. Ze hadden lunchpakketten en thermoskannen meegenomen. Met sparrentakken hadden ze tegen een paar dikke boomstammen een plek gemaakt om te rusten. Cato Isaksen voelde zijn krachten geleidelijk aan terugkomen. Hij kreeg ook kleur in zijn gezicht. Hij zag ertegen op weer terug te gaan naar het werk. Ingeborg Myklebust had gezegd dat ze niet tevreden was met de onderzoeksresultaten in de Moen-zaak. Nu hoopte iedereen dat de bloedanalyse van het T-shirt nieuwe aanknopingspunten zou bieden. Toen ze maandag in de namiddag terugreden uit de bergen, kreeg Cato Isaksen een sms-bericht van Ellen die vertelde dat de analyse van het bloed op het T-shirt de volgende dag om negen uur klaar zou zijn.

Dinsdag 17 april kwam het rechercheteam weer op de kamer van Cato Isaksen bij elkaar. Iedereen was gespannen. Sommigen hadden het hele paasweekend gewerkt om de zaak draaiende te houden. Misschien zou er veel duidelijk worden als het rapport van de bloedanalyse werd gepresenteerd. Cato Isaksen had verteld dat Nils Bergman de leider was van de livegroep, maar de rechercheurs waren het met elkaar eens dat ze niet wisten wat dat kon betekenen. Hij had ook het overzicht gemaakt van alle personen rond Kathrine en haar grootmoeder. Hij had verschillende kleuren viltstiften gebruikt en strepen getrokken tussen de personen die elkaar kenden. Het resultaat was een haast lachwekkende tekening met sprieten die in alle richtingen staken. Het leek wel moderne kunst. Namen en strepen kruisten elkaar terwijl getallen aanduidden in welke volgorde mensen met elkaar te maken hadden.

Ellen Grues gezicht leek uit steen gehouwen. Ze wachtte tot iedereen was gaan zitten. Roger Høibakk treuzelde en de anderen wachtten ongeduldig.

Ten slotte gaf Cato Isaksen een teken dat ze kon beginnen. Hij voelde hoe gespannen hij was. Hij boog zijn hoofd en vouwde zijn handen. Nu moesten ze achter een paar dingen zien te komen.

Ellen Grue ordende de papieren die voor haar lagen en begon te praten. "Ik kan het net zo goed meteen zeggen. We zaten er helemaal naast. Op de grond van Stenberg is geen enkele positieve vondst gedaan. Het bloed op het T-shirt is van een dier afkomstig, waarschijnlijk van een kip of een duif."

Cato Isaksen sloot zijn ogen en vloekte zachtjes. Roger Høibakk barstte even in lachen uit. Hij leunde achterover en keek Cato Isaksen aan. De anderen lachten ook. Randi Johansen was moe na het bezoek van haar moeder dat een week had geduurd. Ze stond op en liep vlug de kamer uit.

"Dat verdomde rotjoch", mompelde Cato Isaksen teleurgesteld en hij dacht aan Alexander en zijn dode kippen. Alle opschudding voor niets. Het zou een pijnlijke zaak worden. De kranten hadden de vondst van het T-shirt ontdekt en er al een paar keer over geschreven. Hij had de smoor in bij de gedachte aan het commentaar dat gegarandeerd de volgende dag zou komen. Hij kon zich de woorden die ze zouden gebruiken al voorstellen. Kippenverstand vond kippenbloed, of zoiets. Hij stond op en liep achter Randi aan de kamer uit. De anderen keken hem zwijgend na. Randi was nergens te zien. Cato Isaksen liep de lunchkamer binnen en zette koffie. Hij deed het automatisch, hij had het al ontelbare keren gedaan. Hij kookte van woede. Het bezig zijn met het koffieapparaat schonk hem rust. Hij vulde de houder met water, deed koffie in de filter en schoof hem op zijn plaats. Hij drukte op de knop. Onmiddellijk begon het apparaat te borrelen.

Opeens stond Roger Høibakk naast hem. "Klotezooi", zei hij. Cato Isaksen gaf geen antwoord. "Ik heb een vrouw ontmoet", zei hij en hij pakte een kopje van de plank.

"Dat is interessant", zei Cato Isaksen ironisch en hij schonk de warme koffie in een grote beker.

"Ze woont in Grorud", ging zijn collega onverdroten verder. "Hoe gaat het met Ellen en jou?"

"Dat weet ik niet", zei Cato Isaksen en hij liep terug naar zijn kamer.

Later die dag, toen Cato Isaksen op weg was naar de garage onder het politiebureau om een bezoek te gaan brengen aan Brenda Moens vriendin Tulla Henriksen om nog een keer met haar te praten, kreeg hij een telefoontje van Maiken Stenberg. Ze vroeg of hij de volgende dag tijd had om met haar te praten.

"Waar gaat het over?" vroeg hij een beetje knorrig. De teleurstelling over de bloedanalyse lag als een steen op zijn maag.

"Ik moet morgen naar de stad", zei ze rustig. "Kan ik bij de politiepost langskomen?"

Cato Isaksen moest glimlachen. Het politiebureau aan Grønland was niet bepaald een politiepost. "Dat is prima", zei hij. "Als je het niet over de telefoon kunt vertellen."

"Nee", zei ze, "ik wil het niet over de telefoon vertellen." Ze zweeg even. "Er is iets wat ik allang had moeten vertellen."

"Juist." Hij werd opeens nieuwsgierig. "Kom 's middags maar langs", stelde hij voor.

"Nee", zei ze. "Ik moet huiswerk maken."

Ze spraken een tijdstip af en verbraken de verbinding. Cato Isaksen had haar met opzet niets verteld over het resultaat van de bloedanalyse.

Hij stapte in de civiele dienstauto en reed naar de Waldemar Thranesgate. Er waren een paar dingen waar hij Tulla Henriksen en haar vriendin naar wilde vragen.

Niemand deed open toen Cato Isaksen aanbelde. Op de trap naar beneden trof hij een buurvrouw die vertelde dat Tulla Henriksen en haar vriendin voortdurend op pad waren. "Ze maken vast weer een autoritje", zei de jonge allochtone vrouw en ze tilde een jongetje op dat bezig was zijn speelgoed de trap af te gooien. "Ik weet niet wat ze doen, maar ze zijn bijna elke dag op stap." Cato Isaksen bedankte haar voor de informatie en reed terug naar het bureau.

"Haar stiefvader keek naar haar als ze stond te douchen. Ik heb beloofd dat ik het niet zou vertellen." Maiken Stenberg draaide op haar stoel heen en weer. Ze maakte een bange indruk terwijl haar vingers onrustig over het donzige kraagje van haar roze trui streken. Cato Isaksen kreeg een gespannen gevoel in zijn borst. Hij moest zijn best doen om kalm te blijven.

"Weet je dat zeker?" vroeg hij zo rustig mogelijk.

Maiken Stenberg knikte stom. "Ik ben daar blijven slapen. Ik heb het zelf gezien."

Cato Isaksen leunde naar achteren in zijn stoel. "Dan moet je maar eens alles vertellen wat je weet."

Maiken Stenberg keek hem ernstig aan. Het viel hem opeens op hoe moe en doorzichtig ze eruitzag.

"We vertelden elkaar allerlei dingen, Kathrine en ik. We vertelden elkaar alles. Niemand van ons mag Tage. Hij is afschuwelijk, een echte pedofiel."

"Weten de anderen het ook? Ik bedoel Kenneth en Lars?"

"Zou kunnen." Ze was even stil. "Ik geloof niet dat hij aan haar zat. Dat denk ik niet. Dat vertelde ze in elk geval niet. Maar hij keek. Ik geloof niet dat haar moeder het weet."

"Dus Helena Bjerke weet het niet?"

"Zoiets is toch een beetje beschamend, hè", zei Maiken Stenberg ernstig.

Het meisje draaide zich om toen er ineens een geluid op de gang klonk. Haar blonde paardenstaart danste op en neer.

"Haar moeder en Tage hadden heel vaak ruzie", ging ze verder. "Maar ik geloof niet dat dat iets met dat gluren te maken had. Kathrine en ik hadden het er vaak over. Soms lachten we er ook om, en we plaagden hem."

"Plaagden?"

"Ja."
"Hoe plaagden jullie hem?"
"Tja, we grijnsden en lachten hem uit, en zo. Kregen de slappe lach."
Cato Isaksen ontmoette haar intens blauwe blik. Hij kon zich hun gegiechel levendig voorstellen. Hij sloot zijn ogen en liet de dingen die ze had gezegd even bezinken. Tage Wolter was waarschijnlijk doodsbang dat het zijn vriendin ter ore zou komen. Kathrine en Maiken waren gevaarlijk voor hem.

Hij deed zijn ogen weer open en nam aandachtig het beeld in zich op van het jonge meisje dat hem nieuwsgierig aan zat te kijken.

"Zou dit iets kunnen betekenen?" vroeg ze.

"Dit had je al veel eerder moeten zeggen", zei hij in alle ernst.

"Dat weet ik", zei ze snel. "Maar ik had het Kathrine beloofd."

"Kathrine is weg", zei hij.

Cato Isaksens mobiele telefoon ging. Hij verontschuldigde zich en beantwoordde het gesprek. Bente vertelde dat ze een telefoontje van Sigrid had gehad dat zijn moeder longontsteking had. Sigrid, Hamza en de kinderen waren de vorige dag op bezoek geweest in het bejaardenhuis. Cato Isaksen voelde woede opkomen. Hoe vaak had hij Sigrid en haar nieuwe man niet gevraagd op te houden met hun bezoeken aan zijn moeder. Het irriteerde hem mateloos. Hij kon zelf wel voor haar zorgen.

Na een kort gesprek hingen ze op en Cato Isaksen verontschuldigde zich tegenover Maiken die duidelijk diep verzonken was in haar eigen schuldgevoel. "Zou het mijn schuld kunnen zijn dat ze is verdwenen?" vroeg ze bang.

Cato Isaksen schudde het hoofd.

"Hoe reageerde Tage als jullie hem uitlachten?"

"Dan ging hij naar de boot of zo."

Maiken schopte haar schoenen half uit en bleef zitten met haar hakken opgetild. "Wij waren niet de enigen die hem haatten. De jongens ook. Kenneth en Lars in elk geval. Ze gingen vaak na schooltijd naar het winkelcentrum."

"Wat deden ze daar?"

"Ze liepen langs de slagerij en zo. Staken hun vinger naar hem op. Bovendien ..." Ze zweeg even en dacht duidelijk na voor ze verderging. "Moet u alles verder vertellen wat ik zeg?"

"Niet per se", zei Cato Isaksen gespannen.

Maiken Stenberg wierp een blik uit het raam. Haar paardenstaart danste weer. Haar bloedvaten waren duidelijk zichtbaar op haar slanke hals. Ze keerde zich naar hem toe. "Kenneth en Lars bestelden pornobladen voor hem. Op zijn naam. Maar zeg alstublieft niet dat ik het heb gezegd." Haar ogen staarden hem indringend aan.

Hij beloofde het niet te vertellen, maar wist dat hij hierover met Tage Wolter moest praten.

"Ik weet dat ik het al eerder heb gevraagd, maar weet je zeker dat Kathrine de laatste dagen voor haar verdwijning niet was veranderd?"

"Ze leek de laatste dagen misschien een beetje verdrietig. Maar ze zei niets."

"Hoe merkte je dat?"

"Ze had toch haar been gebroken. En toen kreeg ze geen geld voor die broek. Die was heel wijd, snapt u. Zodat ze hem over het gips kon dragen."

"Hoe kon ze zich redden? Gezien het feit dat ze met krukken liep."

"Lars bracht haar bijna overal naartoe. Maar ze kon ook heel goed met de krukken lopen. Dat is niet zo moeilijk, weet u, als je het eenmaal hebt geleerd."

"Je kunt trouwens dat bebloede T-shirt uit je hoofd zetten", zei Cato Isaksen en hij vertelde haar over het kippenbloed. Maiken Stenberg begon te huilen. Ze zei dat ze heel erg opgelucht was en ze gaf toe dat Kenneth en Kathrine af en toe alleen in het tuinhuisje waren geweest en dat alle vrienden wisten wat daar gebeurde. "Waarschijnlijk heeft Kenneth vergeten het T-shirt weer aan te doen", zei ze opgelucht. "Alexander heeft het toen vast gevonden en het gebruikt om zijn rotzooi mee op te vegen."

Nadat Maiken Stenberg was vertrokken, liep Cato Isaksen met zijn koffiekop in de hand over de gang naar Roger Høibakks kamer. Hij had zojuist een artikel in *VG* gelezen over een onderzoek waarbij werd geconcludeerd dat jongeren vandaag de dag experimentelere seks hadden dan tien of twintig jaar geleden. Bovendien was gebleken dat meisjes zich vaak door jongens gedwongen voelden om dingen te doen waar ze eigenlijk geen zin in hadden. Over een aantal van deze punten dacht hij na met betrekking tot Kathrine.

Hij klopte even op de deur en liep naar binnen. Roger Høibakk had hetzelfde artikel gelezen, maar vond het niet bijzonder interessant dat Kenneth Hansen pornoblaadjes kocht. "Dat is misschien niet zo vreemd", zei hij.

"Maar hij stuurde ze anoniem naar Tage Wolter", zei Cato Isaksen.

"Dat is iets anders", zei Roger Høibakk. "Kathrine Bjerke is nog maar veertien, maar we leven duidelijk in een tijd zonder moraal. Het lijkt wel of iedereen tegenwoordig seks heeft, ongeacht de leeftijd." Roger Høibakk stond op het punt een geintje te maken over Ellen Grue, maar wist zich te beheersen.

Cato Isaksen dacht aan de zeventienjarige Vetle. Hij dacht niet dat de jongen zijn debuut al had meegemaakt. Met wie zou hij het gedaan moeten hebben? De jongen had, voorzover hij wist, nog nooit een vriendin gehad.

"Maiken gaf toe dat Kenneth en Kathrine af en toe alleen in het tuinhuisje waren, en dat ze naar Tage Wolters boot gingen. Iedereen wist wat daar gebeurde. Waarschijnlijk heeft Kenneth na zo'n sessie zijn T-shirt vergeten aan te doen. Hij had vast ook nog een trui aan. Het T-shirt is blijven liggen en is gebruikt door Maikens broer om de boel schoon te vegen na een van zijn vogelmoorden."

"Het is toch om je dood te lachen", zei Roger Høibakk. "Denken wij dat we een oplossing hebben gevonden, blijkt het alleen een dode kip te zijn."

"Maar ik heb een paar andere interessante dingen gehoord." Cato Isaksen plofte neer op een stoel. "De stiefvader keek naar Kathrine als ze onder de douche stond."

Roger Høibakk keek zijn chef wantrouwend aan. "Juist, ja", zei hij.

"Dat brengt ons misschien verder", zei Cato Isaksen, onrustig een hand door zijn haar halend.

"Wie heeft dat verteld? Maiken Stenberg?"

Cato Isaksen knikte. "Ik heb een akelig gevoel bij Tage Wolter", zei hij.

"Denk je dat hij iets met de verdwijning te maken heeft?"

"Geen idee. Maar er is een link tussen het overlijden van de grootmoeder en Kathrines verdwijning. Daar ben ik van overtuigd."

"Je bent de laatste tijd erg vaak in Drøbak geweest", zei Roger Høibakk.

Cato Isaksen knikte. "Ik neem nog een keer contact op met Brenda Moens vriendinnen. Ik wil kijken of we de dingen nog van een andere kant kunnen bezien. Vanuit een ander perspectief. De oude dames zijn vaak op stap", zei hij. "Ik zal ze bellen en een afspraak maken."

Roger Høibakk zei dat hij Anders Ovesen en de mensen uit Follo voor zijn rekening zou nemen. "Ze komen vanmiddag voor een evaluatie van het onderzoek. Myklebust is boos. Maar nu heb je tenminste wat om op tafel te leggen. Ik bedoel dat gluren in de douche."

Cato Isaksen knikte en liep terug naar zijn eigen kamer.

TAGE WOLTER LEGDE DE LAPPEN VLEES MET ERVAREN VINGERS OP TWEE stapeltjes. Toen pakte hij een geslacht dier en legde het op zijn kant om het zaagblad in het dode lijf te zetten. Cato Isaksen en Randi Johansen bleven naar hem staan kijken. Hij had duidelijk verstand van zijn vak. 'Die slager' had Kathrines grootmoeder gezegd.

Tage Wolter leek verrast toen hij de beide rechercheurs ontdekte. Hij zette de machine uit en veegde zijn handen af aan zijn schort.

Cato Isaksen zei dat ze met hem moesten praten, maar Tage Wolter hief afwerend zijn hand op en wees naar de klanten.

"Het spijt me", zei hij.

"Is er een plek waar we ongestoord kunnen praten?" Cato Isaksen keek hem ernstig aan en het werd Tage Wolter duidelijk dat de rechercheur wel eens iets belangrijks zou kunnen hebben. "Is er iets gebeurd?" vroeg hij.

"In zekere zin", zei Cato Isaksen. Randi Johansen had zich een beetje teruggetrokken. Terwijl Cato Isaksen met Tage Wolter sprak ging zij een pak luiers en wat levensmiddelen kopen.

Tegenover de ingang van het winkelcentrum lag een klein café. De beide mannen gingen ernaartoe en namen plaats aan een hoektafeltje.

De rechercheur wist niet goed welke woorden hij moest kiezen. Daarom zei hij het precies zoals Maiken Stenberg had verteld. "We hebben gehoord dat u gluurde als uw stiefdochter onder de douche stond."

Tage Wolter keek hem niet-begrijpend aan. "Wat zegt u?" Hij schudde even het hoofd. "Daar begrijp ik helemaal niets van."

"Gluurde u naar Kathrine als ze een douche nam?"

Tage Wolter was bleek geworden. "Maar dat is toch waanzin", zei hij en hij streek mistroostig over zijn kin. "Wie heeft dat verzonnen?"

Cato Isaksen stond op. "Ik haal een kop koffie voor ons", zei hij kortaf.

Toen hij terugkwam bij het tafeltje, nam Tage Wolter het kopje aan, maar hij liet het onaangeroerd voor zich staan. Cato Isaksen dronk een paar slokken uit het groene kopje. Tage Wolter was duidelijk van streek door de beschuldiging en hield resoluut vol dat het allemaal onzin was. "Dit maakt me bang", zei hij. "Jullie zitten op het verkeerde spoor, zo ontdekken jullie nooit wat er met haar is gebeurd." Hij keek de rechercheur uitdagend aan.

Cato Isaksen liet hem praten.

"Dit is een ernstige beschuldiging. En ik vraag u ergens anders te zoeken."

Cato Isaksen sloot het gesprek met de stiefvader af. Tage Wolter maakte zich vooral zorgen over het feit dat zijn vriendin met die geruchten zou worden geconfronteerd.

Randi was klaar met haar inkopen en ze namen de roltrap naar de eerste verdieping. Helena Bjerke was weer aan het werk, voorlopig voor halve dagen. Ze was bezig met een klant toen ze de rechercheurs in het oog kreeg. Ze werd duidelijk bang toen ze hen zag. Cato Isaksen glimlachte voorzichtig tegen haar terwijl ze de klant hielp. Ze legde het kleed met een eigeelachtige kleur op een plank en maakte er een briefje aan vast. Ze voelde zich opeens misselijk. Ze werd vervuld van een overbekende angst en begon te trillen. Toen liep ze naar hen toe. De beide andere werkneemsters keken haar bezorgd na.

Cato Isaksen ging recht op zijn doel af. "Wist u dat uw vriend naar Kathrine keek als ze onder de douche stond?" vroeg hij.

Helena Bjerke keek hem met grote ogen aan. "Wat zegt u?" Ze legde haar hand tegen de muur om steun te zoeken.

"Kathrine heeft dat tegen Maiken gezegd."

"En jullie geloven dat?" Helena Bjerke begon hysterisch te lachen. "Allejezus", zei ze. "Nu zoeken jullie spijkers op laag water."

Cato Isaksen keek haar rustig aan. Hij kende dergelijke reacties, de lach moest alles gladstrijken en reduceren tot iets ongevaarlijks.

"Dus u gelooft het niet?"

"Nee." Ze zei het luid. Haar schouders zakten iets naar beneden. Opeens schoot haar iets te binnen. Een duister vermoeden zeurde in haar achterhoofd. De herinnering was diffuus, maar had iets met ontkenning te maken. Een paar keer had ze het gevoel gehad dat haar moeder iets voor haar verborg, maar ze wilde niet weten wat het was.

"Jullie kenden Kathrine niet", zei ze zachtjes. Randi Johansen constateerde verdrietig dat ze in de verleden tijd sprak.

"Ze was obstinaat en brutaal. Ze maakte een ervaren indruk. Dat provoceerde hem. Dit is gewoon iets wat ze heeft verzonnen. Wat weten jullie eigenlijk van tienermeisjes af?"

Randi Johansen wist niet goed wat ze moest antwoorden.

"Wist u dat Kenneth en zijn vriend pornoblaadjes bestelden en ze naar Tage stuurden?" Cato Isaksen sloeg zijn armen over elkaar.

"Nee", zei ze. "Ik weet dat hij pornoblaadjes heeft, maar dat doet me niets. Ik ben niet zo'n vrouw die opkomt voor vrouwenzaken."

"Kathrine wist ervan", zei Cato Isaksen, zonder Maiken Stenbergs naam te noemen.

"Vast wel. Ik wist dat ze met Kenneth naar bed ging. Een moeder weet zoiets. Veertien jaar, een onschuldig meisje dat nog niet eens geconfirmeerd was." Ze snoof. "Je kon erop wachten." Ze keek Randi Johansen even aan. "Hebt u zelf kinderen?"

Randi Johansen knikte. "Een dochtertje."

Helena Bjerke glimlachte ironisch. "Ik heb medelijden met u", zei ze.

Randi wilde zich verdedigen, vertellen dat haar kind niet zo zou worden, maar ze hield zich stil. Het was een onbehagelijk gevoel om een moeder zo over haar dochter te horen praten. Randi Johansen constateerde dat het verdriet van de moeder was overgegaan in woede. Door een paar kleine raampjes in het dak scheen roodgekleurd zonlicht op de vloer. Er werden langwerpige strepen op het versleten linoleum getekend.

"Tage Wolter ontkent alles", zei Cato Isaksen toen de rechercheurs later op de dag bij elkaar zaten in een van de vergaderkamers.

"Het ergste is dat zowel zijn zwager Alf Boris als Helena Bjerke hem steunt. Helena Bjerke is ervan overtuigd dat het allemaal flauwekul is. Ze zegt dat Kathrine een levendige fantasie had. Alf Boris Moen is dezelfde mening toegedaan. Ik heb hem zojuist aan de telefoon gesproken. Dus we zijn nog net zover."

"We moeten geduld hebben." Randi sloeg haar ene been over het andere. "Kan het zijn dat Kathrine haar grootmoeder heeft gebeld en het een en ander heeft verteld, misschien dat haar stiefvader naar haar gluurde? Kan Brenda Moen toen de stiefvader hebben gebeld en hebben gedreigd alles aan haar dochter te vertellen, de moeder van Kathrine dus?"

Cato Isaksen keek naar Randi Johansen. "Tja", zei hij, "daar kan wat in zitten."

"Misschien wist Maiken Stenberg niet alles. Misschien heeft hij wel veel ergere dingen gedaan dan naar haar kijken als ze een douche nam." Randi Johansen leunde over de tafel naar voren. "Kenneth heeft bekend dat hij en Kathrine vaak in de boot van haar stiefvader waren. Daarover staat niets in het rapport uit Follo."

"Wat denken jullie van die Kenneth?" vroeg Preben Ulriksen die juist de kamer was binnengekomen. "Misschien heeft Kathrine hem alles over haar stiefvader verteld."

"Ja", zei Cato Isaksen. "We weten dat ze dat heeft gedaan, maar waarom zou Kenneth dan haar grootmoeder vermoorden? Als je dat tenminste bedoelt."

Roger Høibakk schoof zijn stoel een stukje van de tafel, leunde naar achteren en hield zich aan de tafelrand vast. "Het klopt op de een of andere manier niet."

De deur ging open en Ellen Grue en Ingeborg Myklebust kwamen binnen. Roger Høibakk zat nog steeds te wiebelen op zijn stoel. "Niet doen, alsjeblieft", zei Ingeborg Myklebust scherp terwijl ze naar hem knikte. Roger liet de stoelpoten terugzakken op de vloer.

Ingeborg Myklebust leek op dreef. Sommigen noemden haar Margaret Thatcher. Cato Isaksen bleef waakzaam. Misschien omdat hij wist dat ze op de een of andere manier zijn gedachten kon lezen. Ze doorzag hem doodeenvoudig. Hij had het gevoel dat ze wist dat hij vannacht met Bente had gevrijd, en dat ze zijn gevoelens voor Ellen Grue van zijn gezicht kon aflezen.

De evaluatie kon beginnen. Iedereen wist van tevoren dat Ingeborg Myklebust met het voorstel zou komen wat minder intens aan de zaken te werken. "Het enige wat we weten, is wat voor wapen er is gebruikt", zei Ellen Grue.

"Vergeet niet dat de zoon van het slachtoffer bij het ministerie van Defensie werkt", zei Roger Høibakk.

"Hij heeft geen wapenvergunning", zei Randi Johansen. "Hij is verantwoordelijk voor het archief. Hij zorgt dat alle documenten op de juiste plaats worden bewaard. Hij kopieert en schrijft brieven. Hij heeft totaal geen raakvlakken met het leger. Ik heb verschillende personen onderzocht die zowel met Brenda Moen als met Kathrine Bjerke te maken hadden. Noch de stiefvader, noch iemand in de familie van haar vriend, heeft een wapenvergunning, met uitzondering van Stein Ove Hansen, de broer van Kenneth, die zijn militaire dienst vervult bij de militaire politie op de luchthaven van Rygge."

"Het zit allang in de planning om een gesprek met hem te voeren", zei Cato Isaksen.

"Ik vind Alf Boris Moen nog steeds een raar type", zei Randi Johansen. Ze vroeg of Ingeborg Myklebust een kop koffie wilde.

Ze bedankte. "Ik heb al vijf kopjes gehad", zei ze.

"Wat hadden we zonder koffie moeten beginnen", zei Roger Høibakk.

"Theedrinken", zei Randi Johansen gevat.

"We hebben vandaag twee drugsverslaafden verhoord", zei Preben Ulriksen. "Een van hen had een Glock bij zich. Hij beweert dat hij in maart in een opvangcentrum heeft gewoond en dat hij zich toen zo slecht voelde dat hij wekenlang niet buiten is geweest. Maar voorlopig hebben we daarvoor nog geen getuigen kunnen vinden. De andere zegt dat hij op Majorstua was toen Brenda Moen werd neergeschoten, in een flat bij een vriendin. Zij is ook totaal verslaafd."

"Maar lijkt het waarschijnlijk dat een van hen erbij betrokken is?" Ingeborg Myklebust stroopte de mouwen van haar groene blouse op. Ze keek de tafel rond.

"Ik geloof dat we ons niet te veel moeten vastpinnen op drugsgebruikers of anderen die toevallig in het onderzoek opduiken. Ik denk dat we ons moeten concentreren op Kathrine Bjerkes verdwijning. Ik geloof dat de moord op haar grootmoeder daarmee in verband staat." Roger Høibakk haalde een hand door zijn gladde haardos.

"Waarom ging ze die avond zo laat nog naar buiten? Dat deed ze nooit. Zowel haar zoon als haar dochter is ervan overtuigd dat dat niet normaal was." Randi Johansen nam een slok uit het koffiekopje dat voor haar stond.

"Iemand kan haar hebben gebeld. Gevraagd hebben om een ontmoeting." Asle Tengs keek Randi Johansen aan.

"Zou kunnen", zei ze. "Het ligt voor de hand om dan aan Kathrine te denken. We weten tenslotte niets van haar. Misschien leeft ze nog."

De rechercheurs keken elkaar aan. "Haar zoon zegt dat alles normaal was die dag. Hij kwam op de gewone tijd thuis van zijn werk, maakte het eten klaar, rustte, ging een stukje lopen en toen weer terug naar huis om tv te kijken. De hele familie was natuurlijk van slag door de verdwijning van Kathrine. Juist die avond ging hij niet naar zijn zus in Drøbak. Hij geloofde dat zijn moeder sinds Kathrines verdwijning geen nacht goed had geslapen. Dus misschien was ze niet helemaal zichzelf."

"Heeft die Alf Boris Moen geen vrienden of bekenden?" Ingeborg Myklebust schoof onrustig heen en weer.

"Daar ziet het niet naar uit", zei Cato Isaksen.

"Nou ja. Dat is ook niet verboden. Waar ging hij wandelen?"

"Hij zegt dat hij naar Sognsvann gaat."

"Elke dag?"

"Daar lijkt het wel op."

"Was de relatie met zijn moeder op de een of andere manier symbiotisch?"

"Dat geloof ik niet", zei Cato Isaksen bedachtzaam. "Misschien hadden we huiszoeking bij hem moeten doen op de avond dat Brenda Moen werd vermoord."

"Maar daar waren geen aanwijzingen voor", zei Roger Høibakk. "Ik heb hem op de hoogte gebracht van de moord op zijn moeder. Zo goed kon hij vast niet toneelspelen. Ik heb de indruk dat moeder en zoon een goede verstandhouding hadden. Ze woonden in hetzelfde huis, maar leidden ieder hun eigen leven. Moen at bijvoorbeeld nooit bij zijn moeder. Zij kreeg haar warme maaltijd door het wijkcentrum aan huis bezorgd."

"Luister nu eens", zei Cato Isaksen. "Dit wordt niets. Brenda Moen kan natuurlijk toevallig en zonder reden zijn vermoord, maar dat geloof ik niet. We moeten het onderzoek niet op een lager pitje zetten. Integendeel, alles en iedereen moet ingeschakeld worden", zei hij resoluut tegen zijn superieur.

Afdelingschef Ingeborg Myklebust keek hem lang aan. "Ik heb ook te maken met mijn superieuren", zei ze. "Maar ik snap het wel."

"En we moeten niet te hard van stapel lopen, zodat we dingen die van doorslaggevende betekenis zijn over het hoofd zien", zei Cato Isaksen. "Ik ben ervan overtuigd dat het antwoord te vinden is bij de mensen die ik in dit overzicht heb opgenomen." Hij haalde zijn aantekeningen tevoorschijn en liet ze aan de anderen zien. Roger Høibakk lachte. "Dat ziet eruit als een stukje moderne kunst", zei hij.

"We jagen vaak achter trollen en vampiers aan in onze jacht op de moordenaar", zei Asle Tengs rustig. "Maar meestal blijft er een heel gewoon mens over. Dat weten we allemaal."

De anderen knikten.

"Oké", zei Ingeborg Myklebust bedachtzaam. "Ga nog maar een tijdje op dezelfde voet door. Maar ik moet resultaten zien. Dat begrijpen jullie wel." De rechercheurs knikten en de afdelingschef stond op en verliet de kamer.

Cato Isaksen dacht aan Asle Tengs' opmerking over vampiers. Hij was nog lang niet klaar met André Hansen en Sølvi Steen.

De lijkkist veranderde in een man die naar een naakt meisje stond te gluren. Het meisje werd Ellen. Hij stond zo dicht bij Ellen Grues gezicht dat hij haar adem kon voelen. Ze draaide zich om en keek hem aan. "We gaan een stukje rijden. Je kust me. We praten. Meer niet, Cato." Hij hoorde haar stem in zijn droom. "Meer niet."

Ze maakte haar kast open. "Hoe oud ben je over twaalf jaar?" vroeg ze. Ze glimlachte scheef, zond hem een plagende blik. Hij draaide zich om en zag zijn eigen ogen in de spiegel. Zijn kwetsbare blik maakte hem bang. In zijn hand hield hij een stuk vlees en een mes.

Cato Isaksen werd wakker toen de rode kat op zijn schoot sprong en tegen zijn borst aan wreef. Hij probeerde hem te pakken. Maar de kat loste in lucht op en verdween. De beelden van zijn droom gleden zacht weg, maar de gedachte aan het mes en het vlees bleef hem dwarszitten. Hij stond op en liep naar de terrasdeur. De struiken in de tuin hadden lichtgroene knoppen gekregen. De tijd ging snel. Over een week was het al 17 mei, de nationale feestdag.

Bente kwam binnen met een thermoskan koffie en een in plakken gesneden cake. "Je sliep", zei ze. Hij keek haar glimlachend aan en gaapte. Ellen Grue zat nog steeds in zijn lijf. Haast beschaamd dacht hij aan afgelopen nacht, toen Bente en hij een van hun zeldzame liefdesnachten hadden beleefd. Ze had hem laten doen wat hij wilde. Ze was intens aanwezig geweest. "Waar is Georg?" vroeg hij.

"Hij is bij de buren. Ik heb gezegd dat hij om halfacht thuis moet zijn."

Ze schonk koffie in. "Ben je moe?" vroeg ze.

Hij schudde het hoofd. "Eigenlijk niet. Maar het is dat meisje dat is verdwenen. Er klopt iets niet. Haar grootmoeder is doodgeschoten. Het lijkt een uitzichtloze zaak. Ik heb een gevoel dat we in kringetjes ronddraaien, dat we iets over het hoofd zien."

Vermoeid liet Bente zich op de bank zakken. "Ik vraag me af of ik ander werk moet zoeken", zei ze.

"O."

"Al die onregelmatige diensten. Die oude, zieke mensen. En dan de betaling."

"Wat voor werk dan?" Cato Isaksen stopte een stukje cake in zijn mond.

"Ik weet het niet, iets met vaste tijden. Iets wat beter bij jouw werk past."

Hij keek haar met een ernstige blik aan.

"Ik had het natuurlijk al veel eerder moeten doen. De jongens zijn nu al ouder, maar toch. Met mijn onregelmatige diensten en jouw manier van werken, blijft er niet veel tijd over voor een gezinsleven", zei ze.

De volgende dag kwam Roger Høibakk binnen op het moment dat hij zelf net achter zijn bureau ging zitten. De beide rechercheurs zouden alle papieren over de Moen-zaak opnieuw doornemen. Ze waren al bijna een week bezig om alle details te ordenen. Ze probeerden alle stukken nog eens rond te draaien om de dingen vanuit een andere hoek te bezien. Ze waren aangekomen bij Nils Bergman.

"Hij doet vier keer per jaar mee aan een oefening." Roger Høibakk haalde een kam door zijn donkere haar. "Dat is allemaal al weken geleden bij de commandant van de Burgerwacht gecontroleerd. Hij is ervan overtuigd dat Nils Bergman een betrouwbare vent is. Dezelfde commandant heeft in de periode na haar verdwijning de zoektocht naar Kathrine Bjerke geleid."

"Nils Bergman is ook de leider van de livegroep waar André Hansen en Sølvi Steen deel van uitmaken", zei Cato Isaksen. "Bovendien had hij dienst in het tolstation in de nacht dat Kathrine Bjerke verdween. Te veel ineens, vind ik. Bij de jongerenorganisatie van de Burgerwacht hebben ze natuurlijk ook op een bepaalde manier toegang tot wapens", vervolgde hij. "Ook al gaan ze niet zelf met wapens om, er zijn misschien wel bepaalde mensen die weten hoe ze eraan kunnen komen."

"Wat doen we verder?"

"Geen idee." Cato Isaksen was bang dat de teleurstelling de overhand zou krijgen. Het zou een nederlaag betekenen als ze de zaak voorgoed aan de kant moesten leggen. "Ik geloof eigenlijk dat ik nog maar eens naar Drøbak ga", zei hij, "Om nog een keer met Bergman te praten."

NILS BERGMAN WAS OOK DEZE KEER NIET AANGEKLEED. HIJ VROEG de rechercheur om binnen te komen. Terwijl hij een ochtendjas aantrok, hoestte hij lelijk. Hij wierp een steelse blik op zijn horloge.

"Moet je werken bij het tolstation?" vroeg Cato Isaksen.

"Vanavond pas. Maar ik moet studeren."

"En je bent nog verkouden ook."

"Ja."

"Ik heb nagedacht. Waarom heb je me niet over de livegroep verteld toen ik je een paar weken geleden heb gesproken?"

Nils Bergman leek in de war. "Ik begrijp de vraag niet", zei hij verontwaardigd. De rechercheur was nog maar twee minuten binnen, maar het leek wel een uur. Een onbehagelijk gevoel nam langzaam bezit van hem. Hij zocht naar woorden, hij wilde graag vertellen waarom hij niet had gezegd dat hij de leider was van de livegroep. "U vroeg het niet", zei hij ten slotte. "Ik ben van mezelf niet zo spraakzaam. Dat was u misschien wel opgevallen. Ik heb niets te maken met wat er is gebeurd. Bovendien proberen we elkaar een beetje in bescherming te nemen."

"Waarom?"

Nils Bergman haalde onverschillig de schouders op. "Nergens om eigenlijk. Zo is het nu eenmaal. Sommige mensen waarschuwen voor ons."

"Wie?"

"Scholen en dergelijke. Veel mensen beschouwen ons als nerds. We hebben geen zin om alles en iedereen op de hoogte te stellen van wat we doen."

"Is er een reden om jongeren te waarschuwen tegen deelname aan jullie club?"

"Het is geen club. Maar waarschijnlijk is niet iedereen geschikt om mee te doen."

"Hoe komen jullie aan de spullen die jullie gebruiken, wapens en kleren?"

"Voornamelijk via internet, maar er is ook een winkel in Zweden. De zwaarden die we gebruiken zijn trouwens van plastic." Hij draaide zich demonstratief om en keek door het kleine raampje naar buiten. Hij hoestte weer. Die hoest herinnerde Cato Isaksen aan het feit dat zijn moeder longontsteking had. Hij moest straks vanuit de auto bellen om te horen hoe het met haar was.

"Wanneer hebben jullie voor het laatst gespeeld?"

"Ongeveer een week geleden. Maar we noemen het geen spelen. Dat klinkt zo dom."

"Sølvi Steen vertelde dat jullie in het bos bijeenkomen, zelfs als de regen met bakken uit de hemel valt."

"Ja." Nils Bergman stond op.

"Dan worden jullie toch drijfnat?"

"Dat hoort erbij."

"Zelfkastijding?"

"Nee, de omstandigheden." Hij hoestte weer en haalde de schouders op. "Ik begrijp niet wat dit met de verdwijning van Kathrine Bjerke te maken heeft. Ze heeft nooit iets met ons te maken gehad. Dat de broer van haar vriend meedoet, is puur toeval. André is volkomen onschuldig. Dat ik bevriend ben met zijn broer, staat er ook helemaal los van. Ik wil alleen maar zeggen dat u uw tijd verknoeit."

"We hebben ook met een moord te maken", zei Cato Isaksen kil. "Weet je dat Kathrines grootmoeder is neergeschoten met een Glock?"

Nils Bergman leek even onzeker, maar vermande zich weer snel. "O, ja?" zei hij.

"En jij bent aangesloten bij de jongerenorganisatie van de Burgerwacht", constateerde Cato Isaksen.

Als Nils Bergman al ongerust werd, wist hij dat goed te verbergen. "Wat wilt u daarmee zeggen?" vroeg hij en hij pakte een tijdschrift van de vloer.

"Dat zijn we nu juist aan het onderzoeken", zei Cato Isaksen. Hij voelde hoe hopeloos alles was. "Ik heb twee mensen die op dit moment bezig zijn met een onderzoek bij die Burgerwacht van jou", zei hij stuurs.

Nils Bergman schraapte nerveus zijn keel en staarde naar het blad dat hij van de vloer had gepakt. Toen gooide hij het op de ladekast.

"Stein Ove Hansen zit in militaire dienst", zei Cato Isaksen. "Hij is gestationeerd op Rygge. Ik heb met hem aan de telefoon gesproken."

Nils Bergman keek op zijn horloge.

“Hij zit ook bij de Burgerwacht”, zei Cato Isaksen.

“Normaal wel, maar nu niet. Nu zit hij in het leger.”

“Hoe voelde het om mee te doen aan de zoekactie naar Kathrine? Was het spannend? Was het net zoiets als spelen met de livegroep? Wat voelde je?”

Nils Bergman draaide zich half naar hem toe. “Betekent dit dat ik ergens van verdacht word? Probeert u dat te insinueren? Want dan bent u het spoor helemaal bijster. Wat voor onderzoek doen jullie eigenlijk? Het maakt op mij de indruk dat jullie volkomen in het duister tasten.”

Cato Isaksen zakte een beetje in elkaar. Nils Bergman moest eens weten hoezeer hij het bij het rechte eind had. Een moment was hij in de verleiding om toe te geven. Maar hij deed het niet. Hij had sterk het gevoel dat Nils Bergman opgelucht was toen hij opstond en vertrok.

De rechercheurs gebruikten de maaltijden gezamenlijk in de kantine. Ze werkten twee aan twee, of drie aan drie. Een aantal van hen was op een andere zaak gezet. De kranten hadden ook hun interesse voor beide zaken verloren. Cato Isaksen had het meeste contact met Roger en Randi, maar ook met Preben en Asle Tengs.

"Ik denk dat ik nog een keer naar Brenda Moens appartement ga", zei Cato Isaksen toen Ellen Grue aan tafel neerplofte. Ze was juist teruggekomen van een korte huwelijksreis en voor Cato Isaksen was het belangrijk om daar niet over te praten, of er zelfs maar aan te denken. Hoewel je gedachten niet altijd kon sturen.

"Dan moet je met Alf Boris Moen praten voor de sleutel", zei Ellen terwijl ze een hap nam van een broodje kaas. "Heb je trouwens nog uitgevonden wat er de vorige keer met haar appartement was? Dat waar je niet op kon komen, bedoel ik." Ze keek hem ondoorgrondelijk aan.

Hij keek haar aan en schudde het hoofd. "Nee", zei hij met zijn gedachten bij haar huid, haar kleine, stevige borsten, haar dijen en haar zachte billen.

De donkere ogen keken hem ernstig aan. Ze hield zijn blik vast. "Je vraagt niet hoe ik het heb gehad." Ellen Grue glimlachte teleurgesteld. "Je bent zo verschrikkelijk laf", zei ze luid.

Hij keek haar getergd aan. "Het interesseert mij toch niet hoe jij het op je huwelijksreis hebt gehad. Je doet altijd zo koel ... zo ver weg."

"Ja", zei ze vlug. "Ik ben ver weg geweest. Ik ben op de Malediven geweest. Het was prachtig", zei ze, "lekker ontspannen en gezellig. Ik heb het altijd te druk met anderen gehad."

"Je broers", zei Cato Isaksen. Het viel hem op dat ze zei dat ze het gezellig had gehad. Dat klonk niet al te opwindend, dacht hij en hij voelde zich opgelucht.

"Ja", zei ze zuchtend. "Ze hebben alleen mij, zelfs nu ze volwassen zijn. En jij wilde niemand voor mij in de steek laten, Sigrid niet en Bente niet. Ik denk dat je van Bente houdt, van de veiligheid die ze je biedt. Ze is tenslotte de moeder van je kinderen."

Cato Isaksen boog beschaamd het hoofd. Hij wist dat ze gelijk had, maar hij was verliefd. Smoorverliefd op Ellen. Zolang ze vrijgezel was, was dat geen punt geweest. Hij mocht graag aan haar denken en van haar dromen, af en toe bij haar op bezoek gaan, met haar flirten in de gangen, haar blikken zenden. Het was toch treurig dat je als volwassen man met gevoelens van een tiener zat. Hij was teleurgesteld in zichzelf.

Voordat de gedachte helemaal tot hem doorgedrongen was, zei zij het voor hem. "Jij wordt verliefd op het onbereikbare, zie je dat zelf niet, zie je het patroon niet? Je wilt het liefst geen keuzen maken."

Hij ontkende in alle toonaarden. "Ik ben teruggegaan naar Bente", zei hij luid.

Roger Høibakk stond plotseling bij het tafeltje naar hen te kijken. Ze keken allebei boos naar hem op. Ellen Grue stapelde de lege borden en koffiekopjes op elkaar. Toen stond ze op. "Doe dat", zei ze. Cato Isaksen keek haar niet-begrijpend aan. "Ga nog een keer naar het appartement van Brenda Moen", zei ze luid.

Roger Høibakk viel neer op de lege stoel. Ellen Grue liep vlug de kantine uit.

"Hoe is ze eigenlijk?" Roger Høibakk keek hem plagend aan.

"Hou op, alsjeblieft."

"Maar iedereen weet toch wat er met jullie aan de hand is."

Cato Isaksen draaide zich om en keek naar de wand.

Roger Høibakk haalde zijn kam uit zijn achterzak en haalde hem door zijn haar. Hij stopte hem terug en nam twee grote slokken uit zijn glas melk. "Ellen is een vlotte meid, allicht, maar ook een onmogelijke heks. Hoe is ze eigenlijk?" herhaalde hij.

Cato Isaksen gaf geen antwoord. "Jij had toch een vrouw ontmoet?" vroeg hij.

Roger knipoogde. "Ze komt uit Grorud", zei hij. "Wil je meer weten?"

"Liever niet", zei Cato Isaksen en hij stond op.

Een halfuur later had hij de sleutel van Brenda Moens appartement bij het ministerie van Defensie gehaald. Moen stond hem bij de receptie op te wachten. Het was moeilijk om zijn gezichtsuitdrukking te plaatsen toen hij de sleutel afgaf. Waarschijnlijk had hij er geen problemen mee. Maar hij had ook iets teruggetrokkens en geslotens over zich. Bovendien gaf hij duidelijk te verstaan dat hij niet tevreden was met het onderzoek. Cato Isaksen kon daar niet veel op zeggen, slechts een paar nietszeggende opmerkingen dat ze nog goede moed hadden en het absoluut nog niet opgaven.

Cato Isaksen vroeg zich af waarom Alf Boris Moen en Helena Bjerke de boedel nog niet hadden verdeeld en het appartement nog niet hadden verkocht. Maar daar had hij ook niets mee te maken. Misschien was het allemaal nog te vers.

Hij reed naar Ullevål Hageby en parkeerde voor nummer 51. Hij draaide de deur van het slot en trok de gordijnen open zodat het daglicht binnenviel. De kleine blaadjes aan de boom voor het raam waren frisgroen van kleur. Door de takken heen zag hij de hemel en de wolken. Plotseling bespeurde hij een onbekende geur in de overvolle kamer. Een scherpe, zoete geur. Hij keek naar een glazen presse-papier die op de vensterbank tussen de lege bloempotten stond. In het glas zaten kleine schelpen en sprietjes. Hij keerde zich om, liep naar de torso en legde zijn handen op het zachte stoffen lijf. Hij probeerde te analyseren wat hij de vorige keer over het hoofd had gezien. Terwijl hij nog een keer de dingen in Brenda Moens appartement stuk voor stuk bekeek, belde Sigrid hem op zijn mobiele telefoon. Cato Isaksen ging ervan uit dat ze wilde bespreken dat hij alweer een taxi naar de kleuterschool van Georg had gestuurd. Ze leek de laatste tijd altijd boos. Waarom kon ze niet gewoon gelukkig zijn met haar nieuwe echtgenoot Hamza?

"Ja ja, ik zal hem zelf ophalen", begon Cato Isaksen en verzekerde haar dat hij eraan had gedacht dat het zijn beurt was om Georg in het weekend te hebben. Sigrid gaf geen antwoord en het viel hem op dat haar zwijgen iets merkwaardigs had. "Ben je daar nog?" vroeg hij.

"Cato, je moeder is overleden", zei ze zachtjes.

Hij schraapte nerveus zijn keel. Wist niet wat hij moest zeggen. Hij keek om zich heen in Brenda Moens wonderlijke kamer. Hij liep naar een van de diepe fauteuils en ging zitten. Haar woorden hamerden door zijn bewustzijn. Hij kon niets zeggen. Wat moest hij zeggen?

"Het spijt me", zei ze. "Ik vind het zo erg."

Hij zei nog steeds niets. De gebeurtenis uit zijn jeugd kwam plotseling terug. Toen zijn moeder hem achterliet en zijn sjaal voor zijn mond werd geblazen. Hij zag de gebeurtenis altijd in zwart-wit voor zich, alsof het een oude film was.

“Ik kan Georg bij de kleuterschool ophalen”, vervolgde ze. “Als jij naar het bejaardenhuis wilt gaan, bedoel ik.”

“Ze is toch overleden, wat moet ik daar doen?”

“Haar zien.”

“Ik wil haar niet zien”, zei hij luid. “Ik haal Georg op zoals afgesproken. Bedankt voor je telefoontje.” Hij drukte op de rode knop en Sigrids stem was weg. Hij zat een moment voor zich uit te staren en begon te huilen.

Later, toen hij weer in de auto zat, merkte hij dat hij het koud had, maar hij voelde niets. Raar dat hij niets voelde. Zijn moeder was net gestorven, en hij voelde niets. Waarom hadden ze Sigrid gebeld en niet hem, om te vertellen dat zijn moeder overleden was? Opeens voelde hij een enorme woede. Dit zou hij tot op de bodem uitzoeken. Maar eerst moest hij Georg van de kleuterschool halen.

Het jongetje zat bij de zandbak naar hem te wuiven. “Schiet op”, zei zijn vader ongeduldig. We moeten ergens naartoe.”

“Waar naartoe?”

“Naar oma.”

“Naar oma, hoera!”

Cato Isaksen schoof zijn zoon voor zich uit naar binnen. Hij wisselde een paar woorden met de juffen, pakte het rugzakje en de tas die Sigrid had ingepakt en liep met Georg naar de auto.

Hij gespte zijn zoontje vast in het stoeltje op de achterbank en stapte in. Onder het rijden welden de tranen weer op. Hij voelde zich totaal verlaten. Verlaten, verlaten, verlaten. Hij bewoog zijn vingers in de maat over het stuur. Waarom had hij haar niet vaker bezocht? Ze had al tien dagen longontsteking en hij was niet bij haar geweest.

Hij geloofde niet in God. Als je sterft, kom je thuis. Thuis bij wat? Misschien wel thuis in het grote niets. Ja, thuis in het grote niets.

“Papa, we hebben dierenkoppen op wieltjes gemaakt.”

“Dat is mooi.”

“Ik heb een muis gemaakt.”

“Juist, ja.”

“Voor Marmelade. Katten houden van muizen.”

“Marmelade is weg.” Hij probeerde zichzelf meester te worden, zijn zoon moest niet zien dat hij huilde.

“Maar hij komt wel terug”, zei Georg beslist.

Cato Isaksen dacht aan alle keren dat hij zelf familieleden had bezocht om te vertellen dat er iemand overleden was. Hij probeerde altijd te begrijpen wat ze voelden, maar bewaarde altijd een professionele afstand. Nu zat hij hier te huilen als een kind omdat zijn stokoude moeder was gestorven. Het verdriet was overweldigend, bitter, onverwacht en pijnlijk. Hij schaamde zich bijna als hij aan Helena Bjerke dacht. Een kind verliezen was het ergste wat je kon overkomen.

Hij reed toch niet naar het bejaardenhuis in Frogner. Hij reed naar huis in Asker. Hij belde Bente uit de auto en vertelde dat zijn moeder was overleden. Ze zei dat ze eerder van haar werk weg zou gaan, zodat ze thuis was als hij kwam. Hij zei dat het niet nodig was, maar ze stond erop.

Ze had sinds gisteren niets gegeten. Kathrine kroop ineen op de matras in de hoek. Haar gedachten verschrompelden in de leegte. Ze wist dat het buiten warm was, dat het misschien al wel zomer was. De dag rustte stil en zwaar tegen de muren. Haar enkel voelde beter aan vandaag. De wond was ontstoken geweest, misschien omdat ze zich niet bewoog. Het gips was vies geworden, grijs van het stof op de stenen vloer. Het had er half april al af gemoeten. Alles was nu zo lang geleden.

Het licht van het enige peertje aan het plafond kon ze zelf aan- en uitdoen. Ze had het liever aan. Het enige geluid dat ze hoorde, was het geruis van de leiding in de kleine badkamer. In de toiletpot zaten barsten. Uit de verroeste kraan, die boven de vieze wastafel uit de muur kwam, liep constant een dun straaltje water. Ze kreeg boeken en tijdschriften, koude maaltijden in bakjes van aluminiumfolie en pakjes droge boterhammen die ze zittend op de matras in de hoek opat.

Ze kon praten of denken. De laatste tijd was ze hardop gaan praten. Zodat ze haar stem niet verloor. Als je je stem niet gebruikte, verdroogde je hals tot iets doods en onbruikbaars.

Ze had al meteen door de vermomming heen gekeken. Die kende ze al. Nu speelde ze gewoon mee. Het gaf haar een akelig en dwaas gevoel, maar ze had geen keus. Aanvankelijk had ze gedacht dat het maar voor even zou zijn, een paar dagen misschien, of een week. Maar nu wist ze het niet, het was lang geleden dat ze nog had durven hopen.

Ze dacht aan het mooie, kleine tuintje van Bessa. Als het zomer werd en de sleutelbloemen verdwenen, begonnen de rozenbottels langs het gazen hek te bloeien. En als het winter werd, met gure wind en regen en zware, grijze wolken, stierf alles in de tuin. In november, toen het voortdurend had geregend, hadden zij en Bessa de bloembedden met jutezakken bedekt. Plotseling was de vorst ingevallen en het water was bevroren tot een dun laagje ijs dat als een lijkwade over het groene gras lag.

Als ze wakker lag in het donker en niet wist of het dag of nacht was, had ze het akelige gevoel dat ze nooit meer vrij zou komen. Om die gedachten weg te duwen las ze in de tijdschriften die op een stapel naast haar kussen lagen. Soms voelde ze zich nog sterk. Deze onzin moest snel afgelopen zijn. Het zou voorbijgaan. Dat nam ze zich voor.

Het was een stil en eenzaam wereldje. De grijze muren omringden haar aan alle kanten. Stel je voor dat de muren van glas waren geweest. Ze had zelfs geen spiegel. Ze had erom gevraagd, maar ze had hem niet gekregen. Ze probeerde te luisteren naar geluiden. Naar de wind en de regen. Iets wat haar kon vertellen waar ze was. Maar alles was ver weg. Ze moest ergens diep binnenin zitten. Of ver onder de grond. Misschien in een tunnel. De laatste keer had ze gevraagd of ze een schaar mocht hebben om de klitten uit haar haar te knippen.

De beide vriendinnen maakten vaak tochtjes buiten de stad. Drie dagen geleden waren ze naar het kunsthistorisch museum Blåfargeverket geweest om een retrospectieve tentoonstelling van een Deens kunstenaar te bezichtigen. Maar ze reden niet altijd zo ver. Soms gingen ze naar Holmenkollen om te genieten van de beroemde appeltaart met slagroom, of maakten ze een rit naar Zweden om goedkoop wijn en vlees in te slaan.

Solveig Wettergren reed altijd. Ze had een kleine rode Seat die ze een paar jaar geleden tweedehands had gekocht.

Toen ze terugkwam van zo'n tochtje naar Zweden, stond Cato Isaksen op de trap te wachten. Het was al lang geleden dat ze hem had gezien. Ze parkeerde de auto op de oprit en stapte uit.

"U hebt dus ontdekt waar ik woon", zei ze gejaagd. "Hebt u lang gewacht?"

Cato Isaksen schudde het hoofd.

Telkens als hij contact opnam met de vriendinnen, wilden ze dat hij naar de Waldemar Thranesgate zou komen. Maar hij was nieuwsgierig naar Solveig Wettergrens woning. Hij had haar huis gevonden, een prachtige oude stenen villa in Vindern.

"Ik heb net Tulla naar huis gebracht", vervolgde Solveig Wettergren. "We hebben inkopen gedaan." Cato Isaksen hielp haar met de draagtassen. Toen hij bijna bij de deur was, knapte een van de handvatten. Een doos met een bevroren visschotel en een pak maandverband vielen eruit. Cato Isaksen verontschuldigde zich en pakte de spullen weer op.

"Koningin Sonja is hier vlakbij opgegroeid", zei Solveig Wettergren terwijl ze de deur voor hem openhield. "Kom binnen. We hebben het hier altijd naar onze zin gehad, mijn man en ik."

Ze had dus een man. Cato Isaksen keek naar haar forse postuur. Deze keer droeg ze een lichtgekleurde angoratrui en een Burberry-rok.

Hij was er automatisch van uitgegaan dat de dames van de Royalistenclub alleenstaand waren. Brenda Moen was weduwe, Tulla Henriksen was nooit getrouwd geweest. Dat had hij op de een of andere manier meegekregen. Voor hij erbij stil kon staan, vertelde Solveig Wettergren dat haar man in een verpleeghuis woonde.

"Ik kon hem werkelijk niet langer thuis hebben", zei ze ernstig, "hoewel ik zelf gediplomeerd verpleegster ben en tien jaar in het Ullevålziekenhuis heb gewerkt. Ik heb het eigenlijk nooit naar mijn zin gehad in mijn werk. De laatste tijd dat hij thuis woonde kon hij zelfs zijn plas niet meer ophouden. En ik had ook nog drie verdiepingen schoon te maken. We hebben onder het hele huis een kelder. Het werd me gewoon te veel", zei ze en ze vroeg hem de draagtassen in de keuken te zetten. Ze zette de radio aan die op het aanrecht stond, en ze begon de tassen uit te pakken.

Het was drie dagen na het overlijden van zijn moeder en Cato Isaksen voelde zich erg labiel. Solveig Wettergren nam hem mee naar de lichte woonkamer waar de wanden vol hingen met grote schilderijen in goudkleurige lijsten. De lentegroene bank en de bordeauxrode Perzische tapijten versterkten de indruk van welstand. Op de vensterbanken stonden grote porseleinen potten met planten. "Ik heb iemand die voor de tuin zorgt", zei ze, alsof ze zijn gedachten kon lezen. "Ik kan het alleen niet af. Bovendien ga ik ook vaak naar mijn man. Hij woont hier gelukkig niet zo ver vandaan, dus ik ga om de andere dag naar hem toe."

Solveig Wettergren serveerde thee in witte kopjes en vertelde welwillend over de bijeenkomsten van de Royalistenclub die ze bij toerbeurt hadden georganiseerd. "Maar het leukste was het bij Brenda", benadrukte ze met haar heldere, meisjesachtige stem. "Vanwege alle dingen die ze had, zoals japonnen en foto's."

"Gaat u 25 augustus die kamer in het Grand Hotel nog huren?" Cato Isaksen nam een slok van de warme thee.

Solveig Wettergren keek hem vermoeid aan. "Vindt u dat we dat niet moeten doen?" vroeg ze bezorgd.

"O, zeker wel. De overledenen krijg je toch niet meer terug", zei hij.

"In het begin, de eerste dagen na de moord op Brenda, durfde ik haast niet alleen thuis te zijn. Vanwege de manier waarop het was gebeurd. En dan nog dat met Kathrine. Het is allemaal zo verschrikkelijk. En het ergste is nog wel dat jullie ook niet verder komen. Of wel soms?" Ze keek hem afwachtend aan. "Doen jullie dat wel?"

Cato Isaksen zei tactvol dat hij geloofde dat ze uiteindelijk de zaak wel zouden oplossen. "Het duurt alleen een tijdje", zei hij en hij voegde eraan toe dat ze verschillende sporen volgden.

Solveig Wettergren keek hem onderzoekend aan. "Ik heb vanmorgen lang geslapen", zei ze. "Ik lig 's nachts zo lang te piekeren. Ik heb ook dikke benen gekregen. Af en toe ben ik bang om dood te gaan in mijn slaap."

Cato Isaksen besloot op tijd naar huis te gaan. Het overlijden van zijn moeder deed hem meer dan hij wilde toegeven. Hij kon zich niet concentreren. Toen hij bij de afrit naar Asker kwam, sloeg hij echter niet af in de richting van het centrum, maar linksaf naar Heggedal en Hurumlandet. Hij wilde eens langs de andere weg, vanaf de andere kant door de tunnel rijden. Het was een lange rit, maar het autorijden had een rustgevend effect. Hij probeerde niet te veel na te denken, liet gewoon de weg onder de auto door rollen terwijl het landschap aan hem voorbijgleed.

Hij vond het erg dat Sigrid bij zijn moeder was geweest toen ze stierf. Ze waren zo perfect, Sigrid en Hamza. Ze hadden altijd tijd voor hun medemens. In de periode dat Gard drugs gebruikte, belde hij met Hamza als de dingen echt moeilijk werden. Cato Isaksen wist dat zijn moeder hun bezoekjes erg op prijs had gesteld. De laatste maanden was ze zo in de war geweest, dat ze dacht dat Georgs kleine zusje ook een van haar kleinkinderen was.

Toen hij de rotonde bij het Rainbow Hotel in Røyken was gepasseerd, waar de man van Heidi Grindaker werkte, de vrouw die Kathrine het laatst had gezien in de nacht dat ze verdween, reed hij een parkeerplaats op en stopte. Hij leunde achterover en sloot zijn ogen. Over twee dagen zou zijn moeder begraven worden. Het beeld van haar magere, hulpeloze handen op het dekbed achtervolgde hem. Hij had de begrafenis geregeld en met de dominee gesproken. Bente had bloemen besteld en een ruimte gereserveerd waar ze na afloop bijeen zouden komen. Het was goed dat zijn moeder de laatste jaren in het bejaardenhuis in Frogner had gewoond, nu hoefden ze niet een heel huis leeg te halen. Sigrid had gebeld en gevraagd of ze haar dochtertje mee mocht nemen naar de begrafenis of dat ze misschien nog te klein was. Ze had gezegd dat zijn moeder ook voor haar een oma was geweest. Wat moest hij daarop zeggen? Hij kon het niet weigeren. Vetle had het moeilijk. Hij was een erg gevoelige jongen en hij had zijn vader verweten dat hij zich niet meer had bekommerd om grootmoeder. De jongen had gelijk. Er was veel om spijt over te hebben.

Hij viel in slaap met het hoofd tegen de neksteun en sliep tien minuten voor hij de auto weer startte en verder reed. Het laatste stuk voor de tunnel zag hij het water glinsteren aan de linkerkant. De nieuwe snelweg was mooi door het landschap aangelegd. Hier en daar waren grote stenen muren en uitzichttorens gebouwd.

Hij reed de tunnel weer in. Opnieuw werd hij gefascineerd door het gekleurde licht en de manier waarop alles was gemaakt. Met regelmatige tussenruimten passeerde hij de deuren in de rotswanden.

Weer in het daglicht reed hij langs het tolstation naar het centrum van Drøbak. Hij zette de auto op de grote parkeerplaats naast de staatsdrankwinkel. Hij betaalde bij de parkeerautomaat en liep de weg af. Hij was al bekend met het kleine stadje. Hij meende een jonge moeder met twee kinderen te herkennen die hem de vorige keer ook al was opgevallen. De oude, bierdrinkende vrouw uit de haven had hij ook al een paar keer in het stadsbeeld gezien.

Opeens stond hij voor de grote houten kerk. VOR FRELSERS KIRKE, 'Kerk van onze Verlosser', stond op een oud bord boven de deur. De kerk was omgeven door grijze en gele oude, houten gebouwen. Hier zou Kathrine in mei geconfirmeerd zijn. Hij wist dat zowel de dominee als de diaken in verband met de verdwijning was verhoord. Hij legde zijn hand op de deurklink en opende de grote houten deur. Hij liep de koele kerk binnen. Het was er doodstil. De deur sloeg achter hem dicht. Hij bleef even staan voor hij langzaam over het middenpad liep. Het was een eenvoudige, maar mooie kerk. Hij liep helemaal naar het altaar. Hij voelde zich verdrietig. Moeder was er niet meer. Brenda Moen was er niet meer, en Kathrine was er niet meer. Overal ter wereld waren mensen in de rouw. Mensen die iemand verloren, waren eenzaam. De dood was vreemd, angstaanjagend en onbekend.

Hij stond in gedachten te kijken naar het kruisbeeld toen hij plotseling achter zich een beweging gewaarwerd. Hij draaide zich vlug om. Een vrouw van een jaar of vijftig keek hem nieuwsgierig aan. "Kan ik u ergens mee helpen?" vroeg ze met zware stem.

Cato Isaksen glimlachte even. Hij voelde zich wat in verlegenheid gebracht, alsof hij op heterdaad was betrapt. Hij vertelde in het kort wie hij was en waarom hij de kerk was binnengegaan.

De vrouw, gekleed in een broek en een trui, werd ernstig. Ze zei dat zij Kathrine zou hebben geconfirmeerd. Ze vertelde over de verhoren van de landelijke recherche en de politie van Follo en verontschuldigde zich dat ze niets had kunnen bijdragen. Ze keek hem afwezig aan. "Er schoot me trouwens nog iets te binnen nadat de politie hier was geweest", zei ze. "Maar het leek me totaal onbelangrijk, dus ik heb geen contact meer opgenomen."

Cato Isaksen keek haar nieuwsgierig aan. Ze wachtte even en ging toen verder: "We hebben gespreksgroepen met de confirmandi. We discussiëren over allerlei onderwerpen. Veel jongeren kiezen er tegenwoordig voor zich burgerlijk te confirmeren, dus om niet al te veel confirmandi kwijt te raken, hebben we het onderwijs wat aangepast. We praten niet alleen over God en Jezus, zoals we eerder deden. Op een gegeven moment kwam iemand met de opmerking dat de Kerk zo afwijzend staat tegenover homoseksualiteit. De stemming werd nogal wrevelig, als ik het zo mag zeggen. We moeten ons natuurlijk aan de Schrift houden, maar jongeren hebben vandaag de dag een veel vrijere kijk op dat soort onderwerpen dan onze oude Kerk. Kathrine was erg fanatiek in dat debat. Met name toen we het over dat soort afwijkingen hadden."

"Juist ja." Cato Isaksen keek haar gespannen aan. Een paar zonnestralen vielen op een van de raamschilderingen waardoor het licht door de rode en blauwe ruitjes werd gefilterd voordat het als een zuil over het middenpad viel.

"We spraken over mensen die op de een of andere manier anders zijn", zei de dominee. "Kathrine gaf duidelijk aan dat zij mensen kende die anders waren."

"Hoezo anders?"

"Tja, dat weet ik niet precies. We werden allemaal nieuwsgierig, maar ze deed heel geheimzinnig. Ik weet niet zeker of het met homoseksualiteit te maken had. Kathrine leek veel voorlijker dan de anderen."

Cato Isaksen knikte. Dat beeld hadden al meer mensen van haar geschetst.

"Mijn conclusie was dat ze iets wist over een bepaalde volwassene wat ze moeilijk verwerken kon", zei de dominee en ze sloeg haar armen over elkaar. "Ik stond er op dat moment niet zo bij stil, maar later nam ik me voor om een gesprek met haar te hebben. Ik ben eraan gewend dat jongeren graag provoceren, maar op de een of andere manier kreeg ik de indruk dat Kathrine verdriet had."

"Op welke manier?"

"Ze was erg agressief, nogal moeilijk te verdragen moet ik zeggen. Niet dat dat nu zo bijzonder is, maar ja, ik weet het ook niet", zei de dominee. "Misschien zit ik er wel helemaal naast."

"Maiken Stenberg zat ook in die groep, nietwaar?" Cato Isaksen verplaatste zijn gewicht van het ene been naar het andere.

De dominee knikte. "Ja, maar zij is een heel ander type."

"Ze waren toch hartsvriendinnen?"

"Ja zeker. Maar Maiken is bedachtzaam en evenwichtig. Een meisje dat door iedereen aardig wordt gevonden."

"Waren er niet veel mensen die Kathrine mochten?"

"Daar weet ik niets van. Maar ze kon erg uitdagend zijn, en ik vroeg me wel eens af waarom ze eigenlijk geconfirmeerd wilde worden. Ze heeft eens gezegd dat ze het voor het geld deed."

De manier van praten van de dominee stond Cato Isaksen wel aan. Ze stelde zich op als een doodnormale vrouw. Intuïtief voelde hij aan dat hij met haar had kunnen praten.

"Op de een of andere manier kregen we het over kleren", ging de dominee verder. "U weet dat meisjes zich vandaag de dag net zo kleden als popsterren, met een blote buik en zo. Ook in dat gesprek was Kathrine nadrukkelijk aanwezig. Ze reageerde fel en zei dat ze de kleren zou blijven dragen die ze mooi vond. Ze wist zich heel volwassen uit te drukken."

"Wat zei ze?"

"Ik kan het me niet woordelijk herinneren. Maar jonge meisjes zouden zich uitdagend mogen kleden, zodat anderen naar ze konden kijken."

"Anderen?"

"Mannen welteverstaan. Zo begreep ik het in elk geval. Ze zei dat het goed was voor jonge meisjes om blikken te voelen, zodat ze hun eigen grenzen leerden stellen."

De dominee glimlachte en keek op haar horloge. "Het spijt me", zei ze, "maar ik moet gaan."

Cato Isaksen bedankte haar voor het gesprek en vertelde in een paar woorden hoe mooi hij de kerk vond. Hij liep het middenpad over, opende de zware deur en ging weer naar buiten. De warmte sloeg hem tegemoet en de namiddagzon wierp een gouden licht over de huizen. Hij liep terug naar de auto en stapte achter het stuur. Hij bleef een tijdje zitten nadenken over de dingen die de dominee had verteld. Toen startte hij de auto en reed terug naar de tunnel en naar huis in Asker.

Cato Isaksen zag veel onbekende mensen bij de kapel. Hij nam aan dat het oude vrienden van zijn moeder waren. In het felle zonlicht kneep hij zijn ogen half dicht. De laatste keer dat hij met Helena Bjerke had gesproken, had ze gevraagd of hij niet dacht dat het tijd werd voor een herdenkingsdienst voor Kathrine. Of de kerk, of anderen, haar misschien konden helpen. Cato Isaksen had niet geweten wat hij moest zeggen. Hij kon niet zeggen dat ze moest wachten. Hij geloofde niet meer dat Kathrine Bjerke terug zou komen. Daar liep hij aan te denken toen hij de donkere kapel in liep en de kist van zijn moeder zag, die met lichtgele bloemen was bedekt.

Hij voelde zich leeg en verlaten. Hij was moe. Het was een opluchting dat alles nu snel achter de rug zou zijn. Gard en Vetle zagen er goed uit in hun mooie pak. Georg droeg een matrozenpak en zijn zusje een roze jurkje. Cato Isaksen knikte even naar Sigrid en Hamza, die hun dochtertje meenamen en wat meer achterin gingen zitten. Zelf liep hij met Georg naar de voorste bank, waar Bente en de jongens al hadden plaatsgenomen. Georg neuriede zachtjes een liedje. Vetle boog zich ernstig naar hem toe: "Je mag niet zingen, oma is dood", zei hij zachtjes.

"Hij is nog zo klein dat hij dat niet begrijpt", zei Gard.

"Jawel", zei Georg, "oma is bij God."

Het verdriet over de plotselinge dood van zijn moeder had hem de eetlust ontnomen. Cato Isaksen had die ochtend geen hap door zijn keel kunnen krijgen. Hij hoorde opeens zijn maag rammelen. Het was vreemd; hij was bezig met het onderzoek naar een verdwenen tiener en de moord op een oude vrouw, en toch waren de verdwijning van de kat en het overlijden van zijn moeder de oorzaak van slaapproblemen en gebrekkige eetlust. Bagatellen in vergelijking met de dingen die anderen moesten doorstaan. Hij had er gisteravond met Bente over gesproken. De dood was eigenlijk een natuurlijk gebeuren, maar als het jezelf raakte was de impact groot. Zij had een spitsvondige opmerking gemaakt. "Het zijn geen bagatellen, maar megatellen", had ze gezegd. Hij glimlachte even bij de gedachte. Megatellen waren grote bagatellen. Dat moest hij onthouden.

Op het moment dat de plechtigheid zou beginnen, werd de deur geopend en kwamen er een paar mensen zachtjes binnen. Cato Isaksen draaide zich om en zag Ellen Grue en Roger Høibakk stilletjes op de achterste bank plaatsnemen. Toen kwamen de tranen.

De kaart van Kathrine kwam op zaterdag 9 juni. Hij was twee dagen eerder gestempeld in Årjäng in Zweden en geadresseerd aan Helena Bjerke. "De foto op de kaart is genomen in het centrum van Årjäng", vertelde Roger Høibakk opgewonden aan de telefoon. "Helena Bjerke heeft zojuist gebeld. Ze is helemaal over haar toeren en begrijpt niet goed wat het betekent. Maar Kathrine moet de kaart hebben geschreven", zei Roger Høibakk.

Cato Isaksen stond thuis in de gang. Hij had zojuist Georg een blauwe broek en een rode trui aangetrokken. Ze zouden inkopen gaan doen voor het weekend. Bente zat in haar ochtendjas in de keuken *Aftenposten* te lezen. Vetle sliep nog.

"Helena Bjerke gelooft dat de kaart nep is", ging zijn collega verder. "Kathrine vraagt haar moeder om haar te vergeven."

"Heb je de kaart daar?" Cato Isaksen deed de deur open en beduidde Georg dat hij naar buiten moest gaan om daar te wachten. Het jongetje schopte even tegen de deur, draaide zich om en keek zijn vader aan voor hij naar buiten liep.

"Ze heeft hem gefaxt. Er staat: *Lieve mama. Vergeef me. Het gaat me goed. Dat van Bessa is verdrietig. Jouw Kathrine.*"

Cato Isaksen ging moeizaam op een stoel zitten. De gedachten maalden door zijn hoofd.

"Helena Bjerke zegt dat Kathrine nooit op die manier zou schrijven", zei Roger Høibakk.

"En het handschrift?"

"Dat is waarschijnlijk van haar, zegt ze. Maar we moeten de kaart natuurlijk laten analyseren."

"Ik rij erheen en haal de kaart direct op", zei Cato Isaksen en hij sloot het gesprek af. Bente stond in de keukendeur en keek hem teleurgesteld aan. "Wat is er nu weer?" vroeg ze.

"Nieuwe ontwikkelingen in de zaak van Kathrine Bjerke. Ik neem Georg mee", zei hij vlug en hij liep naar buiten.

Helena Bjerke liep rusteloos door de kamer. Het liefste was ze meteen in de auto gestapt en naar Zweden gereden. De woede tolde door haar heen, vermengd met verdriet, angst en vrees dat Kathrine misschien toch niet meer in leven zou zijn. Want hoewel Helena tegen de politieman had gezegd dat ze dacht dat de kaart vervalst was, had haar dochter hem misschien toch wel zelf geschreven. Hoe kon het meisje op die manier verdwijnen, zonder bericht achter te laten, zonder te zeggen dat ze in leven was? Die verdomde rotmeid. Ze had Tage op zijn werk gebeld en gevraagd of hij naar huis wilde komen. Het was zaterdag en erg druk in het winkelcentrum, maar dat kon haar niets schelen. Ze wilde geloven dat Kathrine leefde. Cato Isaksen was onderweg om de kaart op te halen. Hij nam haar altijd serieus. Kon Tage verdomme niet snel thuiskomen, zodat ze meteen naar Årjäng konden rijden? Wat had de dominee ook alweer gezegd? Voor alles komt een dag, had ze gezegd toen Helena contact met haar had opgenomen in verband met een herdenkingsdienst. Daarvan kon nu natuurlijk geen sprake meer zijn. Helena Bjerke stond steeds op en ging weer zitten. "Uiteindelijk komt alles in orde", zei ze hardop. Ze zocht haar pakje sigaretten en haalde er met trillende vingers een uit, die ze vervolgens op de grond liet vallen. Ze bukte zich, raapte de sigaret op, vloekte een keer en stak hem in haar mond.

De nicotine gaf haar een paar tellen rust voor ze opnieuw overeind kwam en door het huis ijsbeerde. Ze liep langs de spiegel in de gang en zag haar gezicht in het genadeloze licht. Elke vlek, elke rimpel. Alle lijnen die de angst de laatste maanden op haar gezicht had getekend. Haar uitdrukking, grimmig en verbeten. "Stakker", zei ze hardop en ze begon te huilen.

De kaart lag midden op tafel. Ze wist zeker dat het Kathrines handschrift was, maar waarom had ze op die manier geschreven? *Dat van Bessa is verdrietig. Jouw Kathrine.* Het besef trof haar als een mokerslag en ze schreeuwde het uit. Ze drukte de sigaret uit in de asbak, hief haar handen op en begroef haar vingers in haar haar. De kaart was niet van Kathrine. Zij zou het nooit zo hebben gezegd. Ze schreef nooit op die manier, als ze tenminste niet veranderd was. Als er niet iets vreselijks met haar was gebeurd. Misschien gebruikte ze drugs, had ze een andere persoonlijkheid gekregen. Misschien had ze ook wel iets met de moord op moeder te maken. God nog aan toe, die gedachte was niet om uit te houden. De pijn schoot door haar maag. Misschien waren er waardevolle spullen bij moeder verdwenen zonder dat ze het hadden gemerkt Ze moest Alf Boris bellen. Toen ze de hoorn pakte, waren haar handen klam van angst.

Cato Isaksen draaide de oprit op en stopte voor de garage. Georg sprong uit de auto, bukte zich, greep meteen een handvol grind en gooide de steentjes op het gras. Zijn vader nam hem bij de hand en liep naar de deur die werd geopend nog voor hij aan kon bellen. Helena Bjerke gaf hem de kaart. Hij vroeg haar vriendelijk hem eerst in een plastic zakje te doen. "Het heeft geen zin om meer vingerafdrukken te maken dan noodzakelijk", zei hij rustig.

Ze keek hem niet-begrijpend aan en vroeg hem binnen te komen. "Het is haar handschrift", zei ze. "Zij heeft hem absoluut geschreven."

"Weet u dat heel zeker?" De rechercheur liep achter haar aan door de gang. Georg hield hem de hele tijd rustig bij de hand. Het was alsof hij begreep dat de vrouw het moeilijk had, want ze had zelfs geen hallo tegen hem gezegd.

Helena Bjerke rukte een keukenla open, pakte een rol doorzichtige plastic zakjes en stopte de kaart in een ervan. "Hier", zei ze en ze gaf hem de kaart aan. "Ik kan zien dat hij door haar geschreven is."

Cato Isaksen liet zijn zoons hand los en pakte het zakje met de kaart aan. Helena Bjerke besteedde nog steeds geen aandacht aan het jongetje.

Cato Isaksen vroeg of ze andere brieven of schoolschriften had die hij kon lenen, zodat ze het handschrift konden vergelijken.

"We stappen in de auto zodra Tage terug is van zijn werk", zei Helena Bjerke luid voor ze snel de trap op liep en de deur van haar dochters kamer opende. Ze greep spullen van planken en uit lades. Ze opende met een ruk de kastdeur. Opeens stond ze met een doos in haar handen. Ze deed hem open en wilde schreeuwen toen ze Kathrines afgedankte barbiepoppen en barbiekleertjes zag liggen. Ze liet de doos op de vloer vallen. De poppen en kleertjes lagen op het groene voddenkleed. Ze ging op haar hurken zitten en begon ze weer in te pakken. Ze keek naar de stijve gezichtjes en spitse borsten van de poppen. Een gevoel van misselijkheid trok door haar heen toen ze het barbiehondje en de mooie kleertjes zag. Ze zette de doos terug in de kast, draaide zich om en zag de foto van Kathrine aan de wand. Haar blonde haar, haar vrolijke, vrijpostige blik.

Cato Isaksen bekeek de kaart in het plastic zakje. Hij keek naar de poststempel. ÅRJÄNG stond er in de cirkel. De kaart was twee dagen eerder afgestempeld. Helena Bjerke kwam weer naar beneden met een stapel brieven en een paar schoolboeken.

Georg begon ongeduldig te worden. "We gaan weg, papa", zei hij. Helena Bjerke zag hem nog steeds niet staan.

"Ik vraag me af of ze drugs gebruikt." Helena Bjerke liet haar vingers over een paar opgedroogde rode limonadevlekken op het aanrecht gaan. "Of dat ze daarginds langs de straat zwerft. Of dat ze bij Tages familie woont."

Cato Isaksen spitste zijn oren. "Komt Tage Wolter uit Årjäng?" vroeg hij.

"Ja, zijn moeder en zijn broer wonen daar. Ik heb gebeld en met zijn moeder gesproken. Ze zegt dat ze Kathrine niet heeft gezien."

"Årjäng is niet ver, maar een paar uur met de auto", zei Cato Isaksen terwijl hij Georg in de gaten hield die naar het keukenraam was gelopen en naar het voederplankje voor de vogels keek. Zou het echt zo simpel kunnen zijn, dacht hij, is Kathrine gewoon weggelopen en bij de familie van haar stiefvader gaan wonen? Zou ze in dat geval bij de moord op haar grootmoeder betrokken kunnen zijn? "Dat is nieuw voor ons", zei hij, "dat ze met Wolters familie om gaat."

"Ze gaat niet met hen om." Helena Bjerke keek hem met felle ogen aan. De angst gaf haar gezicht een woedende uitdrukking. "Ze kent hen niet. Ze heeft hen nooit ontmoet. Tage leeft in onmin met hen."

Het werd een rommelige zaterdag. Met de kaart van Kathrine reed Cato Isaksen terug naar het politiebureau. Hij gaf hem samen met de schoolboeken en de andere brieven af voor nader onderzoek. Omdat het weekend was, moest hij wachten tot maandag voor ermee begonnen werd. Hij vroeg om een voorlopige conclusie, maar wist al hoe het antwoord zou luiden. Het was niet moeilijk te zien dat het handschrift hetzelfde was.

"Zou het haar manier zijn om haar stiefvader te straffen? Op bezoek gaan bij de familie die hij haat?" Roger Høibakk haalde de zwarte kam door zijn haar.

Cato Isaksen probeerde Georg rustig te houden, die zich liep te vervelen. Hij beloofde hem later een speelgoedauto te kopen, als hij nog een halfuurtje rustig zou blijven. Hij belde Bente op en zei dat zij de boodschappen moest doen.

De conclusie was dat ze naar Årjäng moesten rijden. Na veel heen-en-weergepraat met de politie van Follo, werd besloten dat Cato Isaksen en Roger Høibakk de reis zouden maken. Ze spraken af dat ze maandagmorgen om acht uur bij het politiebureau zouden vertrekken. De winkels en cafés moesten geopend zijn als ze naar haar moesten zoeken en mensen moesten vragen of ze haar hadden gezien.

"Het zou misschien handig zijn om eerst vast te stellen dat het haar handschrift is", zei Randi Johansen.

"Dat speelt eigenlijk geen rol", zei Roger Høibakk. "Als zij de kaart niet heeft gestuurd, hebben we des te meer reden om een aantal zaken uit te zoeken."

"De familie van die stiefvader, wat is er met hen?" Preben Ulriksen stond op en opende het raam. In de kamer hing een warme, bedompte lucht.

"Het is haar handschrift", zei Asle Tengs en hij keek naar de kopie van de kaart. Hij hield hem naast een schoolboek waar ze op gekladderd had. "Het is net zo'n klotezooi als altijd. Mama is boos. Tage is gek. Kenneth en Maiken zijn oké. Kathrine, Kathrine, Kathrine."

"Haar moeder zegt dat ze nooit 'jouw Kathrine' zou schrijven", zei Cato Isaksen ernstig, maar misschien heeft ze zo'n slecht geweten dat ze het wat probeerde aan te dikken."

"Dat is moeilijk te zeggen", zei Preben Ulriksen. Hij stond op en redde een stapel papieren uit de handen van Georg die er net vliegtuigjes van begon te vouwen.

Zondag nam Cato Isaksen Bente en Georg mee naar het Frognerpark. Daarna aten ze bij Peppes Pizza aan de Frogner-plass. Cato Isaksen voelde zich onrustig. Hij zat te popelen van ongeduld om maandag naar Zweden te gaan. Kathrine Bjerke was opeens een levend wezen geworden. Waar was ze mee bezig? Die avond kon hij niet slapen. Ze moesten de volgende dag een eind rijden, maar de gedachten spookten door zijn hoofd. Had ze geen gevoel? Ook de dingen die de dominee had verteld, zaten hem dwars. Tienermeisjes maakten aan de buitenkant vaak een stoere en sterke indruk, maar hij wist dat ze vanbinnen klein en hulpeloos konden zijn. Daardoor zouden andere mensen wel eens misbruik van hen kunnen maken. Wat had Kathrine bedoeld met haar opmerking dat ze iemand kende die afwijkend was? Was dat ook iets wat ze had verzonnen om te provoceren?

Vetle had onlangs iets gezegd wat indruk op hem had gemaakt. Hij had van Bente geld gekregen voor nieuwe kleren. "Maar koop eens iets leukers dan anders", had ze gezegd. "Niet zulke saaie dingen als de vorige keer. Het lijkt net of je probeert je te verbergen. We zien je helemaal niet."

“Dat is nu net de bedoeling”, had hun zoon gemompeld voor hij de deur uit liep.

Had Kathrine ook de wens gehad om zich te verbergen? Was ze daarom verdwenen, of wilde ze iemand straffen? Zouden zijn zonen hetzelfde gedaan kunnen hebben om hem te straffen? Opgroeiende kinderen waren een onbegrijpelijk proces, waar je geen zeggenschap over had. Je kon er niets aan sturen. Cato Isaksen voelde een enorme machteloosheid bij de gedachte aan zijn vaderrol. Hij kwam overeind in bed en zette zijn voeten op de vloer. Hij bleef een tijdje op de rand van het bed zitten. Toen stond hij op en liep naar de keuken.

De rechercheurs vertrokken de volgende morgen om tien over acht uit Oslo. Het was een heldere dag en de zon scheen. Cato Isaksen voelde zich moe en futloos. Deze mooie dag stond zo in contrast met het werk dat hij moest doen, dat hij bijna wenste dat het mistig en regenachtig zou zijn.

Ze reden anderhalf uur voor ze vlak na de grens bij een wegrestaurant stopten om een kop koffie te drinken en een broodje te eten. Cato Isaksen gaapte en vroeg Roger Høibakk het rijden over te nemen. “Ik heb vannacht slecht geslapen”, zei hij.

Het centrum van Årjäng stelde niet veel voor. Een oud handelsstadje met wat kleine industrie en een paardenrenbaan. Een eindje terug waren ze door een groot bord aan de kant van de weg welkom geheten in Värmlandslän. Het plaatsje lag 25 kilometer van de Noorse grens. Roger Høibakk reed snel. "Pas op", zei Cato Isaksen, "dat we niet in een Zweedse cel belanden." Høibakk lachte.

Cato Isaksen bekeek de omgeving. Het landschap was net als in Noorwegen. Uitgestrekte akkers en bosgebieden. Kleine winkeltjes en huizen langs de weg. Toen ze Årjäng naderden, reden ze langs een paar hoge flatgebouwen die niet in deze omgeving pasten. Helena Bjerke en Tage Wolter waren de vorige dag in Årjäng geweest. Cato Isaksen had hen op de mobiele telefoon gebeld om te horen hoe het was gegaan, of ze nog iets nieuws hadden ontdekt. Dat hadden ze niet. Hij had met Tage Wolter gesproken. De stiefvader vertelde dat ze zijn moeder hadden bezocht op het boerderijtje waar zij en zijn broer woonden, niet ver van de Järnsjö. Ze hadden niets van Kathrine gehoord of gezien, beweerden ze. Eigenlijk beviel het Cato Isaksen niet dat Tage Wolter hem voor was geweest. Hij had zijn twijfels over hem. Hoewel het er nu op leek dat Kathrine Bjerke vrijwillig was verdwenen.

Roger Høibakk zette de auto neer op een vrije parkeerplaats midden in het centrum. De rechercheurs liepen een rondje langs diverse winkels en vroegen aan mensen of ze Kathrine hadden gezien. De foto die ze bij zich hadden, was een schoolfoto van vorig jaar. Niemand had haar gezien, totdat een groenteboer, die ook kaarten verkocht, ging twijfelen. "Maar die jonge meisjes lijken zoveel op elkaar", concludeerde hij. "Nee, ik geloof niet dat ik haar gezien heb", zei hij uiteindelijk.

Dezelfde kaart van de hoofdstraat als Kathrine had gestuurd, vonden de rechercheurs in een fruitwinkel, in een boekhandel en bij een kiosk op de markt. "Ze moet hier zijn geweest", zei Roger Høibakk pertinent.

Ze kregen het telefoonnummer van de plaatselijke krant, ze belden en spraken af dat er de volgende dag een bericht van vermissing in de krant zou worden geplaatst met een foto van Kathrine erbij. Op dezelfde manier werd contact opgenomen met een lokaal radiostation.

Het was al bijna twaalf uur toen ze aankwamen bij een klein boerderijtje vlak bij Sanda aan de Järnsjö. Een oude witte Saab stond op het erf geparkeerd. Een laag, rood woonhuis en een paar andere, nogal vervallen gebouwtjes die waarschijnlijk dienstdeden als stallen en schuren, stonden rond de binnenplaats. Tussen het grind op de hobbelige oprit schoten bloemen en onkruid omhoog.

Een oude vrouw in een geruite broek en een lichtblauwe gebreide trui kwam naar buiten. Ze had duidelijk op hen zitten wachten. Ze was fors gebouwd en had een breed, kleurloos gezicht. Haar buik puilde uit onder de strakke trui, die zijn beste tijd had gehad. Ook haar handen waren groot.

Ze stelde zich voor als Agnetha Wolter en gaf de rechercheurs om beurten een hand.

"Ze zijn hier al geweest", zei ze verdrietig. "Mijn zoon en de vrouw met wie hij samenwoont. Het is een vreselijke zaak."

Cato Isaksen keek op haar neer. Ze was hooguit een meter zestig lang. Johan Wolter kwam door de dubbele deuren van wat waarschijnlijk de stal was, naar buiten. Tage Wolters broer leek in de verste verte niet op Kathrines stiefvader.

Johan Wolter was een kleine, krachtige man met borstelige wenkbrauwen. Hij had hetzelfde brede gezicht als zijn moeder en droeg werkkleding. Cato Isaksen bedacht dat Tage Wolter en zijn broer onmogelijk dezelfde vader konden hebben. Johan Wolter begroette de rechercheurs kortaf en zei verder niets.

Een zwarte kat kwam van de hooizolder. Cato Isaksen bukte zich om hem te aaien. Hij dacht aan zijn eigen Marmelade die was verdwenen.

Ze werden uitgenodigd in de grote keuken. Ze namen plaats rond de oude keukentafel. Cato Isaksen nam het koffiekopje aan dat de oude vrouw hem aanreikte. "Hoelang is het geleden dat u uw zoon hebt gezien? Afgezien van gisteren dan", voegde hij eraan toe.

"Tja, dat is jaren geleden", zei ze zacht.

"Kunt u vertellen waarom?"

"Nee", zei ze resoluut terwijl ze hem met haar lichtblauwe ogen aankeek. Haar grijze haar was uit het gezicht getrokken en in een knoetje opgestoken.

"Het heeft met geld te maken." Johan Wolter kwam binnen. Hij deed zijn werkhandschoenen uit en legde ze op de ladekast. "We gaan niet renoveren. We gaan verkopen", zei hij luid. "Tage heeft nergens mee geholpen. Hij is een leugenaar en een huichelaar."

Zijn moeder wuifde hem weg. "Daar hoeven we niet over te praten", zei ze en ze wendde zich weer tot de rechercheurs.

"Mijn broer kan naar de pomp lopen", vervolgde hij.

"Nee, Johan, hou op". Zijn moeder weerde hem met een ongelukkig gezicht af. Het was duidelijk dat ze er niet over wilde praten. "Wij hebben die Kathrine nooit ontmoet", ging ze verder, "dus we begrijpen dat met die ansichtkaart ook niet."

"Ze is hier in elk geval niet geweest", concludeerde Johan Wolter en hij liep met een boze uitdrukking op zijn gezicht weer naar buiten.

De rechercheurs kregen te horen dat het kleine boerderijtje al jarenlang niet werd gebruikt en dat Johan Wolter in hun levensonderhoud voorzag met het repareren van auto's. "Hij heeft in de schuur een soort werkplaats ingericht", zei zijn moeder met een vermoeid knikje. "Het is moeilijk", zei ze bitter. "Jullie in Noorwegen zijn zo rijk."

Cato Isaksen en Roger Høibakk moesten om die uitspraak even glimlachen en probeerden haar aan het verstand te brengen dat gewone mensen in Noorwegen hetzelfde waren als in Zweden. Dat geloofde ze duidelijk niet. "Jullie zeggen maar wat", zei ze zuchtend. "Die Helena was zo verbitterd", vervolgde ze. "Wat is er eigenlijk gebeurd?"

Cato Isaksen vertelde over Brenda Elise Moen, die vlak voor haar eigen huis was neergeschoten en vermoord. Hij zei dat hij geloofde dat Helena Bjerke erg veel van haar moeder had gehouden. Bovendien was haar dochter verdwenen, dus misschien was het niet zo gek dat ze over haar toeren was.

Agnetha Wolter leek oprecht verrast en gechoqueerd. "Daar hebben ze niets van gezegd. We wisten er niets van", zei ze zachtjes.

Toen ze weer in de auto zaten en in de richting van Oslo reden, zat Cato Isaksen achter het stuur. Hij stopte bij een kruising en wachtte tot een vrachtwagen was gepasseerd. Waarom had de familie Wolter geen contact meer met elkaar?

"Wat een mensen", zei Roger Høibakk. "Gods straf voor varkens is dat ze eruitzien als varkens."

"Wat bedoel je?"

“Die moeder zag eruit als een varken. De zoon ook. Zag je die broek die Johan Wolter aanhad? Met bretels en zo. Hij zei dat Tage Wolter een leugenaar en een huichelaar was. Maar mensen die op zo'n manier over anderen praten zijn het vaak zelf.”

“Ik ben het met je eens dat ze een beetje vreemd waren”, zei Cato Isaksen. “Tage Wolter moet in elk geval een mooie vader hebben gehad”, concludeerde hij.

Op de terugweg stopten ze bij diverse restaurants en bars en een hotel om te vragen of Kathrine daar misschien had gewerkt. Maar ze kwam niemand bekend voor.

Ze reden verder. Roger Høibakk viel op de passagiersstoel bijna in slaap. Opeens deed hij zijn ogen weer open en keek naar zijn collega.

“Vreemde toestand, alles bij elkaar”, zei hij. “Ik heb er een akelig gevoel over.” Cato Isaksen concentreerde zich om de auto op de weg te houden.

“Ik vind dat we onze fantasie niet op hol moeten laten slaan”, zei hij.

“Maar waarom ging ze juist hierheen? Ze wist vast dat de moeder van haar stiefvader hier woonde toen ze hierheen ging.”

“Als ze hierheen ging.”

“Natuurlijk heeft ze dat gedaan. Aan de andere kant”, zei hij, “is het een beetje vreemd dat niemand haar heeft gezien.”

“Dat is niet zo gek”, zei Cato Isaksen. “Mensen zijn niet zo opmerkzaam.”

“Ik denk dat ze de kaart zelf heeft geschreven”, concludeerde Roger Høibakk.

Cato Isaksen tilde een hand van het stuur en veegde vermoeid over zijn voorhoofd. “Over een paar dagen krijgen we de analyse van het handschrift”, zei hij en hij liet zijn blik over het landschap glijden, over de weilanden en de bossen en de verspreide bebouwing. De zon stond op het punt te verdwijnen achter een paar hoge sparrenbomen. Iets zei hem dat Kathrine hier niet was. Misschien was ze er ook nooit geweest. Dat zou een treurige conclusie zijn. Het handschrift op de kaart leek echt genoeg. Had iemand haar gedwongen om de kaart te schrijven?

HELENA BJERKE HAD IETS VERZWEGEN. EEN PAAR DAGEN NA DE REIS naar Zweden kreeg Cato Isaksen een telefoontje van haar. Ze gaf toe dat ze had gelogen om haar vriend te beschermen. "Het spijt me", zei ze verdrietig. "Ik was ervan overtuigd dat Tage niets met de verdwijning van Kathrine te maken had. Maar nu weet ik niet meer wat ik moet geloven."

Cato Isaksen vroeg haar om naar het politiebureau te komen. "Dit is te belangrijk om telefonisch af te handelen", verklaarde hij. Helena Bjerke zei dat ze meteen in de auto zou stappen. Een uur later stond ze in de gang op hem te wachten.

Kathrine Bjerkes moeder zag er niet echt verzorgd uit. Ze was slonzig gekleed in een oude broek en een verschoten roze trui. Het was duidelijk te zien dat ze 's morgens niet had gedoucht. Haar halflange haar was vet en ongekamd. Ze herhaalde wat ze al aan de telefoon had gezegd. Randi Johansen werd gevraagd om mee te komen en aantekeningen te maken.

"Ik heb gelogen", zei Helena Bjerke vermoeid. "Het spijt me."

Cato Isaksen keek haar met een ernstige blik in zijn ogen aan. "Waarom wilde u hem beschermen?"

"Ik wilde hem niet beschermen. Maar ik had zo genoeg van alle geruchten. Ik ken Tage toch", zei ze zacht. "Ik ken hem toch", herhaalde ze. "Maar nu weet ik het niet meer. Hij was de avond van Kathrines verdwijning een tijdje weg."

"Wanneer en hoelang?"

"Dat weet ik niet meer zo goed. Drie kwartier misschien. Van kwart over tien tot elf uur, zoiets."

"Zo laat?"

"Hij zegt dat hij even naar de boot is geweest. Dat doet hij wel vaker. Hij had tot negen uur gewerkt en was pas om halftien thuis. Het was al tien uur geweest voor we klaar waren met eten. Ik moet echt even roken", zei ze.

Cato Isaksen knikte met tegenzin en haalde een asbak die al lange tijd niet was gebruikt.

"Dus u hebt er nog niet eerder bij stilgestaan dat hij er misschien bij betrokken is?" vroeg hij.

"Nee. Ik herinner me niet precies hoe laat hij terugkwam", zei ze en ze stak de sigaret met een groene aansteker aan. "Hij is op het moment erg terneergeslagen. Teleurgesteld in mij, zegt hij." Ze blies de rook uit haar mond. "Hij zweert dat hij er niets mee te maken heeft. En ik geloof hem ook eigenlijk wel", voegde ze eraan toe. "Maar nu wil ik alle kaarten op tafel. Ik heb een akelig gevoel bij die ansichtkaart. Misschien heeft iemand haar gedwongen om de kaart te schrijven."

Randi Johansen keek Helena Bjerke rustig aan. Ze kon niet begrijpen dat iemand een partner kon beschermen als je de waarheid moest ontdekken over een verdwenen kind. Met een gevoel van onbehagen besefte ze dat zijzelf gewillig haar man had opgeofferd als het om haar dochter zou gaan.

"Hebt u nog nagedacht over de dingen die Maiken vertelde, dat hij gluurde als Kathrine onder de douche stond?" vroeg Cato Isaksen voorzichtig.

"Ja", zei ze luid. "Inderdaad."

"En?"

"Ik kan het niet geloven", zei ze boos. "Zeur daar alsjeblieft niet meer over. Jullie kenden Kathrine niet. Ik had dat van Tage ook niet moeten vertellen. Ik heb er nu al spijt van."

Randi Johansen wierp haar een teleurgestelde blik toe. Op de een of andere manier was Helena Bjerke nu in een fase waarin ze had opgegeven. Haar woede was gericht op Kathrine. Misschien was dat gemakkelijker omdat zij er niet was. De stilte in de kamer was beklemmend. Ten slotte vroeg Randi Johansen of ze niet bang was dat ze het fout had. Dat haar vriend wel iets met Kathrines verdwijning te maken had.

Helena Bjerke doofde driftig haar sigaret in de asbak. "Toch wel", zei ze verbeten en ze begon te huilen. "Daarom ben ik ook hier. Maar ik kan er niet meer aan denken. Als die angst de kop opsteekt, lijkt het net alsof mijn lichaam vol insecten zit die me van binnenuit opvreten." De beide vrouwen keken elkaar weer aan. Ten slotte was Randi Johansen degene die haar ogen neersloeg.

"We weten dat Tage Wolter een heftig temperament heeft", zei Cato Isaksen rustig. "Is hij gewelddadig?"

"Hij wordt niet kwader dan anderen. Wie heeft dat trouwens gezegd?" vroeg ze.

"Zijn moeder", zei Cato Isaksen.

Ze snoof. "Dat oude wijf. Ze heeft die klootzak van een Johan altijd voorgetrokken. Hebt u hem trouwens ontmoet?"

"Ja."

"Wat vindt u van hem? Hij hangt maar een beetje aan zijn moeders rokken en wacht tot hij de hele boel kan overnemen. Tage heeft zich altijd zelf moeten redden Ik geloof dat zijn broer een moord zou kunnen plegen voor het geld van de boerderij."

De rechercheurs keken haar even zwijgend aan. Ze ontweek de eigenlijke vraag. Dat was niet vreemd of moeilijk te begrijpen.

"Kathrines lerares zegt dat ze een pestkop was", zei Cato Isaksen.

"Ja", zei Helena Bjerke kortaf, "dat zal wel."

"Wat vindt u daarvan?"

Ze sloot even de ogen. "U weet toch hoe kinderen zijn", zei ze teleurgesteld. "Ik geloof dat het een beetje overdreven is. Kinderen moeten zichzelf zien te redden."

Een pijnlijke stilte vulde de kamer. Randi Johansen en Cato Isaksen vermeden het elkaar aan te kijken.

"Ze was enig kind", zei Helena Bjerke verontwaardigd. "Ze was gewend om te krijgen wat ze wilde."

"Was ze verwend?"

"Dat weet ik niet. We hadden vaak ruzie. Over kleren en hoe laat ze thuis moest zijn. Wat ze wel of niet mocht en met wie ze omging. Ze kon enorme woedeaanvallen krijgen." Helena Bjerke wendde zich af. "Ik mis haar verschrikkelijk. Er zijn zoveel dingen die ik anders had willen doen."

Cato Isaksen lag op zijn buik in bed, met zijn handen naast zijn lichaam terwijl hij luisterde naar het geluid van de regen op de tegels in de tuin. Hij gunde zichzelf een middagslaapje, wat hij normaal gesproken nooit deed.

De geur van pasgemaaid gras drong de kamer binnen en gaf de lucht een scherpte die zijn geheugen prikkelde. Nat gras. Hij en Ellen hadden een keer in het bos afgesproken. Hij herinnerde zich de geur van de vochtige bosgrond en Ellens gretige mond. Hij bleef er een tijdje aan liggen denken. Daarna dacht hij aan Kathrine Bjerke. De handschrift-expert had vastgesteld dat zij de kaart had geschreven. Maar waar was ze? Hield ze zich ergens verborgen? Hij zag haar gezicht voor zich zoals hij dat op de foto's had gezien. Ze leek echt op Maiken Stenberg. Hij moest Maiken er maar eens naar vragen. Of de beide meisjes het er wel eens over hadden gehad dat ze zoveel op elkaar leken.

Hij moest ook Kenneth Hansens oudste broer, Stein Ove, eens opzoeken. Hij moest navragen wanneer hij weer verlof had. Hij had al eerder met hem moeten praten, maar er was steeds iets tussen gekomen. Bovendien hadden de politie van Follo en de landelijke recherche hem een aantal keren verhoord zonder dat daarbij iets naar voren was gekomen. Misschien was het toch belangrijk dat hij zelf een beeld van hem zou vormen. Maar eerst moest hij met Tage Wolter praten over de dingen die Helena Bjerke had verteld.

De volgende dag reed hij rechtstreeks naar het winkelcentrum. De stiefvader stemde gemakkelijker in met een gesprek dan de vorige keer. Hij wist waarschijnlijk wel wat hem te wachten stond. Ze zochten een tafeltje in het cafeetje vlak bij de winkel. Tage Wolter haalde koffie bij de bar. Hij zag er moe uit. Dat was ook niet zo vreemd, dacht Cato Isaksen. De schijn pleitte tegen hem. Op de afdeling hadden ze met elkaar geprobeerd de informatie ten nadele van hem te beoordelen. Ze waren allemaal ongeduldig. Er hoefde maar iets te gebeuren en ze hadden genoeg om hem aan te klagen.

"Helena zegt dat u toch een tijdje weg was op de avond van Kathrines verdwijning", begon Cato Isaksen.

"Ja", zei Tage Wolter met een zucht, "dat is ook zo. Ik was even bij de boot."

"Lopend of met de auto?"

"Ik was met de auto."

"Waarom hebt u dat niet verteld?"

"Daar komt alleen maar gezeur van", zei hij vermoeid.

Cato Isaksen keek hem rustig aan.

"Wat hebt u bij de boot gedaan?" ging hij verder. "Waarom ging u erheen?"

"Waarom? Ik doe dat wel vaker. Ik was hooguit een halfuur weg. Ik wilde alleen maar kijken of alles in orde was."

"Lag de boot aldoor in de haven, of bent u ermee weg geweest?"

"Nee, verdomme. Had ik daar soms tijd voor?"

Hij schoof onrustig heen en weer en zag er boos uit. "Ik snap niet hoe Helena dit heeft kunnen doen", mompelde hij.

"Wat doen?"
"Dit over mij vertellen."
"Het betekent niets zolang u niets te maken hebt met de verdwijning van Kathrine. Het is verboden om te liegen tegen de politie, en ik moet zeggen dat dit voor ons heel belangrijke informatie is."
"Ja, ja", zei hij. "Maar ze is toch niet verdwenen? Ze is er vrijwillig vandoor gegaan."
"Daar ziet het misschien naar uit", zei Cato Isaksen. "Maar we vinden dat we daar niet zonder meer van uit kunnen gaan. Iemand kan haar hebben gedwongen de kaart te schrijven. Hij kan ook al een hele tijd geleden zijn geschreven. Bovendien zijn er geen reacties of tips binnengekomen op de opsporingsberichten in de Zweedse kranten."
Tage Wolter trok bleek weg. Hij zat met zijn koffiekopje te spelen terwijl hij naar het tafelblad staarde.
"Helena zegt dat u die avond om elf uur terug was. Dat was vlak nadat Kathrine afscheid had genomen van Maiken en Lars Lofthus haar had afgezet bij het tolstation."
"Er is zo veel mogelijk."
"U bent nogal temperamentvol, hè?"
"Hier doe ik niet langer aan mee." Tage Wolter hief afwerend zijn handen op en stond op.
"Ga alstublieft zitten", zei Cato Isaksen kil. Wat de dominee had verteld over Kathrine, maalde voortdurend door zijn hoofd. Dat Kathrine af wist van iemand met afwijkend gedrag, waarvan ze niet wist wat ze ermee aan moest. Zou Tage Wolter pedofiel zijn?
Twee dagen geleden had de politie zijn computer in beslag genomen en de computer die hij op zijn werk gebruikte. Experts waren nu bezig alles door te nemen om te zien of er iets interessants tussen zat. Roger Høibakk vond het rijkelijk laat en meende dat ze dat al weken geleden hadden moeten doen. Cato Isaksen was het met hem eens. Maar het punt was dat ze daar geen aanleiding toe hadden gehad. Randi Johansen vond dat ze dat nu ook niet hadden, maar Tage Wolter had ermee ingestemd, en dat maakte de zaak veel eenvoudiger.
Kathrine Bjerkes stiefvader voelde zich duizelig. Het gezicht van de rechercheur verdween in een zwarte wolk. Plotseling draaide alles om hem heen. Vanbinnen was hij bezig op te branden.

De theorie waar de politie nu mee werkte, begon vorm te krijgen. Zou alles gebaseerd kunnen zijn op iets wat Kathrine over haar stiefvader aan haar grootmoeder had verteld, waar niemand anders iets vanaf wist? Zou Brenda Moen gedreigd kunnen hebben het aan Helena Bjerke te vertellen? Was het Tage Wolter te heet onder de voeten geworden? Zo erg dat hij er iets aan moest doen? Hij zou Kathrine op 20 februari, even na middernacht, bij de ingang van de tunnel opgehaald kunnen hebben. Maar Helena Bjerke zei dat hij rond elf uur weer thuis was. Misschien wist ze niet meer precies hoe laat het was geweest. Dat moment was de grootste onzekerheid in de theorie. Als hij haar had opgehaald, had hij haar misschien de ansichtkaart al laten schrijven om iets achter de hand te hebben als de dingen verkeerd liepen. Had hij in dat geval al het plan opgevat om zijn schoonmoeder te vermoorden? Maar Brenda Moen had alles al kunnen vertellen in de twee weken na Kathrines verdwijning, toen ze nog in leven was. En als hij Kathrine had vermoord, had hij haar dan in de boot kunnen verstoppen? Misschien was hij pas de volgende dag uitgevaren om het lijk te dumpen. Tage Wolter had geen alibi voor 7 maart, toen Brenda Moen werd vermoord, noch voor de avond van 6 juni. Hij zou naar Årjäng gereden kunnen zijn om Kathrines kaart te posten die een dag later was afgestempeld en verstuurd.

Maar op een bepaalde manier leek het allemaal niet te kloppen en was het misschien ook niet zo waarschijnlijk. Cato Isaksen was niet tevreden.

Misschien dat hij daarom elke middag en avond naar Drøbak reed om Tage Wolter te volgen. Waar het goed voor was, wist hij zelf ook niet. Als Tage Wolter iets met de zaak te maken had, was de opdracht, als je het al zo kon noemen, al uitgevoerd. Hoewel moordenaars zich vaak verraadden door in hun dagelijks leven kleine foutjes te maken. Op de een of andere manier was er iets met Tage Wolter aan de hand, hoewel Cato Isaksen er niet precies de vinger op kon leggen.

Tage Wolter werkte de ene dag tot vijf uur en de andere dag tot negen. Bovendien werkte hij ook nog om de andere zaterdag.

Donderdag 14 juni zat Cato Isaksen weer in zijn auto, half verscholen achter het benzinestation bij het winkelcentrum City-Drøbak. Met de mobiele telefoon belde hij Helena Bjerke en vroeg hoe het met haar ging. Of ze het de laatste tijd moeilijk had gehad.

"Ja", zei ze. "Tage vindt dat ik hem heb verraden."

"Maar dat hebt u toch niet."

"Nee."

"Ik moet u nog iets vragen. Kan hij die avond met de boot zijn uitgevaren?"

Het bleef even stil. "Ik weet wat u denkt. Maar nee, daar heeft hij geen tijd voor gehad. Hij was maar heel even weg. Tage liegt niet", zei ze verdrietig. "Ik hoop dat jullie die theorie nu kunnen laten vallen. Alles is zo moeilijk geworden."

"Was hij de volgende dag met de boot weg?"

"Toe", smeekte Helena Bjerke. "Ik weet het niet, ik kan het me niet herinneren. Ik kan er niet meer tegen."

Cato Isaksen vertelde dat de politie verschillende theorieën had ontwikkeld. "Het spijt me dat ik u lastig moet vallen", zei hij.

"Ik begrijp het wel, maar ik kan het me echt niet herinneren." Opeens had Helena Bjerkes stem een scherpe ondertoon.

Cato Isaksen sloot het gesprek af en legde de mobiele telefoon op de stoel naast hem. De theorie dat Tage Wolter het lijk van Kathrine in de boot had verborgen en de volgende dag was uitgevaren om haar te dumpen, was niet geheel onwaarschijnlijk. Maar iemand moest hem in dat geval hebben gezien. Als hij terug was op het politiebureau, zou hij checken hoe ver buiten de haven ze hadden gezocht met de minionderzeeër. Maar stroming zou het lijk hoe dan ook ver naar open zee hebben gevoerd. Als Tage Wolter haar vanaf de boot had gedumpt, zou het onmogelijk zijn om haar terug te vinden. Er was te veel tijd verstreken.

Helaas was hij genoodzaakt geweest om het grootste deel van zijn team op twee nieuwe zaken in te zetten. Zelf werkte hij nog steeds aan de Bjerke/Moen-zaak zonder de anderen echt op de hoogte te houden. Het irriteerde hem mateloos dat hij geen antwoorden vond. En juist op dit moment had hij zoveel andere dingen aan zijn hoofd. Iedereen zeurde. Bente zeurde over een nieuwe baan. Georg was snotterig en verkouden. Vetle zanikte over de kat die was verdwenen. Tegenover zijn oudste zoon Gard had hij last van een slecht geweten. Hij had hem beloofd dat ze een keer naar de bioscoop zouden gaan, met zijn tweeën. Maar wanneer had hij daar tijd voor? En Ellen had hij al drie dagen niet gesproken. Het enige wat het schaduwen van Tage Wolter tot nu toe had opgeleverd, was de bevestiging dat Alf Boris Moen regelmatig bij zijn zus op de koffie ging. Af en toe ging hij ook met zijn zwager naar de boot.

Twee dagen later zat Cato Isaksen in de auto te wachten op Wolter. Hij kwam de achterdeur uit en liep naar zijn auto. Hij stapte in en reed weg. Cato Isaksen bleef hem op afstand volgen, zoals gewoonlijk. Wolter reed niet naar huis, maar naar het centrum waar hij bij de haven zijn auto neerzette.

Cato Isaksen reed de hoek om en parkeerde in de hoofdstraat. Daarna slenterde hij naar de waterkant en ging zitten op een van de bankjes langs het voetpaadje dat langs de haven voerde. Hij nam plaats op het allerlaatste bankje. Hij keek naar Tage Wolter die een emmer en een zeemlap pakte. De rechercheur keek nieuwsgierig naar wat hij deed. Hij was niet bang dat hij ontdekt zou worden. Tage Wolter was altijd erg gericht op zijn bezigheden. Cato Isaksen voelde zich opeens heel moe. Hij sloot de ogen tegen de zon. Ze hadden alleen maar aanwijzingen tegen Wolter. Hij was eigenlijk een intelligente man. Plotseling, terwijl de zon op zijn gezicht brandde, schoot hem te binnen dat Wolter zich misschien op een andere manier van het lijk had ontdaan. Hij was slager. 'Die slager' had Kathrines grootmoeder hem genoemd. Er was iets met de manier waarop ze het had gezegd. Hij wist hoe hij met vlees moest omgaan, het in stukken moest snijden. Een gevoel van kilte kroop langzaam langs zijn rug naar boven. Cato Isaksen opende zijn ogen. De boten lagen vredig te dobberen op het water. Tage Wolter was weg.

De zware deur gleed open en haar ogen vingen in een flits het beeld op van het scherpe gereedschap. Ze had geen tijd om bang te worden. Kathrine ging rechtop zitten en duwde zich op haar handen achteruit naar de muur. Ze hield haar adem in, haar hart ging in haar borstkas tekeer. De hand met de grote schaar kwam dichterbij. Het enige licht viel door de deur naar binnen. Ze voelde het koude metaal tegen haar huid. Bij haar enkel, achter het gips. Drie keer knippen, toen was het eraf. Het gips lag vies en plat naast haar op de stenen vloer. Haar voet stonk, een rotte, scherpe lucht. Ze legde haar handen om haar enkel, streek met haar vingers over de gelige huid en merkte haast niet dat de deur werd gesloten. Het was een opluchting dat het gips eraf was, maar ze was zo moe. Ze kroop weer in elkaar op de matras en bleef in gedachten verzonken liggen wiegen.

Ze praatte over de hond die ze altijd had willen hebben. Ze vertelde het aan de grijze muren. Ze beschreef hem. De kleur van zijn vacht, geel of bruin. Glimmende ogen. De geur van zijn vacht als hij nat was. De zwaaiende staart en de warmte van zijn lijf. Het zou mooi zijn als ze hier nu een hond had. Een levend wezen dat haar kon troosten, met een warme vacht, een zachte snuit en lieve ogen.

In het begin dacht ze de hele tijd aan Kenneth. Aan zijn manier van praten, hoe hij haar vasthield. Zijn kussen. Als je verliefd was, leek het net alsof je verdween. Ze miste hem intens. Maar nu eigenlijk niet meer. Het was te lang geleden. Als ze haar ogen sloot, zag ze hem voor zich, maar toch niet helemaal. De dagen in de grijze stenen kamer hadden haar versuft. Nu waren alle dagen gelijk.

Ze dacht aan haar moeder. Arme mama. Arme Bessa.

Toen Kathrine klein was had ze geloofd dat de grote boom in haar grootmoeders tuin leefde. Ze legde vaak haar oor tegen de stam om te luisteren. Ze kon het hart van de boom horen. Een zwaar, eentonig geluid dat er niet was. Want bomen hebben geen hart. Bessa had wasknijpers aan de slappe waslijn in haar tuin hangen. Ze had rozenbottels en hortensia's en een verroeste buis die uit de grond stak, met een kraan eraan. Ze zag de tuinsproeier voor zich. Mosgroen en oud. Vertel me een verhaal, zei ze tegen zichzelf. Over het daglicht en het water en het bos. Ze zag het bos voor zich. Ze dacht aan levende insecten, vogels en bloemen. Maar plotseling verdween alles. Alles veranderde. De bloemen kregen dunne, doorschijnende stelen. Als ze verwelkten, veranderden ze in fijn stof dat verrotte in het water van het moeras.

Kathrine hoorde haar eigen adem. Het holle geluid dat uit haar mond ontsnapte. Ze noemde steeds maar weer de namen op van de mensen van wie ze hield. Bessa en mama. Papa en Maiken. Allemaal. Ze ademde diep in, hoorde de stilte in de muren. Ze vestigde haar blik op een klein stipje. Als ze haar ogen snel open- en dichtdeed werd het stipje groter. Uit de verroeste wasbak in het toilet klonk een murmelend geluid. De deur stond halfopen.

Ze dacht dat het twee dagen geleden was dat er iemand was geweest. Ze had extra eten gekregen. Maar het was zo moeilijk om te eten.

Aan een kant zaten grote, harde klitten in haar haar, het deed zeer als ze erop lag. Door de muren was geen geluid te horen, alleen het geruis van de leidingen. Als ze sliep, verdween alles. Maar ze was bang om te gaan slapen. Bang dat ze niet wakker zou zijn als de deur opengleed. Alles was zo akelig. Zelfs nu ze niet meer huilde. 'Verwende rotmeid', kreeg ze naar haar hoofd geslingerd. Wat moest ze daarop zeggen? Toen ze gedwongen werd om de kaart te schrijven, had ze begrepen dat Bessa dood was. Ze wist dat ze zelf dood zou gaan als ze niet ademde. Ze hield haar handen tegen haar hals, voelde het bloed kloppen in de slagaders. Als ze niet meer ademde, zou zij ook doodgaan. Ze kon wc-papier in haar keel stoppen zodat ze zou stikken. Ze dacht aan de dingen die waren gebeurd. Ze was zo bang dat ze fysiek niet normaal was. Ze moest glimlachen toen haar te binnen schoot dat ze al negen jaar was voor ze begreep hoe je kinderen kreeg. Tot die tijd had ze gedacht dat vrouwen kinderen kregen als ze iemand kusten. Ze dacht aan haar eerste kus. Kenneth had haar gesmeekt haar mond te openen zodat zijn tong naar binnen kon. Ze vond het verschrikkelijk. Hij wilde haar trui ook omhoog schuiven. Ze wilde graag dat hij dat zou doen, tot ze bedacht dat ze haast geen borsten had.

De waanzinnige gedachte liet hem niet meer los. Cato Isaksen voelde zich misselijk en ongerust. Tage Wolter had natuurlijk sleutels van het winkelcentrum. Hij had op elk moment toegang tot de ruimte achter de slagerij, ook 's nachts en 's zondags als het winkelcentrum gesloten was. Hij had het gereedschap. Hij had de ervaring. Zou de oplossing werkelijk zo grotesk zijn? Zou Tage Wolter het lijk in stukken hebben gesneden? Was hij 's nachts met zijn grote vleeszaag aan het werk geweest? Had hij misschien het lijk in stukjes in de koelcel verborgen en de delen een voor een opgeruimd? De gedachte was zo afschuwelijk en weerzinwekkend dat Cato Isaksen begon te rillen.

De deur van zijn kantoor stond open en Ingeborg Myklebust kwam binnen. "Hoe gaat het?" vroeg ze terwijl ze probeerde opgewekt te klinken.

Cato Isaksen stond op en deed de deur achter haar dicht. "Ga zitten", zei hij. Hij vertelde waarover hij had nagedacht. "Hij kan haar in zijn auto hebben verstopt", zei hij. "Ik weet niet of de politie van Follo de eerste dagen de bagageruimte van Tage Wolters auto heeft gecontroleerd. Dat moeten we uitzoeken. De kaart uit Årjäng kan hij op de een of andere manier hebben geregeld."

Ingeborg Myklebust keek hem ernstig aan. Zijn theorie bracht haar helemaal van haar stuk, maar tegelijk werd ze enthousiast. Er waren zo weinig aanknopingspunten in de Bjerke/Moen-zaak, dat geen theorie ononderzocht moest blijven.

"Dat vind ik zo goed van je", zei ze, hem aankijkend, "als we een aanwijzing vinden dat ze in leven is, ik bedoel die ansichtkaart, dan ga jij in een andere richting denken. Je neemt het aan, maar weigert het voor zoete koek te slikken. Dat is goed. Je blijft steeds nieuwe dingen uitzoeken en neemt geen genoegen met het feit dat de zaak misschien zo is als hij eruitziet." Ze stond op. "We ondernemen onmiddellijk actie. De computers zijn al voor onderzoek in beslag genomen. Ik bel de politie in Årjäng en vraag hun huiszoeking te doen op de boerderij van Wolters familie. We nemen Tage Wolters boot in beslag voor een volledig technisch onderzoek. We starten een nieuw onderzoek op zee. We sluiten de slagerij en de keuken van het winkelcentrum en sturen er meteen drie mensen van de technische recherche naartoe. Hoewel het natuurlijk te laat is, als het daadwerkelijk zo is gegaan." Ze keek op haar horloge. "Ze moeten niet van tevoren gewaarschuwd worden. Hoe laat sluiten ze vandaag?"

"Negen uur."

"Dan zijn we er om tien voor negen en we werken de hele nacht door."

Het rechercheteam draaide weer op volle toeren. Vol optimisme en slagvaardigheid werkten ze van 's morgens vroeg tot 's avonds laat.

De enorme werkdruk leidde ertoe dat Cato Isaksen steeds vaker probeerde om 's middags even te gaan liggen, als hij tenminste thuis was. Hij vergat vaak dat zijn moeder gestorven was, maar als hij zo lag te dommelen, verscheen haar beeld op zijn netvlies. Hij dacht vaak aan zijn eigen kindertijd. Hij kon zich niet zoveel herinneren. Op een bepaalde manier voelde hij dat hij die jaren kwijt was, zoals je een steen in het water kon verliezen.

Hij schoot wakker van stemmen die door het open raam naar binnen dreven. Hij moest een paar minuten hebben geslapen. Hij keek op zijn horloge. Hij had twintig minuten geslapen. Dat was precies genoeg.

Uit het slaapkamerraam keek hij neer op Vetle en een vriend van hem. Vetle was vrolijk. Ze zaten samen zachtjes te praten aan de tuintafel, tegen het decor van het groene gazon en een seringenstruik in volle bloei. Terwijl hij sliep waren de wolken verdwenen. Hij rook de zoete geur van de bloemen. Het was al bijna midzomer. Omfloerst zomerlicht vulde de tuin. Zonder waarschuwing schoten de tranen hem in de ogen. Hij sloot ze een paar tellen, hij voelde een kille, onvermoede angst voor zijn eigen dood die zich koud en overweldigend door zijn lichaam verspreidde. Plotseling lachten de jongens luid. Vetle wapperde koortsachtig naar een opdringerige wesp terwijl hij maar bleef praten en praten.

Een lome warmte was over de stad neergedaald. De dagen die volgden waren nogal chaotisch. Er werd op de afdeling aan meerdere moordzaken tegelijk gewerkt. De rechercheurs waren in nieuwe teams ingedeeld. Zelf had Cato Isaksen het gevoel alsof hij zich in een soort vacuüm bevond.

Er was opnieuw gezocht buiten de haven van Drøbak. Samen met de landelijke recherche en de politie van Follo hadden de rechercheurs Tage Wolters boot aan een technisch onderzoek onderworpen. Hij was woedend geweest. Tage Wolter bezwoer dat hij de eerste maanden na Kathrines verdwijning niet met de boot buiten de haven was geweest. "Ik ga er 's winters nooit met de boot op uit", zei hij.

Het technisch onderzoek van de computers had tot niets geleid. Er waren geen verdachte programma's of bestanden op Tage Wolters computer gevonden. De stiefvader kon wel degelijk naar Zweden zijn gereden om de kaart te posten. Hij had voor de bewuste avonden geen alibi. Hij had veel tijd op zijn boot doorgebracht, zei hij zelf. Maar niemand kon bevestigen dat hij daar echt de hele tijd was geweest. Had hij de kaart naar zijn broer kunnen sturen, zodat die hem in Zweden kon posten? Hadden de broers op de een of andere manier een pact gesloten? Was het alleen maar toneelspel dat ze geen vrienden waren en onenigheid hadden over de erfenis en de verkoop van het boerderijtje? Cato Isaksen had een paar dagen geleden met Tage Wolters moeder en broer aan de telefoon gesproken. Ze zeiden dat ze niets begrepen van alles wat met Kathrines verdwijning te maken had.

De technische recherche had de keuken en de koelcellen in het winkelcentrum onderzocht. *VG* had het nieuws meegekregen en de zaak de volgende dag op de voorpagina weer breed uitgemeten. Opnieuw stond de Bjerke/Moen-zaak volop in de belangstelling.

Ingeborg Myklebust klopte zachtjes op zijn geopende deur. Cato Isaksen vroeg haar binnen te komen. "Kan ik even gaan zitten?" vroeg ze. Toen ze elkaar aankeken, begon Cato Isaksen tussen de papieren op zijn bureau te zoeken. Hij had haar niets nieuws te vertellen. Maar zij hem wel.

"Er is geen enkele aanwijzing gevonden dat in Tage Wolters werkplaats een lijk in stukken is gesneden", zei ze. "Alle bloedresten en andere dingen waren van dieren afkomstig." Ze keek hem vermoeid aan. "Het zou ook te mooi zijn geweest", zei ze, "als ik dat tenminste zo mag zeggen. Maar het is natuurlijk een opluchting voor Tage Wolter."

Cato Isaksen knikte vermoeid. Die theorie was dus naar de haaien. Ze waren weer terug bij af. Het was net een spel, waarbij de stukken steeds weer terug moesten naar het startveld. Nu hadden ze niets concreets meer in handen. Kathrine Bjerke had naar alle waarschijnlijkheid de ansichtkaart uit Zweden verstuurd. Was zij misschien toch degene die haar grootmoeder had doodschoten? Hij had ergens gelezen dat oppervlakkige gevoelens bij psychopaten en narcisten totaal verschillend waren. Misschien had Kathrine narcistische tendensen? Haar superioriteit, de pesterijen en het gevoel dat ze altijd degene moest zijn met de mooiste kleren. Superioriteit bij psychopaten blijkt vaak uit het plezier waarmee ze anderen om de tuin leiden, terwijl narcisten blijk geven van arrogantie, dacht hij.

Ingeborg Myklebust keek hem rustig aan. "Waar denk je aan?" vroeg ze.

Cato Isaksen keek naar haar. Het leek alsof zijn gedachten zich onder een groot wit transparant vel afspeelden.

"Ik weet het eigenlijk niet", zei hij. "Ik zit te bedenken hoe gedreven een veertienjarige eigenlijk kan zijn. Of Kathrine Bjerke een gespleten persoonlijkheid kan hebben, dat soort dingen."

"Ga maar eens naar een willekeurig jongerencentrum", zei Ingeborg Myklebust ernstig. "We weten toch dat kinderen ver kunnen gaan. Ik durf te beweren dat kinderen heel kwaadaardig kunnen zijn."

Cato Isaksen keek zijn chef sceptisch aan. Dit was misschien niet het goede thema om met haar te bespreken. Het was algemeen bekend dat Ingeborg Myklebust niet bepaald dol was op kinderen.

"Ik denk aan die livegroep van André Hansen", vervolgde Cato Isaksen. "Ze houden zich niet bezig met satanisme", zei hij. "Maar het heeft iets te maken met het feit dat ze zich verkleden. Met hun manier van praten, alsof ze lijden aan grootheidswaan, als je dat zo kunt zeggen."

"Weet je zeker dat ze zich niet bezighouden met satanisme?"

"Nee, dat weet ik niet." Voor hem op tafel lag het stukje spiegelglas dat hij had gevonden in de hal van Brenda Moen. Hij pakte het op. Hij wist dat hij iets over het hoofd had gezien. Iemand manipuleerde hem. Hij wist niet wie, maar het waren mensen die bij de zaak betrokken waren. Personen die naar voren konden treden met morele denkbeelden zonder ziek te zijn. Zulke mensen waren moeilijk te doorzien omdat het woord 'psychopathie' gebruikt kon worden voor alle soorten persoonlijkheidsafwijkingen en gebrek aan sympathie en diepe gevoelens. Dergelijke afwijkingen kon je bij iemand niet aan de buitenkant afzien.

Ingeborg Myklebust stond op en liep de kamer uit. Ellen Grue kwam binnen. Ze nam plaats op de stoel waar het afdelingshoofd zojuist had gezeten. Ze gooide een krant op zijn bureau. Een foto van de toekomstige kroonprinses besloeg de hele voorpagina. De kranten stonden vol met artikelen over de verloofde van de kroonprins en haar turbulente verleden met drugs en uitbundige feesten. Maar de opiniepeilingen toonden aan dat het volk toch positief over haar dacht. Ook in het rechercheteam was ze in de pauzes een veelvuldig gespreksonderwerp. Er waren twee groepen, een groep vóór en een groep tegen Mette Marit. Cato Isaksen was geen van beide. Hij hield zich liever afzijdig. De ervaringen met het drugsgebruik van zijn oudste zoon hadden hem echter geleerd dat iedereen fouten kon maken en dat iedereen ook een tweede kans moest krijgen.

"Heb je het overlijden van je moeder een beetje kunnen verwerken?" begon Ellen Grue.

"Een kind verliezen moet het allerergste zijn", zei Cato Isaksen.

"Denk je dat?" Ellen Grue keek hem met haar donkere ogen aan.

"Natuurlijk."

"Dat weet ik eigenlijk niet. Ik geloof het niet, niet als je met zijn tweeën bent. Je partner of echtgenoot verliezen moet erger zijn. Als je een kind verliest, kun je samen rouwen."

Cato Isaksen keek haar aan.

"Is dat zo?" zei hij en hij rommelde met de papieren op zijn bureau. Hij verdeelde de verhoren over twee verschillende stapeltjes. "Ik vind alleen dat ik wel genoeg heb gehad", zei hij luid. "Wat een afgang dat we Tage Wolter niet op de zaak konden vastnagelen."

Ellen Grue begon te lachen.

"Bedoel je dat het je dwarszit dat het onderzoek in een impasse zit?"

Cato Isaksen keek haar verdrietig aan. "Natuurlijk", zei hij.

Haar lach doorboorde zijn lichaam, koud en kwetsend. Ze hield net zo snel op als ze was begonnen. Ze leunde naar voren, legde haar ellebogen op de leuningen van de stoel en ondersteunde haar kin met haar handen. Haar donkere ogen stonden ernstig.

"Ik bedoelde het niet zo", zei ze. "Maar hou eens op met medelijden te hebben met jezelf. Jouw numerieke intelligentie maakt me gewoon een beetje lusteloos."

"Mijn numerieke intelligentie?"

"Ja, je maakt steeds een schatting van je leven. Je rekent uit hoeveel verdriet je hebt gehad. Hoeveel pijn. Je moet je zelfmedelijden niet meer als excuus gebruiken. Dat staat je niet." Ze stond op, liep naar het raam en leunde met haar voorhoofd tegen het glas. "Ik weet wat je denkt", zei ze, "dat je veel te verduren hebt gehad met Gards drugsgebruik, dat je Sigrid zwanger hebt gemaakt, dat je weer teruggegaan bent naar Bente. Maar eigenlijk heb je het wel goed gehad. Je bent in elk geval niet eenzaam geweest."

Hij stond op het punt haar antwoord te geven, te zeggen dat hij dat juist wel de hele tijd was geweest, maar iets in haar blik weerhield hem.

Hij wist dat zij alles wist van eenzaamheid. Ze had de verantwoordelijkheid gedragen voor haar kleine broertjes toen hun ouders gestorven waren.

Toch voelde hij een enorme woede omdat ze hem vernederd had. Ze moest hem ook altijd de les lezen.

"Ik wil die vrouwenpraat niet meer horen", zei hij.

"Mannen hebben altijd een hekel gehad aan vrouwenpraat omdat die de waarheid zo dicht benadert dat het bedreigend wordt. We worden beschuldigd van geroddel, dat we alles buiten proporties zien en dergelijke. Maar jij doet hetzelfde."

"Wie wordt er eigenlijk onderdrukt?" pareerde hij. "Zo gauw mannen beginnen over gevoelens, zetten jullie ons meteen op onze plaats. Je accepteert gewoon mijn gevoelens niet. Dat is jouw probleem."

"Mijn probleem is dat ik je te graag mag."

De deur ging open en Roger Høibakk kwam binnen.

"We wisten al dat Kenneth Hansens broer, Stein Ove, zijn eerste dienstperiode vervult op Rygge", zei hij. "Vierenhalve maand geleden zijn daar verschillende wapens verdwenen, onder andere twee Glocks. Ik heb contact gehad met het kantoor van de Militaire Politie in Akershus, die de wapendiefstal heeft onderzocht. Er is ook een eigen MP-afdeling op Rygge, maar omdat die de zaak niet tot een oplossing kon brengen, werd Akershus ingeschakeld. Een zekere Fredrik Garnæs had de zaak in behandeling en die zegt dat die nu is opgelost. Een vaandrig heeft de diefstal bekend. Hij zit in dezelfde groep als Stein Ove Hansen. Ze zijn goede vrienden. De vaandrig zegt dat hij het wapen heeft doorverkocht, maar hij kan niet zeggen aan wie. De Militaire Politie zegt dat Stein Ove Hansen het waarschijnlijk heeft. Er zijn dingen die daarop wijzen."

STEIN OVE HANSEN WERD IN ALLERIJL OVERGEBRACHT NAAR HET politiebureau aan Grønland. Hij werd met een civiele dienstauto van de kazerne gehaald en naar de garage onder het politiebureau gebracht. Toen hij daar werd afgeleverd, stonden Cato Isaksen en Roger Høibakk hem bij de lift op te wachten.

Qua uiterlijk leek de twintigjarige erg op zijn jongste broer, de vriend van Kathrine Bjerke. Hij was in uniform. Hij zag er moe uit en was duidelijk onder de indruk van de ernstige situatie waarin hij verkeerde. Op een bepaalde manier leek hij verlamd.

Cato Isaksen wilde proberen rustig te beginnen. Stein Ove Hansen keek hem met een angstige blik aan. Hij wilde graag een kop koffie, maar bedankte toen hem iets te eten werd aangeboden. Hij keek de rechercheurs argwanend aan. Hij vond dat ze zich al te vriendelijk gedroegen, dat ze zich misschien zo gedroegen om hem psychisch onder druk te zetten. Onderweg in de auto had hij tegen zichzelf gezegd dat hij niet moest doorslaan. Het was gewoon een kwestie van volhouden en ontkennen. Hij had over dergelijke zaken in de krant gelezen; hoewel iedereen wist dat bepaalde mensen schuldig waren, werden ze vanzelf weer vrijgelaten als ze maar bleven ontkennen.

Cato Isaksen ging tegenover hem zitten en begon te praten. Het begon goed. De rechercheur zei dat het mooi was dat hij had kunnen komen. Alsof hij daar iets over te zeggen had gehad. Hij gaf het juiste antwoord op alle vragen die werden gesteld. Zijn stem haperde niet. Zijn blik was standvastig.

Na een halfuur begon de politieman op een andere manier tegen hem te praten. Toen waren ze geen vrienden meer. De politieman moest iets weten, want zijn stem veranderde ineens. Hij had geen toestemming gekregen om Kenneth te bellen, dus hij wist niet of zijn broer had doorgeslagen. In dat geval was de zaak bekeken.

Cato Isaksen stelde steeds opnieuw dezelfde vragen, maar telkens op een andere manier. Stein Ove Hansen raakte in de war en sprak zichzelf tegen. De stilte in de kamer werd onderbroken door het gelach van mensen die op de gang liepen. Een brandweerauto reed door de straat. Stein Ove Hansen had het gevoel dat de kamer steeds kleiner werd. Hij kreeg het koud in de warmte. Cato Isaksen keek hem lang aan, maar hij zei niets.

Na een tijdje verzekerde de rechercheur hem rustig dat hij het gebouw niet zou verlaten voordat hij de waarheid had verteld. Stein Ove Hansen kon niet meer. De politieman keek dwars door hem heen. Het was bijna een bevrijding.

"Ik had een Glock", zei hij plotseling. Hij kuchte nerveus en keek naar de vloer terwijl hij zijn handen in elkaar wrong. "Een van de anderen had hem gestolen en ik heb hem goedkoop overgenomen."

Cato Isaksen zoog de lucht diep in zijn longen en blies hem weer zachtjes uit. Hij kwam even overeind en leunde weer naar achteren. Hij voelde zich enorm opgelucht. Hij moest oppassen dat hij niet al te voortvarend werd.

"Wat wilde je ermee?" vroeg hij.

"Dat weet ik eigenlijk niet. Ik heb nog nooit een wapen gehad."

"Heb je het tegen iemand gezegd?"

"Nee."

"Tegen niemand?"

Stein Ove Hansen sloeg zijn ogen neer. Zijn stem klonk onduidelijk. "Nils", zei hij.

"Nils Bergman?"

Hij knikte somber. "En Kenneth", voegde hij eraan toe.

Cato Isaksen dacht erover na wat dat kon betekenen. "Heb je het wapen nog steeds?"

"Nee", zei hij vlug. "Ik heb hem aan Kenneth laten zien. En hij heeft hem aan Kathrine gegeven."

"Waarom aan Kathrine?"

"Zij zou hem voor mij bewaren."

"Waarom kon je dat zelf niet doen?"

"Vanwege mijn moeder. Ze snuffelt rond en is heel wantrouwend. Ze denkt altijd het ergste van ons."

"Wanneer heb je hem aan Kathrine gegeven?"

"Vlak voor ze verdween."

"Weet je waar ze hem had verstopt?"

"In haar kamer", zei hij toonloos. "In een doos in haar kast."

Cato Isaksen keek hem strak aan.

"Ik geloof in een doos met barbiepoppen. Maar het pistool is er niet meer", zei Stein Ove Hansen somber. "Kenneth heeft ernaar gezocht, en het is er niet meer."

Cato Isaksen keek hem kil aan. "Het wapen verdween en toen werd Kathrines grootmoeder doodgeschoten", constateerde hij.

Stein Ove Hansen werd rood tot aan zijn haarwortels. "Ik stond er helemaal niet bij stil dat het iets met mijn Glock te maken kon hebben. Ik las in de krant dat er zo'n soort wapen was gebruikt, maar ik dacht er niet bij na. Pas toen Kenneth me belde. Hij was in alle staten en hypernerveus." Stein Ove Hansen stond op.

Cato Isaksen vroeg hem om weer plaats te nemen. "Dus zelfs toen bleek dat Kathrines grootmoeder met precies hetzelfde wapen was vermoord als wat jij had gestolen, namen jullie nog geen contact op met de politie?"

Stein Ove Hansen was duidelijk bang. "Ik dacht dat het er niets mee te maken had", zei hij heftig. "Bovendien kreeg ik het helemaal op mijn zenuwen."

Cato Isaksen verhief zijn stem. "Weet je wie het wapen nu heeft?"

"Nee, hoe moet ik dat weten?"

"Kun je iemand verzinnen?"

Hij schudde heftig het hoofd.

"Denk je dat Kathrine het wapen heeft meegenomen toen ze verdween?"

Stein Ove Hansen sloeg zijn blik neer. Toen schudde hij weer zijn hoofd. "Dat weet ik niet", zei hij.

"Ben je zelf ooit bij Kathrine thuis geweest?"

"Nooit binnen."

"En Nils Bergman?"

"Geen idee. We zitten samen bij de jongerenorganisatie van de Burgerwacht. Maar ik geloof niet dat hij Kathrine kent. Hij kent mijn broertje wel, André, in verband met die rollenspelen."

"Wat vind jij daarvan?"

"Waarvan?"

"Die rollenspelen."

"Tja, nogal stom. Maar ik weet niet precies wat ze doen. Nils praat er nooit over met mij."

"En Sølvi Steen? Ken je haar?"

"Nee, nog nooit van gehoord."

"Wat vind je van Kathrines stiefvader?"

"Wat is er met hem?"

"Kan hij het wapen weggenomen hebben?"

“Hoe moet ik dat weten?”
“Ken je Maiken Stenberg?”
Stein Ove Hansen knikte. “Ja”, zei hij.
Maiken is na de verdwijning van Kathrine vaak bij Helena Bjerke geweest, dacht Cato Isaksen terwijl hij een potlood liet ronddraaien.
“Wat vind je van haar?”
“Oké”, zei Stein Ove Hansen kortaf. “Ze is Kathrines beste vriendin. Een lief meisje.”
“Ben je verliefd op haar?”
“Ze is veertien”, zei hij.
“Ik vroeg of je verliefd op haar bent.”
“Nee”, zei Stein Ove Hansen luid.
“Je weet dat dit consequenties heeft voor de rest van je militaire dienst, hè?” besloot Cato Isaksen het gesprek.
Stein Ove Hansen boog het hoofd en knikte bedrukt.

Cato Isaksen en Randi Johansen reden na het verhoor van Kenneth Hansens broer direct naar Drøbak. Ze brachten een bezoek aan Helena Bjerke en vertelden haar over het gestolen wapen. Ze was in eerste instantie volkomen perplex, daarna werd ze woedend dat de politie dat niet eerder had ontdekt. Ze hield haar handen tegen haar borst en haalde hijgend adem. Randi Johansen wist haar zodanig te kalmeren dat ze weer een gesprek met haar konden voeren. Ze vroegen haar een lijstje te maken van alle mensen die haar de eerste dagen na Kathrines verdwijning hadden bezocht. Ze namen nogmaals een kijkje in Kathrines kamer terwijl haar moeder apathisch aan de keukentafel zat met de cognacfles en een glas melk voor zich. Ze keek beschuldigend naar Cato Isaksen toen hij de trap weer af kwam.
“Hoe kon u dat met Tage doen?” zei ze verbitterd. “Op de voorpagina van *VG* stond dat hij haar had vermoord en in stukken gesneden. Hoe denkt u dat ik me voel?”
Cato Isaksen zei dat het hem speet. “We hebben grote problemen met de pers”, zei hij. Hij liep naar haar toe en legde zijn hand op haar schouder. Ze duwde hem geïrriteerd weg. Hij liet zijn tirade achterwege dat politiemensen hun werk ook moesten doen en dat het ook in haar belang was dat ze ontdekten wat er was gebeurd.
“Nu denken jullie waarschijnlijk ook dat Tage dat pistool heeft gepakt”, zei ze hysterisch huilend. “Zijn jullie daarom hier?”
Randi Johansen keek naar de huilende vrouw. “We zijn nu klaar met Tage”, zei ze geruststellend, hoewel dat niet helemaal waar was.

Cato Isaksen reed langzaam over de Damplass in de richting van de John Collets-allé. Het recherchetam was urenlang bezig geweest met het analyseren van de nieuwe informatie. De zaak werd steeds ingewikkelder. Misschien was Kathrine echt in Zweden. Opnieuw zaten ze met alleen maar losse draden en veronderstellingen. Hoewel ze een stap verder waren gekomen toen ze hadden ontdekt waar het wapen was gestolen en dat het was verborgen in Kathrines kamer. Het bevestigde het gevoel dat Cato Isaksen de hele tijd had gehad, dat het antwoord te vinden was in de kring rond Kathrine. Maar zolang ze de Glock niet hadden gevonden, konden ze zich geen beeld vormen van het verloop van de gebeurtenissen en de moord.

Cato Isaksen parkeerde voor nummer 51. Alf Boris Moen reed juist met zijn auto achteruit de oprit af. Hij zette hem in zijn vrij, stapte uit en liep naar de rechercheur toe. Hij droeg een corduroy broek en een dunne anorak. Hij keek Cato Isaksen afwachtend aan. Deze groette hem vrolijk en vertelde dat hij toevallig in de buurt was. Alf Boris Moen zei dat hij op weg was naar Vestre Gravlund om bloemen te leggen op zijn moeders graf. "Dat doe ik een keer in de week", verklaarde hij. Cato Isaksen vroeg of hij er iets op tegen had dat hij meeging. "Er zijn een paar dingen waar ik u van op de hoogte wil stellen", zei hij en hij voegde eraan toe dat hij onlangs zijn moeder op hetzelfde kerkhof had begraven. Hij dacht dat het misschien positief uit zou pakken als hij een beetje vertrouwelijk zou worden. Alf Boris Moen knikte begripvol. Hij had niets tegen op gezelschap en liep naar zijn auto om de motor af te zetten en de bloemen te halen die in krantenpapier op de achterbank lagen. Hij deed het houten tuinhekje achter zich dicht en stapte in de auto.

Ze reden in de richting van het Ullevål-ziekenhuis en sloegen rechts af naar Majorstua. Ze reden naar Smestad, sloegen af en namen de Monolittvei. Ze parkeerden achter het Frogner-park en liepen het kleine stukje naar Brenda Moens graf. Voor elke steen waren verse zomerbloemen geplant. Cato Isaksen wierp een blik in de richting van het graf van zijn moeder. Hij kon het niet zien vanaf de plek waar hij stond, maar hij wist dat er voor de steen alleen maar zwarte grond lag.

Alf Boris Moen vertelde dat de inscriptie op zijn moeders grafsteen net klaar was. De inscriptie van zijn vaders naam was schoongemaakt.

"U was nog jong toen uw vader stierf", zei Cato Isaksen.

"Ja, helaas", zei Alf Boris Moen. Hij ging op zijn knieën zitten. "Mijn grootmoeder ligt hier ook", zei hij en hij wees naar haar naam. Cato Isaksen knikte. "De Russische dame", zei hij. Alf Boris Moen nam de verlepte bloemen uit de vaas die in de grond was gegraven. Hij haalde voorzichtig de witte, paarse en oranje tuinbloemen uit het krantenpapier en zette ze in de groene, plastic kan.

"Ik wil u een brutale vraag stellen", zei Cato Isaksen.

Er ging een schok door Alf Boris Moen heen. Hij keek plotseling met een alerte blik in zijn ogen naar de rechercheur.

"Ik moet het u ronduit vragen. Kan het zijn dat uw nichtje uw moeder heeft doodgeschoten?"

Alf Boris Moen zag eruit alsof iemand hem geslagen had. Hij legde zijn hand op de grafsteen en kwam moeizaam overeind. "Nee", zei hij luid en hij keek Cato Isaksen strak aan. "Hoe komen jullie daar in vredesnaam bij?"

"We moeten uitgaan van de feiten. We weten dat er een ansichtkaart van Kathrine gekomen is en we weten dat ze een Glock in haar kamer verborgen hield."

"Een pistool in haar kamer? Kathrine?" Alf Boris Moen trok bleek weg.

"Zowel het wapen als Kathrine is verdwenen", ging Cato Isaksen verder. "Het ligt voor de hand om aan te nemen dat hier sprake is van een familietragedie."

"Nee", zei Alf Boris Moen verongelijkt en hij borstelde zijn broek af. "Moeder en Kathrine waren dikke vriendinnen. Ik heb nog nooit zoiets idioots gehoord."

"Uw zwager dan?"

"Mijn zwager?"

"U weet natuurlijk dat we hem ervan verdachten iets met de zaak te maken te hebben."

Alf Boris Moen zag er ongelukkig uit. "Nee, nee, nee", zei hij hoofdschuddend. "Jullie verspillen tijd." Hij borstelde nog wat vochtige aarde van zijn broek en keek de rechercheur lange tijd aan. "Kathrine kan toch geen wapen hebben gehad?"

"Dat had ze wel", stelde Cato Isaksen vast. "Ze bewaarde het voor de broer van haar vriend."

"Maar was dat van hetzelfde type als ..."

"Ja", zei Cato Isaksen.

"Ik geloof niet dat ik er nog meer van wil weten", zei Alf Boris Moen verdrietig. "Hebt u dit ook aan Helena verteld?"

Cato Isaksen knikte ernstig.

Ze liepen terug naar de auto en reden weer naar Ullevål Hageby. Cato Isaksen probeerde een gesprek te voeren over koetjes en kalfjes, maar Alf Boris Moen was duidelijk onder de indruk van wat hij over het wapen te horen had gekregen. Hij ontdooide echter weer een beetje toen Cato Isaksen vragen stelde over zijn werk. Hij vertelde over zijn dagelijks leven en wat voor werk hij deed op het ministerie van Defensie. Hij werkte in het archief. Hij had een speciaal systeem opgebouwd. De grote rekken met het principe van de schuifdeuren vielen helemaal onder zijn verantwoordelijkheid, vertelde hij trots glimlachend. Elke dag ging hij na het werk naar huis om te eten, vertelde hij. Daarna deed hij vaak een middagdutje en maakte vervolgens nog een wandeling. Hij was afhankelijk geworden van zijn routine, zei hij. "Zo gaat dat als je vrijgezel bent." Hij zuchtte diep.

"U zou een hond moeten nemen", zei Cato Isaksen.

"Ik zit daar al jaren over te denken, maar moeder was niet dol op honden", zei hij.

Cato Isaksen stond op het punt om te zeggen dat zijn moeder dat nu niet meer bepaalde, maar hij hield zich in.

Net als bij Tage Wolter kreeg Cato Isaksen nu ook dringend de behoefte om Alf Boris Moen te schaduwen. Hij wist niet precies waarom, maar hij wist dat er iets haperde. Hij sprak er niet met de andere rechercheurs over. Hij nam een andere auto dan de wagen die hij altijd gebruikte en volgde hem twee middagen naar Sognsvann.

Beide keren verliepen hetzelfde. Moen parkeerde op de parkeerplaats, sloot zijn auto af en ging wandelen.

Cato Isaksen sloop achter hem aan en stelde vast dat hij precies deed wat hij had gezegd. Hij volgde de weg rond het meer. Hij liep in een gewoon wandeltempo, stapte daarna weer in zijn auto en reed terug naar Ullevål.

De dag daarvoor was hij bij zijn zus in Drøbak geweest en nu was hij weer op de parkeerplaats bij Sognsvann. Cato Isaksen had een zwaar gevoel in zijn hoofd. Die morgen was hij pas wakker geworden toen Vetle even voor halfnegen de deur achter zich dichtgooide. Hij zat onderuitgezakt in de stoel en stelde vast dat Alf Boris Moen tussen de bomen uit het zicht verdween. Cato Isaksen wilde in de auto wachten. Hij had tijd om na te denken. Het was al een hele tijd geleden dat hij had gesproken met Solveig Wettergren en Tulla Henriksen. Zo gauw hij tijd had, zou hij ze weer opzoeken. Hij sloot de ogen. Vetle was de laatste tijd erg boos. Hij was boos omdat zijn kat weg was en boos omdat zijn grootmoeder was overleden. Bente praatte veel met hem. Vertelde hem dat het niet meer dan natuurlijk was om op hoge leeftijd te sterven. Maar het hielp niet.

Cato Isaksen betrapte zichzelf er vaak op dat hij vergat dat zijn moeder was overleden. Al een paar keer als hij over Bygdøy-allé reed, wilde hij bij de kiosk links afslaan om bij haar op bezoek te gaan.

Gisteren had hij er met Bente over gesproken. "Ik geloof dat Vetle het moeilijk heeft", had hij gezegd. Bente liep in haar nachtpon en op blote voeten. "Vetle heeft met mij gesproken", zei ze. "Het is niet ernstig." Hij had haar afwachtend aangekeken. Toen had ze gezegd dat hij niet zo bang moest zijn. Daarna was hij naar bed gegaan.

Hij stond op het punt in slaap te vallen toen Alf Boris Moen over de parkeerplaats kwam aanlopen. Hij droeg een waterdichte jas met een ceintuur en zakken met kleppen, rubberlaarzen en handschoenen. Hij opende het portier en nam plaats op de bestuurdersstoel. Hij startte de auto en reed de parkeerplaats af. Er bleef een dunne wolk uitlaatgas hangen. Cato Isaksen draaide zich om en zag de achterlichten, die leken op twee rode ogen, over de stoffige weg verdwijnen. Het was 21 juni. Twee dagen voor midzomer. Het was 21.10 uur.

MAIKEN STENBERG STOND OP HET ERF. DE MIST LAG ALS EEN SLUIER over de weilanden die lager op de helling lagen. Het had de hele nacht hard geregend.

Ze had haar haar deze keer los hangen. Ze kwam naast de auto staan toen Cato Isaksen stopte en parkeerde.

Toen hij het portier opende en uitstapte, schoot er iets door hem heen. Ze was mooi. Hij vervloekte zichzelf omdat allerlei verschillende mensen hem voortdurend wisten te raken. Hij schudde zijn hoofd nog voor ze iets kon vragen. Hij kon aan haar zien dat ze bang was. "Er is geen nieuws over Kathrine", zei hij. "Ik wilde je alleen iets vragen."

Ze keek schuin naar hem op en glimlachte terwijl ze het haar dat in haar gezicht werd geblazen opzij streek. "Alexander heeft in het tuinhuisje vogels gevangen", zei ze met een teleurgestelde glimlach om haar mond. "Hij heeft ze doodgemaakt."

"Alweer?"

"Twee mussen en een duif. Ze vliegen af en toe per ongeluk naar binnen. Ik was heel boos op hem. Hij had bloed aan zijn handen toen ik thuiskwam uit school."

Cato Isaksen zag iemand achter het keukenraam. "Ik heb gezegd dat hij niet meer naar buiten mag", zei ze naar de rechercheur opkijkend. "Mama heeft ook geld in zijn kamer gevonden. Hij wil niet zeggen van wie hij dat geld heeft gekregen." Ze stak haar handen in de zakken van haar strakke spijkerbroek.

Cato Isaksen keek haar geïnteresseerd aan. "Hoeveel geld?" vroeg hij.

"Niet zo heel erg veel. Een paar briefjes van honderd kronen."

"Heb je geen andere vriendinnen om je tijd mee door te brengen?" vroeg hij.

"Wat bedoelt u?"

Ze stonden met de warme wind in hun rug. "Je hebt toch wel andere vriendinnen dan Kathrine?"

Maiken draaide zich even van hem af voor ze zich weer tot hem wendde. Hij had meteen spijt van zijn vraag. Daar had hij niets mee te maken. Stom van hem. "Neem me niet kwalijk", zei hij, "ik wilde me nergens mee bemoeien."

"U bedoelt dat ik een nieuwe vriendin moet zoeken?" Haar stem klonk gekwetst.

"Dat is misschien wel wat ik bedoel", zei hij.

"Mama zegt hetzelfde", zei Maiken zachtjes en ze schopte tegen een steentje. "Mama mocht Kathrine niet zo graag."

Cato Isaksen voelde opeens de neiging om haar tegen zich aan te drukken, maar hij wist dat hij er spijt van zou krijgen. Daarom draaide hij zich om en liep langzaam bij haar vandaan. Hij was opgelucht dat hij haar niet had aangeraakt. Opeens greep ze zijn hand vast.

"Jullie moeten niet opgeven", zei ze. "Jullie moeten Kathrine vinden." Haar stem haperde. Het was duidelijk dat het haar veel moeite had gekost om zijn hand te pakken.

Cato Isaksen maakte zich van haar los en maakte een machteloos gebaar.

"Er is iets nieuws", zei hij. "Wist jij dat Kathrine iets in haar kamer verstopte, in een doos met oude barbiepoppen?"

Maiken Stenberg keek hem niet-begrijpend aan. "Nee", zei ze achterdochtig, "wat dan?"

"Een wapen."

Ze keek hem wantrouwend aan. "Een wapen?"

"Ja."

"Nee, daar heb ik niets van gehoord. Was dat het pistool waarmee haar grootmoeder is doodgeschoten?"

"Dat weten we niet. Maar we weten wel dat ze een wapen bewaarde voor de broer van Kenneth. En dat is van hetzelfde type als waar Brenda Moen mee neergeschoten is."

Maiken Stenberg huiverde. "Voor André of Stein Ove?"

"Stein Ove. Hij had het in de kazerne gestolen."

Ze fronste haar wenkbrauwen. "Ik begrijp het niet", zei ze, "bedoelt u dat Kenneth het heeft gedaan?"

"Ik bedoel niets", zei Cato Isaksen beslist. "Maar ik dacht dat jullie elkaar alles vertelden, Kathrine en jij. Je hebt zelf gezegd dat jullie geen geheimen voor elkaar hadden."

"U denkt toch niet dat Kathrine haar heeft vermoord?" Maiken Stenberg begon te huilen. "Ik zou het hebben gezegd als ik had geweten dat ze een pistool had."

Cato Isaksen keek haar aan. Toen glimlachte hij. "Hoe kom je aan dat mooie haar?" vroeg hij ontwapenend.

"Van mama. Ik lijk op mama." Ze huilde nog steeds. De tranen liepen haar over de wangen.

"De eerste dagen na Kathrines verdwijning was je vaak bij Helena Bjerke op bezoek, hè?"

"Ja."

"Weet je nog wie daar nog meer waren?"

"Iedereen, geloof ik. Ik bedoel Kenneth en Lars en haar vader en grootmoeder en oom. En de buren en beide vrouwen uit de wasserij. Er waren steeds veel mensen."

Cato Isaksen knikte. "Wat je vertelde over haar stiefvader, ik weet het niet zeker, maar ik vraag me soms af of hij iets probeert te verbergen. Of hij iets met Kathrine deed. Begrijp je wat ik bedoel?"

"Ja", zei Maiken luid. "Ik begrijp wat u bedoelt. Ik heb het in de krant gelezen."

"Wat denk jij?"

"Nee. Daar wil ik niet aan denken."

"Je moet wel", zei hij hard.

"Nee", zei ze en ze begon opnieuw te huilen. "Ik wil er niet aan denken."

Cato Isaksen vervloekte zijn onvermogen om met jonge meisjes te praten. "Het spijt me", zei hij en hij legde zijn hand op haar schouder. Hij kreeg het warm en koud tegelijk. Ze mocht niet merken hoe onzeker hij zich voelde. Hij trok zijn hand snel terug.

"Neem me niet kwalijk", zei ze.

"Het is tijd om terug te gaan", zei hij.

HET ZOU TOCH GOED KUNNEN DAT ER NOG STEEDS NAAR HAAR WERD gezocht. Haar moeder zou het nooit opgeven, dat wist ze zeker. Kathrine pakte het vieze, vergeelde kussen en drukte het stijf tegen zich aan. Ze had zoveel stoms tegen haar moeder gezegd. Idioot, halve gare, kutwijf. Ze had haar zelfs een keer een hoer genoemd, maar toen had Tage haar stevig bij de arm gegrepen. Hij had haar mee naar boven genomen en haar in haar kamer opgesloten. Dat was ook wel goed geweest. Tage gaf om haar moeder. Hij deed zijn best. Er was iets aan de hand met zijn familie. Hij had al jaren geleden onenigheid met ze gekregen. Moeder had een keer gezegd dat hij dat heel erg vond. Tage was degene die Kathrines lunchpakket klaarmaakte. Hij nam 's avonds altijd extra lekker beleg mee van zijn werk. Kathrine zei vaak tegen hem dat ze haar lunchpakket weggooide. Ze wist dat ze hem daarmee raakte, maar hij ging wel door met lunchpakketten maken. Het was trouwens ook niet waar. Ze at altijd het lunchpakket op, maar niet alle boterhammen omdat ze natuurlijk wel slank moest blijven.

Als ze ging slapen dacht ze aan de geur van haar moeders lichaam. Zoet en warm. Ze herinnerde zich haar stem. Ze hoorde hem steeds in haar hoofd. Ze liet haar moeder praten en dingen vertellen die ze zelf verzon. Ze gaf haar ook antwoord. Dan lachte moeder en zei dat alles in orde zou komen. Kathrine kon zich weinig herinneren van de jaren dat ze nog een kind was, ze had het gevoel dat ze die jaren was kwijtgeraakt. Ze herinnerde zich de tuin van Bessa, de vriendinnetjes en de familie. Maar de gezichten vervaagden. Ze herinnerde zich het hoge gras in de zomer en de bloemen die in verschillende soorten over de bloembedden waren verdeeld. Ze herinnerde zich de maaltijden aan de tuintafel. De veiligheid en het voortdurende geluid van de auto's die langs het tuinhek reden. Ze mocht vaak op zolder spelen. Dan haalde ze de mooie, oude jurken uit de kisten en kratten. Ze verkleedde zich en had het gevoel dat ze een engel was. Sommige jurken waren zo oud dat de zijde scheurde. En uit het kleine zolderraampje zag ze de wolken langsdrijven en de boomtoppen bewegen in de wind.

Deze ruimte was grijs. De lucht was ook grijs. Alles was grijs en donker en afgesloten. Wat zou Maiken nu denken? Zou ze een nieuwe vriendin hebben gevonden? Maiken zou eens moeten weten hoe trots Kathrine was dat ze haar vriendin wilde zijn. Maiken was zo mooi, zo populair, zo knap.

Kathrine dacht aan haar vader. Hij was weggegaan toen ze acht was. Ze kon zich de dag van zijn vertrek nog herinneren. Het was op een zondag. Ze hadden haar gevraagd om in de kamer te komen. Ze kon zien dat er iets mis was en had gedacht dat er iemand was overleden. Ze vertelden dat ze een tijdje niet bij elkaar zouden wonen, gewoon om te proberen, zeiden ze. Maar ze wist dat het voor altijd was. Ze had gedacht dat het haar schuld was, dat ze niet lief genoeg was geweest.

Kathrine Bjerke zat tegen de grijze stenen muur te huilen. Ze zouden haar nu eens moeten zien, iedereen die dacht dat zij zo cool en gaaf, sterk en brutaal was. Nu zou Tage haar eens moeten zien. Nu zou mama haar eens moeten zien. Nu zou Kenneth haar eens moeten zien. Nu zou Bessa haar eens moeten zien.

De angst had haar in zijn greep. Ze had het steenkoud, hoewel het eigenlijk niet koud was. Er stond een kachel in de hoek. Een oud straalkacheltje. Als het aanstond werden de stalen draden oranje van kleur. Ze had eraan gedacht om haar arm erop te leggen en brandwonden te maken. Maar wat zou dat voor zin hebben?

Midzomer viel op een zaterdag. De zon stond aan een strakblauwe hemel. De meteorologen hadden gemeld dat de zomer nu was aangebroken, zowel in het noorden als in het zuiden van het land, en het mooie weer zou zich in elk geval de komende week handhaven. Georg zou het weekend komen en Cato Isaksen was blij dat de buren, die een zoontje hadden van zijn leeftijd, hen hadden uitgenodigd voor een boottochtje.

Maar hij was ook onrustig. Hij was bezorgd over een mededeling van de politie van Follo. Cato Isaksen had hun gevraagd om door te geven wanneer er iets te gebeuren stond met de livegroep waar Nils Bergman en André Hansen bij aangesloten waren. Nu hadden ze een aanvraag ingediend voor een rollenspel in de bossen bij Heer, niet ver van Drøbak. Ze hadden zich keurig aan de procedure gehouden. Er was contact opgenomen met de eigenaar van de grond, met de brandweer en met de politie. En ze hadden toestemming gekregen. Ze hadden gevraagd of ze de hele nacht door konden gaan, dus Cato Isaksen had het gevoel dat hij ruim de tijd had. Hij had nog niet aan Bente verteld dat hij na de boottocht met de buren weer aan het werk moest.

Ze gingen aan boord van de boot, een 21-voets Draco. De jongetjes liepen lachend heen en weer over de kade. Cato Isaksen pakte de picknickmand aan die Bente hem gaf. Het was goed om haar zo te zien, bruinverbrand en vrolijk. De wind kreeg vat op haar haar en blies het omhoog. Glimlachend omhelsde ze hem. Georg en het zoontje van de buren kregen zwemvesten aan en gingen helemaal voor op de boeg in het water liggen kijken. "Kijk daar, een krab", riep Georg luid lachend.

De hele tijd voelde Cato Isaksen hoe de onrust hem in zijn greep hield. Bente merkte het en vroeg wat er was. Hij zei dat er niets was.

Toen ze om halfelf thuis waren stopte Cato Georg in bed. Het jongetje was hangerig en oververmoeid van alle indrukken, de zon en de gezonde zeelucht. Bente was met een glas wijn in de tuin gaan zitten. Hij ging naar haar toe en vertelde dat hij nog naar Drøbak moest. Haar gezicht kreeg de gekwetste en teleurgestelde uitdrukking die hem zo irriteerde. Hij nam plaats en vertelde haar wat er aan de hand was, dat dit rollenspel misschien iets met de Bjerke/Moen-zaak te maken had.

Vanuit de auto belde hij Roger Høibakk die 's avonds dienst had, en ze spraken af dat ze elkaar voor het politiebureau zouden treffen om samen die kant op te rijden.

"Ik begrijp niet goed wat je hiermee wilt bereiken", zei Roger Høibakk knorrig. "Zelfs op midzomeravond krijg je geen rust. Mijn dienst zou er over een halfuur op zitten. Je weet toch nog van die vrouw over wie ik je heb verteld?"

"Ja."

"Ze ligt naakt op me te wachten in een appartement in Grorud."

"Jammer voor je", zei Cato Isaksen lachend.

DE JONGENS VERKLEEDDEN ZICH ACHTER EEN PAAR HOGE BOMEN. Ze waren deze keer met ruim twintig man. Een eindje verderop was een open plek die eindigde bij een sloot. In de sloot had iemand een paar verrotte boomstammen neergelegd. In een ervan zat een gapend gat. Nils Bergman ging op zijn knieën zitten en haalde er iets uit.

De deelnemers stopten hun kleren in plastic draagtassen die ze in hun rugzak propten en op een grote hoop onder een boom neerlegden. De kostuums zagen er macaber uit. De jongeren veranderden in vampiers en monsters met lange capes, zwaarden en maskers. Hun ernstige gezichten vertelden hoe belangrijk dit voor hen was. Iedereen in de groep was het erover eens dat de werkelijkheid alleen surrogaat was. Een plaats waar je doordeweeks verbleef. Dit was geen kinderspel. Dit was een spel voor geavanceerde zielen.

Tijdens het verkleden keken ze niet naar elkaar. Ze probeerden elkaars blikken te vermijden. Sommigen werden nerveus van de gedaanteverwisseling. Die nervositeit kon uitmonden in gelach en dat zou de sfeer bederven. Als je de overstap wilde maken naar de andere werkelijkheid, moest je je voor honderd procent inzetten.

Het was bijna middernacht, maar het was nog steeds licht. 23 juni was een van de lichtste dagen van het jaar.

André Hansen droeg een masker met een vacht. Een heerlijke huivering trok door zijn lichaam. Hij voelde zijn hart tekeergaan. Het leek alsof hij groeide, alsof hij de dierlijke gedaante werd waarin hij zich verkleedde.

De vorige dag had hij Sølvi in een café in de stad ontmoet. Zij had een kop thee en een stuk taart besteld. Zelf had hij een cola genomen. In het begin hadden ze niet zoveel gezegd. Hij was een beetje verlegen. Hij kende haar tenslotte niet zo goed. Ze hadden zwijgend naar de eindeloze stroom mensen zitten kijken die langs de ramen liepen. Daarna hadden ze het manuscript met de cryptische naam *Broeders van de nacht* bekeken.

Het was een slecht manuscript, daar waren ze het over eens. Sølvi keek hem lachend aan. Ze zei dat ze zijn kapsel mooi vond, en dat soort dingen. Hij gaf geen antwoord, wist niet precies wat hij moest antwoorden. Ten slotte plaagde ze hem wat en vroeg of hij het leuk vond om te bijten. Hij begreep dat ze de draak stak met de vampier die hij in het stuk zou spelen, maar hij wist niet wat hij moest zeggen. Ze vertelde dat ze ook met Nils had gesproken, en dat hij had gezegd dat hij een verrassing voor hen had. Hij had vast echt bloed te pakken gekregen. Haar verhaal beviel André niet. Hij vond het behoorlijk smerig klinken. Hij had geen behoefte aan echt bloed.

Voor het raam van het café was aan de andere kant van de straat een bus gestopt. Voor hij de weg weer op draaide en verder reed, stootte hij een enorme wolk uitlaatgassen uit. In het groepje mensen dat uit de bus was gestapt, had André plotseling zijn broer, Stein Ove, gezien. Moeder had er niets van gezegd dat hij verlof had.

Nu stond Sølvi Steen vijf meter verderop naar hem te kijken. "Warm vanavond", zei ze. Hij gaf geen antwoord en wendde zich even af, hij voelde zich opgelaten als ze hem zo intens aankeek. Hij dacht dat ze in hem geïnteresseerd was. Er was iets in haar manier van doen. Dat prikkelde hem, maar schrikte hem tegelijk wat af. Hij ging niet zo gemakkelijk met meisjes om. Hij had nog nooit een vriendinnetje gehad. Sølvi had een dikke laag make-up op haar gezicht. Rond haar ogen had ze een dikke zwarte streep getrokken. Haar gezicht was wit van het poeder.

André liep naar Nils Bergman toe, die tegen een dikke boom leunde. Hij droeg een zwarte cape waar hij bijna in verdween. André vroeg of hij Stein Ove de laatste tijd nog had gezien. Even leek het of hij niet wist wat hij moest antwoorden.

"Ik dacht dat ik hem gisteren zag, begrijp je", zei André, "Ik zat in een café en hij stapte uit de bus."

"Eerlijk gezegd heb ik hem ook gezien", zei Nils Bergman en hij liep in de richting van de stapel met kleren. "Hij kwam gisteren langs om ergens over te praten."

"Waarover dan? Waarom is hij niet thuis geweest?" André liep achter hem aan.

Nils Bergman zuchtte. "Hij moest alleen iets bij me halen."

"Wat dan?"

"Ik weet niet of het zo slim is om dat te zeggen."

André Hansen keek hem somber aan. "Waarom niet?" vroeg hij wantrouwend.

"Oké dan. Ik ben het ook helemaal zat." Nils Bergman leek opeens kwaad. "Stein Ove had twee wapens. Niet alleen het pistool dat Kenneth bij Kathrine had verborgen."

André Hansen keek hem verbijsterd aan.

"Er werden twee wapens gestolen op Rygge", ging Nils verder. "Je broer had ze allebei. Ik verborg er een voor hem."

"En?"

"Hij heeft het opgehaald omdat hij het naar de politie wilde brengen", zei Nils Bergman en hij riep naar een van de spelers dat hij een paar zwarte laarzen aan moest doen. "Stein Ove is door de politie verhoord en hij heeft toegegeven dat het wapen dat bij Kathrine in de kast lag van hem was."

André knikte ernstig.

"Hij wil open kaart spelen. Hij wil niet nog meer gedonder", zei hij. "Hij is gisteren niet naar huis gegaan omdat je moeder rondsnuffelt en zo'n drukte maakt. De smerissen zijn een paar keer bij mij geweest, ik kon het wapen niet langer bewaren."

André Hansen knikte ernstig. "Ik heb gezegd dat we plastic zwaarden gebruiken", zei hij.

"Mooi", zei Nils Bergman en hij klopte hem op de schouder.

DE STILTE IN HET BOS WERD ALLEEN DOORBROKEN DOOR HET ZACHTE gemurmel van stemmen uit de groep in donkere kleren gehulde jongeren. In het late zomerlicht keken de beide rechercheurs naar het spel dat op de open plek werd gespeeld.

Ze zaten ineengedoken achter een paar dennenboompjes, vlak bij een klein stukje moeras dat een bedorven lucht verspreidde. De geur van verrotte sparrentakken en hars dreef hun tegemoet.

"Het wordt nu te donker", fluisterde Roger Høibakk en hij trok zijn been naar zich toe. Een of ander beestje ritselde tussen de droge bladeren die de bodem van het bos bedekten.

Plotseling begon een van de spelers met een scherpe, plechtige stem te spreken. Tussen een paar grote stenen werd een klein kampvuur aangestoken.

De acteurs bewogen zich van de ene naar de andere kant. Iedereen beeldde iets uit. Woorden die merkwaardig ouderwets klonken, werden met precisie voorgedragen.

"Wat een flauwekul", fluisterde Roger Høibakk.

Een heldere meisjesstem doorsneed de lucht. Cato Isaksen herkende de stem van Sølvi Steen. Toen een van de vampiers begon te joelen, begon Roger Høibakk te lachen. "Wat een idioten", herhaalde hij.

In het schemerduister konden de rechercheurs nog iets dichterbij sluipen. Opeens klonk een luide, kille lach. De rechercheurs keken elkaar hoofdschuddend aan. "Het lijkt *Hamlet* wel", zei Cato Isaksen zachtjes.

Een uur later trokken de spelers in kleine groepjes van de open plek weg. De rechercheurs volgden voorzichtig. Cato Isaksens oog viel op twee personen die langzaam in een andere richting liepen. Bomen en bladeren verborgen hen toen ze in elkaar doken en onzichtbaar werden. Hij dacht dat het Sølvi Steen en André Hansen waren, al maakten de kostuums het moeilijk om hen te herkennen. Maar hij zag niet dat ze gingen zitten en elkaar gretig kusten. Na een tijdje renden ze terug naar de groep.

André Hansen had vanaf de eerste keer dat ze samen in het bos waren, bijzondere gevoelens gehad voor Sølvi Steen. Ze had een gevaarlijke uitstraling. Je wist nooit wat ze voelde of dacht. Ze hadden intuïtief contact, zochten elkaar in het spel altijd op. Hij had zich afgevraagd of zij hetzelfde voelde. Vandaag was het midzomer en in het bos hing een vochtige lucht met de geur van aarde en verrotting.

De vorige keer dat hij 's nachts thuiskwam uit het bos, was hij rechtstreeks naar de douche gelopen en had het water zo warm laten worden dat hij het net kon verdragen. Hij had uitgebreid zijn hele lichaam en zijn haar gewassen. Toen hij klaar was voelde zijn lijf weer of het van hem was. De kou was weg.

De livegroep was inmiddels ook begonnen naar andere plaatsen te reizen om met een andere groep samen te spelen. De laatste keer dat ze elkaar hadden ontmoet, had het geregend. Het was donker en naar geweest. Achteraf had hij ook het gevoel gehad dat ze helemaal tot de grens waren gegaan. Misschien was dat gevaarlijk, je kon je verstand verliezen. Daarover had hij informatie gevonden op internet. In bepaalde gevallen kon het invloed uitoefenen op je gevoelsleven. Er kon een ziekelijke verandering optreden. Mensen die niet sterk genoeg waren, konden van een dergelijk heftig spel in een psychose raken. Maar hij was niet bang. Na de vorige keer had hij lange tijd pijn in zijn armen en schouders gehad. Nils had gezegd dat ze zouden avanceren. André wist niet goed wat dat betekende.

Het was voor de beide rechercheurs een bijzondere belevenis om in het bos aanwezig te zijn en het merkwaardige rollenspel te volgen. Na twee uur verstoppertje spelen in het bos trokken ze zich voorzichtig terug. Cato Isaksen zag in dat André Hansen gelijk had. Het was een andere wereld. Hij kon ook begrijpen dat het spannend was en niet geschikt voor tere zieltjes. Op weg terug naar de stad vroeg Roger Høibakk wat Cato Isaksen eigenlijk verwachtte te vinden in het livemilieu. Dacht hij dat een aantal van de deelnemers iets met de Kathrine-zaak te maken had?

"We moeten proberen te begrijpen hoe zo'n groep functioneert", zei Cato Isaksen twijfelend. "Er zijn zoveel dingen die elkaar kruisen. In de eerste plaats weten we nu waar het moordwapen vandaan komt."

"Dat nemen we aan", zei Roger Høibakk.

"Er moeten nog zoveel stukjes op hun plaats vallen." Hij probeerde Roger uit te leggen dat alle kleine stukjes nodig waren om een geheel te vormen. Hij probeerde hem te herinneren aan de draden die naar alle kanten liepen en moeilijk te zien waren. "Ik weet zeker dat er een patroon is, maar we weten nog niet hoe het is geweven."

"Doe niet zo belerend", zei Roger Høibakk, zijn collega aankijkend. "Op mij komt het allemaal nogal krankzinnig over."

Cato Isaksen trapte ineens op de rem. Een ree stak de weg over.

"Shit", zei Roger Høibakk en hij greep zich vast aan het dashboard.

"Dat scheelde maar een haartje", zei Cato Isaksen geschrokken en hij reed rustig verder.

DAGEN EN WEKEN VERSTREKEN. JUNI GING OVER IN JULI, MAAR DE echte warmte liet op zich wachten. Stein Ove Hansen was, samen met de vaandrig die hem de wapens had verkocht, in staat van beschuldiging gesteld voor de diefstal van de pistolen. De Militaire Politie had de verslagen van de verhoren aan Cato Isaksen en de zijnen doorgegeven en allebei waren ze uit dienst ontslagen en naar huis gestuurd. De politie verdacht Stein Ove Hansen er echter niet van direct betrokken te zijn bij de moord op Brenda Moen. Voor het tijdstip van de moord had hij een alibi, en hij was ook in de kazerne toen Kathrine verdween. Het moordwapen was nog niet gevonden.

Op 13 juli gebeurden er drie dingen die met de Bjerke/Moen-zaak te maken hadden. Om een uur of één meldde Stein Ove Hansen zich op Cato Isaksens kamer om een Glock-pistool in te leveren, precies hetzelfde als het wapen dat hij via Kenneth bij Kathrine had verborgen. Hij wilde open kaart spelen, zei hij. Hij had beide wapens gekocht. Kenneth had het ene wapen verstopt en Nils Bergman het andere.

De Glock werd onmiddellijk doorgestuurd voor technisch onderzoek.

Even later belde Maiken Stenberg, die opgewonden vertelde dat er geruchten gingen dat Sølvi Steen erover opschepte dat ze in het bos was ingesmeerd met mensenbloed. Maiken had gesproken met iemand uit de klas die het had gehoord. Cato Isaksen bedankte haar voor de informatie en beloofde dat hij het uit zou zoeken.

Dezelfde middag, om 18.32 uur, kwam er een sms-bericht binnen op de mobiele telefoon van Helena Bjerke. Ze stond op het punt om boodschappen te gaan doen. Afwezig pakte ze de telefoon uit haar tas. Met haar rechterhand vroeg ze het bericht op. ALLES GOED MET MIJ. KATHRINE, stond er. De woorden op het display zonden schokgolven door haar lichaam. Ze zette de auto aan de kant en sprong eruit. Ze rende het kleine stukje terug naar huis en draaide met trillende handen de deur van het slot. Ze liep snel de kamer in en liet zich in een stoel vallen. De autosleutel viel rinkelend op de vloer. De pijn was in volle hevigheid terug. Waar was dat kind mee bezig? In een aanval van woede stond Helena Bjerke op en keilde de mobiele telefoon door de kamer. Ze schopte tegen de stoel die het dichtste bij stond zodat hij omviel en twee keer over de kop sloeg. Daarna liet ze zich huilend op de bank vallen. Alles was weer terug. De angst, het verdriet en de woede. Ze voelde dat ze haar reacties niet meer in de hand had.

Toen ze weer wat tot rust was gekomen, pakte ze de telefoon van de vloer. Ze zette de stoel overeind en belde Cato Isaksens mobiele nummer. Hij nam direct op. "Ik ben het", snikte ze. Cato Isaksen hoorde onmiddellijk wie het was en dat er iets was gebeurd. Huilend vertelde ze hem over het bericht. Hij probeerde haar gerust te stellen, maar voelde zelf hoe opgewonden hij werd.

"Weet u zeker dat het bericht van Kathrine komt?" vroeg hij sceptisch.

"Ja", zei Helena Bjerke huilend. "Het is vanaf haar telefoon verstuurd. Ik herken het nummer."

"Wat zegt ze?"

"Dat alles met haar in orde is", zei Helena Bjerke snotterend.

"Meer niet?"

"Meer niet."

"We zullen controleren of het werkelijk van haar telefoon afkomstig is, en waarvandaan het is gestuurd", zei hij. "Ik kom er meteen aan om het bericht zelf te bekijken. Zet maar een kop koffie voor jezelf. We zien elkaar zo."

Helena Bjerke voelde hoe haar hartslag afnam en ze rustiger werd. De politie had tot nu toe niets gevonden, maar toch merkte ze hoe Cato Isaksens stem haar opbeurde. Alsof ze een klein kind was dat hij moest troosten. Hij liet haar steeds weer geloven dat alles in orde zou komen. "Dank je wel", zei ze zachtjes en ze drukte op de rode knop.

Ook Cato Isaksen voelde zich ongerust over het bericht dat was binnengekomen op Helena Bjerkes mobiele telefoon. Steeds meer dingen leken erop te wijzen dat Kathrine echt in leven was. Op de een of andere manier moesten ze zien uit te vinden waar ze zich verborg en waarom. Hij vermoedde steeds vaker dat ze toch iets met de moord op haar grootmoeder te maken had.

Hij bleef een halfuur met Helena Bjerke zitten praten. "Hoe gaat het eigenlijk met u beiden?" vroeg hij toen hij op het punt stond om weg te gaan.

"We doen ons best", zei Helena Bjerke vermoeid. "Ik weet niet voor wie het het moeilijkste is, voor Tage of voor mij." Voor Cato Isaksen vertrok, beloofde ze hem dat ze naar het centrum zou gaan om te winkelen, zoals ze van plan was geweest voor het bericht kwam. "Alf Boris komt vandaag bij ons eten", zei ze, "dus ik moet sowieso boodschappen doen. Ik moet me haasten, want hij komt om een uur of acht."

Cato Isaksen wist dat Maiken Stenberg de volgende dag naar Zuid-Noorwegen zou gaan, en omdat hij toch in Drøbak was, wilde hij bij haar langsgaan om wat meer te horen over wat ze hem aan de telefoon had verteld, over de geruchten over Sølvi Steen en het bloed.

Op het moment dat de rechercheur parkeerde op het met grind bedekte plaatsje voor het huis, kwam Alexander naar de auto toe rennen. Hij riep en hield iets in zijn handen.

"Aardbeien", steunde hij. "Aardbeien." Cato Isaksen nam glimlachend de rood-wit gekleurde aardbei aan. "Rijp", zei de jongen en hij veegde met zijn arm langs zijn neus.

Maikens moeder kwam uit de tuin en veegde haar handen af aan de vieze, groene broek. Ze haalde een hand door haar grijze haar. "Die is nog niet helemaal rijp, Alexander", zei ze.

Cato Isaksen zag Maiken helemaal aan de rand van het bos gebukt staan.

"Het spijt me dat ik u weer lastig moet vallen", zei hij tegen de moeder. "Maar ik wil nog graag even met Maiken praten voor ze vertrekt."

"Ze is in de tuin", zei Laila Stenberg vermoeid glimlachend. "Het lijkt alsof de zaak van Kathrine nooit wordt opgelost."

"Ik weet het niet", zei hij.

"Ik vind het verhaal over Sølvi Steen en dat bloed bijzonder grotesk. Iemand in Kathrines klas heeft het verteld." Ze hield haar hand boven haar ogen om ze te beschermen tegen de avondzon. "Jullie denken dat Kathrine nog leeft, hè?"

"Dat weten we niet. Maar het lijkt er wel op", zei hij.

"We willen de vakantie gebruiken om Maiken erop voor te bereiden dat ze verder moet gaan. Ik wil zo graag dat ze nieuwe vrienden krijgt en dat ze niet alleen maar loopt te piekeren over Kathrine. Dat is zo destructief."

"Dat is waar en het helpt ook niet echt dat ik hier steeds opduik."

"Nee", zei de moeder kortaf.

Cato Isaksen begreep de hint, knikte en liep de tuin in. Een vogelverschrikker van stokken met stroken zilverpapier stond midden op het stukje bouwland. Een grote hoed was boven op het fictieve hoofd geplaatst. De hoed was van lichtgroene tule, versleten en zichtbaar oud. De namiddagzon schitterde in de stroken zilverpapier.

Maiken kwam overeind en volgde hem met haar blik toen hij op haar af kwam.

Hij knikte even naar haar en probeerde een kluit aarde van een van zijn schoenen te vegen. Maiken glimlachte voorzichtig.

"Mooie vogelverschrikker", zei hij.

"Die grote hoed heb ik van Kathrine gekregen", zei ze snel. "Haar grootmoeder had hem aan haar gegeven. Die had een hele hoop oude jurken en hoeden en zo. Jaren geleden mochten we ons bij haar op zolder verkleden. Ze had kisten vol oude kleren. Dat was leuk."

Cato Isaksen keek haar aan. Waarom praatte ze zo snel?

Een van de kippen was ontsnapt uit het kippenhok en scharrelde langs de rand van het stukje bouwland, voortdurend met zijn snavel in de grond pikkend.

Cato Isaksen vroeg of Maiken nog eens wilde herhalen wat ze aan de telefoon had verteld.

"Er gaan geruchten dat Sølvi Steen zich heeft ingewreven met mensenbloed. Ze is hartstikke gek. Maar ik weet niet of het waar is", voegde ze er schouderophalend aan toe.

Cato Isaksen zei dat hij het zou onderzoeken. "Heb je nog meer gehoord?" vroeg hij. Hij stond op het punt zijn hand op haar arm te leggen, maar bedacht zich en glimlachte even.

"Nee", zei ze, "alleen dat Stein Ove uit militaire dienst is ontslagen. Klopt dat?"

Cato Isaksen knikte. "Dat klopt. Hij had de wapens. Het ene is terecht. Het andere, dat naar alle waarschijnlijkheid is gebruikt bij de moord op Brenda Moen, is nog steeds spoorloos. Jij hebt niets meer gehoord?"

Maiken Stenberg schudde het hoofd. Cato Isaksen wenste haar een goede vakantie en liep over het bouwland terug. Hij voelde dat ze hem nakeek. Hij wierp even een blik op het tuinhuisje. De grote deur zat dicht. Hij liep langs de vogelverschrikker en voelde onbehagen bij het zien van Brenda Moens hoed. Er zaten gaten in de halfvergane stof. Langzaamaan loste de zijde op. De oude hoed leek niet op zijn plaats in de tuin. De wind speelde zachtjes met de stroken zilverpapier. Hij voelde zich verdrietig omdat Maiken op reis zou gaan. Een dwaas gevoel, dat hij niet zou mogen hebben.

Toen hij weer in zijn auto stapte en de motor startte, had hij nog steeds het beeld van de vogelverschrikker op zijn netvlies. Terwijl hij in de richting van het centrum reed, dacht hij opeens aan de opgezette eekhoorn die zijn grootvader op de boekenplank had staan toen hij klein was. Hij herinnerde zich wat voor indruk de eekhoorn op hem had gemaakt. Een gevoel van bedrog. Het beest zag er levend uit, maar was toch dood. Datzelfde gevoel had hij gehad toen hij langs de vogelverschrikker op het aardbeienveld liep.

TOEN HIJ DE AUTO IN DE TRANEVEI PARKEERDE, WAS HET BEELD VAN de vogelverschrikker nog steeds niet van zijn netvlies verdwenen. Noch Sølvi Steen, noch haar ouders waren thuis en de buurman vertelde over de schutting dat ze eerder die dag met de auto waren vertrokken. Cato Isaksen bedankte hem voor de informatie en liep terug naar zijn auto.

Toen hij terugreed naar de stad zette hij een cd op en draaide het raampje half open. Het was zomer, zonnig en uitgestorven. Cato Isaksen voelde de rusteloosheid door zijn lijf jagen. Hij sliep de laatste tijd goed en voelde zich eigenlijk heel fit. Hij kon er weer tegen, maar de Bjerke/Moen-zaak zat hem de hele tijd dwars.

Diezelfde nacht lag hij als een vreemde in zijn eigen bed te luisteren naar de stilte in huis. Wat voor iemand was Kathrine eigenlijk, dat ze haar moeder zoiets aan kon doen? Wat wilde ze ermee bereiken haar zo te kwellen? Zowel de ansichtkaart als het sms-bericht was boosaardig geweest. Misschien had Ingeborg Myklebust gelijk. Misschien waren er wel kwaadaardige kinderen. Maar Cato Isaksen voelde dat er iets anders achter de simpele woorden van het bericht verborgen lag. Iets onbegrijpelijks en gewelddadigs. Wraak misschien, of haat. Had Kathrine het wapen meegenomen toen ze verdween? En zo niet, met wie stond ze dan in contact? Wie had het wapen uit haar kamer gehaald?

De rechercheurs hadden overzichten gemaakt en deze geanalyseerd. De conclusie luidde dat Kathrine Bjerkes naam nu boven aan de lijst van verdachten stond. Hij had het telefoonbedrijf gevraagd een onderzoek in te stellen naar het gebruik van Kathrines telefoon. Ze zouden nu gauw weten waar het bericht vandaan kwam. Morgen zou hij met Sølvi Steen praten over het bloed. Hij wist niet goed wat dat kon betekenen. Maar hij had er geen grote verwachtingen van.

Vandaag had iemand tijdens de lunch een flauwe opmerking tegen Ellen gemaakt toen ze de kantine binnenkwam. "Je krijgt een buikje", had iemand tegen haar gezegd. Ellen had het weggelachen, maar Cato Isaksen had zich gekwetst gevoeld. Had Ellen een buikje? De laatste keer dat ze samen gepraat hadden, hadden ze het weer over hun wederzijdse relaties gehad. Hij kon het niet laten om op te merken dat haar echtgenoot oud was. Hij wist dat hij haar daarmee kwetste. Ze had geantwoord dat zij niet inzag wat er zo geweldig was aan de huichelachtige situatie waarin hij zelf zat. Dat was niet waar. Hij huichelde niet. Ellen had gezegd dat hij niet op eigen benen kon staan. Dat was ook niet waar. "Jij hebt veel benen om op te staan", had ze gezegd, "alleen niet je eigen. Jij moet altijd iemand naast je hebben." Hij wilde dat het niet waar zou zijn. Hij was kwaad omdat hij zelfs tegen zichzelf niet eerlijk kon zijn over de gedachten die midden in de nacht bij hem opkwamen.

Hij keek naar Bente die diep in slaap was. Zelf bleef hij liggen draaien tot de vogels begonnen te fluiten en het licht door de gordijnen kwam. Hij zette de wekker uit nog voordat die afliep, kwam voorzichtig overeind en trok zijn kleren aan zonder te douchen. Hij poetste zelfs zijn tanden niet. Hij liep naar de keuken, maar at niets, dronk niets. Hij had een slecht geweten omdat hij ziek van verlangen was naar Ellen. Het maakte hem bang. Het was beschamend tegenover Bente. Hij moest ermee leren leven, met een verhouding zonder passie. Een vertrouwde, maar onvolkomen relatie. Wat hem het allermeest benauwde, was dat het gevoel hem bekend voorkwam. Zo had hij ook over Sigrid gedacht, de laatste periode dat ze samenwoonden. Hij wilde dat niet nog eens meemaken.

Zo vroeg in de morgen reed er haast nog geen verkeer in de richting van Oslo. Het was halfzes. De hemel was grijs met langs de horizon een scherpe roze rand.

Tijdens de ochtendvergadering om acht uur was iedereen aanwezig, behalve Randi Johansen en Asle Tengs die zomervakantie hadden.

Ingeborg Myklebust wilde dat Cato Isaksen en Roger Høibakk het onderzoek naar de moord op een jonge moeder in Tøyen op zich zouden nemen.

De beide politiemannen keken elkaar teleurgesteld aan. Ze wisten allebei dat het geen zin had om tegen te sputteren. Cato Isaksen had gedacht dat hij zijn hele team weer in kon zetten op de Moen-zaak, nu er nieuwe gegevens naar voren waren gekomen: het sms-bericht, het wapen dat was ingeleverd en de geruchten over Sølvi Steen en het bloed. Maar Ingeborg Myklebust vond dat ze aan beide zaken tegelijk konden werken. De beide andere moordzaken waaraan ze hadden gewerkt, waren opgelost. De ene moord was gepleegd door een goede vriend van het slachtoffer, de andere door een broer. Zo ging dat met de meeste moorden, tijdens hoog oplopende emoties stonden familie en vrienden elkaar naar het leven. Cato Isaksen stond op en liep de kamer uit.

Hij liep door de gang naar de kantine en haalde een kop koffie uit de automaat. Plotseling stond Ellen glimlachend naast hem. Hij vermande zich. Het was duidelijk dat ze in een goed humeur was. Glimlachend stak ze haar hand uit om een kop te pakken. Opeens zette hij zijn kop koffie op de automaat en sloeg zijn armen om haar heen. Haar gezicht rustte tegen zijn hals. Hij voelde haar warme adem tegen zijn huid. Ze maakte zich voorzichtig los en keek hem ernstig aan. Toen kuste ze hem. Hun lippen ontmoetten elkaar teder en warm. Hij kon zo wel een eeuwigheid blijven staan, maar ze werden gestoord door een van de kantinemedewerkers die met een dienwagen vuile kopjes en bordjes kwam ophalen.

Ze begonnen te praten. "We krijgen er een nieuwe zaak bij", zei hij. "Myklebust vindt dat we geen resultaat boeken in de Moen-zaak."

"Dat weet ik", zei ze kortaf. "Dat doen jullie toch ook niet."

De kantinemedewerker verdween. "Hoe gaat het eigenlijk met je?" vroeg hij.

"Geweldig." Ze glimlachte.

Hij glimlachte terug. "Ik heb zin in je", zei hij.

"Dat weet ik", antwoordde ze en ze keek hem plagend aan.

HET WAS EEN RUSTIGE, WARME DAG. DE GRASVELDJES TUSSEN DE huizen lagen er verdord bij. Veel mensen waren met vakantie, maar sommigen waren thuis en hielden vanuit hun tuintje Cato Isaksen in de gaten toen hij aanbelde in de Tranevei. Het duurde even voor de deur werd geopend. Toen Sølvi Steen zag dat het de politieman weer was, keek ze niet al te vrolijk.

Cato Isaksen groette kort. "Ik wil dat je met me meegaat naar het bos om aan te wijzen waar jullie met dat rollenspel bezig zijn", zei hij voordat ze hem binnen kon vragen.

Sølvi Steen keek hem met haar zwaar opgemaakte ogen aan. Ze gaf geen antwoord.

"Zijn je ouders thuis?"

"Nee, die zijn aan het werk."

"Ik wil graag dat je hen belt om te vertellen dat ik hier ben, en om te zeggen dat je mij gaat laten zien waar jullie spelen."

"Waarom?"

"Hoezo 'waarom'?"

"Waarom moet ik mijn ouders bellen?"

"Omdat je nog maar vijftien bent."

"Ik denk er niet aan", zei ze luid en ze pakte een sleutel uit het sleutelkastje. Ze knalde de deur hard achter zich dicht, deed hem op slot en stopte de sleutel in haar zak. Ze liep met stevige passen langs hem heen, naar de parkeerplaats en de civiele politieauto.

Cato Isaksen liep in gedachten verzonken achter haar aan. Haar obstinate manier van doen stond hem tegen. Er straalde niet veel respect van uit. "Ik ben bezig met een moordonderzoek", zei hij.

"Ze is toch niet dood?" Sølvi Steen draaide zich half om en keek hem met een hatelijke blik aan. "Ze stuurt toch steeds kaartjes en sms-berichten naar haar moeder?"

Cato Isaksen keek haar nieuwsgierig aan. Hoe wist zij van het sms-bericht dat Helena Bjerke twee dagen geleden had gekregen? "Ik heb het over Brenda Moen", zei hij, "Kathrine Bjerkes grootmoeder."

Ze stonden bij de auto. Opeens voelde hij hoe warm het was. Over twee dagen zou hij een weekje met vakantie gaan. Hij was eraan toe. Een jongetje op een driewieler wuifde naar hen. Cato Isaksen deed de auto van het slot en opende het portier voor Sølvi Steen. Ze plofte neer op de passagiersstoel.

"Oké", zei ze stoer terwijl ze de veiligheidsriem omdeed. "Ik zal het u laten zien. Maar u moet het niet aan Nils vertellen. We vinden dat die plekken geheim moeten blijven."

Cato Isaksen startte de motor en reed achteruit de parkeerplaats af. Onderweg zeiden ze niet veel. Toen ze over de rotonde bij het winkelcentrum waren gereden, vertelde Sølvi Steen hoe hij moest rijden.

Ongeveer veertig meter van de parkeerplaats kwamen ze bij een pad dat het bos in liep. Sølvi Steen ging hem voor. Cato Isaksen kon niet voorkomen dat hij naar haar smalle, stevige achterwerk keek. Zelfs vandaag, terwijl het smoorheet was, droeg ze een zwarte broek en een zwart T-shirt.

Het smalle pad liep langs een open plek in het dichte bos. Na honderd meter sloeg Sølvi Steen rechts af. Ze waadden verder door de hoge varens.

"Vindt u het niet mooi hier?" Plotseling draaide ze zich onder het lopen half om.

Cato Isaksen gaf geen antwoord. Hij was net in een plas lauwwarm moeraswater gestapt. De zon drong hier nooit door het gebladerte heen. Hier kon van alles liggen weg te rotten in het moeras.

"Wie bepaalt dat jullie hier spelen?" vroeg hij.

Sølvi Steen bleef staan. Ze rukte een handvol grasprietjes af. "Voornamelijk Nils", zei ze. "Maar we komen allemaal met voorstellen. Twee dagen geleden waren we op een andere plek, helemaal aan de Zweedse grens."

"Heb je verkering met André Hansen?" vroeg Cato Isaksen.

Ze was duidelijk overrompeld. Hoe wist de rechercheur dat? "We zijn gewoon vrienden", zei ze snel.

"O, ja?"

"Waarom vraagt u dat?" Sølvi Steen keek naar haar zwarte nagels. Het was moeilijk uit te leggen hoe het precies zat, dat ze samen dingen onderzochten. Dingen die gewone mensen niet begrepen. Dat er een soort liefde was, maar ook weer niet zo'n liefde.

Cato Isaksen liet het onderwerp rusten en beduidde haar dat ze verder kon lopen. Even verderop zag hij een beek die tussen de bomen door kronkelde. Naast de beek liep een overwoekerd paadje. Ze waren bijna op de plek waar Roger en hij in de midzomernacht naartoe waren geslopen. Plotseling had hij het idee dat het een déjà vu was. Hij kreeg het gevoel dat er iets zou gebeuren. Iets wat met Kathrines verdwijning te maken had. "Blijf even staan, alsjeblieft", zei hij. Sølvi Steen draaide zich meteen om. Op dat moment zag hij een vrouw die verderop over het pad in hun richting liep. In een impuls trok Cato Isaksen Sølvi Steen met zich mee tussen de hoge varens en achter een paar wintergroene dennenboompjes. Het was precies dezelfde plek waar Roger en hij zich een paar weken geleden hadden verstopt.

De vrouw kwam op hen af. Tussen de boompjes door kon hij haar in de gaten houden. Het was Helena Bjerke. Ze liep langzaam en doelbewust voorbij, verder in de richting van de parkeerplaats. Nu hij eraan dacht, had er ook inderdaad een auto gestaan toen ze aankwamen. Maar hij had hem niet herkend.

"Dat was de moeder van Kathrine", zei Sølvi Steen en ze stond op. Ze keek hem verwonderd aan. "Wat doet ze hier?"

"Ze zoekt haar dochter", zei Cato Isaksen, maar hij vond het ook gek dat ze helemaal hier zocht.

Een paar jaar geleden was hij in een vergelijkbaar landschap geweest, in verband met een andere moordzaak, een vrouw die verschillende mannen had gedood. Het was een absurde zaak geweest. Uiteindelijk, toen hij had ontdekt wie ze was, was het bijna te laat geweest. Ze was uitzonderlijk gevaarlijk. De oplossing had eigenlijk de hele tijd onder zijn neus gelegen, maar hij had de andere kant op gekeken.

Sølvi Steen bleef naar de rechercheur staan kijken. Hij was zo vreemd. Op een kleine, open plek tussen drie grote bomen joeg een eekhoorntje in het zonlicht achter zijn eigen staart aan. In de lichtstraal dansten zaadjes en stofjes. Opeens moest hij weer denken aan het gevoel dat hij had gehad in Brenda Moens appartement. De zon viel in een driehoek op het voddenkleed bij de ladekast, waarop alle fotolijstjes naast elkaar op de stoffige bovenplaat stonden. Het had iets met het stof te maken.

Sølvi Steen stond een eindje verderop ongeduldig op hem te wachten. Ze riep iets tegen hem. "We lopen een stukje verder", zei hij en hij liep haar achterna.

Sølvi Steen haalde ongeduldig een hand door haar zwarte haar. Ze keek even op haar horloge en vroeg hoelang dit zou duren. "Nog even", zei Cato Isaksen. Hij besloot dat hij haar gauw naar het bloed zou vragen.

Opeens stonden ze bij de gerooide plek tussen het struikgewas. "Hier is het", zei ze. "Hier spelen we af en toe." Cato Isaksen liep langs haar heen naar de open plek. Hij liep naar de beroete stenen op de plek van het kampvuurtje. Nu moest hij haar naar het bloed vragen.

Toen hij dat deed, keek ze eerst ernstig, daarna brak een glimlach door. "Moesten we alleen daarom hierheen komen?" vroeg ze met een stem waarin verachting doorklonk. "Wat voor bloed denkt u dat het is?"

"Wat voor bloed is het?" vroeg hij luid.

Ze gooide haar hoofd in de nek en bedacht dat ze hem eigenlijk nog een tijdje op de pijnbank moest laten liggen. Ze liep de open plek over naar een paar dichte struiken. Cato Isaksen liep achter haar aan. Achter een hoop pasafgesneden takken zag hij plotseling iets wits. "Wat is dat?" vroeg hij.

Een nietszeggende trek gleed over Sølvi Steens gezicht. Cato Isaksen bukte zich en duwde de takken aan de kant. Plotseling zag hij wat het was. Hij keek naar een kippenkadaver. "Een dode kip", zei hij.

"Ja", zei Sølvi Steen verontwaardigd. "Waar dacht u dat we mee bezig waren?"

"Waar hebben jullie die vandaan?"

"Geen idee", zei ze. "Nils regelt dat soort dingen."

Hoewel hij het antwoord wel wist, wilde Cato Isaksen Nils Bergman toch confronteren met de vondst van de dode kip. Sølvi Steen had duidelijk plezier gehad toen ze door kreeg wat de politieman had geloofd. Cato Isaksen bracht haar naar huis voor hij verder reed in de richting van het centrum. Nils Bergman was niet thuis, dus stapte Cato Isaksen weer in de auto en reed hij naar het tolstation, waar hij hem inderdaad in een van de glazen hokjes aantrof. De rechercheur liep om het hokje heen en klopte op de deur. Nils Bergman deed met tegenzin de deur open. Hij voelde zich duidelijk niet op zijn gemak toen hij de politieman zag. Hij hoopte dat Stein Ove zijn belofte om te zwijgen over het feit dat Nils de tweede Glock voor hem had bewaard, niet had verbroken.

Het viel niet mee om een gesprek te voeren. Ze werden voortdurend onderbroken door automobilisten die stopten om te betalen.

"Ik heb vandaag Sølvi Steen meegenomen naar het bos", begon Cato Isaksen. "Ze vertelde dat jullie je insmeren met echt bloed. Klopt dat?"

Nils Bergman gaf een automobilist vijftig kronen wisselgeld terug en drukte op de knop waardoor de slagboom omhoogging. Toen draaide hij zich naar Cato Isaksen toe.

"Dat is kippenbloed", zei hij kortweg. "Dat is toch niet verboden?"

"Waar heb je die kippen vandaan?"

"Van een of andere malloot die tegenover het sportveld woont."

"Alexander Stenberg?"

"Ja, dat kan wel kloppen. Ik geef hem vijftig kronen per vogel."

"Daar moet je mee ophouden", zei Cato Isaksen resoluut. Maiken had verteld dat ze geld hadden gevonden in een doosje in Alexanders kamer. Nils Bergman had op zijn beurt duidelijk genoeg van de overijverige politieman die alles in de gaten hield. Hij slikte een hatelijke opmerking in en opende de slagboom voor een grote trailer.

Pas later, toen hij in de auto zat op weg terug naar Oslo, schoot Cato Isaksen te binnen dat hij Sølvi Steen had vergeten te vragen hoe zij wist dat Helena Bjerke twee dagen geleden een sms-bericht had gekregen.

De dag voor zijn vakantie hoorde Cato Isaksen dat het sms-bericht van Kathrines mobiel verzonden was uit een district in Østfold. Er werd nu gewerkt aan de nauwkeurige bepaling van het gebied waar ze zich had bevonden op het moment van verzenden. Hij belde Sølvi Steen en vroeg hoe zij had gehoord dat de moeder van Kathrine een bericht had gekregen. Ze zei dat een buurvrouw, die samen met Helena Bjerke in de wasserij werkte, dat aan Sølvi's moeder had verteld, die het op haar beurt weer aan Sølvi had verteld. Cato Isaksen accepteerde die verklaring.

Het was hem niet gelukt om nog voor zijn vakantie een bezoek te brengen aan de beide vriendinnen van Brenda Moen. De dagen waren omgevlogen. Hij zou dat doen als hij terug was.

Bente en hij hadden hetzelfde huisje in Zuid-Noorwegen gehuurd als waar ze vorig jaar waren geweest. Het was mooi gelegen op een paar minuten lopen van de zee. Cato Isaksen zou er maar een week blijven. Hij kon op dit moment niet meer vakantie krijgen. Bente zou wat langer blijven en bezoek krijgen van een vriendin. Vetle en Georg gingen mee. Gard en zijn vriendin zouden ook een paar dagen komen. Cato Isaksen was moe na het resultaatloze onderzoek. Het was niet zo erg om het druk te hebben, als het maar resultaat had en de boel niet in een impasse raakte.

De eerste dagen lag hij alleen maar in de zon te lezen. Hij probeerde alles wat met politieonderzoek te maken had uit zijn hoofd te bannen. Nu hij eindelijk kon uitrusten, voelde hij hoe moe hij van alles was. De derde avond dronken ze voor het slapengaan een fles wijn op het terras. De dagen gingen zo snel. Na een paar glazen voelde hij hoe hij begon te ontspannen.

"Vind jij dat wij een saai leven hebben?" vroeg hij aan Bente die in een rieten stoel over zee zat uit te kijken.

"Ja", zei ze rustig. "Maar ik vind het leuk om het saai te hebben samen met jou. Dat is leuker dan plezier hebben met anderen."

Hij keek haar voorzichtig glimlachend aan. "Dat heb je mooi gezegd", zei hij.

"Maar ik vraag me natuurlijk af en toe wel af waar jij mee bezig bent."

"O, ja?"

"Ik ben niet dom", zei ze en ze nam een slokje wijn.

Hij draaide zich om en keek over zee uit. De laatste zonnestralen dobberden op de golven die braken op een klip. "Ik ben eigenlijk nergens mee bezig", zei hij.

"Ik voel zoiets aan", zei ze.

Hij zuchtte. "Eigenlijk ben ik het zat om altijd maar serieus te zijn. Mijn werk betekent een ware aanslag op mijn humeur."

"Dat begrijp ik juist heel goed", zei ze. "Ik ben ook vaak moe. Mijn werk is ook vreselijk deprimerend."

"Dat weet ik", zei hij. "Jij werkt met oude, zieke mensen en ik met lijken."

Bente barstte in lachen uit. Ze hield haar hand voor haar mond zodat de wijn er niet uit zou lopen. Ze zette haar glas met een klap terug op tafel.

"Sst", zei hij lachend, "je maakt Georg wakker. En we willen toch niet dat hij er nog een keer uit komt?"

"Nee", zei ze grijnzend, "dat willen we zeker niet."

De zevende dag reed Cato Isaksen terug naar Oslo. In het stoeltje op de achterbank zat Georg, bruinverbrand en vrolijk. De vorige dag had hij een telefoontje gehad van Roger Høibakk die vertelde dat het sms-bericht van Kathrine was verstuurd via een zender vlak bij Rakkestad. Dat was niet ver van de Zweedse grens, dus het was duidelijk dat Kathrine zich in die omgeving ophield. Ze hadden opnieuw een opsporingsbericht verspreid via de lokale krant in dat gebied, maar voorlopig zonder resultaat. Toen hij aanbelde bij Sigrid en Hamza om zijn zoontje weer af te leveren, was het al zeven uur. Sigrid en Hamza nodigden hem uit voor een alcoholvrij biertje. Hij nam het aanbod aan. Georg liep de kinderkamer binnen die hij deelde met zijn kleine zusje; hij was blij zijn speelgoed weer terug te zien.

"Het lijkt wel of hij een maand weg is geweest", zei Sigrid lachend. Ze was mooi met haar blonde haar dat tot op haar schouders hing en de sproetjes op haar neus en blote armen. Georgs zusje was blij dat haar broer weer thuis was. Het was een lief meisje. Haar bruine ogen en zwarte haar had ze van haar vader.

Toen Cato Isaksen vertrok, voelde hij zich heel tevreden. Deze dagen hadden hem nieuwe energie gegeven. Maar de grootste schok kreeg hij toen hij het rijtjeshuis aan Frydendal in Asker binnenging. Op het moment dat hij de deur opende, schoot in een flits een rode schaduw de donkere gang in. Het was de kat. Cato Isaksen geloofde bijna zijn eigen ogen niet. Hij voelde zijn hart tekeergaan. Was dat mogelijk? De kat liep rechtstreeks naar de keuken alsof er niets was gebeurd. Hij liep ongeduldig heen en weer over de plek waar zijn etensbakje en waterkommetje altijd hadden gestaan en begon luid te miauwen. Om zijn hals had hij een rood bandje met een klein belletje eraan. Het was echt Marmelade.

PLOTSELING HOORDE ZE HET GELUID VAN HET RÖNTGENAPPARAAT. Het geklik toen de foto werd genomen. De warme lucht van de ziekenkamer. Ze voelde de pijn in haar enkel. Ze droomde van de dokter die zei dat het allemaal in orde zou komen. Hij boog over haar heen. Kathrine dacht dat ze een schaduw in de hoek zag. Maar er was geen schaduw, want het peertje aan het plafond hing stil en er was niets wat schaduwen kon veroorzaken. Het waren gewoon een paar zwarte vlekken in haar ogen. Ze bewogen over de grijze wanden en de vloer.

Ze schrok wakker. Het was niet de dokter die over haar heen gebogen stond. En het geluid dat ze had gehoord, kwam niet van het röntgenapparaat, maar van de zware deur.

Opeens sneed de stem zo scherp als een scheermes door het vertrek. "Het lijkt wel of je oefent om dood te gaan. Zoals jij slaapt."

Ze had heel vaak gevraagd waar ze was, maar ze had steeds andere antwoorden gekregen. "Je bent in Hvaler. Je bent in Bærumsmarka. Je bent in Zweden. Of nee. Je bent vlak bij huis. Dat is nu juist zo pathetisch."

Ze haatte de hoge stem, ze werd misselijk van de vermomming. Een keer was ze gaan bijten en krabben en was ze hysterisch geworden. Daarna was ze vastgebonden, dagenlang. Ze durfde dat dus niet nog eens te doen.

Ze lag nog steeds op de matras.

"Is het nog steeds zomer?" vroeg ze.

"Ja."

"Waarom mag ik niet naar buiten? Je mag me vastbinden, maar ik moet wat licht zien, een beetje lucht krijgen."

"Nee."

"Ik zal niet weglopen. Dat beloof ik." Ze zag het wapen dat uit de bruine tas stak.

"Nee, heb ik gezegd. Je bent gewoon een klein, doodsbang prinsesje. Ik wil niet dat je weet waar je bent."

"Mag ik mijn mobiele telefoon hebben, dan kan ik een spelletje spelen. Je zei dat hier toch geen bereik was."

"Nee. Jouw mobiele telefoon heeft een reisje gemaakt."

Kathrine kwam langzaam overeind en leunde met haar rug tegen de koele muur. Ze moest niet opstaan, zich niet dreigend gedragen. Dan werd ze gestraft. Het peertje kon uit de lamp worden geschroefd. Of ze kreeg geen eten. Ze moest netjes met haar armen langs haar lichaam zitten. Zich uitgebalanceerd gedragen.

Een paar dagen geleden had ze koorts gehad. Toen werd alles anders. De lucht werd grauwer. Het eten wit. Ze begreep niet waarom ze niet gewoon doodging. Want dat was toch waarschijnlijk de bedoeling van haar lange opsluiting.

Ze goot het sinaasappelsap naar binnen. Vitamine C, dacht ze. Zon. Haar hand trilde, ze was bang dat het pak weer van haar zou worden afgepakt. Het aluminium bakje met het koude middageten werd haar aangereikt. Gehakt, werd haar verteld.

"Bah, koud gehakt", zei ze. Ze kreeg een genadeloze grijns terug. "Het is hier beneden net een aquarium", zei ze kauwend. "Daar heb ik vannacht van gedroomd. Want ik zit ergens beneden, hè? Onder de grond?"

"Voel je dat?"

"Ja."

"Dat klopt niet."

Ze ergerde zich aan de lach die daarop volgde. Ze wist dat het antwoord net zo goed waar als niet waar kon zijn. Ze slikte de koude erwtenpuree door.

"Ik heb schone kleren en een handdoek meegenomen."

Kathrine keek lusteloos naar het lichtblauwe stapeltje. Ze hield zich in om nog een keer te vragen of ze naar buiten mocht. Haar beloften om niets te zeggen en dat soort onzin hadden toch geen zin. "Dank je wel", zei ze vermoeid.

"Doe niet zo chagrijnig."

"Neem me niet kwalijk." Ze sloot de ogen. Ze dacht aan alle namen van de bloemen buiten. "Zijn er nog bloemen, of zijn ze al weg?"

"Er zijn bloemen."

"Welke?"

"Heel veel verschillende."

Ze dacht aan de vijf bloembollen die zij en Bessa hadden geplant, die met haar confirmatie in bloei zouden staan. Ze wist dat de vijf gele bloemen allang waren uitgebloeid en verdord.

"Kun je dat beschimmelde spul daar in de hoek weghalen?" vroeg ze.

"Wat is dat?"

"Kaas."

De schoenen klikten op de stenen vloer. "Waarom heb je dat niet opgegeten?"

"Omdat er schimmel op zit. Ik eet geen verschimmelde kaas."

"Sla niet zo'n toon aan."

Later, toen de deur goed was afgesloten en ze weer alleen was, klonk het hoge geluid opnieuw door haar hoofd. De dreun van de zware stalen deur die dichtviel. Het kleine zuchtje tocht dat het vertrek in kwam voor de deur helemaal dichtsloeg. En ten slotte de metaalachtige galm van voetstappen die verdwenen.

AL VROEG IN AUGUSTUS LEKEN DE SCHADUWEN LANGER TE WORDEN. Sinds midzomer waren de dagen merkbaar korter geworden, en de zon, die nog steeds haar best deed, verloor steeds meer warmte.

Vetle was zielsgelukkig toen zijn vader belde om te vertellen over het mirakel van de kat die was teruggekomen. Het bleek dat hij bij een oude vrouw was komen aanlopen. Ze had hem in haar tuin gevonden, bloedend en gewond, en hem meegenomen naar de dierenarts die de wond had gehecht. Daarna had ze hem in haar badkamer gelegd en na een paar dagen werd hij weer beter. Katten blijven waar ze het goed hebben. Het telefoonnummer van de oude vrouw stond op de halsband die ze voor hem had gekocht. Toen Cato Isaksen belde, hoorde hij dat ze de kat Minna had genoemd. Hij vertelde dat hij eigenlijk Marmelade heette en bij de hele familie bijzonder geliefd was. De vrouw vond het vanzelfsprekend jammer dat ze de kat niet kon houden, maar ze begreep goed dat de familie Isaksen hem terug wilde. Toen ze het telefoongesprek beëindigden, zei ze dat ze het asiel zou bellen voor een nieuwe kat.

Ze hadden de kamer niet geannuleerd. Tulla Henriksen zat met een mobiele telefoon te prutsen en keek Cato Isaksen treurig aan.

"Ook al annuleren we de kamer, dan krijgen we Brenda toch niet terug", verklaarde ze. "We doen dit ook voor haar. We weten dat ze het leuk had gevonden. We vinden het allemaal heel spannend. Het Grand Hotel, compleet met balkon. Het kost heel wat, maar Solveig betaalt het grootste deel. Zoals ze zelf zegt, ze heeft er het geld voor. Ik hoop alleen dat het niet gaat regenen", zei ze. "Kunt u mij alstublieft helpen met die telefoon? Ik ben te dom voor die nieuwerwetse dingen."

De rechercheur nam het ding van haar over. "Wat wilt u ermee?"

"Er kwam een bericht binnen", zei ze. "Hij piepte in elk geval. Van Solveig, denk ik. Zij heeft me opgestookt om zo'n ding te kopen. Zij is zo knap met die nieuwe dingen. Nu stuurt ze me te pas en te onpas berichtjes." De oude vrouw lachte haar gele tanden bloot.

Cato Isaksen glimlachte even en riep het bericht op. "Er staat dat u elkaar om halfvijf zult treffen in de konditorei bij Halvorsens", zei hij.

"Ja, maar dat weet ik toch", zei Tulla Henriksen gelaten. Ze pakte de telefoon en zette hem demonstratief uit. "Dat hebben we toch afgesproken. Trouwens, Alf Boris wil graag samen met ons de bruiloft van de kroonprins vieren", zei ze. "Dat vinden we gezellig. We hadden Kathrine ook willen uitnodigen. Maar dat gaat helaas niet", zei ze zachtjes. "Misschien vragen we Helena. Zij kan wel wat afleiding gebruiken. Ze is vast erg verdrietig, de arme stakker. Misschien hebt u wel zin?" zei ze en ze keek Cato Isaksen met haar kleine oogjes achter de dikke brillenglazen aan.

Cato Isaksen glimlachte beleefd. "Helaas, ik moet werken", zei hij.

"Waarom bent u eigenlijk hierheen gekomen? Hebt u iets nieuws te vertellen?" Tulla Henriksen legde de telefoon afwezig op de ladekast.

De vraag verraste hem. "We houden contact met iedereen die Brenda Moen op de een of andere manier heeft gekend", zei hij. "Zolang de zaak niet is opgehelderd, zal ik met regelmatige tussenpozen bij u op bezoek komen."

"Is dat een waarschuwing?" flirtte ze.

Cato Isaksen glimlachte.

"We vinden het vooral leuk dat we ons op 25 augustus mooi kunnen aankleden en opmaken." Tulla Henriksen legde haar hand op de bruine ladekast. "Het is heerlijk om je mooi te maken. De fijne stof van de japon op je lichaam te voelen. Mensen kleden zich niet mooi meer. Zulke dingen worden steeds minder belangrijk. Het is beschamend om te zien hoe jonge meisjes zich vandaag de dag kleden", zei ze verontwaardigd. "In korte heupbroeken met een blote buik, en in nauwe, strakke truitjes die alles laten zien." Haar ogen stonden fel.

Op weg naar huis ging Cato Isaksen bij de Rimi-supermarkt langs en kocht allemaal levensmiddelen. Toen reed hij naar zijn oudste zoon. Hij had niet vaak tijd voor dat soort dingen. Gard en Tone waren heel blij met de etenswaren en stonden erop dat hij een tijdje zou blijven, nu hij er eindelijk eens was.

’s NACHTS WAS HELENA BJERKE BANG, ZOALS KLEINE KINDEREN DAT kunnen zijn. Er was iemand buiten bij het raam. De slaapkamer lag op de begane grond en ze sliep altijd met het raam open. Ze was 42 jaar, maar ze voelde zich stokoud. Ze wist opeens dat alles van nu af aan een kwade wending zou nemen. De vreemde geluiden begonnen in augustus. Je kon horen dat de herfst was begonnen. Het geruis van het verkeer in de verte, de wind door de bladeren aan de bomen. En tussen die geluiden een ander geluid. Geluidloze voetstappen.

Moeder was overleden en Kathrine was verdwenen. Hing alles met elkaar samen? Als een stalen klauw greep de angst haar bij de keel toen ze opeens hoorde dat er echt iemand buiten was. Wat wilde hij? Was het dezelfde man die moeder had vermoord? Misschien dezelfde die met Kathrines verdwijning te maken had? Tage sliep in de andere kamer. Helena durfde zich niet te verroeren. Ze liep ook niet meer alleen door het bos, want op een dag had ze ineens het akelige gevoel gehad dat iemand haar tussen de bomen stond te bespieden. Ze wilde niet op reis gaan. Ze had steeds het onrustige gevoel dat ze hier moest zijn, voor het geval haar dochter terugkwam.

Ineens herinnerde ze zich de angst uit haar jeugd. Ze zat in haar bed, maar durfde niet naar de slaapkamer van haar ouders te lopen. Het leek een soort verlamming. Ze werd hysterisch als het helemaal donker werd. Er moest altijd een lamp branden. Ze was bang voor het donker. Bang voor wat er kon gebeuren. Voor wie er kon komen. Ze had zich verbeeld dat er duivels in de klerenkast woonden, tussen de jurken. Dat er zwarte heksen onder het bed lagen die wachtten op het moment dat ze tevoorschijn konden komen om haar te vermoorden. Ze verzon ratten, bloed en donkere kelders.

Helena Bjerke besloot dat ze het aan de politie moest vertellen. Vroeg in de morgen belde ze Cato Isaksen. Ze hoopte dat hij haar serieus zou nemen, er was de laatste tijd zoveel gebeurd.

"Van nature ben ik niet bang", zei ze. "Tage sliep als een os. Hij hoort niets, maar we slapen met de ramen open en ik weet absoluut zeker dat er iemand is als ik het hoor. Een week geleden hoorde ik het voor het eerst. Ik had misschien meteen contact op moeten nemen, maar ik heb de tijd genomen om wat dingen op een rijtje te zetten. Ik wil ook niet overdrijven."

Cato Isaksen zei niets. Wat zij vertelde klopte met zijn gevoel dat de moordenaar iemand was die ze kenden.

"Gisteren waren de voetstappen er weer. Ik ben opgestaan en heb door de gordijnen gegluurd. Ik weet zeker dat hij heel dicht bij het raam was, want ik kon hem horen ademen. Toen ging hij weg. Ik rende naar het keukenraam om te kijken, maar het was te donker. Er hing een dikke, zwarte bewolking zodat het nog donkerder was dan anders om die tijd."

Cato Isaksen probeerde zijn stem rustig te houden. "Waarom bent u bang, denkt u aan iets in het bijzonder?"

Helena Bjerke wist het niet. Ze kon haar angst niet beredeneren. "Ik weet het niet", zei ze.

"Waarom hebt u Tage niet wakker gemaakt?"

"Dat zal ik de volgende keer doen", zei ze. "Maar we slapen op het moment apart. De toestand is een beetje moeilijk geworden."

Cato Isaksen begreep dat.

Randi Johansen kwam steeds terug op Brenda Moens zoon. "Ik vind het zo vreemd dat hij geen vrienden heeft", zei ze. "Hij maakt op mij een asociale indruk."

"Hij heeft veel contact met zijn zus en zwager", zei Cato Isaksen. Hij zei het niet hardop, maar eigenlijk vond hij het niet vreemd dat sommige mensen niet veel vrienden hadden. Misschien omdat hij besefte dat hij ook helemaal alleen was. Hij had bekenden en collega's. Maar geen echte vrienden. Of misschien toch, dacht hij weemoedig. Jawel, hij en Ellen waren vrienden.

De mobiele telefoon ging. Cato Isaksen reed niet in zijn eigen civiele politieauto. In deze was geen handsfreeset gemonteerd, dus hij reed naar de stoeprand en stopte. Randi en hij waren juist naar Tøyen geweest in verband met de jonge vrouw die was vermoord. Toen hij de telefoon opnam, viel zijn oog op een reclameposter aan een muur. Een oude vrouw keek hem over de rand van haar bril aan. In kleine letters stond er een tekst bij over Tine-melk en calcium. Randi Johansen draaide het raampje naar beneden. Het verkeerslawaai stroomde naar binnen en verstoorde het telefoongesprek. Hij verstond bijna niet wat Roger Høibakk vertelde. Hij hoorde alleen dat hij opgewonden was. Randi draaide het raampje weer omhoog. Roger vertelde dat er een anonieme brief op de afdeling was bezorgd. In de brief stond dat er in Rakkestad een bijeenkomst van livegroepen was geweest, op dezelfde dag dat Helena Bjerke het sms-bericht van haar dochter kreeg. Cato Isaksen draaide zich om en keek Randi Johansen afwezig aan. De gedachten maalden door zijn hoofd.

"In Rakkestad", zei hij.

"Ja, man, stel je voor." Roger Høibakks stem werd luider. "Helena Bjerke kreeg een bericht van Kathrines mobiele telefoon op de dag dat de livegroep van André Hansen en Nils Bergman zich in die omgeving bevond."

"En?"

"Snap het dan, misschien was Kathrine daar ook wel. Rakkestad ligt vlak bij de grens, niet ver van Årjäng. Stel je voor dat Kathrine een geintje met ons uithaalt. Misschien hoort ze wel bij de livegroep. Misschien was ze verdomme wel in het bos toen wij met midzomernacht rondslopen in de bossen bij Heer. Misschien was ze wel verkleed als demon."

Na twee hectische vergaderingen op de afdeling reden Randi Johansen en Cato Isaksen naar Drøbak om te praten met Nils Bergman en André Hansen. Ze leken geen van tweeën iets te begrijpen van de beweringen waar de rechercheurs mee kwamen. Ze gaven toe dat ze op die datum in Rakkestad waren geweest, maar Kathrine maakte zeker geen deel uit van de livegroep, bezwoeren ze. Cato Isaksen geloofde hen. Randi was iets sceptischer. Toen ze in de auto zaten, op weg terug naar Oslo, voelde Cato Isaksen dat de verwarring compleet was. Alles liep alle kanten op.

"Er klopt iets niet", zei Randi. "Het is net alsof de sporen steeds maar in het hetzelfde kringetje ronddraaien, zonder dat wij er vat op krijgen. Hoe weet je zo zeker dat die jongens de waarheid spreken?"

"Dat weet ik niet zeker", zei Cato Isaksen, "maar mijn intuïtie ..."

"Hou op met dat gezeur over je intuïtie", zei Randi luid.

Cato Isaksen keek haar verwonderd aan. Hij moest het verhaal van de jongens misschien niet voor zoete koek slikken. Maar zowel André als Nils had hardnekkig ontkend dat er een grond van waarheid zat in zijn beweringen. Hij dacht dat hij aardig wat mensenkennis had, maar misschien waren zij wel extreem goede toneelspelers.

Iemand zou Kathrines mobiele telefoon gebruikt kunnen hebben om verwarring te zaaien. Maar wie? Als de politie haar mobiele nummer belde, kwam er alleen een monotone melding die vertelde dat de telefoon was uitgezet of zich in een gebied bevond waar geen bereik was. Dan klonk er een hoge pieptoon. Zolang de telefoon uitstond, was het onmogelijk om hem te lokaliseren.

De rechercheurs vergaderden eindeloos en namen al het materiaal opnieuw door. Ze bekeken nog eens alle tips die de eerste weken waren binnengekomen, en koppelden alle nieuwe informatie aan de oude.

Wie had de anonieme brief verstuurd, en waarom? Sølvi Steen werd nogmaals verhoord. Hetzelfde gebeurde met Maiken Stenberg, Nils Bergman, Kenneth, André en Stein Ove Hansen.

De vakantieperiode was nog niet afgelopen. De dagen waren lang en zonder resultaat. Politiemensen kwamen fris en uitgerust terug van vakantie, maar vielen snel weer terug in dezelfde sleur.

Ingeborg Myklebust was niet tevreden. Dat was ze al een hele tijd niet. Ze vond dat Cato Isaksen zich te lang had gericht op het verband tussen de verdwijning van Kathrine en de moord op haar grootmoeder. Ze hadden misschien te veel in een richting gekeken. Het zag ernaar uit dat de zaak van Brenda Moen voorlopig terzijde zou worden gelegd. Ze konden er geen tijd meer aan besteden. Natuurlijk zouden ze de zaak weer opnemen als er nieuwe informatie zou opduiken, zei ze. Soms werden oude moordzaken jaren later nog opgelost.

Het voorstel van Ingeborg Myklebust om Karsten Tønnesen in te schakelen om de zaak nieuw leven in te blazen, viel niet in goede aarde. Hij maakte profielen, analyseerde het materiaal en had een speciale gave om nieuwe factoren naar voren te halen. Ze hadden eerder gebruik van hem gemaakt in andere zaken waarbij ze helemaal vastzaten. Cato Isaksens argument om hem niet in te schakelen was dat ze niet genoeg materiaal hadden. Er was niet veel te analyseren. Maar Ingeborg Myklebust bleef bij haar standpunt dat ze als een laatste poging de hulp van Tønnesen in zouden roepen.

Toen ze de vergaderkamer had verlaten, zei Roger dat hij wel een paar weken vakantie wilde. "Ik wil deze herfst graag een reis naar Thailand maken", zei hij. "Maar misschien niet zolang ik nog een naakte vrouw heb die op me ligt te wachten in Grorud", voegde hij er grijnzend aan toe.

Cato Isaksen moest lachen. Het commentaar van zijn collega had af en toe een bevrijdend effect.

KATHRINE GING LIGGEN OP DE MATRAS. ZE VOELDE MET HAAR HANden aan de opgedroogde vlek. Bruin en taai. Bloed. Ze was weer ongesteld. Dus was er sinds de vorige keer alweer een maand verstreken. Het had een tijdje geduurd voor ze had begrepen dat ze zo de weken kon tellen. Hoe vaak had ze nu een menstruatie gehad? Vier, misschien vijf keer. Ze wierp even een blik door de halfopen toiletdeur en keek naar het roze Libresse-pak dat op de vieze wastafel stond.

Is het weer zover, kleintje? Is opoe weer op bezoek? Ze hoorde de echo van het hoge stemgeluid weer in haar hoofd. Vreselijk. Maar ze kreeg tenminste pakken maandverband.

Ze voelde met haar vinger onder haar oog, trok met het topje een halve cirkel. Waren er grijsblauwe schaduwen op haar gezicht gegroeid, zoals zo vaak als ze moe was?

Ze produceerde zoveel mogelijk was. Ze hoopte dat iemand zou ontdekken dat haar kleren werden gewassen. Maar ze was doorzien. Ze kreeg maar één schoon T-shirt in de week. Van de slipjes, broeken en truien die in haar maat waren gekocht, had ze maar één stel om te wisselen. Lelijke dingen die ze zelf nooit gekozen zou hebben.

Ze dacht aan haar vader, maar het lukte niet om zijn beeld op te roepen. Ze herinnerde zich de verdrietige klank van zijn stem toen ze hem de laatste keer aan de telefoon had gesproken. Dat was al maanden geleden. Hij klonk altijd bang als hij met haar sprak. Ze wist dat hij ertegen opzag om haar te bellen. Hij had een slecht geweten, altijd een slecht geweten. Hij had gevraagd waarom ze hem strafte en waarom Mona niet naar haar confirmatie mocht komen. Kathrine had gezegd dat ze Mona haatte. Dat gaf haar een goed gevoel. Ze had gezegd dat ze Thea en Sofie ook haatte. Maar dat was niet waar. De beide meisjes droegen haast altijd dezelfde kleren. Ze had gezegd dat ze dat stom vond. Een keer had ze het ook rechtstreeks tegen Mona gezegd. Mona nam geen wraak. Mona nam nooit wraak. Mona was het altijd eens met haar vader, en ze nam nooit wraak.

Kathrine keek even naar de dikke stalen deur. Ze vroeg zich af wat haar vader dacht nu ze weg was. Was hij alleen maar bang en verdrietig, of was hij ook opgelucht dat hij geen last van haar had?

Ze begon zachtjes te huilen. "Arme papa", fluisterde ze. Ze wilde niet huilen. Ze huilde te veel. Ze werd er zo moe van. Aan de andere kant maakte het ook niet uit. Als ze moe was, viel ze gemakkelijker in slaap.

Nu ze tijd had om na te denken, keek ze anders naar zichzelf. Ze was zo vervelend geweest, verwend en egoïstisch. De confirmatie was allang voorbij. In het begin had ze geprobeerd de dagen te tellen, maar uiteindelijk was ze de tel kwijtgeraakt. Haar horloge en mobiele telefoon waren afgepakt. Ze had geen idee wanneer het licht was en wanneer donker. Wat zou Maiken hebben gedacht op haar confirmatiedag? Hoe was de dag voor haar geweest? En hoe was het voor mama geweest? De jurk hadden ze vlak na kerst in de uitverkoop gekocht. Mama vond hem niet mooi. Hij was grijs en modern. Mama wilde dat ze een lichtblauwe zou nemen. Dat had ze moeten doen. Ze had de lichtblauwe moeten nemen, dan had mama nu in elk geval een mooie jurk van haar gehad.

Ze trok de wollen deken over zich heen. Ze dreef zachtjes en rustig rond, als een gevoelloze amoebe in het donker, tot twaalf uur. Toen werd de zware deur geopend en schrok ze wakker uit haar slaap. Ze wist niet dat het twaalf uur was, maar ze nam het aan. Er was tegen haar gezegd dat ze om twaalf uur bezoek zou krijgen. Ze hield haar handen afwerend in de lucht, alsof ze zich moest verdedigen.

"Ben je helemaal gek geworden?"

"Alsjeblieft, raak me niet aan. Raak me niet aan."

De grauwe muren vielen weer op hun plaats. De verrotte geur van schimmel was weer terug, en toen het licht werd aangedaan, kwam dat als een ijskoude schok.

"Ik zal je niet aanraken", zei de hoge stem, gevolgd door een akelig lachje. "Dat doe ik nooit. Ik vind je walgelijk."

Nog geen minuut later zat ze in de vochtige toiletruimte over te geven. Steeds opnieuw keerde ze zich binnenste buiten en ze wist dat ze nooit verder zou komen, alles zou een keer afgelopen zijn. Eigenlijk was er geen hoop. Opeens viel haar oog op de krukken die in de hoek tegen de muur stonden. In een flits zag ze de krukken als een wapen. Ze had ze de eerste dag uit alle macht gebruikt, ze had geslagen zo hard ze kon. Misschien was er toch nog hoop. Maar nu niet. Nu niet en nog lang niet. Misschien wel nooit.

Cato Isaksen rende over het smalle bospad. Hij volgde Alf Boris Moen weer. Deze keer was hij niet naar het Sognsvann gereden, maar naar Bærum. Naar het natuurgebied Vestmarka. Hij had de auto neergezet op een kleine parkeerplaats waar verder geen auto's stonden. Hij had een groene rugzak op zijn rug gedaan en was het bos in gelopen. Cato Isaksen had gewacht tot hij achter een paar bomen was verdwenen, was toen snel uitgestapt en hem over het smalle karrenpad gevolgd. Een eind verderop zag hij zijn rug, tot hij hem plotseling uit het zicht verloor. Moen leek van de aardbodem verdwenen. Cato Isaksen bleef staan luisteren. Hij liep verder over het smalle pad. Opeens meende hij een beweging te zien tussen de bomen. De greppels waren met onkruid overwoekerd. Hij dook in elkaar, ging op zijn hurken zitten en luisterde, maar hij hoorde alleen geluiden van vogeltjes en kraaien die met hun krassende geschreeuw de lucht in tweeën sneden. Verder was het doodstil. Het was een bewolkte avond. Opeens hoorde hij iets. Even dacht hij dat er iemand praatte. Hij kroop in elkaar toen twee jonge vrouwen om de bocht kwamen fietsen. Zij schrokken ook toen ze hem ineengedoken aan de bosrand zagen zitten. Cato Isaksen stond op en liep met rasse schreden verder. Hij glimlachte ontwapenend tegen de vrouwen toen ze voorbijfietsten. Hij hoorde hen lachen.

Toen hij de bocht om kwam, werd het landschap weidser. In de verte zag hij een paar huizen. Een stuk verderop kwam een oude vrouw in een blauwe mantel uit het bos. Een jogger liet een bruine jachthond uit die kwispelend op de rechercheur afkwam en aan hem begon te snuffelen voor hij weer verder liep. Alf Boris Moen was nergens te zien. Cato Isaksen had het koud.

Het werd al herfst. De dagen werden omlijst door de heldere, scherpe lucht van de ochtend en de avond. De zonnestralen lagen midden op de dag lang en fel over het landschap. De nachten waren koud en donker.

De tijd verstreek. Dagen, nachten, uren en minuten. Kathrine Bjerke was op 20 februari verdwenen. Dat was nu bijna een halfjaar geleden. Er kon van alles zijn gebeurd. Misschien was ze echt vrijwillig naar Zweden gegaan en speelde ze een kat-en-muisspelletje met hen. Dat was nog het waarschijnlijkst. Toch klopte er iets niet, hoewel het handschrift op de kaart echt was. Het sms-bericht dat uit hetzelfde gebied was verstuurd, had de theorie dat ze niet dood was, onderbouwd. Waarom kon hij zich dan niet neerleggen bij de instructies van het afdelingshoofd dat ze rustig moesten afwachten? Zulke jongeren komen altijd weer boven water, had Myklebust gezegd. De meesten in het team waren het met haar eens. Het lag in de lijn der verwachting dat Kathrine haar grootmoeder had neergeschoten. Maar Helena Bjerke verklaarde hen voor gek. Moeders hadden meestal gelijk.

Toen Cato Isaksen op een zaterdagavond alleen thuis was omdat Bente met een groepje vrouwen uit was, dronk hij iets te veel. Onbewust zat hij tegen de kat te praten. Hij ergerde zich aan zijn eigen stem. Hij was woedend omdat hij de stilte had doorbroken. Het werd nog erger toen de kat naar hem opkeek en zachtjes en klagend miauwde. Het leek alsof het beest hem verstond. "Het is nacht", zei hij streng. De kat werd stil, draaide zich om en liep naar de bank. Hij kroop eronder. Voor de kat uit het zicht verdween, had hij hem met zijn gele ogen aangekeken.

Cato Isaksen toetste Ellens mobiele nummer. Hij wist dat ze het toestel uitzette als ze ging slapen, dus hij was niet bang dat hij haar wakker zou bellen. De telefoon ging een aantal keren over voor ze opnam. Hij hoorde stemmen op de achtergrond en wist dat ze niet alleen was. Natuurlijk was ze niet alleen. Ze was tenslotte getrouwd. Ze was buiten adem en lachte, maar werd direct serieus toen ze hoorde wie het was. Cato Isaksen maakte een paar nietszeggende opmerkingen over de Bjerke/Moen-zaak. Domme vragen. Ellen doorzag hem gegarandeerd. Ze praatten een tijdje totdat ze zei dat ze terug moest naar de anderen. Cato Isaksen bleef even met de telefoon in zijn handen staan en liep toen door de kamer naar de tuindeuren om ze open te zetten. De koele lucht stroomde naar binnen terwijl de kat tussen zijn benen door glipte.

Cato Isaksen bleef de hele nacht op en dronk nog meer. De rechercheurs zagen beslist iets over het hoofd. Het werk aan deze zaak werd gekenmerkt door het gevoel dat voor elke stap voorwaarts ook een stap achteruit werd gezet. Steeds een stap naar voren en een naar achteren. Helena Bjerke had niemand meer bij haar raam gehoord, en er waren geen sms-berichten meer binnengekomen.

Karsten Tønnesen was gekomen en ze hadden een hele dag vergaderd, precies zoals Ingeborg Myklebust wilde. Hij had de details in beide zaken van het begin tot het eind op een rijtje gezet. Natuurlijk kwam er niets concreets uit naar voren. Het was niet mogelijk om een profiel te schetsen van de onbekende moordenaar zolang ze niet wisten waarom de moord was gepleegd. Cato Isaksen kreeg instructies van Ingeborg Myklebust om aan het werk te gaan met nieuwe zaken. Hij verdeelde de werkzaamheden tussen de verschillende leden van het team, maar hij bleef zelf, in alle stilte, werken aan de Bjerke/Moen-zaak.

Een oude vrouw was doodgeschoten, waarschijnlijk door een of andere gek. Maar toch was het niet helemaal zeker. De Glock die Stein Ove Hansen onrechtmatig van een medesoldaat had gekocht, was verdwenen. Het kon geen toeval zijn dat Brenda Moen was neergeschoten met precies hetzelfde wapen als haar kleindochter in haar kast had bewaard.

Cato Isaksen stond op en schopte een stoel aan de kant die hem in de weg stond. Rusteloos pakte hij een boek dat op tafel lag. Hij legde het ook weer weg en liep naar de keuken. Iemand daarbuiten wist het antwoord. Hij wist dat een of meer mensen die waren verhoord, er op een bepaalde manier bij betrokken waren of iets wisten. Het probleem was alleen om de stukjes op de goede manier in elkaar te passen. De schakel vinden, de draad, het verband.

Solveig Wettergren stapte in haar rode autootje. Ze wierp een blik op de ramen van Tulla's appartement. Ze was een beetje geïrriteerd. De bruiloft van de kroonprins kwam steeds dichterbij. Nog maar een paar dagen, en alles kwam op haar neer. Tulla liep maar van hot naar haar en deed niets anders dan praten. Alf Boris had beloofd dat ze het grote schilderij van koningin Maud mochten lenen. Een van de kranten had het nieuws over het clubje van de oude dames gehoord. Ze wilden vanuit de hotelkamer een reportage maken, hen interviewen en foto's maken op het moment dat het bruidspaar voorbijreed. Solveig Wettergren was eigenlijk enthousiast. Ze moest Tulla's passiviteit maar zien te verdragen. Ze zouden allebei in gala gaan. Ze had zelf een prachtige, nieuwe, lentegroene zijden japon gekocht. Mooie sieraden had ze wel.

Solveig Wettergren trapte voorzichtig op de rem. Ze kreeg het koud. Ze herkende de auto. Cato Isaksen stond bij haar huis geparkeerd. Opeens zag ze hem op de trap staan. De oude vrouw stopte resoluut en zette de rode auto in zijn achteruit. Ze gaf gas en draaide de auto een oprit in. Op dit moment kon ze de politieman niet verdragen. Ze was niet in de stemming. Waarom draaide hij de hele tijd om haar heen?

Toen Cato Isaksen een uur op Solveig Wettergren had staan wachten, startte hij de auto en reed hij naar de Waldemar Thranesgate.

Tulla Henriksen was ook niet thuis. Ze deed in elk geval de deur niet open. Cato Isaksen kocht een krant en ging voor de ingang van de oude portiekwoning in de auto zitten wachten. Hij had bedacht dat hij misschien iets meer te weten moest komen over Brenda Moens achtergrond. Het was misschien wel wat laat, maar hij wilde verder teruggaan in de tijd. Naar de periode dat Kathrines grootmoeder werkzaam was in de kantine van het Ullevål-ziekenhuis. De rechercheurs hadden er niet veel aandacht aan besteed. Ze vonden dat niets erop wees dat haar verleden iets met de moord te maken had. Maar misschien hadden ze toch iets over het hoofd gezien.

Na tien minuten kwam Tulla Henriksen gehaast over het trottoir aanlopen met haar mantel halfopen.

Ze bleef staan toen ze hem in zijn auto zag zitten. Cato Isaksen was verdiept in de krant. Tulla Henriksen klopte zachtjes op het raampje.

"Ja, en?" zei ze, toen hij het raampje naar beneden draaide. "Wat is er nu weer?"

"Ik loop even met u mee naar boven, als u er geen bezwaar tegen hebt", zei hij en hij stapte uit de auto. Hij vouwde de krant op, gooide hem op de voorbank en sloot de auto af.

"We verheugen ons zo op de grote dag", babbelde ze, toen ze de trappen op liepen. "Solveig is een halfuur geleden vertrokken." Ze ratelde maar door, over van alles en nog wat. Cato Isaksen nam de draagtassen van haar over en nam ze mee naar boven. Hij liet haar nog tien minuten doorkletsen, voor hij haar onderbrak en vertelde waarom hij was gekomen. Hij vroeg haar te vertellen over de tijd dat Brenda, Solveig en zij in het Ullevål-ziekenhuis hadden gewerkt. "U bent dus al jarenlang bevriend", zei hij.

"Ja hoor, al jarenlang", herhaalde ze. "We hebben elkaar ongeveer dertig jaar geleden ontmoet. Ja, we waren een jaar of veertig toen we elkaar leerden kennen."

"Hoe ontmoette u elkaar?"

"In het ziekenhuis. Bij toeval. Brenda en ik werkten in de kantine. Ik was er het langst. Ik werkte er al wel vijftien jaar toen Brenda begon. Maar nu ben ik al acht jaar gestopt. En Brenda een paar jaar voor mij."

"En Solveig Wettergren?"

"Solveig was verpleegster."

"Wanneer is zij gestopt?"

Tulla Henriksen schoof onrustig heen en weer. "Ik herinner me niet precies welk jaar het was, maar het was ver voor ons."

"Waarom stopte ze?" Cato Isaksen hield haar blik vast.

Tulla Henriksen stond op, liep de keuken in en haalde een oranje thermoskan met bruine bloemen erop. Ze schonk de rechercheur een kopje in en draaide de dop weer stevig dicht. Haar lange, vuurrode nagels vielen hem op.

"De koffie is nog van vanmorgen", zei ze. "Maar u moet het er maar mee doen." Ze haalde ook een kopje voor zichzelf.

"Solveig is niet slecht", zei ze onverwachts. "Maar het ene leidde tot het andere." Ze keek hem even zwijgend en onvriendelijk aan. "Ze heeft genoeg geleden voor wat er is gebeurd."

Cato Isaksen knikte zachtjes en nam een slokje koffie. Het was duidelijk dat Tulla Henriksen dacht dat hij wist waar ze het over had.

"Maar wat heeft dat met de zaak te maken?" vroeg ze opeens.

Cato Isaksen bedacht dat hij voorzichtig te werk moest gaan. Dat hij misschien op het punt stond iets belangrijks te horen. Een gevoel van misselijkheid overviel hem. Hij vloekte inwendig toen de telefoon begon te rinkelen. Hij begreep onmiddellijk dat Solveig Wettergren aan de lijn was.

"De politie is hier", zei Tulla Henriksen haar rug naar hem toe draaiend. "Nee, ik geloof niet dat er iets nieuws is", zei ze. "Maar hij vraagt naar die toestanden met jou. Waarom je toen moest stoppen."

Cato Isaksen kon haar de nek wel omdraaien. Hij kwam half overeind en beduidde haar neer te leggen.

"Alstublieft", begon hij, maar Tulla Henriksen wuifde hem weg. "Ja, dat is in orde", zei ze ten slotte. Ze legde de hoorn neer en draaide zich naar hem om. Ze had een afwijzende uitdrukking op haar magere, gerimpelde gezicht. Er lag een waas over haar blauwe ogen waardoor ze wat versluierd leken. Hij herkende de blik van zijn eigen moeder.

"Solveig werd boos", zei Tulla Henriksen, hem ernstig aankijkend.

"O, ja?"

"Kunt u me vertellen wat dit met uw zaak te maken heeft?"

Cato Isaksen besloot de waarheid te vertellen. "Om eerlijk te zijn niets. Ik begrijp eigenlijk niet eens waar u het over hebt", zei hij. "Nu kunt u kiezen: of u vertelt het me hier, of ik neem u in de auto mee naar het politiebureau en verhoor u daar."

Tulla Henriksen haalde diep adem. Ze bracht met trillende handen het kopje lauwe koffie naar haar mond.

"Ik weet niet hoe ik het moet vertellen", begon ze. "Solveig had heel strenge ouders. Haar vader was dominee. Ze heeft wel eens gezegd dat ze als kind werd geslagen, maar meer weet ik er ook niet van. Bovendien was haar man vaak ziek. Hij was erg bang en vroeg veel verzorging. Daar moet u aan denken. Het was heel moeilijk voor Solveig. Het heeft zelfs in de kranten gestaan en is op het nieuws geweest."

Cato Isaksen wachtte gespannen. Hij probeerde rustig adem te halen.

"Het was natuurlijk fout van haar. Daar is iedereen het over eens", vervolgde Tulla Henriksen. "Maar het was de werkdruk. Verpleegsters hebben altijd veel te veel te werk."

Ze stond op en sloeg met een roze kanten servetje naar een vlieg op de vensterbank.

"Het is maar goed dat we die rotbeesten straks kwijt zijn", zei ze. "Nu het herfst wordt, gaan ze gelukkig dood." De telefoon begon weer te rinkelen. "Dat is vast Solveig", zei ze en ze liep ernaartoe om hem op te nemen.

"Laat maar rinkelen", zei Cato Isaksen intuïtief. "Ga zitten en vertel wat u weet." Hij zwaaide ongeduldig met zijn hand. Tulla Henriksen bleef midden in de kamer even staan kijken naar de telefoon, maar deed toen wat hij zei en ging gehoorzaam zitten.

"Kunnen politiemensen echt alles vragen?"

"Ja", zei Cato Isaksen, "wat dan ook."

Na acht keer hield het rinkelen op en de oude vrouw ging verder: "Solveig ging een paar keer hardhandig om met enkele patiënten", zei ze. "Eigenlijk geloof ik niet dat het zo erg was als de kranten schreven."

Het begon Cato Isaksen te dagen. Als hij erover nadacht wist hij zich zoiets te herinneren. Wat had Solveig Wettergren ook alweer gezegd toen hij haar laatst naar huis had gebracht? 'Hoewel ik zelf gediplomeerd verpleegster ben en tien jaar in het Ullevål-ziekenhuis heb gewerkt. Ik heb het eigenlijk nooit naar mijn zin gehad in mijn werk. Het werd me gewoon te veel. Ik ben tien jaar verpleegster geweest, maar ik vond mijn werk nooit leuk.'

Tulla Henriksen ging verder: "De zoon van een van de patiënten, een negentigjarige vrouw, had een bandrecorder in het nachtkastje verstopt. Solveig wist niet dat alles wat ze zei, werd opgenomen. Toen de zoon het bandje de volgende dag ophaalde, stonden er nogal wat boze woorden op. Hij ging ermee naar de krant. Die arme Solveig kon gewoon niet tegen de werkdruk. Het was toch ook niet haar schuld dat ze te veel te doen had. Zo is het nu eenmaal. Denkt u ook niet dat het vandaag de dag beter is?"

Cato Isaksen liet de informatie bezinken. Hij voelde zich even onzeker. Moest hij Tulla Henriksen meenemen naar het politiebureau en het verhoor daar voortzetten?

"Wanneer gebeurde dat?" vroeg hij.

"Ik geloof dat het in 1975 was."

"En Brenda?" vroeg hij. "Waarom stopte zij met werken?"

"Ze was gewoon moe", zei Tulla Henriksen. "Zij en ik hadden niets met de zaak van Solveig te maken. Maar we hebben haar natuurlijk wel gesteund. Daar ben je vrienden voor. En die arme Solveig was echt ongelukkig. Brenda is tien jaar geleden gestopt en ik acht jaar geleden. Wij werkten in de kantine. Weet u hoe zwaar dat werk is? We begonnen 's morgens om zes uur en waren tussen drie en vier uur klaar. Eigenlijk moesten we om twee uur stoppen, maar dan waren we nog lang niet klaar. Maar denkt u dat we extra betaald kregen? O, nee. We moesten zware pannen schoonmaken, aardappelen schillen, broodjes smeren. Afwassen en de vloeren boenen. U hebt geen idee. Eigenlijk was het mannenwerk. Maar dacht u dat daar een man wilde werken? Nee hoor."

Cato Isaksen kreeg een onbehaaglijk gevoel als hij nadacht over de dingen die ze over Solveig Wettergren had verteld. Hij kreeg opeens haast om te vertrekken. Hij keek even op zijn horloge. Hij had nog tijd om de nieuwe informatie die dag te checken. Hij zei dat het hem speet dat hij een beetje nors was overgekomen, maar dat het belangrijk was dat in een ernstige zaak als deze alle kaarten op tafel werden gelegd. Tulla Henriksen mompelde dat ze dat begreep. Hij wist dat ze zo gauw hij de deur uit was, haar vriendin zou opbellen.

CATO ISAKSEN REED VLUG TERUG NAAR HET POLITIEBUREAU. OP de gang zei hij Asle Tengs kort gedag en hij liep toen verder naar zijn eigen kamer. Hij sloot de deur achter zich. Eerst pleegde hij een aantal telefoontjes. Informatie over oude zaken zat niet altijd in het computersysteem. Hij stuurde een aspirant naar het archief om het dossier van de Wettergren-zaak op te halen. Drie kwartier later werd er zachtjes op zijn deur geklopt. De aspirant die binnenkwam was ook aanwezig geweest op de plaats delict op de avond dat Brenda Moen was vermoord. Cato Isaksen bedankte hem en pakte de map gespannen aan. De aspirant bleef even staan, maar toen Cato Isaksen hem nogmaals bedankte, liep hij de kamer uit en deed hij de deur zachtjes achter zich dicht.

Cato Isaksen opende de map en pakte er drie documenten uit. Hij las de zaak vlug door. Het was nogal ernstig. Hij kon het zich steeds beter herinneren. Berthe Louise Kristiansen heette de oude vrouw die was geslagen. De zaak had destijds veel opzien gebaard. In het kielzog ervan was een discussie ontstaan over de leefomstandigheden van oude mensen. Op tv en radio werden over de situatie van ouderen heftige discussies gevoerd. In de map zaten ook een aantal krantenartikelen en een kopie van de geluidstape die de zoon van het slachtoffer had opgenomen.

Hij belde de aspirant weer en vroeg hem een bandrecorder te brengen. Dat bleek nog niet zo eenvoudig te zijn, maar uiteindelijk kwam hij binnen met een oud, zwart apparaat. Dezelfde procedure herhaalde zich. De aspirant bleef staan wachten en Cato Isaksen moest hem vriendelijk vragen om te vertrekken. Hij zette de tape erop, spoelde hem terug en drukte op play.

Er klonk geruis en een oude, schorre stem zei: "Een beetje water, alsjeblieft."

Hij herkende onmiddellijk Solveig Wettergrens scherpe stem toen ze antwoordde: "Nu moet u ophouden met zeuren. Ziet u niet dat ik het druk heb?"

"Het is zo warm."

"Stil zijn, hoort u me. Wilt u dat ik nog eens in uw arm knijp?"

"Neem me niet kwalijk ..."

"Ja ja, u hebt gemakkelijk praten. U ligt daar maar de hele dag voor u uit te kijken, terwijl ik als een gek aan het werk ben."

"Maar een half glas ..."

"Nu houdt u uw mond." (Snelle voetstappen, daarna duidelijk het geluid van tikken, gevolgd door echte klappen.) De oude vrouw kreunde en vroeg om genade.

Hetzelfde herhaalde zich nog een aantal keren, totdat de oude vrouw ten slotte luid begon te huilen en om haar zoon riep. Plotseling klonk er een harde klap, toen werd het stil.

Cato Isaksen las het rapport nog een keer door: "Berthe Louise Kristiansens handen en armen zitten vol blauwpaarse plekken en bloeduitstortingen. Ze is duidelijk slachtoffer geworden van geweld. Dit heeft gedurende lange tijd plaatsgevonden en op de afdeling zijn meer van dergelijke gevallen aangetroffen."

Een psychopaat, dacht Cato Isaksen, een sadomasochist. Zou Solveig Wettergren op de een of andere manier bij de moord op Brenda Moen betrokken kunnen zijn? Cato Isaksen voelde de kou langs zijn rug omhoogkruipen. Zou dat kunnen kloppen? Maar waarom dan? Hij vervloekte zichzelf omdat hij niet grondiger te werk was gegaan. Wat had ze ook alweer gezegd over haar man, dat ze hem niet langer thuis kon hebben? Misschien was het omgekeerd, misschien had hij het niet bij haar uitgehouden. Hij stopte de dossiers en de geluidstape terug in de map en verliet gehaast de kamer. In welk verpleeghuis was de man van Solveig Wettergren opgenomen? "Hij woont hier gelukkig niet zo ver vandaan", had ze gezegd. Cato Isaksen besloot naar Vindern te rijden om te zien of hij het kon vinden.

Hij parkeerde bij het winkelcentrum van Vindern, liep naar binnen en vroeg de vrouw in de Narvesen-kiosk waar het verpleeghuis was. Ze legde hem uit hoe hij moest rijden en al snel stond hij voor het rode stenen gebouw. Hij liep door de glazen deur naar binnen naar de kleine receptie. Hij had meteen beet. "Ja", zei de verpleegster, hem nieuwsgierig aankijkend. "Torstein Wettergren woont in kamer 305."

Cato Isaksen bedankte haar en hij nam de lift naar de tweede verdieping. De verpleegster riep hem iets na, maar hij hoorde het niet.

Hij liep de lange, lichte gang door. Hier hing dezelfde geur als in het bejaardenhuis in Frogner. Met een steek van pijn voelde hij hoe hij zijn moeder miste. Het gevoel was overweldigend en verrassend. Hij miste haar omdat zij de enige band was die hij met zijn jeugd had. Nu was er niets meer over. Hij was enig kind en had geen contact met de rest van de familie.

Hij liep naar de deur met nummer 305 en klopte een paar keer kort. Toen niemand antwoord gaf, opende hij de deur en liep naar binnen.

De oude man zat in een grote leunstoel bij het raam. Zijn hoofd leunde achterover. Zijn mond hing open, zijn wangen waren ingevallen.

"Goedendag, meneer Wettergren", zei Cato Isaksen.

De man gaf geen antwoord. Hij was mooi, zijn haar was spierwit. Zijn slanke handen lagen op de armleuningen. Dunne, blauwpaarse aderen lagen als draden vlak onder de huid.

Cato Isaksen zei nog een keer goedendag. De oude man schraapte voorzichtig zijn keel en keek met zijn lichte ogen verwonderd op. Toen draaide hij zich om en keek met een lege blik naar buiten.

Cato Isaksen nam plaats op de rand van het bed. Hij bedacht dat hij dit niet had moeten doen, dat het misschien iets te privé was, maar hij bleef toch zitten. Het was een gezellige kamer, met oude meubels en foto's. Hij herkende Solveig Wettergren niet op de zwart-witte trouwfoto boven de buffetkast. De slanke vrouw had een smal en mooi gezicht. Maar hij wist dat zij het was. Ze had een groot bruidsboeket met anjers en lelies. Op de foto was Torstein Wettergren een lange, mooie, donkerharige man. Breed in de schouders en met een heldere, humoristische blik in zijn ogen.

"Ik ben gekomen omdat ik uw hulp nodig heb", begon Cato Isaksen voorzichtig. "Dat is heel belangrijk in verband met een zaak waar ik aan werk", vervolgde hij. "Zou u mij alstublieft willen helpen?"

De man reageerde niet. Cato Isaksen keek hem aan en vroeg zich af waarom ze geen kinderen hadden. Of ze wel een kinderwens hadden gehad. De stilte in de kamer werd slechts doorbroken door voetstappen op de gang en een serveerwagen die langs werd geduwd.

Cato Isaksen besloot recht op zijn doel af te gaan. "Het gaat over Solveig", zei hij. "Hoe was uw vrouw tegen u? Hebt u een goed huwelijk gehad?"

De man in de stoel verroerde zich niet. Hij keek de rechercheur als een hulpeloos kind aan.

"Is ze een goede echtgenote geweest?"

Plotseling verscheen er een steeds groter wordende natte plek op de broek van de oude man. Tegelijkertijd snikte hij een paar keer diep. Cato Isaksen kwam verschrikt overeind. Hij had niet gedacht dat de reactie van de man zo heftig zou zijn. Hij voelde de angst en het verdriet van de oude man. Wat was Solveig Wettergren eigenlijk voor een mens?

Cato Isaksen wist dat hij de oude man niet nog meer onder druk kon zetten. Hij zat in zijn leunstoel te wachten. Zijn leven was afgelopen, alleen de restjes waren nog over. Zijn tijd was voorbij. Torstein Wettergren kon hem niet helpen.

Op de terugweg door de gang ontmoette hij de verpleegster die beneden bij de receptie had gezeten. "Ik zocht u", zei ze. "Torstein Wettergren is dement. Het lijkt me dat u een vreemde bent. Klopt dat? Hoe kent u hem?" vroeg ze bits.

Cato Isaksen schetste in het kort de situatie, maar zei niets over Solveig Wettergren. Hij verontschuldigde zich voor de storing. De verpleegster kreeg een bezorgde trek op haar gezicht. Toen de liftdeur dichtschoof, zag hij haar nummer 305 binnengaan.

De man in het kleine blauwe autootje gaf hem een nieuwe invalshoek. Omdat het niet ver was naar Ullevål Hageby, reed Cato Isaksen daar op weg naar het politiebureau langs. Toen hij de Damplass overstak en de John Collets-allé in reed, zag hij een kleine blauwe Ford Fiesta die parkeerde voor nummer 51. Een oude man met een aluminium bakje in zijn handen stapte uit. Hij opende het hek en liep kromgebogen het grindpad op. De tuin was in twee helften verdeeld. Gras en bloemen aan de linkerkant; vruchtbomen, bessenstruiken en wat groente aan de rechterkant. De oude man zette de maaltijd op de bovenste tredc van het stenen trapje, draaide zich om en liep terug naar het hek.

Cato Isaksen parkeerde vlug aan de andere kant van de straat en stapte uit. Hij keek in beide richtingen en stak de weg over. De bejaarde man deed het hek zorgvuldig achter zich dicht. Hij keek verrast op naar de rechercheur toen deze zich voorstelde en vroeg of hij hem een paar vragen kon stellen. Dat was geen punt. Cato Isaksen keek naar het bakje dat hij op de trap had gezet en vroeg hoelang hij al maaltijden bezorgde. De oude man vertelde dat hij zijn bijdrage leverde aan de bezorging van warme maaltijden bij bejaarden in de wijk. "Ik doe het niet alleen, we zijn met een heleboel", zei hij. "Hoewel we zelf ook al op leeftijd zijn."

"Maar weet u niet dat Brenda Moen overleden is?"

De oude man keek hem niet-begrijpend aan. "Het heeft uitgebreid in de krant gestaan. Het was in maart."

"Neem me niet kwalijk", zei de man en hij keek angstig naar hem op. "Ik breng alleen maar de maaltijden naar de adressen die ik door krijg. En wij hebben geen bericht gekregen dat we niet meer moeten leveren op nummer 51."

"Is het eten gratis?" Cato Isaksen keek even naar de donkere ramen op de eerste verdieping.

"Er geldt een eigen bijdrage", vertelde de bejaarde man behulpzaam. "Maar het is heel goedkoop. Bedoelt u dat ik hier geen maaltijden meer hoef te brengen?"

"O, nee, zeker niet", zei Cato Isaksen, "ga maar gewoon door."

De oude man knikte bedachtzaam, groette even en kroop weer in zijn auto. Hij reed een meter achteruit, draaide de weg op en verdween over de Damplass uit het zicht.

Cato Isaksen bleef naar het aluminium bakje staan kijken. Hij keek op zijn horloge. Het was tien over vier. Alf Boris Moen was vast nog op zijn werk. Het eten werd koud. At hij het zelf als hij thuiskwam uit zijn werk? Had hij het overlijden van zijn moeder niet doorgegeven omdat hij het eten zelf wilde hebben?

Om de een of andere reden draaide hij zich om, om te kijken naar de tuin aan de overkant. Op de eerste verdieping zag hij iemand achter de gordijnen staan kijken. De rechercheur wendde zich snel weer af en deed alsof hij haar niet had gezien. Hij liep terug naar de auto en stapte in. De auto stond zo geparkeerd dat hij het huis in de gaten kon houden in het achteruitkijkspiegeltje. De gordijnen bewogen rustig heen en weer. Een nieuwsgierige buurvrouw, dacht hij. Een nieuwsgierige, oude vrouw. Hij had ervaring met nieuwsgierige, oude vrouwen. Af en toe konden ze zelfs belangrijke informatie verschaffen. Hij besloot een praatje met haar te maken. Het kon in elk geval geen kwaad.

Hij moest twee keer aanbellen voor ze de deur opende. Hij hoorde haar voorzichtige voetstappen op de trap en het gepruts met het slot voor ze opendeed. Ze keek argwanend door een kier. Cato Isaksen stelde zich voor en vertelde dat hij van de politie was. Hij liet haar zijn legitimatiebewijs zien. Ze leek nog steeds niet overtuigd, maar opende toch de deur.

"Ik wil u graag een paar vragen stellen over uw buurvrouw, Brenda Moen", zei hij.

Tot zijn verbazing reageerde de oude vrouw geprikkeld.

"Dat heeft nogal een tijd geduurd", zei ze. "Jullie zeiden dat jullie de volgende dag zouden komen. Tja, niet dat ik iets bijzonders weet, hoor", voegde ze eraan toe. "Ik hou niet alles in de gaten. Maar jullie beloofden te komen."

"O, ja?" vroeg Cato Isaksen. "We hebben al maanden geleden een deur-tot-deuronderzoek gehouden. Toen heeft er toch wel iemand met u gesproken?"

"Jawel", zei ze, "maar ze hadden geen tijd om boven te komen, en toen dacht ik dat ik me dan ook maar niet meer druk zou maken."

Cato Isaksen liep langzaam achter de oude vrouw aan de trap op. "Hebt u zich in maart als getuige gemeld?" vroeg hij.

"Ja", zei ze kortaf. "Een jong ventje heeft mijn naam opgeschreven, maar hij nam het waarschijnlijk niet zo serieus."

Cato Isaksen bood zijn verontschuldigingen aan. Toen ze in haar appartement kwamen en hij de politie voor de derde keer had verontschuldigd, leek haar humeur weer wat beter te worden. In het licht dat door de ramen viel, kon hij haar wat beter zien. Ze was een echt oude vrouw, eind tachtig of misschien wel in de negentig. Het gerimpelde gezicht leek veel te groot voor het kleine lichaam. Ze had geprobeerd haar wenkbrauwen bij te tekenen, maar had geen vaste hand gehad met het zwarte potlood. De zware oorclips maakten haar oorlelletjes grotesk lang.

Cato Isaksen liep rechtstreeks naar het raam met de kanten gordijntjes. Hij stond te popelen. De vrouw, mevrouw Adamsen, wilde koffie voor hem zetten. Cato Isaksen bedacht dat het misschien toch verstandig zou zijn om rustig te werk te gaan, dus hij nam het aanbod aan en deed alsof hij alle porseleinen figuurtjes op haar vensterbank bekeek. "Prachtig", zei hij.

"Gekocht en betaald door mijn man", zei mevrouw Adamsen op weg naar de keuken.

Een grote boom strekte zijn takken uit over het kleine tuintje en verhulde met zijn gekleurde bladeren gedeeltelijk het uitzicht. Maar niet in maart, bedacht Cato Isaksen. In maart zat er geen blad aan de bomen.

Toen de koffie en de koekjes en wat ouderwetse snoepjes met stukjes drop erop waren geserveerd, begon hij haar voorzichtig uit te vragen over de buurt. Of er mensen waren die zich vreemd gedroegen. Of er mensen waren die ze niet zo mocht, dat soort dingen. Zijn jarenlange ervaring bij de politie had hem geleerd hoe je oude dames aan het praten kreeg.

"O, ja, ik kan de postbode niet uitstaan", begon mevrouw Adamsen opgewonden.

Cato Isaksen onderdrukte een glimlach.

"Hij treuzelt altijd zo. De post is hier pas om elf uur. Vroeger, toen Landsem de brieven nog rondbracht, hij heeft dat dertig jaar lang gedaan, was de post er al om negen uur. Precies om negen uur."

Na drie koekjes, twee koppen koffie en veel verhalen over allerlei buren, waagde Cato Isaksen de vraag of ze de avond dat Brenda Elise Moen werd neergeschoten iets bijzonders had gezien.

De oude vrouw stond op en ging een omslagdoek halen, alsof ze het koud had. "Ik heb eigenlijk niets gezien", zei ze toen ze terugkwam. Dat zei ik ook tegen die politieman. Hij maakte een norse indruk. Maar misschien heb ik toch wel iets gezien."

Cato Isaksen wachtte gespannen af.

"Ik ben niet nieuwsgierig", ging ze verder. "Dat moet u niet van mij denken."

"Er zaten toen geen bladeren aan de bomen", zei Cato Isaksen, "dus iedereen zou wat gezien kunnen hebben."

Ze maakte een afwerend gebaar. "Ik heb niets belangrijks gezien. Hoe mensen leven gaat mij niets aan."

"Het zou geweldig zijn als u ons zou kunnen helpen." Cato Isaksens geduld begon op te raken.

"Ik heb niets belangrijks gezien."

"Maar u hebt wel iets gezien?"

"Jawel, ik zag wel iets. Maar ik gluur niet. Dat doe ik niet. Ik heb problemen met mijn leverfunctie en moet 's nachts een aantal keren uit bed. Dat is de reden."

Cato Isaksen wachtte. Hij stond op en liep weer naar het raam. De voortuin van nummer 51 lag in de luwte van de heg langs de weg.

"Ze hadden ruzie", zei ze opeens. "Moen had ruzie met zijn moeder."

De rechercheur draaide zich naar de oude vrouw om. Een snelle lichtflits blonk in de ruit achter hem. Aan de overkant opende iemand een raam. Mevrouw Adamsen keek op. "Ze hadden anders nooit ruzie, weet u." Ze schudde even het hoofd. "Maar juist die avond ging het er wild aan toe, geloof dat maar. Hij gooide dingen om. Zij schreeuwde terug. Tja, ik kon natuurlijk niet horen wat ze zeiden, natuurlijk niet. Maar zoiets zie je."

Cato Isaksen knikte voorzichtig.

"Ik kon zijn vriendin niet zien, maar zij komt meestal later."

"Zijn vriendin?" Cato Isaksen keek haar afwachtend aan.

"Ja, jullie weten toch wel dat hij een vriendin heeft?"

"Dat weten we juist niet."

"Ik weet natuurlijk niet of ze verloofd zijn."

Cato Isaksen voelde hoe de spanning op zijn borst drukte. Hij ging weer in de stoel zitten.

"Ze komt op de meest onmogelijke tijden. Nogal fors, ze draagt stevige schoenen. Altijd stevige schoenen. En altijd met haar handtasje aan haar arm. Eigenlijk dacht ik dat hij zijn relatie voor zijn moeder probeerde te verbergen. Waarom kwam en ging ze anders midden in de nacht?"

Nu begon het echt interessant te worden. "Dus ze komt en gaat midden in de nacht?"

"Ja. Vindt u dat niet vreemd? Het is dat ik zo slecht slaap, en als je dan toch op bent om een glas melk te drinken, loop je snel even naar het raam, hè?"

"Ja zeker", zei Cato Isaksen tegemoetkomend, "het is mooi als mensen de boel een beetje in de gaten houden."

"Vindt u?" Mevrouw Adamsen werd echt vrolijk. Ze glimlachte zodat alle rimpels nog duidelijker zichtbaar werden. "Het waaide zo die avond, begrijpt u? Ik herinner het me nog goed."

Cato Isaksen keek haar aan terwijl hem duidelijk werd dat deze vrouw echt iets bij te dragen had. Hij vervloekte Roger Høibakk. Misschien had deze misser ervoor gezorgd dat ze nog niet verder waren gekomen. Als hij op het politiebureau was, zou hij onmiddellijk de verslagen doornemen om uit te zoeken wie er voor verantwoordelijk was dat deze getuige niet op een eerder tijdstip uitgebreid was verhoord.

De oude mevrouw Adamsen keek hem aan en ging verder: "Ik was om een uur of tien naar bed gegaan, maar ben later weer opgestaan. Dat doe ik bijna altijd. Opeens liep mevrouw Moen in volle vaart de deur uit en de trap af. Ze rende over het grindpad en deed zelfs het hek niet dicht. En ze deed het hek altijd dicht. Ze was bang voor honden, begrijpt u. Ze wilde geen honden in haar tuin. Ik denk dat het nauwelijks een halve minuut duurde, voordat de vriendin van haar zoon naar buiten kwam rennen. Ze liep achter mevrouw Moen aan de straat door."

Cato Isaksen dacht zo hard na dat het kraakte.

"Ze verdwenen allebei uit het zicht, zowel mevrouw Moen als de vriendin van haar zoon. En even later is ze doodgeschoten."

Toen Cato Isaksen weer in de auto zat, was hij opeens misselijk. Niet een klein beetje, maar zo erg dat hij niet wist of hij wel terug zou rijden naar het politiebureau. Het was iets acuuts, dat was zeker. Misschien had de oude vrouw Adamsen hem iets geserveerd wat niet helemaal in orde was.

Hij reed naar huis in Asker en zag ervan af om terug te gaan naar zijn werk. Hij zou contact op moeten nemen met Solveig Wettergren om haar te vragen waar ze de avond van de moord op Brenda Elise Moen was geweest. Hij zou haar bellen. Hij stopte bij het Statoil-benzinestation bij de afrit naar Asker en kocht een cola. Misschien had hij alleen maar honger. Hij bedacht dat hij die dag nog niets had gegeten.

Na het middageten voelde hij zich beter, maar hij had het verschrikkelijk koud. Hij wilde eigenlijk teruggaan naar het politiebureau om verder te werken aan de Moen-zaak, maar hij had geen zin om erheen te rijden. Hij belde een aantal keren naar Solveig Wettergren, maar ze nam de telefoon niet op.

Bente scharrelde om hem heen. "Misschien moet je een trui aandoen", zei ze.

De kat sprong op zijn schoot. Hij kriebelde hem afwezig op zijn buik. Opeens sloeg hij zijn nagels uit. Cato Isaksen schrok op en gooide hem op de vloer. "Hij wil alleen maar spelen", zei Bente. Ze leunde naar voren en legde het lopertje op de tafel weer recht. "Als ik een andere baan wil zoeken, is het nu misschien de goede tijd", zei ze.

"Ja", zei hij afwezig. Over het tv-scherm rolde het beeld van een orkaan.

"Het is jammer dat het zo gaat", ging ze verder. "Wij voeren een van de belangrijkste taken in deze maatschappij uit en we raken alleen maar overwerkt en worden onderbetaald." Ze plofte naast hem neer op de bank. Hij keek haar aan en kon het niet laten ernaar te vragen.

"Heb jij wel eens op het punt gestaan geweld te gebruiken tegen een van je patiënten?"

Bente keek hem verrast aan. "Hoe bedoel je?"

"Nou, je zegt dat je overwerkt bent, dat je slechte geweten haast de overhand krijgt omdat je niet in staat bent die oude mensen te geven waar ze recht op hebben."

"Ja, en?"

"Krijgt dat hopeloze gevoel wel eens de overhand?"

"Op zo'n manier dat de patiënten er de dupe van worden?"

"Ja."

"Nooit", zei Bente resoluut.

Later, toen ze naar bed zouden gaan, liep Cato Isaksen Vetles kamer binnen. Hij bleef aan het voeteneind van het bed staan kijken naar zijn slapende zoon. Het was een mooie jongen, met een hoog voorhoofd en mooie jukbeenderen. Hij vroeg zich af wie zijn zoon eigenlijk was. Hij sliep nog op dezelfde manier als toen hij klein was. Hij was eigenlijk helemaal zichzelf en ademde zonder geluid te maken.

Een felle, heldere maan scheen door de gordijnen. Het was herfst geworden. Het was 23 augustus. Cato Isaksen liep zachtjes de kamer uit en deed de deur achter zich dicht.

Cato Isaksen wilde niet in slaap vallen. Zijn geheugen was druk aan het werk met de nieuwe informatie die hij had gekregen en hij was bang dat hem bepaalde dingen konden ontglippen. Hij besloot te wachten tot Bente naar bed was gegaan. Daarna zou hij met pen en papier aan tafel gaan zitten om alle nieuwe gegevens op te schrijven. Het was lekker om 's nachts te werken. Zijn hoofd was dan vaak helderder.

Hij zette de terrasdeur open om wat frisse lucht binnen te laten, en de kat glipte naar buiten. Allerlei geluiden kwamen de kamer binnen: het geruis van de bomen, de auto's in de verte. In de heldere, koude lucht klonken de geluiden beter door. Hij hoorde het geruis van het verkeer over de E18 die een stukje verderop lag. Asker was bezig een klein stadje te worden. Cato Isaksen voelde zich onrustig. Ergens in de herfstnacht was Kathrine. Levend of dood. Levend, dachten de meesten. Maar was dat ook zo? In een flits zag hij haar voor zich. Haar gezicht leek sprekend op dat van Maiken. Hij zag Maiken als hij aan de levende Kathrine dacht. Maar misschien was ze dood. Lag ze in het water en was ze vergaan tot iets onherkenbaars, of lag ze ergens in het bos, verrot en opgegeten door beesten?

De volgende morgen zou hij direct naar Vindern rijden om met Solveig Wettergren te praten, en daarna naar Akershus om Alf Boris Moen te confronteren met de informatie van mevrouw Adamsen. Dat moeder en zoon ruzie hadden gehad. Dat moeder woedend, of misschien bang, naar buiten was gelopen. Hij wilde zijn vriendin ter sprake brengen. Was Solveig Wettergren de vrouw die 's nachts kwam en ging en die fatale avond in maart achter Brenda Moen was aan gerend? 'Nogal fors, met stevige schoenen. Altijd stevige schoenen. En altijd met haar handtasje aan haar arm.'

Maar Solveig Wettergren was veel ouder dan Alf Boris Moen. Wat kon dat betekenen? Had ze psychotische trekjes? Was ze misschien een goede toneelspeelster? Hij dacht aan haar lieve gezicht en haar heldere, vriendelijke stem. Ze droeg graag mooie jurken en mocht zich graag anders voordoen dan ze was. Zat het zo in elkaar? Was ze iemand anders dan waar ze zich voor uitgaf? Haar beeld stond hem plotseling duidelijk voor ogen. De beschrijving van een forse, oude vrouw kwam naar voren uit een paar getuigenverklaringen die op de avond dat Brenda Moen was neergeschoten waren verstrekt. 'Een eindje verderop liep een oude vrouw.' Was er ook niet iemand die iets had gezegd over geelwit haar?

Cato Isaksen ging in de luie stoel zitten. De kat, die door de open terrasdeur naar binnen glipte, sprong op zijn schoot. "Je bent vies", zei hij, afwezig aaiend over de zachte rug. Hij herinnerde zich plotseling de geur die hij maanden geleden in Brenda Moens appartement had geroken, toen Sigrid had gebeld om te vertellen dat zijn moeder was overleden. De schok had vanzelfsprekend zijn geheugen uitgeschakeld. Maar nu schoot hem de geur opeens weer te binnen. Zoet en scherp. Het luchtje kwam hem bekend voor, maar hij kon het niet plaatsen.

Hij zette de kat weer op de vloer een haalde een vel papier en een pen. Toen ging hij weer aan de eettafel zitten en begon te werken.

Zijn onderbewustzijn werkte aan het in elkaar passen van de stukjes, met het in kaart brengen van de dingen die mensen hadden gezegd en dingen die hemzelf waren opgevallen. Kleine, onbetekenende dingen, die gemakkelijk over het hoofd te zien waren. Hij schreef de nieuwe informatie op die hij had gekregen en probeerde die in te passen in de dingen die hij al wist. Toen stond hij op en liep een paar rusteloze rondjes door de kamer. Hij wilde wat muziek opzetten, maar bedacht zich, liep naar het raam en leunde met zijn hoofd tegen het koude glas. Toen sloot hij de terrasdeur. Er speelde iets door zijn hoofd. Hij deed zijn best om zich details te herinneren. Kleine opmerkingen die iemand had gemaakt. Onbeduidende dingen.

Cato Isaksen liep naar de keuken en pakte een boterham met salami. Daarna liep hij de gang in en pakte zijn autosleutels. De onrust zat in zijn lijf, en hij wist dat hij het net zo goed kon opgeven en naar zijn werk kon gaan.

Om vijf minuten over vier zette hij de auto neer in de parkeergarage onder het politiebureau. Hij bleef nog even zitten voor hij uitstapte.

Hij haalde zijn pasje door de sleuf en knikte even naar de nachtportier, voor hij de trappen op liep. Hij deed de lampen in de gang aan. De tl-buizen knipperden een paar keer voor het licht aanging. Hij liep zijn kamer binnen en zette de computer aan. Terwijl het apparaat startte, liep hij naar het raam om uit te kijken over de nachtelijke stad. Toen ging hij zitten om de getuigenverklaringen in verband met de Moenzaak door te nemen. Er stond niets over mevrouw Adamsen. Hij liep Roger Høibakks kamer binnen en vond zijn map met aantekeningen. Hij bladerde vlug door de documenten, maar vond niet wat hij zocht. Mevrouw Adamsen had gezegd dat de jonge aspirant, de man die de bandrecorder voor hem had gehaald, haar naam op een papiertje had genoteerd, maar haar naam stond niet in de verslagen. Roger was degene die hem had vergezeld, dus was het zijn verantwoordelijkheid. Hij vloekte zachtjes voor zich uit. Op de afdeling was het vaak een punt van discussie of aspiranten wel op dit niveau konden deelnemen aan een moordonderzoek. Als dit verhoor op een eerder tijdstip had plaatsgevonden, had de zaak een totaal andere wending kunnen nemen. Cato Isaksen schreef een boos briefje aan Roger Høibakk en legde het op zijn bureau.

KATHRINE WIST NIET WAT HET WAS, MAAR HET LEEK ALSOF ER IETS in haar lijf was veranderd. Het was alsof haar lichaam niet langer wilde leven. Ze had ook weer koorts gehad. Koude rillingen trokken door haar heen, maar even later was ze weer gloeiend heet. In het begin had ze geprobeerd een beetje te gymnastieken. Ze had op en neer gelopen door het vertrek, armoefeningen tegen de muur gedaan. Dat soort dingen. Maar haar enkel had steeds pijn gedaan en zelfs nu het gips was verwijderd, was haar enkel gezwollen. Haar hele lijf deed zeer. Ze kon haar armen haast niet optillen. Misschien was ze bezig dood te gaan. Ze dacht van wel. Ze dacht aan haar moeder en aan Bessa, aan haar vader en aan Tage. Arme allemaal. Arme Maiken, en Kenneth.

Ze moest in slaap gevallen zijn, want plotseling werd ze wakker van de hoge stem. "Hoe gaat het met je?" De weerzinwekkende hand kwam op haar af en raakte haar schouder even aan. Ze huiverde.

"Weet je nog wat ik vorige keer zei?"

"Nee", fluisterde ze. Haar stem had haast geen kracht meer.

"Binnenkort gaat er iets gebeuren. Er is al zo lang niets gebeurd."

Kathrine wist wat dat betekende. Er moest snel iets gebeuren. Dit kon toch niet steeds maar doorgaan.

Ze was zo moe. Ze moest weer in slaap gevallen zijn, want de volgende keer dat ze wakker werd, was het stil om haar heen. Ze kwam in het donker overeind om zich ervan te verzekeren dat ze alleen was. Ze had gedroomd dat ze dood was. Het gevoel zat nog steeds als prikkeldraad in haar gedachten. De doden konden nooit worden teruggebracht. Stof zijt gij, en tot stof zult gij wederkeren. Lucht zijt gij, en tot steen zult gij wederkeren. Ze leunde met haar rug tegen de vochtige muur. Het leek net alsof ze toch niet alleen was. Ze probeerde op te staan. Haar lichaam deed zo'n pijn. Ze had geen kracht meer. Maar uiteindelijk wist ze zich langs de muur omhoog te trekken en deed ze het peertje aan het plafond aan. Het licht stroomde langs de wanden en deed zeer aan haar ogen. Ze was alleen. Ze liep terug naar de matras en ging liggen. Het lukte haar niet om het eten dat voor haar was neergezet op te eten. Ze sliep weer in en hoorde de stemmen waarvan ze zoveel hield. De lach van haar moeder.

Mama lacht en is vrolijk. Maar haar gezicht is niet scherp, alsof haar beeld slechts fantasie is. Alsof ze niet echt bestaat. Misschien bestaat ze zelf ook niet. Het lukt haar niet om zich een plaats of een toestand voor te stellen waarin ze bestaat. Als ze denkt aan haar gevangenbewaarder, is het niet langer de afstand tussen hen die haar bang maakt, maar de nabijheid die ze voelt. Soms krijgt ze een vriendelijke glimlach, zonder boosheid. Het geluk dat ze dan voelt, maakt haar bang.

Kathrine draaide zich om zodat ze op haar rug bleef liggen. Ze lag niet graag op haar rug. Het leek net alsof ze dan door niets werd beschermd als er iemand zou komen. Het was net alsof ze een schilpad was. Haar rug was haar pantser. Ze draaide zich weer op haar buik. Ze hoorde niets, alleen maar stilte. Haar mond was droog. Het geluid van water dat uit de kraan in het toilethok druppelde, was ook een vorm van stilte geworden.

Cato Isaksen riep de andere rechercheurs op voor een vergadering om halfnegen. Het was vrijdag 24 augustus. Cato Isaksen was veel te opgetogen om te voelen dat hij moe was. Iedereen was bij de vergadering aanwezig, behalve Roger Høibakk die waarschijnlijk zijn briefje had gelezen en zich beledigd voelde. Na een korte uiteenzetting van de nieuwe informatie die in de Moen-zaak naar voren was gekomen, wilde Ingeborg Myklebust toch dat ze zich zouden blijven concentreren op de vermoorde vrouw uit Tøyen. Ze vond dat de nieuwe informatie in de Moen-zaak tot na het weekend kon wachten. In de Tøyen-zaak was het echter een kwestie van dagen tot de zaak was onderzocht en kon worden doorgestuurd naar de officier van justitie.

Cato Isaksen was woedend toen hij naar Solveig Wettergren in Vindern reed. Haar rode auto stond niet op de oprit, dus Cato Isaksen reed verder naar het ministerie van Defensie om Alf Boris Moen te confronteren met de informatie van de oude mevrouw Adamsen. Hij probeerde een parkeerplaats te vinden in de buurt van het Museum voor Hedendaagse Kunst. Dat viel niet mee. Ten slotte zette hij de civiele politiewagen achter een andere auto en legde een briefje met het nummer van zijn mobiele telefoon achter de voorruit. Hij liep naar het gele gebouw. Voor hij naar binnen liep wierp hij even een blik op de beide zwarte kanonnen aan weerszijden van de ingang. Bij de receptie vroeg hij naar Alf Boris Moen.

Hij had zich de reis kunnen besparen. Alf Boris Moen had een paar dagen vakantie genomen, werd hem verteld. Hij vroeg zich even af wat dat kon betekenen, maar bedacht dat er waarschijnlijk een heel natuurlijke verklaring voor was. Hij belde hem thuis, maar kreeg geen antwoord. Hij liet een bericht op het antwoordapparaat achter dat hij met hem wilde praten.

Hij liep terug naar de auto en reed door het drukke centrum van de stad.

Het was elf uur. De volgende dag zou de kroonprins gaan trouwen. Overal in de stad waren ze aan het oppoetsen en versieren. Wagentjes van de gemeentereiniging en werklieden in lichtgevende oranje pakken veegden afval bij elkaar, snoeiden bomen en struiken en wiedden de bloembedden. Het leek alsof de stad zijn adem inhield. Mensen haastten zich heen en weer. Onder de bevolking heerste een opgewonden stemming.

Hij keek op zijn horloge. Over een uur moest hij bij de rechtbank zijn als getuige in verband met een andere zaak. Als dat niet te lang zou duren, wilde hij daarna naar Drøbak rijden om nog een keer met Helena Bjerke te praten.

De rechtszaak duurde tot na halftwee. Hij stapte in de auto en reed naar Drøbak. Hij vroeg zich af of Alf Boris Moen daar misschien zou zijn.

Dat was hij niet. Helena Bjerke vroeg hem binnen te komen. Ze had een sigaret in haar ene hand en een breiwerkje in de andere. Ze vroeg niet langer of er nieuws was. Het leek alsof ze in de toestand berustte. Ze liet de rechercheur in de woonkamer binnen en vroeg hem plaats te nemen. Hij nam dat aanbod aan en ging toen recht op zijn doel af.

"Uw broer had lang geleden een geliefde", begon hij. "Waren ze verloofd?"

Helena Bjerke drukte de sigaret in de asbak uit en legde haar breiwerk op de bank.

"Ja, dat was allemaal erg verdrietig", zei ze.

"Wat is er gebeurd?"

"Het is erg lang geleden. Ze was 25, geloof ik. Alf Boris 28. Ze stierf vlak voor kerst, rond de tijd dat alles zo moeilijk begon te worden. Hij heeft nooit een ander gevonden."

"Hoe is ze gestorven?"

"Ze viel van de trap naar zijn appartement."

Cato Isaksen keek haar zwijgend aan. Plotseling werd zijn gezichtsuitdrukking waakzaam. Hij rechtte zijn rug.

"Hoe heette ze?" vroeg hij.

"Gunn Berit Tobiassen." Helena glimlachte even. "Ik mocht haar heel graag. Moeder was dol op haar."

"U zei dat alles moeilijk begon te worden."

"Ze wilde bij hem weg. Alf was er helemaal kapot van, de arme jongen. Hij deed alles opdat ze maar zou blijven. De dag dat ze stierf, was ze op bezoek om haar kerstcadeau te halen. Alf Boris hoopte vast dat hij haar nog van mening kon laten veranderen. Dat was wel het ergste."

Ze schudde zachtjes het hoofd. "Later vertelde Alf dat ze ermee had ingestemd het nog een keer te proberen. En toen gebeurde het fatale ongeluk. Ik herinner het me als de dag van gisteren. Alf Boris zat huilend over haar heen gebogen voor moeders deur. Ik vergeet het nooit. 'Je zei toch dat alles in orde zou komen', schreeuwde hij." Helena Bjerke boog haar hoofd. "Hij was zo ongelukkig." Met de rug van haar hand veegde ze de tranen weg die over haar wangen naar beneden liepen. "Arme Alf Boris", zei ze. "Arme wij. Er is zoveel gebeurd. Na Kathrines verdwijning is hij oud geworden. Hij kon zo goed met haar overweg. Verzon altijd leuke dingen. Ik geloof, om het maar rechtuit te zeggen, dat oom Alf, zoals ze hem noemde, de enige man was die ze vertrouwde."

Cato Isaksen zei niets.

"Ja, ik weet dat ik in de verleden tijd praat", zei Helena Bjerke opeens hard, "maar ik heb het opgegeven. Het is beter zo. Ondanks het sms-bericht en de kaart durf ik niet langer te geloven dat ze leeft. Iemand heeft een rotstreek met ons uitgehaald."

"Wij hebben het nog niet opgegeven", zei Cato Isaksen tactvol.

"Ik ben zo moe van altijd maar bang zijn." Helena Bjerke keek hem moe aan. "Het lijkt gemakkelijker om het op te geven. Kunt u dat begrijpen?"

"Ja", zei Cato Isaksen. "Dat is niet moeilijk te begrijpen. Heeft uw broer lang in de John Collets-allé gewoond?" vroeg hij.

"Ja, vanaf het moment dat we er gingen wonen, toen waren we vijftien en negentien. Voor zijn overlijden kocht vader beide verdiepingen. Daarvoor huurden we een kleine flat aan Carl Bernersplass. Vader wilde beide appartementen samenvoegen. Hij wilde de muur naar het trappenhuis weghalen, als hij genoeg geld had, maar zover is het nooit gekomen. Moeder en ik woonden op de begane grond en Alf Boris kreeg de eerste verdieping."

Cato Isaksen moest de dingen die Helena Bjerke over Gunn Berit Tobiassen had verteld meteen checken als hij terug was in de stad. Hij stond op en bedankte haar voor de hulp. Hij gaf haar een hand en kwam op het moment dat hij wilde vertrekken nog met een laatste vraag.

"Hoe heet de huidige vriendin van uw broer?"

Helena Bjerke keek hem verrast aan. "Nu begrijp ik niet wat u bedoelt", zei ze. "Hij heeft geen vriendin. Hij heeft na het overlijden van Gunn Berit niemand meer gehad."

Cato Isaksen keek haar ernstig aan. Helena Bjerke wilde hem niet laten gaan. "Waarom vraagt u dat?" vroeg ze.

"Nergens om", zei hij snel. "Een van de buren dacht dat ze een aantal keren een vrouw bij uw broer had gezien."

"Dan weet ze meer dan ik", zei Helena Bjerke.

"Wanneer hebt u hem voor het laatst gesproken?"

"Een paar dagen geleden."

"Hij heeft vakantie, hè?"

"O, ja? Daarvan heeft hij niets gezegd."

Cato Isaksen zei dat hij haar nog zou bellen. Toen stapte hij in de auto en startte de motor. Alf Boris Moen had hem niet teruggebeld. Cato Isaksen wist niet wat hij ervan moest denken. Misschien was de man gewoon moe en had hij een paar dagen vrij genomen, zonder dat tegen zijn zus te zeggen. Dat was niet verboden.

Hij had geluk en kwam net voor de spits in de stad aan. Hij reed rechtstreeks naar het politiebureau. Hij liep eerst naar de kantine om een baguette te kopen voor hij zijn kamer binnenliep. Hij at de baguette op en spoelde hem met cola weg. Toen belde hij naar de aspirant en vroeg hem om het dossier over de dood van Gunn Berit Tobiassen op te zoeken. Hij antwoordde dat hij het direct zou doen. Cato Isaksen veegde een paar kruimels van het bureau en bladerde rusteloos door wat papieren terwijl hij ongeduldig zat te wachten.

Gunn Berit Tobiassen was geboren op 3 november 1957 in Oslo. Ze stierf op 21 december 1982 nadat ze van een trap was gevallen en haar nek had gebroken. Ze had grote verwondingen aan haar hoofd. De patholoog-anatoom, dr. Knut Rambøl, had vraagtekens gezet bij een van de hoofdwonden. Vlak boven haar rechteroor was de schedel zo ver naar binnen gedrukt dat hij zich afvroeg of iemand een dergelijke verwonding op kon lopen bij een val van een trap.

Toen de politie later werd ingeschakeld, werd deze opmerking terzijde geschoven. Men kwam tot de conclusie dat er geen verdachte omstandigheden bewezen konden worden.

Cato Isaksen belde naar het Rijkshospitaal. Het bleek dat dr. Rambøl nog steeds op de afdeling werkzaam was. Hij was wel aan het werk, maar hij had pas de volgende week tijd om de rechercheur te ontvangen, zei de doktersassistente met een vastberaden stem. Cato Isaksen vertelde dat hij midden in een belangrijk onderzoek zat en dat het dringend was.

"Maar het is vrijdag", zei de assistente.

"Voor mij ook", zei Cato Isaksen scherp.

De vrouw vroeg of hij even wilde wachten. Hij hoorde haar schoenen klepperen toen ze wegliep. Na een tijdje kwam ze terug en zei dat hij maar langs moest komen als het dan zo belangrijk was.

Hij reed veel te snel naar het ziekenhuis. Het verkeer werd steeds drukker. Iedereen wilde tegelijk de stad verlaten. Hij dacht aan de woorden die Ingeborg Myklebust eens tegen hem had gezegd, dat hij de beste rechercheur was die ze had. Hij was sterk, betrokken en nauwkeurig tegelijk, had ze gezegd. Hij dacht daar nu over na. Zelfs al waren de anderen op de afdeling het er niet mee eens, Cato Isaksen voelde dat hij iets op het spoor was.

Er stond een rij mensen voor de informatiebalie. Cato Isaksen wachtte ongeduldig tot hij aan de beurt was. Ten slotte kon hij niet langer wachten en hij nam op goed geluk de lift naar de eerste verdieping. Daar trof hij iemand van de verpleging die hem de weg wees. Hij moest terug naar de receptie en dan met een andere lift naar de vijfde. Hij liep door de gang. Achter een halfopen deur hoorde hij mensen druk praten. Een verpleegster kwam naar buiten met iets in haar handen. Ze liep naar een kast en maakte hem open. Cato Isaksen bleef even naar haar staan kijken. Ze ordende en sorteerde en er klonken geluiden van glas en metaal. Opeens moest hij weer aan zijn moeder denken. Hoewel hij het nog steeds moeilijk had met zijn gevoelens, voelde hij het nu ook als een opluchting dat ze er niet meer was. Nu had hij eindelijk geen last meer van zijn slechte geweten omdat hij geen tijd had om haar te bezoeken. De verpleegster kreeg hem in de gaten. Ze kwam naar hem toe en vroeg of ze ergens mee kon helpen. Hij vroeg naar de patholoog-anatoom. De verpleegster had een rond gezicht en blond haar, ze leek wel een beetje op Solveig Wettergren in haar jonge jaren. Ze liep voor hem uit door de gang. Haar heupen schommelden onder het witte schort. Aan het eind van de gang stond een raam op een kier. Buiten klonk zachtjes het geruis van een boom.

Cato Isaksen dacht dat hij een oude man zou ontmoeten, en reageerde verrast toen de patholoog-anatoom iemand van zijn eigen leeftijd bleek te zijn. Knut Rambøl had zijn haar met een natte kam in model gebracht en droeg een metalen bril. Hij stond op en stak zijn hand uit. Hij had het dossier al opgezocht.

Cato Isaksen ging zitten op de stoel die hij aanwees en keek eens om zich heen. Op de planken stonden rijen grijze en blauwe ringbanden. Aan de wand hing een poster met alle spieren van het menselijk lichaam.

“Neem me niet kwalijk dat ik u stoor”, zei hij.

“Nee, dat maakt niet uit. Ik vind dit eigenlijk wel spannend. Ik kan me die zaak nog heel goed herinneren.” Hij zette zijn bril recht. “Ik weet het nog zo goed omdat het een van mijn eerste zaken was. Ik was net afgestudeerd. Het was de tweede of derde sectie die ik deed. Je bent nog heel gevoelig voor indrukken als je net begonnen bent. In elk geval in zo’n soort baan”, voegde hij eraan toe. “Je let dan meer op allerlei dingen, het is nog geen gewoonte geworden.”

“Bedoelt u dat de opmerking die u destijds maakte dat er misschien iets crimineels was gebeurd, niet reëel was?”

“Nee, die was erg reëel. We geven vaak aan de politie door dat we twijfelen over bepaalde sterfgevallen.”

“Dat weet ik.”

De patholoog-anatoom knikte. “U weet ook dat er goede gronden moeten zijn om met een bepaalde zaak verder te gaan. Hier was niets wat daar aanleiding toe gaf, zeiden ze. We hadden te maken met twee jonge, verliefde mensen. Ze waren van plan om te trouwen, daarom werd er niet verder naar gekeken. Maar ik geloof nog steeds dat ik gelijk had. Ik geloof dat de vrouw was geslagen, voor ze van de trap viel”, zei hij.

Cato Isaksen keek de patholoog-anatoom aan. Het was vrijdagmiddag. Hij zou vandaag niet meer verder aan de zaak kunnen werken. Hij hief zijn blik op en keek naar de schematische afbeelding aan de wand. Het licht van het raam reflecteerde in de glasplaat. De spieren waren roodbruin gekleurd. De slagaderen en aderen waren met rood en geel ingekleurd.

DE DAG VAN DE KONINKLIJKE BRUILOFT BEGON GRIJS EN ER ZAT REGEN in de lucht. Helder zou het die dag ook niet meer worden. De lucht was klam. Cato Isaksen had Bente beloofd dat hij op tijd thuis zou komen. Hoewel het zaterdag was, zouden de rechercheurs een vergadering hebben over de moord in Tøyen. De zaak had een opvallende wending genomen. Een van de betrokkenen was de vorige avond laat opeens met een bekentenis gekomen en dat was zeker geen dagelijkse kost voor de politie.

Terwijl zijn collega's zaten te praten, zat Cato Isaksen onrustig met zijn voeten te schuiven. Hij zat stijf te luisteren. Niet naar de stemmen van de anderen, maar naar zijn eigen gedachten. Zijn blik bleef hangen bij een punt op tafel, een botervlek van de lunch. Hij volgde de bewegingen van Randi Johansen toen ze koffie uit de thermoskan inschonk. Haar nagels waren kort en schoon. Hij wilde juist gaan vertellen over zijn bezoek aan de patholoog-anatoom van het Rijkshospitaal, toen Ingeborg Myklebust de kamer binnenkwam. De Tøyen-zaak leek te zijn opgelost en de afdelingschef was tevreden. Het was een opluchting. Ze zei dat ze trots op zichzelf konden zijn en dat ze nu snel naar huis moesten gaan om te genieten van de bruiloft van de kroonprins. Ze ging er in elk geval van uit dat iedereen daar die middag en avond naar zou kijken. Cato Isaksen keek naar haar goed verzorgde handen. De nagels waren vuurrood, haar ringen glinsterden.

Randi Johansen kwam bij hem zitten. "Is er iets?" vroeg ze.

Hij gaf geen antwoord. Hij probeerde koortsachtig de plek in zijn gedachten te vinden waar hij bijna was geweest toen Randi hem stoorde. Hij moest iets opdiepen uit de tussenruimte, uit het gat tussen zekerheid en onzekerheid. Hij stond op en zei dat hij een telefoontje moest plegen. Hij liep de kamer uit. Hij had al een paar keer geprobeerd om Solveig Wettergren op haar mobiele telefoon te bellen. Hij ging wel over, maar ze nam hem niet op. Hij wist dat ze in het Grand Hotel was. De grote happening was eindelijk begonnen. De viering van de kroonprinselijke bruiloft, zoals de oude dames al negen maanden geleden hadden gepland.

Toen Cato Isaksen terugkwam, waren de anderen bezig op te breken. Hij maakte een verontschuldigend gebaar, maar geen van zijn collega's leek bijzonder geïnteresseerd toen hij begon te vertellen over zijn bezoek van de vorige dag aan de patholoog-anatoom. "Daar kijken we maandag naar", zei Randi Johansen en ze keek hem opgelaten aan voordat ze haastig vertrok.

Cato Isaksen liep zijn kamer binnen en nam opnieuw het dossier over de dood van Gunn Berit Tobiassen door. Het bleek dat de politieman die de zaak destijds onder behandeling had gehad, had opgemerkt dat Alf Boris Moen de trap had gedweild voordat de politie kwam.

In het beknopte politierapport, dat was afgesloten op 15 januari 1983, stond dat Moen had verklaard dat hij er niet tegen kon om de bloedvlekken van zijn geliefde op de trap te zien. Hij leek oprecht ongelukkig en was duidelijk uit zijn doen, stond er in het rapport. De politie vond ook geen voorwerpen die interessant waren in verband met de verwondingen die Gunn Berit Tobiassen aan haar slaap had. Ze hadden een paar informele gesprekken met Moen gevoerd, maar de zaak werd niet nader onderzocht. Helemaal aan het eind van het rapport stond de opmerking dat de patholoog-anatoom pas was afgestudeerd en daarom misschien een beoordelingsfout had gemaakt. Een andere patholooganatoom die werd ingeschakeld, had niets op te merken.

Een halfuur later was Cato Isaksen alleen op de afdeling achtergebleven. Hij moest naar het toilet, maar vergat dat weer toen hij iets las wat hij zelf had geschreven over de onrust die hij had gevoeld bij het eerste bezoek aan Brenda Moens appartement. Kende Moen Solveig Wettergren beter dan hij wilde toegeven? Brenda Moens zoon zou toch geen seksuele relatie hebben met zijn moeders vriendin, een 74-jarige vrouw? De gedachte was eigenlijk lachwekkend.

Cato Isaksen bleef nog een kwartiertje zitten bladeren in de documenten voor hij de lift naar de parkeergarage nam. Hij wilde op weg naar huis nog even langs de John Collets-allé rijden. Misschien was Alf Boris Moen inmiddels thuisgekomen.

Helena Bjerke nam een paar kleine slokjes van de warme thee terwijl ze ondertussen het tv-scherm in de gaten hield. In de hoofdstraat van Oslo was het ondanks het grijze weer een drukte van belang. Iedereen wilde het bruidspaar langs zien rijden op weg naar de domkerk. De mensenmassa zwermde over de trottoirs. Om de andere lantaarnpaal hing een Noorse vlag en de bloemenpracht waarmee de stad was versierd, was overweldigend.

Plotseling stond haar broer in de deuropening. Helena Bjerke schrok op. Ze had hem niet horen binnenkomen. Ze legde haar breiwerk aan de kant. "Ik had je niet gehoord", zei ze. "Hoe ben je binnengekomen?"

Alf Boris Moen keek haar aan. "De deur was open", zei hij.

"Tage heeft hem vergeten af te sluiten." Helena Bjerke beduidde dat hij moest gaan zitten. "Vroeger deden we de deur nooit op slot, maar daar zijn we nu mee begonnen. Want ik denk dat er 's nachts soms iemand om het huis sluipt", zei ze.

"Waar is Tage?" Alf Boris Moen stond nog steeds op dezelfde plek.

"Hij is een stukje gaan varen met de boot. Hij heeft het de laatste tijd niet gemakkelijk gehad. Hij heeft nog steeds het gevoel dat ik hem verdenk van wat er met Kathrine is gebeurd."

"En dat doe je niet?"

"Nee", zei ze. "Eigenlijk niet. Ga zitten", herhaalde ze, "dan zal ik koffie zetten. Blijf je hier vanavond? We koken wat lekkers en kijken naar de bruiloft. We doen het lekker rustig aan."

Haar broer schudde zijn hoofd. "Helena, je moet me helpen", zei hij.

Ze keek hem aan. Hij was anders. Zijn gezicht had een lege uitdrukking. Er moest iets zijn gebeurd.

"Wat is er?" Ze stond op. Het breiwerk viel op de vloer. Een breipen rolde rinkelend over het parket. De bol wol wikkelde zich om haar rechterbeen.

Hij liep naar zijn zus toe en legde zijn hand op haar arm.

"Ik moet iets bekennen", zei hij. "Ik heb zelf wat dingen nagezocht. Ik ben daar al een hele tijd mee bezig, en je gelooft niet wat ik heb gevonden."

"Wat dan?" Ze schreeuwde het bijna uit. "Wat dan?"

"De politiemensen hebben hun werk niet goed gedaan", zei hij. "Ik denk dat ik Kathrine heb gevonden."

"Wat zeg je?" Ze snakte naar adem. Ze hield haar handen voor haar mond en keek hem met wijd opengesperde ogen aan. "Is ze dood?" Helena Bjerke dacht dat ze flauw zou vallen. De kamer werd zwart voor haar ogen.

"Nee", zei hij, "ze leeft."

"Ze ... leeft?" Helena Bjerke hield nog steeds haar handen voor haar mond. "Leeft ze?" riep ze. "Zeg je dat ze leeft?"

"Ja", zei Alf Boris Moen verbeten. "Maar we moeten ons haasten." Hij keek met een bezorgde blik naar zijn zus.

"Maar de politie ... We moeten het zeggen."

"We bellen uit de auto."

"We moeten met Cato Isaksen praten. Hij is de baas. Ik heb zijn telefoonnummer." Helena Bjerke liep naar haar handtas en begon erin te zoeken. Haar handen trilden zo dat haar tas op de vloer viel. "Hij was hier gisteren nog", zei ze huilend.

"Neem je tas mee, dan gaan we weg", zei haar broer vastbesloten en hij liep naar de deur.

Waar was haar telefoonboekje met het nummer van de politieman? Helena Bjerke snikte het uit. De angst tintelde in haar huid. "O, mijn god, o, mijn god", herhaalde ze.

Haar broer stond ongeduldig op haar te wachten in het portaal. "We bellen uit de auto", herhaalde hij.

Helena Bjerke pakte haar tas, strompelde de gang in, stak haar voeten in een paar schoenen en trok een windjack aan. Ze ving een glimp op van haar gezicht in de spiegel. Het zag er vreemd en naakt uit. Ze voelde zich onwerkelijk. Alsof dit iemand anders overkwam.

Buiten hield haar broer het portier voor haar open. Ze viel op de stoel neer. Kippenvel trok over haar armen. Wat was er gebeurd?

Alf Boris Moen stapte achter het stuur, draaide de sleutel om en startte de witte auto. Hij draaide achteruit en reed snel naar de weg.

Helena Bjerke pakte haar sigaretten. "Ik moet roken", zei ze en ze zocht naar haar aansteker. Ze kon hem niet vinden en bleef met de onaangestoken sigaret in haar mond zitten.

"Waar is ze?" De angst dat het niet waar zou zijn, hield haar hart in zijn greep.

Hij keerde zich ernstig naar haar toe. "Je zult het niet geloven, maar ze wordt gevangengehouden."

"Gevangen? Door wie?"

Alf Boris Moen schudde het hoofd. "Het is zo idioot dat je het nooit zult geloven", zei hij.

Helena Bjerke ademde zwaar.

"Het is een vrouw."

"Een vrouw?"

Hij knikte en concentreerde zich op de weg. "We moeten een beetje voorzichtig zijn", zei hij. "Ik geloof dat ze het vandaag allemaal af wil sluiten."

"Vandaag?"

"Ja."

Ze reden zwijgend verder. Het grijze nazomerlandschap gleed voorbij. De mist lag zwaar over de bomen. Mensen vlagden voor het kroonprinselijk paar. Iets weerhield Helena Bjerke ervan om meer vragen te stellen. Ze keek naar het scherpe profiel van haar broer. Verdriet, onmacht, schuld, alles stroomde door haar hoofd en maakte haar woordeloos.

Op weg naar Ullevål Hageby hield hij het niet meer. Bij een benzinestation moest hij stoppen om te plassen. Toen Cato Isaksen tien minuten later in de John Collets-allé parkeerde, bleef hij in de auto zitten kijken naar de lege ramen in het grijze stenen huis. Het was al drie uur geweest. Hij dacht aan de geur die hij had geroken toen Sigrid belde en vertelde dat zijn moeder was overleden. Hij leunde met zijn hoofd tegen de neksteun en sloot even zijn ogen. Er was iets met die geur. Hij dacht aan Bentes parfum. Ellen gebruikte Eternity. Hij kon zich niet herinneren wat Sigrid gebruikte. Waarschijnlijk gebruikte ze geen parfum. Misschien ook geen deodorant. De geur die hij met Sigrid associeerde was chloor. Ze ging vaak zwemmen in het zwembad. Ze rook schoon en wit. Hij blies zijn adem uit, ademde diep in en opende zijn ogen. Hij had een scherpe geur geroken, zoiets als schoonmaakmiddel of een antisepticum.

Zowel Helena Bjerke als Alf Boris Moen had vrij toegang tot het appartement van hun gestorven moeder. Zover hij wist, hadden ze de boedel nog niet verdeeld, Plotseling, als een donderslag bij heldere hemel, wist hij de geur die hij had geroken te plaatsen. Nagellakremover, dat was het. Hij zag het flesje voor zich dat zijn moeder in de badkamer had staan toen hij klein was. Hij dacht aan de vuurrode klauwen van Tulla Henriksen, de zwarte nagels van Sølvi Steen en het flesje nagellakremover dat op de tafel naast de paasversieringen had gestaan toen hij haar de eerste keer thuis bezocht.

Cato Isaksen stapte uit de auto. Hij bleef een tijdje naar het huis staan kijken voor hij het grindpad op liep en aanbelde. Was Solveig Wettergren die keer vlak voor hem in Brenda Moens appartement geweest? Had hij haar geur geroken?

Juist toen hij daaraan stond te denken, reed het kleine blauwe autotje langzaam tot voor het hek en stopte. Cato Isaksen draaide zich om en keek naar de oude man die uit de auto kroop. Het was dezelfde man die hij een paar dagen geleden had gesproken. Hij drukte het portier dicht en droeg het aluminium bakje met de kant-en-klare maaltijd bijna plechtig naar de trap. Hij groette Cato Isaksen vrolijk. "Ook vandaag weer wat te eten", zei hij terwijl hij het bakje op de bovenste traptrede zette. Hij knikte even en liep over het grindpad terug, stapte in de auto en reed weg.

Toen hij weg was, kreeg Cato Isaksen een ingeving. Hij liep naar de groene vuilnisbakken die net binnen het hek stonden. Een was helemaal leeg, in de tweede lag een stapeltje kranten en een plat kartonnen doosje. In de derde lagen vier dichtgeknoopte plastic draagtassen. Cato Isaksen keek vlug om zich heen en wachtte tot een ouder echtpaar en een paar tienermeisjes voorbij waren. Toen pakte hij de plastic tassen en maakte ze een voor een open. Een vieze, rotte lucht sloeg hem tegemoet. Hij gooide de tassen leeg op het grindpad. Er zaten de gewone dingen in zoals etensafval, een lege mayonaisetube, aardappelschillen en een koffiefilter met koffiedik. Hij zocht naar iets bepaalds. Maar hij vond het niet. Er lagen geen aluminium bakjes. Wie at het eten op dat elke dag aan de deur werd bezorgd? Cato Isaksen dacht plotseling aan een uitspraak van een collega toen hij pas was begonnen. "Wie kijkt, weet niet wat hij niet ziet", had hij gezegd. De onrust stroomde door hem heen. Hij verzamelde het afval en gooide het weer in de vuilnisbak. Toen veegde hij zijn handen af aan het lange gras en liep terug naar de deur om nog eens aan te bellen.

Niemand deed open. Hij liep de stenen trap weer af en volgde het grindpad om het huis heen naar de achterkant. Daar zag hij een kleine opening in het hek waardoor je uitkwam op een smal voetpad tussen de tuinen. Van daaruit kon je naar de straat lopen die parallel liep aan de John Collets-allé. Hij liep een klein stukje over het voetpad en keek omhoog naar de eerste verdieping. Een hoge boom, met in de top nog steeds een dikke bladertooi, stak boven de glanzende dakpannen uit. Achter het badkamerraampje brandde licht. Verder was het overal donker. De hemel trok dicht, het werd donker en regenachtig. Cato Isaksen kreeg opeens het idee dat Alf Boris Moen toch wel thuis zou kunnen zijn, zelfs al deed hij niet open. Hij stak zijn hand in zijn zak en voelde de koude sleutel die hij na zijn laatste bezoek had gehouden.

CATO ISAKSEN STOND IN HET DONKERE TRAPPENHUIS TUSSEN DE beide appartementen. De stilte sloeg hem tegemoet. Hij wilde het licht niet aandoen en bleef een tijdje doodstil staan luisteren, voor hij langzaam de trap op liep; voorzichtig zodat de treden niet zouden kraken. Hij legde zijn oor tegen Alf Boris Moens deur. Geen geluid. Hij stak de sleutel voorzichtig in het slot, maar hij paste niet. Hij liep de trap weer af en opende Brenda Moens deur. Hij duwde de deur half open. Het viel hem ineens op dat zijn hand trilde. Hij wreef zijn koude vingertoppen tegen elkaar. Hij voelde zich even uitgeput en leeg. Waar was hij eigenlijk mee bezig? Hij liep Brenda Moens appartement binnen. Een bedompte lucht sloeg hem tegemoet. Het was schemerdonker en bijna plechtig stil in de kamer. Voor twee ramen waren de gordijnen dichtgetrokken. Door het derde raam viel het spaarzame licht van de grijze dag in de overvolle kamer naar binnen. Het bekeek het zijdebehang, de vergulde spiegel en de kristallen kroonluchter. Toen drukte hij op het lichtknopje. Met het licht kwam het inzicht. Plotseling wist hij wat hij tijdens zijn eerste bezoek had gezien zonder het te zien. Hij liep naar de ladekast met de foto's. Nu was alles in orde. De foto's stonden netjes naast elkaar en de bovenplaat was bedekt met een dun laagje stof. Hij streek er even met zijn vinger over zodat de donkere plaat tevoorschijn kwam. De eerste keer dat hij hier was geweest, had het stof niet gelijkmatig verdeeld gelegen. Tussen de foto's hadden donkere vlekken gezeten. Alsof iemand ze had opgepakt en teruggezet. Of ze woedend van de kast had geveegd en ze later weer zo goed mogelijk had teruggeplaatst. Mevrouw Adamsen had gelijk gehad. De avond van de moord op Brenda Moen was hier ruzie geweest. Maar misschien niet alleen die avond. De spiegel die was gevallen en gebroken kon ook blijk geven van grote onenigheid tussen moeder en zoon. Of tussen Brenda en haar zoons onbekende vriendin?

Opeens viel Cato Isaksen op dat het grote schilderij van koningin Maud van de wand was genomen. Op de plaats waar het schilderij had gehangen, was het behang dieper en frisser van kleur.

Hij liep vlug naar het lichtknopje en deed het licht uit. Hij bleef staan luisteren. Had hij een geluid gehoord? Hij sloot zijn ogen even, maar bleef achter zijn oogleden toch dingen zien. Zijn hart bonkte in zijn keel. Hij proefde een ijzersmaak in zijn mond. Hij deed een stap achteruit en kreeg plotseling het overweldigende gevoel dat hij werd gadegeslagen. Hij draaide zich vlug om. Hij kwam ergens met zijn arm tegenaan, wierp zich snel aan de kant maar moest lachen toen hij begreep wat het was. Iemand had een mosterdgele japon over de torso gehangen.

Hij liep naar de tv en zette hem aan. Het was 16.45 uur. Het kille, blauwe licht stroomde de schemerdonkere kamer in. De donkere limousines reden in het grijze weer over de Karl Johans-gate. Hoerageroep steeg op van de mensenmassa langs de route. Overal zag je vlaggen en wuivende handen. Toen opeens een close-up van de kroonprins en de kroonprinses in de limousine. Ze filmden door het raampje. De bruid droeg een stijlvolle, witte japon. Een eenvoudig diadeem hield de bruidssluier op zijn plaats. Ze was mooi. De kroonprins was in uniform. Cato Isaksen zette het geluid van de tv zachter, pakte zijn mobiele telefoon en toetste het nummer van Helena Bjerke in. Hij wilde haar iets vragen. Tage Wolter nam onmiddellijk op. Het leek alsof hij bij de telefoon had zitten wachten. Cato Isaksen verdeed geen tijd met nietszeggende opmerkingen, maar vroeg of hij Helena Bjerke kon spreken. Tage Wolters stem klonk vreemd. Hij vertelde dat ze vreemd genoeg was uitgegaan zonder een berichtje achter te laten. "Dat doet ze anders nooit. We zouden vanavond wat lekkers koken en samen naar de bruiloft kijken", zei hij teleurgesteld en hij vertelde dat haar breiwerk in de war op de vloer lag. "En de deur was niet afgesloten", zei hij. "Dat is niets voor Helena. Ze legt altijd een briefje neer of ze belt me mobiel. Ik heb geprobeerd om haar te bellen, maar ze heeft haar telefoon uitgezet."

"Maar jullie hebben op het moment toch wat problemen?" probeerde Cato Isaksen.

"Nee, dat is geweest. We hebben gepraat en gepraat, en we hebben afgesproken dat we er samen doorheen komen. Dat duurt alleen een tijdje."

Cato Isaksen voelde de onrust als een band om zijn borst spannen. "Ik moet u iets vragen", zei hij snel. "Hoe is Helena's vader gestorven?"

Tage Wolter bleef stil aan de telefoon. "Waarom vraagt u dat?" zei hij ten slotte.

"Hoe is hij gestorven?" herhaalde Cato Isaksen. "Geef gewoon antwoord."

"Hij kreeg kanker. Hij is een jaar heel ziek geweest, voordat hij stierf. Het was verschrikkelijk."

Cato Isaksen draaide zich even om en keek door het raam. Misschien was het toch niet zoals hij had gedacht. "Ik belde eigenlijk om te vragen of Helena een tijdje bij haar broer uit de buurt wil blijven", zei hij afwezig.

"Waarom?"

"Tja, dat weet ik eigenlijk niet. Ik heb het gevoel dat er iets gebeuren gaat."

"O, ja? Wat dan?"

"Dat weet ik niet precies." Cato Isaksen probeerde zich eruit te praten. Hij kon niet zeggen dat zijn intuïtie hem vertelde dat er iets fout zat, dat hij dat al een hele tijd had gevoeld. Dat hij hen eerder had moeten waarschuwen.

"Luister, het eten staat hier aan te branden", zei Tage Wolter verontschuldigend. Het was duidelijk dat hij de reikwijdte van de dingen die de rechercheur hem had proberen te vertellen, niet goed had begrepen.

"Oké", zei Cato Isaksen en hij beëindigde het gesprek.

De deur naar de kelder zat niet op slot. De beide appartementen aan de andere kant van het huis hadden ook toegang tot de kelderruimte, maar via een eigen trap. In een afgescheiden ruimte stond een oude badkuip op verroeste pootjes in de vorm van leeuwenpoten. Elk appartement had een eigen kelderruimte. Naast elkaar stonden vier vierkante gazen hokken met hangsloten op de deuren, vol oude meubels, kratten, fietsen en oude kleren.

Tegen een van de buitenmuren stond een mooie, oude spiegellijst. Cato Isaksen wist dat dat de spiegel was die van de wand was gevallen. Alleen de brede, bruine lijst was nog over. Een paar kleine, scherpe punten stonden nog in de rand.

De rechercheur zag stukjes van zijn eigen gezicht in de scherven. Zijn neus, mond, ogen. Waar had hij Solveig Wettergren van verdacht? Dat ze zich verkleedde, dat ze iemand anders was dan ze voorgaf te zijn. Dat ze koud en misschien psychisch ziek was. Voor haar waren andere mensen misschien niet meer dan gereedschap dat ze kon manipuleren en gebruiken om haar eigen doel te bereiken.

Een nieuwe gedachte kwam in hem op. Stel je voor dat ze allemaal in het Grand Hotel zaten? Misschien was zijn fantasie op hol geslagen. Misschien zaten Solveig Wettergren, Tulla Henriksen, Helena Bjerke en Alf Boris Moen op dit moment in een mooie hotelkamer op rococostoelen champagne te drinken.

EEN PUNTIGE TAK STAK IN HELENA BJERKES DIJBEEN. ZE KROMP ineen van de pijn die door haar spieren trok. Het was zachtjes gaan regenen, maar de wind was gaan liggen. Er hing een zware, klamme warmte in de lucht. Ze bleef even staan, probeerde weer op adem te komen. Ze wist niet goed welke richting ze op moest. Het was moeilijk om tussen de bladeren door haar broer te zien. Ze hoorde het geluid van zijn voetstappen over de bosgrond. "Wacht", riep ze. Hij bleef staan en ze liep naar hem toe. Ze zeurde dat hij haar moest vertellen wat er was gebeurd. Hij zei dat ze dat zelf zou zien. "Eerst moet je het zelf zien", zei hij steeds maar weer en hij liep verder. Ze zag de angst en het verdriet in zijn ogen. Ze stelde steeds vragen waar hij geen antwoord op had, bijvoorbeeld hoe de politie hen hier moest vinden. Hij zei dat hij naar het politiebureau had gebeld. Cato Isaksen was niet aanwezig en zijn mobiele telefoon stond uit, maar hij zou bericht krijgen zo gauw hij weer binnen kwam.

"Maar het is zaterdagmiddag", zei ze, "dan is het toch niet zeker dat hij weer terugkomt?"

"De vrouw met wie ik heb gesproken, zei dat ze hem thuis zou proberen te bellen", zei Alf Boris Moen en hij liep verder.

"Ik bel nog een keer naar zijn mobiel. Ik heb het nummer." Helena Bjerke zocht naar het briefje in haar tas. "Maar vlug een beetje", zei haar broer, terwijl hij bleef staan. "Bel vlug." Hij zei dat Kathrine het misschien niet zou overleven als ze bleven treuzelen.

Ze ontdekte dat ze haar mobiel in de auto had laten liggen. "Maar wie is die vrouw die haar heeft ontvoerd?" Helena was wanhopig. Ze stond te trillen op haar benen. Haar broer draaide zich om en keek haar ernstig aan. "Ik wil dat je het met eigen ogen ziet", zei hij.

Ze staken een beekje over. Helena Bjerke viel bijna. De stenen waren spekglad. Toen ze aan de overkant kwam, leunde ze hijgend tegen een boom. Na een tijdje drong hij aan dat ze verder zouden lopen. "Voor Kathrine", zei hij.

Helena Bjerke vatte moed. Ze voelde opeens dat ze honger had. Ze had na het ontbijt niets gegeten. Een tak brak onder haar gewicht. Uit de struiken scharrelde een diertje tevoorschijn. Een eindje verderop zakten haar voeten weg in de losse aarde. Haar schoenen zaten onder de modder en bladeren die eraan bleven plakken. Ze hield haar tasje krampachtig vast.

Haar broer ging sneller lopen. Ze had moeite hem bij te houden. Dennenbomen en een enkele loofboom stonden tussen de sparren. Onverwachts opende het dichte bos zich en kon ze de grijze hemel zien. De zware wolken hingen vlak boven de boomtoppen.

"Nu zijn we er bijna", zei haar broer en hij keek haar ongerust aan. "Gaat het goed?" vroeg hij. Ze knikte en keek hem aan.

"Je moet hier blijven wachten", zei hij. "Ga hier maar zitten." Hij wees naar een boomstronk die op de grond lag. "Ik ga eerst de situatie verkennen, dan kom ik terug om je op te halen."

Onder de keldertrap zat een deur. Daar was duidelijk een extra ruimte gebouwd. De deur zat natuurlijk op slot. Het was een doodgewoon slot, zo een met een gewone, glimmende sleutel. Cato Isaksen keek om zich heen. Dergelijke sleutels lagen vaak op een verstopplaatsje. Hij voelde achter randjes en in spleten in de muur. Ten slotte gaf hij het op en hij liep terug naar de ruimte met de badkuip. Daar had hij een paar kratten met gereedschap zien staan. Hij liep erheen en zocht iets wat hij kon gebruiken om het slot open te breken. Uiteindelijk vond hij een stuk draad. Hij bleef even staan luisteren, maar alles was stil. Hij wilde niet het risico lopen dat iemand hem zou betrappen als hij aan het inbreken was. Het schoot door zijn hoofd dat hij Bente moest bellen, maar hij vergat het op hetzelfde moment. Na zijn gesprek met Tage Wolter had hij zijn mobiele telefoon uitgezet.

Terwijl hij zat te prutsen met het slot, meende hij boven voetstappen te horen. Hij stopte en luisterde, maar ontdekte dat hij zijn eigen hart hoorde bonken. Rustig maar, zei hij tegen zichzelf. Maak je niet druk. Hij keek even op zijn horloge. Het was tien over vijf.

Na een kwartier had hij het slot eindelijk open. Hij was boos op zichzelf omdat het hem zoveel tijd had gekost.

Hij duwde de deur voorzichtig open. Hij kraakte in de hengsels. Nog voor hij het lichtknopje had gevonden, had hij door dat het maar een klein kamertje was. Een hok. Hij dook in elkaar vanwege een plotseling geruis in de leidingen. Hij bleef weer een paar tellen wachten voor zijn hand verder zocht naar de schakelaar en hij het licht aandeed.

Verrast bleef hij als aan de grond genageld staan. Het duurde even voor hij zijn indrukken op een rijtje kon zetten. Het was overweldigend. Twee stangen liepen van wand tot wand en hingen vol kleren. Er hing een zweem van parfum in de lucht. De kleren waren netjes op hangertjes gehangen. Jurken, lange en korte. Damesjassen en blouses. Rokken in allerlei verschillende stoffen. Een overvloed aan kleren, ouderwetse kleuren en modellen. Op een kaptafel met spiegel stond een klein, zwart kistje. Cato Isaksen tilde de deksel op. Op blauw fluweel lagen verschillende grote sieraden. Hij zag direct dat ze waardevol waren. Hij pakte er een op. Woog het sieraad in zijn hand. Het zag er oud uit. Er lag ook een smal diadeem tussen. Had Brenda Moen dit hok als kleedkamer gebruikt? Had ze zich hier beneden in eenzame majesteit opgedoft en gefantaseerd over vervlogen glorietijden? Het kwam hem allemaal nogal vreemd voor.

Hij wilde juist het licht uitdoen en vertrekken toen zijn oog plotseling op een klein, doorzichtig plastic flesje met een blauwpaarse schroefdop viel. Cutex nagellakremover.

Opeens wist hij het. Het voelde alsof iemand een zwaard door zijn lichaam stak. Dit hok was van Alf Boris Moen. Langzaam drongen de waarheid en samenhang tot hem door. Eerst voelde hij zich verlamd, toen totaal uitgeput.

Hij verkleedde zich als vrouw. Had hij nog meer gevaarlijke geheimen? Niet Solveig Wettergren was psychisch ziek. Zij had er niets mee te maken. De geheimzinnige vriendin over wie mevrouw Adamsen had gesproken, was niet Solveig Wettergren of een andere vrouw, maar Alf Boris Moen zelf. Randi had gelijk toen ze er steeds op terugkwam dat ze het vreemd vond dat Moen geen vrienden had. In het perspectief van een psychopaat was geen plaats voor andere mensen. Dergelijke mensen voelden zich niet verbonden met anderen, maar met dingen.

HIJ HAD DE BLAUWE MANTEL AANGEDAAN. HIJ HAD EEN KLEINE kleedkamer in een hokje buiten de bunker. De spiegel hing aan een spijker in de muur. Hij vond dat hij er heel mooi uitzag, totdat hij naar zijn hangbuik keek. Hij droeg een dikke, gouden ketting om zijn hals. En als altijd stak het wapen uit de bruine handtas. Hij schoof de grendel opzij en opende de zware deur. Kathrine kwam moeizaam overeind en leunde met haar rug tegen de muur. Ze had een van de krukken gepakt en achter de matras gelegd, voor het geval dat. Hij moest hem niet zien. Haar oom keek haar minachtend aan. Hij had weer die feloranje lippenstift op. Ze wilde zeggen dat hij er walgelijk uitzag, maar ze hield zich in. Ze moest meespelen. Zeggen dat hij mooi was, een prachtige jurk aanhad, een heerlijk parfum gebruikte, dat soort dingen. Ze haatte het als hij met die hoge stem sprak. Ze besefte dat ze alleen nog in leven was, omdat ze zijn publiek was. Hij mocht graag voor haar poseren, hij vroeg haar raad en advies over de kleren die hij droeg. "Jij bent altijd zo met kleren bezig", zei hij dan.

Haar rug deed pijn. Haar spieren waren stijf en deden pijn. Ze sloot haar ogen en voelde hoe ze van angst tranen in haar ogen kreeg. Iets was anders vandaag. De tranen stroomden, rolden over haar wangen. Een enorm verdriet nam bezit van haar.

Opeens stond haar een helder beeld voor ogen. Ze zaten rond de tafel in Bessa's keuken. Hoe oud was ze toen geweest? Misschien een jaar of vijf. Bessa had haar een parelketting gegeven en haar een klein prinsesje genoemd. Ineens, terwijl Bessa met de rug naar haar toe stond, kneep hij in haar arm. Tegelijk drong een heerlijke geur haar neus binnen. Er stond zelfgemaakte frambozenjam op het fornuis. Als een bliksemflits schoot de pijn door haar bovenarm. Ze huilde, maar Bessa geloofde niet dat oom Alf haar had geknepen. Haar oom was opgestaan om een natte doek te pakken. Het was vast een wesp, had Bessa gezegd toen ze zich over haar heen boog. Toen wist ze al dat haar oom gevaarlijk was. Sindsdien had ze het geweten. Diep vanbinnen. "Geeft niet, moeder. Laat haar dat maar denken." Hij warmde haar handen. Haar vingertoppen voelden verkleumd tegen zijn huid. Zijn heup stootte tegen haar hoofd toen hij opstond. Een lepe man, dacht ze. Maar ik heb hem doorzien. Ze kreeg wel tien scheppen jam op een bordje. Maar behalve rood, smaakt de jam ook zwart. En geel, als rabarber. Opeens was er echt een wesp. Hij kwam nergens vandaan en ging op de zilveren lepel zitten. De blik waarmee Bessa haar aankeek, was veelzeggend. Maar Kathrine wist het. De zoete, gekookte-frambozengeur bedwelmde haar en plotseling veegde ze het bord van tafel, zodat de wesp tussen de scherven op de harde vloer verdween. Toen schreeuwde ze. Een schreeuw die onder in haar buik begon en die ze sindsdien in haar dromen steeds opnieuw beleefde.

Haar oom keek haar zelfgenoegzaam aan. "Je zou al genoeg van je vader erven. Van dat onroerendgoedkereltje. Hij bulkt van het geld. Waarom moest je de rest ook nog hebben?"

"Ik heb toch nergens om gevraagd?" schreeuwde Kathrine Bjerke. Ze hield haar hand voor haar ogen en begon hard te huilen. Haar borst ging onder de hevige snikken zwaar op en neer.

Haar oom keek haar zwijgend aan. Het was alsof hij begreep dat hij te ver was gegaan. Hij werd zichzelf weer meester en vervolgde: "Je begrijpt vast wel wat het gevolg is, hè? Helena moet ook sterven", zei hij onaangedaan.

Kathrine keek hem verschrikt aan. Ze kon nauwelijks nog ademen. "Mama niet", fluisterde ze.

"Denk je dat het zo door kan gaan? Dit kan ik toch niet volhouden. Het is verschrikkelijk. Ik heb altijd alles om me heen op moeten ruimen. Mensen die niets begrijpen, kunnen net zo goed verdwijnen. Het wordt veel gemakkelijker als mensen verdwijnen." Hij liep naar de badkamer en draaide de kraan open.

Kathrine sloot haar ogen. Hij mocht niet zien dat de kruk weg was. Uit de kraan klonken holle geluiden toen het water stroomde. "Alles is van mij", zei hij en hij maakte een handdoek nat. "Ik woonde samen met mama, ik zorgde voor haar, waste voor haar, zorgde dat ze eten in huis had, dat ze warme maaltijden kreeg."

Hij draaide de kraan weer dicht en hield de handdoek tegen zijn voorhoofd. "Het is allemaal van mij", herhaalde hij. "De meubels, de sieraden, de kleren en de foto's. Jij begrijpt er toch niets van." Hij gooide de handdoek op de vloer. "Jij denkt dat alles wel in orde komt, maar diep vanbinnen ben je niet zo dom. Diep vanbinnen weet je dat alles te ver is gegaan." Alf Boris Moen haalde zijn vingers door de pruik. Zijn nagels waren slordig roze gelakt.

Kathrine keek hem aan. Zijn blouse spande over zijn buik. De nepborsten waren net iets te ver naar de zijkant geschoven. "Je bent inhalig", zei ze verdrietig. Toen begon Alf Boris Moen luid te lachen. "En jij dan? Je perste me geld af en kocht kleren dat het een lieve lust was. We lijken op elkaar, wij tweeën. Van jongs af aan heb ik van mijn moeder gehouden. Van haar geur, haar jurken, hoeden en kousen. Niet dat ze zich zo mooi kleedde. Nee, maar alles wat erachter zat. De tradities. De dingen van mijn Russische grootmoeder. Jij kunt je haar niet herinneren, maar voor mij was ze een stralend middelpunt. Tot Helena kwam. Tot die tijd trok ze mij altijd beeldige, witte jurkjes aan. Ze maakte me mooi, hield ervan om mij te laten zien. Ik was vijf jaar toen Helena werd geboren."

Kathrine kwam langzaam overeind, ze wankelde een beetje, maar bleef zich aan de muur vasthouden.

"Ga zitten", zei hij luid. Ze keek angstig naar het wapen. "Je mag mama niet vermoorden", zei ze zachtjes. "Dan weet de politie dat jij het bent."

Hij maakte een gebaar met zijn handen en haalde dramatisch een vinger over zijn overdreven opgemaakte ogen.

"Nee", zei hij beslist, "dat doen ze niet. Ze denken helemaal verkeerd. Ze zullen denken dat ze het bos in is gegaan en zelfmoord heeft gepleegd. Maar ze zullen haar nooit vinden. En in dat geval zullen ze Tage verdenken."

"Tage?" Kathrine keek hem geïrriteerd aan.

"Hij keek toch naar je als je onder de douche stond? Dat heb je zelf gezegd toen ik je die avond ophaalde. Je zei dat hij walgelijk was."

Kathrine zuchtte diep. "Dat is niet waar", zei ze. "Dat heb ik maar verzonnen. Gewoon om iets te zeggen", voegde ze er verontschuldigend aan toe. "Om interessant te zijn. Hij kwam toevallig een keer de badkamer binnen. Hij deed het niet expres. Maiken had bij ons overnacht, en opeens had ik het verhaal verzonnen."

"Maar dat maakt niets meer uit. De politie gelooft het, en Helena moet ook sterven", herhaalde hij. "Helena is hier buiten." Er verscheen een boosaardig lachje om zijn lippen. Hij hield zijn wijsvinger tegen zijn mond en veegde een van zijn mondhoeken schoon.

PLOTSELING STOND EEN ONBEKENDE VROUW VOOR HAAR IN HET BOS. Helena Bjerke, die nat was en het koud begon te krijgen, zat op de boomstronk te wachten op haar broer. Ze keek verwonderd op naar de vrouw. Ze had haar niet horen aankomen. De vrouw was zwaar opgemaakt en de wenkbrauwen waren met een zwarte, smalle streep getekend. De volle mond was met een oranjerode lippenstift gekleurd. Helena bleef maar kijken. Haar hersenen werkten op volle toeren. Gaandeweg begon ze trekken in het grove gezicht van de vrouw die voor haar stond, te herkennen. Opeens wist ze dat er iets heel erg mis was. Ze dacht dat ze moest overgeven. Dit kon toch niet waar zijn?

"Nu is het zover", zei Alf Boris Moen met verdraaide stem. "Je hebt het nooit begrepen, hè?"

Helena Bjerke staarde hem met grote ogen aan. Zijn woorden spoelden als koud water over haar heen. De schok had zich vastgebeten in haar gelaatstrekken. Recht voor haar vloog iets op. Een insect misschien. Ze schrok en begon luid te gillen, maar hield op hetzelfde moment de handen voor de mond om de schreeuw te smoren.

Ze keek langs haar eigen lichaam. Ze zat onder het bloed. De scherpe tak had haar been opengehaald. Ze had er tot nu toe niets van gemerkt. Het zag er lelijk uit. Het bloed was door de stof van haar broek getrokken en had een mooi patroon gevormd. Ze keek naar het bloed, voelde aan haar been en hief haar gezicht weer op. Een herinnering dreef over haar voorhoofd. Hard en bitter. Misschien omdat het geen gedachte was, maar een beeld.

Ze zag een klein meisje, zichzelf. Ze zag het bloed uit haar arm stromen. Hoe konden schrammen zomaar ontstaan, overal op haar lichaam? Moeder wilde dat weten. Helena verzekerde haar dat het vanzelf gebeurde. Maar dat kon niet waar zijn. Dat begreep ze zelf ook, hoewel ze nog maar klein was.

Toen ze klein was had haar broer zich altijd aan haar en haar vriendinnen opgedrongen. Opeens zag ze in dat hij dat ook bij moeder had gedaan. Hij was altijd in de buurt als moeder met haar clubje bijeenkwam. Zou hij ook niet samen met moeders vriendinnen in het Grand Hotel gaan kijken naar het kroonprinselijk paar? Hij had het erover gehad, maar had het nu laten schieten.

Zacht hoorde ze een stem in haar hoofd weerklinken. *Doe je jurk uit. Nee, mama wil niet dat ik dat doe.*

Je moet het doen. Ik wil hem dragen. En je mag het niet zeggen.

Ze herkende nu de stem.

Kleine Helena moet zich snel weer aankleden, stel je voor dat papa en mama haar zo vinden. Het is het ergste als hij haar in haar enkels bijt. Hij bijt haar daar zodat haar sokken de wonden bedekken. Nee, niet doen. Je krijgt alles. De jurk en de pop en het haarlint.

Helena Bjerke sloot de ogen. Ze kon niet luisteren naar haar eigen kinderstem. Ze boog het hoofd. "De politie zal ons vinden", zei ze huilend.

Haar broer gaf geen antwoord. Maar ze kende het antwoord. De politie had geen bericht gekregen. Hij had ze niet gewaarschuwd.

Alf Boris Moen keek zuchtend naar zijn zus. "Ik weet niet of ik dat verdomde schilderij nog langer wil hebben." Zijn stem klonk geaffecteerd.

"Welk schilderij?"

"Wespentaille", zei hij kil. Helena voelde de misselijkheid weer in golven opkomen. Ze zouden de boedel verdelen. Ze had gedacht dat er geen problemen zouden zijn, maar toen ze een week geleden naar moeders appartement was gegaan, had haar broer zich agressief en onwillig gedragen. Ze voelde dat hij alles wilde hebben, dat hij niet wilde delen. Hij had gezegd dat hij voor moeder had gezorgd. Maar dat was niet de reden. Hij had altijd meer van dingen dan van mensen gehouden.

Een enorme pijn joeg plotseling door haar lichaam. Ze dacht dat ze niet meer op zou kunnen staan. Was Tage maar hier.

"Ik heb het schilderij uitgeleend." Hij babbelde verder met zijn hoge stem, vertelde dat Tulla en Solveig hadden beloofd om het vanavond terug te brengen. Dat hij dan wel thuis moest zijn. Hij vertelde dat hij van het schilderij hield omdat er iets was met de kleine koningin. Ze was zo tenger en beschaafd, zo mooi. Tegelijkertijd had haar gezicht bijna mannelijke trekken. Er was iets wat hem aan zichzelf deed denken.

Waar was Alf Boris Moen nu? Zijn gedachten flitsten door zijn hoofd. Cato Isaksen probeerde alles wat er was gebeurd op een rijtje te zetten en in verband te brengen met wat hij had gezien in het kleine kamertje. Hij begreep ineens dat de Moen-zaak draaide om de allerdonkerste kant van een mens. Om jaloezie, haat en hebberigheid. Om kwade driften. Om het verbergen van jezelf. Om verkleedpartijen.

Hij dacht aan de getuigenverklaringen na de moord op Brenda Moen. 'Een vrouw, een vrij forse vrouw liep voorbij. Verdomme!' Toen hij zich omdraaide om het hok te verlaten, stootte hij met zijn schouder tegen de deurpost. Samen met de herkenning van de Cutex-geur had hij ook nog een andere belangrijke observatie gedaan. Het werd de rechercheur in alle gruwelijkheid duidelijk. De aluminium bakjes met eten. Alf Boris Moen hield Kathrine ergens gevangen. Leefde ze nog, of was het te laat?

Opeens herinnerde hij zich iets wat Solveig Wettergren had gezegd. 'Alf wil ook graag komen. Hij komt samen met ons kijken naar het bruidspaar als ze voorbijrijden.'

Hij keek vlug op zijn horloge. Het was twee minuten over halfzes. Zou Alf Boris Moen in het Grand Hotel zijn?

Cato Isaksen stormde de keldertrap op, rukte de buitendeur open en sprong de stenen trap af. Op weg naar de auto merkte hij hoe stil het was. Er was geen mens buiten. Iedereen zat binnen te kijken naar de koninklijke bruiloft op tv. Dat was mooi, want Cato Isaksen wist dat hij op dit moment geen goede chauffeur was. Hij reed zo snel mogelijk naar het centrum. Opeens schoot hem te binnen dat er natuurlijk overal wegversperringen zouden zijn. Er zat maar een ding op; hij moest het blauwe zwaailicht op het dak zetten en gas geven. Hij hoopte dat het zou werken.

Hij scheurde over de Bogstadvei, reed op de kruising voor Kunstnernes Hus door rood licht en vervolgens langs het SAS-hotel tot de weg bij het Nationaal Museum definitief was afgesloten. De jonge agent die op wacht stond wuifde hem naar de kant en Cato Isaksen draaide het raampje open om zijn legitimatiebewijs te laten zien. Hij zei dat hij er langs moest, dat hij was opgeroepen in verband met een vechtpartij op leven en dood. De wacht keek hem wantrouwend aan voor hij begon te klungelen met een walkietalkie. "Daar is geen tijd voor", zei Cato Isaksen woedend. De man dacht even na, opende de versperring en liet hem door.

Cato Isaksen stoof door de stille straat. Voor de boekhandel van Norli reed hij de auto het trottoir op en stopte. Hij sprong eruit en pakte het zwaailicht van het dak. Hij wierp het op de bestuurdersstoel voor hij het portier dichtsmeet en begon te rennen.

Hij sloeg de hoek om en rende langs de Karl Johans-gate. Overal waren mensen. Hij drong door de mensenmassa heen. Hij rende tegen een oude vrouw op die bijna haar evenwicht verloor. Iemand riep hem boos na. Veel mensen hadden zich verkleed in lange jurken met kartonnen kronen en goudkleurige plastic diademen op het hoofd. Een jonge vrouw in een blauw Superman-pak riep hem iets na. Een kind in een matrozenpakje liet een ijsje precies voor zijn voeten vallen. Cato Isaksen liep langs hem heen en rende verder. Hij baande zich een weg door de hoofdstraat terwijl de woede door zijn lichaam stroomde. Zijn adrenalinegehalte was op zijn hoogst. Overal liepen fanfares en vlaggendragers en mensen met bloemen. Ze juichten en lachten. Uiteindelijk kwam hij bij het Grand Hotel. Hij wilde door de draaideur, maar werd staande gehouden door een barse portier in een groen uniform. Cato Isaksen pakte zijn legitimatiebewijs en zei dat hij niet moest proberen om hem tegen te houden. De portier leek even te twijfelen, maar liet de rechercheur door.

In de hal stonden enkele beveiligingsmedewerkers. Cato Isaksen haastte zich naar de receptie en vroeg de jonge vrouw in welke kamer Solveig Wettergren zich bevond. De receptioniste was onwaarschijnlijk traag in haar bewegingen. Zo langzaam dat Cato Isaksen dacht dat hij zou exploderen. "Maak alsjeblieft een beetje voort", vroeg hij luidkeels en hij toonde zijn legitimatiebewijs. Dat maakte echter geen noemenswaardig verschil. Het meisje werd van zijn gezeur nog nerveuzer. Ze rommelde wat voor ze uiteindelijk wat knoppen van de computer indrukte en hem het kamernummer gaf.

"312", zei ze met kinderlijke stem.

Cato Isaksen rende de trappen op die met een rode loper waren bedekt. Een paar bewakers volgden hem. Hij rende verder door de lange gang en gooide de deur van kamer 312 open.

De in gala geklede dames keerden zich verrast naar hem om. Ze zagen er belachelijk uit. De magere Tulla Henriksen met al haar rimpels was gekleed in een felgele zijden japon. Ze stond half op het balkon met een glas in haar handen. Solveig Wettergren droeg een japon van glinsterende, lichtgroene stof. Alf Boris Moen was er niet. Helena Bjerke ook niet.

Een van de beveiligingsmedewerkers stond plotseling in de deuropening. Cato Isaksen hield nog een keer zijn legitimatiebewijs op en de man deed voorzichtig de deur achter zich dicht. Tulla Henriksen kwam vanaf het balkon de kamer binnen en begon te kakelen. "Het was een prachtige dag", zei ze verrukt. "De stoet komt nu bijna terug van de kerk. Het weer had alleen iets beter gekund."

Cato Isaksen zag opeens een jonge, vrouwelijke journalist in een spijkerbroek en een zwart jasje en een jonge man met een camera om zijn nek. "Ze interviewen ons", zei Tulla Henriksen trots. "We mochten de *Wespentaille* ook lenen." Cato Isaksen keek even naar het schilderij van koningin Maud, dat tegen de roze rococobank was opgesteld.

"Waar is Alf Boris?" Cato Isaksen keek Solveig Wettergren indringend aan.

Ze was duidelijk beledigd en liep het balkon op zonder antwoord te geven. Tulla Henriksen keek bezorgd naar hem op. "Hij is niet gekomen", zei ze. "Is er iets gebeurd? Hij zei dat hij zou komen."

"En Helena?"

"Nee, zij wilde niet. Ze kon het niet, zei ze. En dat begrijpen we heel goed."

De jonge journaliste keek hem onderzoekend aan. Cato Isaksen vloekte zacht. Hij knikte even, liep naar de deur en trok hem geïrriteerd open.

De bewakers stonden nog steeds op de gang. Een van hen begon tegen hem te praten, maar Cato Isaksen hief afwerend zijn handen op en liep haastig terug door de gang met het zachte, rode tapijt. Hij rende met twee treden tegelijk de trap af en liep naar de draaideur, terwijl de bewakers en de slome receptioniste hem nieuwsgierig nakeken.

Terug in de mensenmassa voelde hij een misselijkheid in alle hevigheid opkomen. Nu was het ernst. Hij zette zijn mobiele telefoon aan terwijl hij zich een weg baande door de mensenzee. Hij probeerde Roger Høibakk te bellen, maar van alle kanten werd aan hem getrokken en geduwd, dus hij gaf het op.

HELENA BJERKE STRUIKELDE OVER EEN WORTEL. DE PIJN WAS TERUG, dit keer in haar scheenbeen. Haar broer liep vlak achter haar. Hij had een pistool bij zich.

Plotseling dook een beeld voor haar ogen op, helder en duidelijk. Ze had het niet gedroomd. Het was een nachtmerrie. Het was de waarheid binnen de waarheid. Het was de nachtpon. Die met die kleine stipjes erop.

Daar was haar broers stem weer, precies als toen ze klein waren: 'Ik ben jouw nachtzuster. Je mag het aan niemand vertellen. Je wilt toch wel graag een groter zusje?'

Plotseling herinnerde ze zich alles, maar ze kon zich zijn gezicht niet voor de geest halen. Ze wilde geen nachtzuster. Ze herinnerde zich zijn stem als hij haar dwong haar jurk uit te trekken, zodat hij hem kon dragen. Met name haar nachtponnen, als hun ouders sliepen. Ze herinnerde zich hoe gek hij eruitzag in de veel te kleine nachtponnen. De lichtblauwe met gele bloemen, de roze met de engeltjes en de witte, die ze 's zomers droeg.

Opeens viel alles op zijn plaats. Grootmoeder had witte jurkjes voor hem genaaid toen hij klein was. Ze mocht hem graag mooi aankleden. Toen Alf Boris vijf jaar was, werd Helena geboren. Grootmoeder had Helena haar kleine prinses genoemd. Dat wist ze nog. Ze hadden haar in de watten gelegd, haar moeder en haar grootmoeder. Haar mooi gemaakt, poppen en sieraden gegeven. Op de achtergrond stond Alf Boris. Helemaal alleen terwijl de vrouwen om de ronde eettafel zaten met klosjes kant en gekleurde linten. Meter na meter stof. Zachte stof met een bloemenpatroon. Zon en sterren op warm, glimmend grijs, een kleine rol met turkooizen stippen. Bonbons in een doosje zonder deksel, kleine koffiekopjes. Ze kon zich herinneren hoe de stoffen heetten, moeder sprak de namen vol liefde uit. Zijde, satijn en organza. Plissé en kant. En bleef er een stukje stof over, dan vochten ze erom, Alf en zij. Zij kwam altijd als overwinnaar uit de bus. Laat haar maar, zeiden ze. Dat is niets voor jongens.

Hij was altijd een exhibitionist geweest. Hij wilde altijd aandacht hebben. Ze herinnerde zich zijn jaloezie. In zijn jeugd was hij agressief en wilde hij altijd de baas zijn over de andere gezinsleden. Maar als volwassene was hij ogenschijnlijk veranderd. Ze had ervoor gekozen om alles te vergeten. Ze wilde het niet meer weten.

De geschiedenis had zich herhaald met Kathrine. Het stralende middelpunt. Het kleine, mooie kind met het blonde haar. De mooie jurkjes waarin grootmoeder haar kleedde, totdat ze niet meer wilde en weigerde de jurken nog te dragen. Maar ze ging op haar eigen manier verder. Kocht voor enorme bedragen modekleren. Helena had zich af en toe afgevraagd waar ze het geld vandaan haalde. Maar Kathrine zei dat ze kleren overnam van oudere vriendinnen, of dat ze tweedehands kleding kocht. Helena wist niet dat ze oudere vriendinnen had. Soms was haar wilskracht van geen enkel nut. Haar lichaam liet haar in de steek. Ze wilde dat ze vanbinnen leeg was. Herinneringen waren een val waar ze voor moest oppassen. Ze had er een hekel aan om zich mooi te maken. Ze droeg nooit jurken. Ze beschouwde haar lichaam als iets wat ze moest straffen. Alles ging goed, als ze zich maar niet mooi maakte. Ze werkte met kleding, waste en reinigde kledingstukken. Af en toe, als ze met een mooi, groot tafellaken in haar handen stond, beleefde ze opnieuw de sfeer aan haar moeders eettafel. De naaisters, de geur van zijde. Als de vrouwen de stof scheurden of knipten, dwarrelden er kleine stofdeeltjes op in het licht dat door de ramen viel.

In de kelder was rechts van de trap een hok. Alf Boris zei dat hij daar zijn gereedschap bewaarde. Helena was er nooit geweest, hij deed de deur altijd op slot. Nu werd haar opeens duidelijk waar hij dat hok voor gebruikte. Misschien had ze het altijd wel geweten. Toen ze klein waren en in de flat aan Carl Berners-plass woonden, had hij dingen van haar en haar vriendinnen afgepakt. Ze vond hem gemeen, maar dacht er niet over na dat hij anders gemeen was dan de broers van haar vriendinnetjes. Een keer had hij rode stoffen schoenen gestolen van haar beste vriendin. De moeder van het vriendinnetje kwam aan de deur om te klagen, maar Alf Boris ontkende, en zoals altijd nam Brenda hem in bescherming. Hoeveel had haar moeder geweten? Helena huiverde. De zekerheid dat haar broer aardig was, maar tegelijk gevaarlijk, had altijd als een donker kleed over haar bewustzijn gelegen.

Helena Bjerke begon te trillen. Ze was altijd bang voor hem geweest. Eigenlijk was iedereen bang voor hem geweest. Vader en moeder ook. Er hing een sfeer van onbehagen om hem heen.

Helena Bjerke knipperde de tranen weg die in haar ogen stonden. Ze bleef staan. Opeens voelde ze zich sterker.

"Wat heb je met Kathrine gedaan?" vroeg ze en ze keek naar zijn groteske, belachelijk opgemaakte gezicht.

"Het begon op de avond dat ze haar enkel brak." Haar broer keek haar onverzettelijk aan. "Ik had haar van de trap geduwd, omdat ze alweer geld wilde hebben", verklaarde hij en hij hield zijn hand op een gekunstelde manier onder zijn kin. "Je hebt je vast wel eens afgevraagd waar ze al dat geld vandaan had? Ze chanteerde mij. Ik weigerde. Toen lachte ze en zei dat ze zou vertellen dat ik me als vrouw verkleedde. Ik had niet gedacht dat ze iets zou breken. Ze was obstinaat. Ze is altijd zo verschrikkelijk verwend. Ik probeerde haar over te halen om tegen moeder te zeggen dat ze voor haar confirmatie de sieraden of het schilderij niet wilde hebben. Dat had haar kunnen redden. Maar dacht je dat ze dat deed? Ze zei dat ze het schilderij niet mooi vond, maar dat ze het toch wilde hebben. Moeder wilde niet naar me luisteren. Van het een kwam het ander. Uit woede maakte ik de grote spiegel in de gang kapot. Moeder huilde en verschanste zich in haar eigen appartement. Kathrine gaf niet op, hoe zeer haar enkel ook deed. Ik moest haar duizend kronen geven zodat ze niets zou zeggen." Alf Boris Moen sprak met net zo'n hoge stem als Kathrine. "'Ik heb een pistool. Thuis in mijn kast. In de barbiedoos in de kast op mijn kamer. Ik haal het op en schiet je dood. Ik ben niet bang voor je.' Ik dacht niet dat ze echt een wapen had. Waar zou zij een pistool vandaan moeten halen? Ze zei dat de broer van Kenneth het in militaire dienst had gestolen. Hij wilde het verkopen. Ik hoefde alleen maar naar haar kamer te gaan om het op te halen. Ze had de waarheid gezegd."

Alf Boris Moen gooide lachend het hoofd in de nek. Door de motregen liep de mascara in strepen over zijn wangen.

Cato Isaksen stond voor Dressmann aan de Karl Johans-gate. Op de een of andere manier was hij langs de mensenmassa gekomen. Een vrouw in klederdracht keek hem boos aan. Hij wist niet precies hoe hij het had gedaan, maar plotseling stond hij vooraan. Iemand riep iets tegen hem. Anderen duwden tegen hem aan. Hij was bezig om de straat over te steken, maar werd tegengehouden door een politieagent. Toen zag hij haar. Opeens zag hij haar live. De kroonprinses, die in de auto zat te wuiven. De auto reed langzaam voorbij. Het duurde maar twee tellen, toen was de auto weg.

Hij zocht naar beelden in zijn geheugen. Toen hij Moen destijds door Vestmarka had gevolgd, was hij plotseling verdwenen. Cato Isaksen probeerde het beeld weer op te roepen. Hij was op zijn hurken tussen het hoge gras gaan zitten om te luisteren. Hij hoorde stemmen, en twee vrouwen kwamen de bocht om fietsen. Daarna, toen hij weer opstond en verder liep, was het landschap weidser geworden. Hij zag in de verte een paar huizen en een vrouw in een blauwe mantel. "Verdomme." Cato Isaksen vloekte zachtjes voor zich uit. Wat deden oude vrouwen met een mantel in het bos? Het was Moen geweest. Natuurlijk was hij het geweest. Opeens wist hij het zeker. Kathrine werd daar ergens in het bos verborgen gehouden.

Op de een of andere manier was hij bij het ministerie van Defensie gekomen. Hij moest naar de kamer van Alf Boris Moen, misschien zou hij daar iets vinden. Een kaart, een beschrijving of iets anders dat kon aantonen dat hij op het goede spoor zat.

Onder het lopen probeerde Cato Isaksen Asle Tengs te bellen. Hij wist dat hij dienst had. Iemand van de meldkamer vroeg hem even geduld te hebben. Hij wachtte en wachtte, maar drukte uiteindelijk weer op de rode knop.

De mensenmassa loste op. Daardoor werd de chaos nog groter. Mensen liepen door de straten en baanden zich een weg in alle richtingen. Cato Isaksen keek weer op zijn horloge. Tien over zes. Hoe kon hij contact opnemen met de goede instanties zodat hij een kijkje mocht nemen in Moens kamer? Het was net zo moeilijk het ministerie van Defensie te betreden als een burcht.

Hij belde Ellen op haar mobiel. Ze nam direct op. Hij vroeg of ze naar hem toe kon komen. Zijn stem sloeg over. Ellen vroeg wat er aan de hand was en hij probeerde het haar zo goed mogelijk uit te leggen. Maar hij wist dat hij verward overkwam. Hij vertelde dat hij een groteske vondst had gedaan in de kelder aan de John Collets-allé. Dat hij dacht dat hij op het punt stond van een doorbraak in de Moen-zaak. Hij vertelde over de oude vrouw in het bos, over de aluminium bakjes, over de schuilplek die misschien in de bossen bij Bærum te vinden was. Hij hoorde aan Ellens stem dat hij niet tot haar doordrong.

"Maar vrouwenkleren", zei ze rustig, "dat hoeft toch niets te betekenen? Misschien zijn het kleren van Brenda Moen. Ze maakte ook al zo'n drukte over die koningshuizen."

Hij had geen tijd om naar haar te luisteren. "Ik ga nu naar het ministerie van Defensie en probeer in zijn kamer te komen", zei hij luid. "Kun je me komen helpen of niet?" Van vertwijfeling omdat hij niet werd begrepen zonk de moed hem in de schoenen.

"Maar alles is daar vandaag gesloten", zei Ellen rustig.

"Dat weet ik verdomme wel", zei hij. "Maar ik moet naar binnen."

"Waar kan ik je eigenlijk mee helpen?"

"Ik weet bijna zeker dat Moen Kathrine gevangenhoudt in de buurt van de plek waar ik hem in vrouwenkleren heb gezien", vervolgde hij wanhopig. Onder het praten rende hij verder.

"Maar hoe kun je dat weten?"

"Zit jij misschien ook naar die verdomde bruiloft te kijken?"

"Ja", zei Ellen Grue boos. "Is dat soms verboden?"

"Oké", zei Cato Isaksen boos, "laat maar zitten. Ik regel het zelf wel." Hij drukte op de off-knop en stopte de telefoon weer in zijn zak.

Hij was bij het lichtgele gebouw met de twee kanonnen aangekomen. Hij stond even gebogen met zijn handen op zijn knieën op adem te komen. De grote deur was natuurlijk gesloten. Hij liep de trap op en belde aan. In de verte hoorde hij een muziekkorps spelen. De deur werd geopend en een portier in een wit overhemd en een donkere broek keek hem nieuwsgierig aan. Cato Isaksen pakte voor de zoveelste keer die middag zijn legitimatiebewijs. De man in het overhemd keek hem verbaasd aan. Het was een lange, slanke man van een jaar of veertig, en hij leek niet bijzonder behulpzaam.

"Ik ben belast met het onderzoek naar een moordzaak", vertelde hij zo rustig mogelijk. "In verband daarmee moet ik in de kamer van Alf Boris Moen een aantal papieren opzoeken."

"Moen. Hij werkt toch in het archief?"

Cato Isaksen knikte.

"Ik kan u nu natuurlijk niet binnenlaten", constateerde de portier nuchter.

"U moet wel", zei Cato Isaksen kil. "Het gaat om leven en dood."

De portier grijnsde. "Ik denk het niet", zei hij.

Cato Isaksen dacht snel na. Hoe kon hij de portier overhalen om hem binnen te laten?

De man in het witte overhemd keek hem teleurgesteld aan. "Moen is een geschikte kerel", zei hij. "Hij werkt hier al jaren. Hij is haast nooit afwezig."

"Ik moet naar zijn kamer."

"Speelt u detective?" vroeg de portier sceptisch. Maar hij werd snel weer serieus toen hij zag hoe duister het gezicht van Cato Isaksen stond. "Wat is er eigenlijk gebeurd?" vroeg hij iets bereidwilliger.

"Ik kan alleen maar zeggen dat het om een moordzaak gaat", zei Cato Isaksen vertrouwelijk. "Ik weet dat er ellenlange procedures aan te pas komen voor u mij kunt binnenlaten in Moens kamer, maar ik smeek het u. Ik heb heel weinig tijd."

"U kunt niet wachten tot ..."

"Nee!"

De portier keek hem even misprijzend aan maar hield toen de deur voor hem open en liet hem binnen. Cato Isaksen liep opgelucht langs hem heen naar de ontvangsthal. "Mag ik uw legitimatiebewijs nog een keer zien?" vroeg de portier. Cato Isaksen stond op het punt zijn geduld te verliezen. Hij pakte de kaart en legde hem met een klap op de balie. "Nu moet u me Moens kamer wijzen", zei hij. Zijn stem weerkaatste tussen de hoge muren van het stenen gebouw. De portier bestudeerde de kaart nauwkeurig, gaf hem terug en liep voor hem uit de trappen op.

"Ik hoop niet dat ik er later problemen mee krijg", zei hij bezorgd.

"Die krijgt u alleen als u mij niet helpt." Cato Isaksen kon niet langer vriendelijk zijn.

'U beseft toch wel dat ik mijn baan op het spel zet." De portier draaide zich half naar hem om terwijl hij verder de trap opliep.

"Ik garandeer u dat dat niet gebeurt", zei Cato Isaksen beslist.

Ze liepen door een gang met een glimmende, grijze vloer. "Hier is het archief", zei hij wijzend op een kantoorlandschap met grote schuifdeurkasten, archiefladen en planken met dossiers van de vloer tot aan het plafond.

Cato Isaksen voelde zijn wanhoop groeien. Dit had hij zich niet voorgesteld. Waar moest hij in deze ruimte beginnen met zoeken? Hij had gehoopt dat Alf Boris Moen een eigen kamer had. Dat zei hij tegen de portier, die hem vertelde dat dat ook inderdaad het geval was. "Moen heeft een eigen kamer. Daarginds." Ze liepen verder door de gang. Moen had de eerste kamer aan de linkerkant. De portier rammelde met zijn sleutelbos en deed de deur van het slot. "Kunt u iets meer vertellen over die moordzaak?" vroeg hij nieuwsgierig.

"Helaas niet", zei Cato Isaksen afwezig.

De kamer was vijftien vierkante meter groot. Cato Isaksen liet zijn ogen door de kamer glijden. De muren waren grijsgeverfd en voor het raam hingen neutrale, lichte gordijnen. Cato Isaksen liep naar het raam. Hij keek uit over Gamle Logen, waar de vlaggen uit hingen.

De kamer was keurig opgeruimd, er hing maar een foto aan de wand. Een zwartwit-foto van Akershus-vesting. De eenvoud stond in sterk contrast met de vergane glorie aan de John Collets-allé 51.

Cato Isaksen liep naar de boekenplanken met gemerkte dossiermappen. Ze stonden keurig naast elkaar. Hij pakte er een paar uit, keek ernaar en zette ze terug.

Hij trok aan de bureaustoel die naar achteren rolde. De laden van het bureau waren afgesloten.

"Verdomme", vloekte hij. De portier stond hem in de deuropening misprijzend aan te kijken.

"Deze laden moeten open", verklaarde Cato Isaksen. "Meteen."

"Ik kan u helaas niet helpen."

"Maak alsjeblieft zo snel mogelijk die laden open." Cato Isaksens geduld was op. Hij wist waar hij naar zocht en hij had sterk het gevoel dat hij het hier zou vinden.

"Ik geloof niet dat ik daar sleutels van heb." De portier keek hem vastbesloten aan.

"Kijk alstublieft of die sleutels er zijn."

"Nu gaat u te ver." De portier hief afwerend zijn handen op.

"Ik moet die laden open hebben!" Cato Isaksen keek hem woedend aan.

De portier schudde zijn hoofd. Cato Isaksen hield zijn blik vast. Met tegenzin draaide de man zich om en hij beende met snelle passen weg.

Cato Isaksen haalde teleurgesteld een hand over zijn voorhoofd, liep toen naar de boekenplanken en begon de mappen en losse documenten eraf te trekken. Hij bladerde koortsachtig alles door. Keek snel in de mappen en gooide ze geïrriteerd op de vloer. Hij was bijna klaar toen de portier terugkwam met een grote sleutelbos. "We zullen zien", zei hij en hij keek misprijzend naar de puinhoop op de vloer. "Ik vind het eigenlijk wel genoeg", zei hij plotseling bezorgd. "Ik moet hiervoor verantwoording afleggen."

Cato Isaksen trok de sleutelbos uit zijn handen en ging het ladeblok te lijf. Hij probeerde ontelbare sleutels, voor de bovenste la eindelijk openging. Hij voelde het zweet over zijn lijf lopen.

Luid rinkelend viel de sleutelbos op de vloer. Hij pakte de bovenste la en gooide de inhoud op het bureau. "U kunt wel gaan", zei hij zonder de portier aan te kijken. "Nee", zei de portier verontwaardigd, "ik blijf hier."

Cato Isaksen zocht koortsachtig tussen de brieven en documenten. Het waren lijsten van wapenmagazijnen, springstofdepots en bunkers, keurig geordend. Er waren informatiefolders en kopieën van brieven van het departement. Informatie over politieke bijeenkomsten en lijsten van personen.

"Dat mag eigenlijk niet openbaar worden", zei de portier.

Cato Isaksen schonk geen aandacht aan hem. Hij gooide een voor een de papieren op de vloer. Op dezelfde manier nam hij de beide volgende laden door voor hij de inhoud van de laatste la op de grond gooide en op zijn hurken ging zitten.

De verandering begon op de dag dat zijn vader stierf. Alf Boris Moen nam zijn intrek in het appartement op de eerste verdieping. Als er iemand overleed, bleef er meer voor hem over.

Hij wilde graag de baas zijn over anderen. Hij wist dat hij een beperkt gedragspatroon had, dat hij steeds maar weer herhaalde. In een artikel had hij gelezen dat zoiets 'ernstig pathologisch narcisme' werd genoemd. Hij was niet dom, hij begreep dat hij ziek was. Hij had gelezen over narcistische woede. Die kon op veel manieren tot uiting komen, maar het meest typische was de behoefte aan wraak. Onrecht moest tot elke prijs gewroken worden. Beledigingen moesten hoe dan ook vergolden worden. Moeder wist wel hoe hij was. Maar moeder was loyaal. Een jaar geleden had ze hem echter op heterdaad betrapt toen hij van gedaante wisselde. Alf Boris had gedacht dat ze een paar uur weg zou blijven, maar ze kwam terug. Ze had hem iets vergeten te zeggen, maar kon hem niet vinden en liep naar de kelder. Hij had de deur niet goed dichtgedaan. Opeens stond zijn moeder in de deuropening naar hem te kijken. Haar ogen stonden bang. Ze keek afwisselend naar hem en naar de rijen jurken aan de rekken. Ze keek naar de schoenen, de blouses, de mantels. De make-up en de spiegel. Ze herkende de oude stoel waar ze al eens naar gevraagd had.

Hij had geprobeerd zijn kalmte te bewaren. Hij had geprobeerd te doen alsof alles normaal was. Zijn toilettas lag met zijn rode mond wijdopen naast de roze lampetkom. Hij had een potlood gepakt en was op zijn gezicht gaan tekenen. Hij had dikke strepen van zijn ogen over zijn wangen getrokken. Dezelfde weg waarlangs tranen liepen. Hij had gevraagd of ze hem mooi vond. Moeder had geen antwoord gegeven, maar hij had de afschuw op haar gezicht gezien.

Iedereen dacht dat Brenda Elise Moen alleen maar aardig was, maar ze kon een secreet zijn. Hij zag aan haar blik wat ze dacht: je ziet er slonzig uit in die monsterlijke jurk. Die strepen op je gezicht zijn belachelijk. Hij wist dat dat door haar hoofd speelde, zelfs al zei ze het niet hardop.

Het was die uitdrukking op haar gezicht waar hij niet tegen kon. Toen ze zwijgend de trap weer op liep, wist hij dat er voor altijd iets kapot was. Moeder had Kathrine in vertrouwen genomen, die op haar beurt was begonnen hem geld af te persen. En ze had hem niet alleen gechanteerd; voortdurend keek ze hem veelzeggend glimlachend aan. Tot hij er niet meer tegen kon.

Twee weken nadat Kathrine was verdwenen, leek het alsof moeder tot een conclusie kwam, alsof ze plotseling één en één bij elkaar had opgeteld. Hij kon zich het moment nog goed voor de geest halen. Het was binnen warmer dan buiten, maar zo voelde het niet. Hij had het koud. Moeder stond naar hem te kijken. Het was in de namiddag van 7 maart.

Hij probeerde het uit haar hoofd te praten. Hij deed alsof hij niet begreep waar ze het over had. Ten slotte ging ze op een van de traptreden zitten en ze begon te huilen. Ze zou de politie bellen, zei ze.

Dat mocht ze niet doen. Hij drong langs haar heen naar haar appartement. Hij trok de telefoon eruit en nam hem mee. Toen liep hij met stevige stappen naar de deur, probeerde haar niet te horen huilen. Hij keerde zich weer om, liep terug en schopte de torso omver, dan zou ze de ernst van de situatie wel begrijpen. Hij veegde ook de foto's van de ladekast.

Ineens hield moeder op met huilen. Ze hield de handen voor haar gezicht, alsof ze zichzelf wilde beschermen. Hij sloeg haar niet. Hij had al een beslissing genomen en wilde niet dat ze gewond raakte.

Hij liep de kelder in en trok een grijze rok en blouse aan. Zo zou niemand hem herkennen. Hij trok zijn mantel aan en een paar stevige, bruine schoenen. Toen ging hij naar zijn eigen appartement, hij pakte het pistool en ging op de bovenste traptrede zitten wachten. Hij wist dat ze weg zou gaan als het boven stil was geworden.

Het merkwaardige was dat hij toen hij hoorde dat ze naar buiten sloop, helemaal rustig werd. Bepaalde dingen konden niet meer worden rechtgezet. Hij had zo lang mogelijk gewacht, maar nu koos ze er zelf voor.

Hij liep de trap af en de buitendeur uit. Hij deed hem niet op slot. Hij liep het stenen trapje af en het grindpad over. Hij zag haar een eind verderop.

Alles in de tuin was bruin en dood. Straks zou het weer groen worden en vruchten zouden rijpen aan de bomen. In een flits zag hij zijn moeder op haar knieën de planten verzorgen. Ze zou dat nooit meer doen.

"HELENA, ALS JE VERSTANDIG BENT, MAAK JE GEEN RUZIE MET ME." Alf Boris Moen sprak weer met zijn mannenstem.

"Hou je bek, idioot", schreeuwde Helena. Ze stond half achter een wintergroene struik. Hij luisterde. Ze had hem nog nooit zo genoemd. Ze had nog nooit zo tegen hem gesproken. Heel even was hij uit het veld geslagen.

Haar nieuwe toon beviel hem niet. "Misschien begrijp jij niet wat het betekent om een vrouw te zijn" zei hij ironisch. "Je bent altijd slonzig gekleed, je maakt je nooit op."

"Hou op met die idiote stem", zei ze. "Je bent mislukt, gek, slecht. Ik haat je."

Haar intuïtieve reactie kwam onverwachts en abrupt, zo intens en volkomen anders dan haar normale manier van doen. De laatste maanden waren een overgangsperiode geweest. Een kloof tussen het oude en het nieuwe leven. Op een bepaalde manier had de angst haar sterk gemaakt.

"Pas op je woorden", riep hij. "Kathrine en ik hebben veel over kleren gesproken. Daarom liet ik haar leven. Ik had iemand nodig die naar me keek, iemand voor wie ik me mooi kon maken. Daar had ik toch recht op", jammerde hij. "Nog nooit heeft iemand me gezien."

"Je bent een vervloekte fascist."

"Hoe kom jij op het idee dat je ook maar iets begrijpt van mij en mijn bestaan? Heb je Virginia Woolf gelezen?"

Helena Bjerke gaf het op. "Je bent ziek", zei ze zachtjes.

"Heb je haar gelezen?"

"Nee."

"Zij zegt dat de vrouw al honderden jaren voor mannen fungeert als een vergrootglas. Heb je daar wel eens aan gedacht? Dat de vrouw de man een keer zo groot weergeeft als hij is."

Vol afschuw draaide Helena Bjerke zich om. Haar broer hief het pistool op. Hij hield het wapen stevig vast. Zijn knokkels en zijn vingers met de grote diamanten ringen werden wit.

Helena Bjerke kneep haar ogen stijf dicht, alsof ze op die manier zijn idiote geklets buiten kon sluiten. Ze wilde niet luisteren naar de waanzin die tussen de dikke lippen door stroomde. In dit licht leken ze bloedrood. Het te sterk opgemaakte, afschuwelijke gezicht was vlak bij haar. Helena Bjerke rilde van angst. "Jij hebt de kaart in Årjäng op de post gedaan", zei ze vermoeid. "Jij schreef de anonieme brief over Rakkestad en jij stuurde het sms-bericht."

Hij zwaaide nerveus met het pistool. "Ik moest het wel doen. De politieman kwam te dichtbij. Hij dacht dat ik niet wist dat hij me volgde. Ik moest hem een andere richting opsturen. Ik reed dan nooit hierheen. Ik reed naar Sognsvann en wandelde een stukje. Ik merkte dat hij me achtervolgde. Op het laatst werd het net een spelletje. Hij gaat verliezen. Hij begreep het spel niet."

"Jij stond 's nachts voor mijn slaapkamerraam."

"Je had verteld dat je alleen sliep. Ik kon het niet laten om je een beetje bang te maken. Ik wilde dat er iets zou gebeuren."

Helena dacht aan Kathrine, maar de beelden waren zo vreselijk dat ze ze weer wegduwde. Stel je voor dat ze zich wel alles had durven herinneren. Dan had ze misschien niet hier gelopen, met het verleden als donkere aarde over haar heen geschept. Het was net alsof de herinneringen aan haar jeugd waren verdwenen, zoals je een steen in het water laat vallen en je weet dat hij helemaal naar de bodem zal zinken.

Opeens had ze het gevoel dat ze recht in haar broers eenzaamheid kon kijken. Wat was er fout gegaan? Ze staarde naar zijn gezicht dat leek verstijfd in bitterheid en hardheid, geen teken van verdriet, geen spoor van spijt. De koude ogen toonden alleen vastberadenheid en de brede mond met de afhangende mondhoeken vertelde van verwijten.

Helena schraapte haar keel. "De nacht dat Kathrine verdween, heb ik je gebeld. De volgende dag zei je dat je sliep, dat je de telefoon niet had gehoord."

"Ik was in het bos om alles te regelen met Kathrine. De avond van haar verdwijning had ze me gebeld en om meer geld gevraagd. Ze zei dat ze een broek had gezien die ze moest hebben. We spraken af bij de bushalte bij het tolstation."

"Waarom?"

"Waarom niet? Het is er helemaal verlaten. We reden niet door de tunnel, maar weer terug, via de gewone weg. Ik had een doek met iets over haar neus en mond gelegd. Maar voordat ze bezwijmde sloeg dat rotkind me nog met haar kruk op het voorhoofd." Hij likte met zijn tong om zijn mond alsof de rode lippenstift eetbaar was. De ijskoude rust die Helena Bjerke voelde toen ze naar hem luisterde, was haar totaal vreemd. Langzaam werd haar duidelijk waartoe hij in staat was. Als ze nu met haar ogen zou knipperen, zou alles in de loop van een paar seconden afgelopen zijn.

"Ik ben mijn verstand aan het verliezen", zei hij met zijn hoge stem. Toen glimlachte hij.

"Voor mij hoef je je stem niet te veranderen. Ik weet toch wel wie je bent."

"Ik praat zoals ik wil."

Ze keek hem even aan zonder iets te zeggen. Ten slotte draaide hij zich om. Toen vroeg ze rustig hoe alles was begonnen, of een bepaalde gebeurtenis de doorslag had gegeven.

Hij wees beschuldigend in haar richting. "Jullie hebben nooit iets begrepen", zei hij. "Geen van allen."

Ze merkte ineens hoe dicht ze bij hem stond, achteraf was alles gemakkelijk te begrijpen. Ze deed een stapje naar rechts en trok een klein, puntig blaadje van een tak. Hij reageerde er niet op. Terloops probeerde ze te bedenken wat er zou gebeuren. Ze moest haar angst niet de overhand laten krijgen. Ze moest niet stilstaan bij zijn waanzin. Ze moest doen alsof alles nog net als vroeger was, alsof ze broer en zus waren.

Hij draaide zich half om. Trok zijn mantel beter om zich heen. "Wil je weten wat er toen met Gunn Berit is gebeurd?"

Met lamheid geslagen keek Helena hem aan. De motregen trommelde op de bladeren. De bosgrond was bedekt met verrotte gele en bruine planten. De mascara liep over zijn wangen en bleef als kleine zwarte streepjes liggen in de rimpels onder zijn ogen. Ze kon niet meer. Hield het dan nooit op? Haar hart begon te bonken achter haar borstbeen.

Ze stelde geen vragen meer. Haar haar was kletsnat. Het plakte koud als een natte vogelvleugel tegen haar hoofdhuid.

"Ze wilde me verlaten." Hij haalde de schouders op. "Je hebt er misschien niet bij stilgestaan dat ik degene ben die alleen blijft. Ik ben degene die eenzaam achterblijft, als alles afgelopen is. Als iedereen weg is."

Opeens hoorde ze zichzelf gillen. Hij sprong meteen op haar af. Hij bond haar armen op haar rug en zei dat ze haar mond moest houden. "Hoe kon je dat met Kathrine doen? Ze vertrouwde je", zei ze huilend. "Hoe kon je?"

"Kathrine is een akelig kind", zei hij. "We lijken heel veel op elkaar."

De portier had er genoeg van. Hij keek woedend naar de rechercheur, pakte zijn mobiele telefoon en toetste een nummer in. "Dit gaat nu echt te ver", zei hij. "Hier neem ik geen verantwoordelijkheid voor." Cato Isaksen, die nog steeds op zijn hurken tussen de papieren zat te zoeken, kwam kwaad overeind. Zijn woede was vermengd met angst dat hij te laat kwam. Hij wist dat het een kwestie van tijd was. Misschien zelfs heel weinig tijd. Deze waanzin had al veel te lang geduurd. Hij zou erheen kunnen rijden en op goed geluk in de omgeving kunnen gaan zoeken, maar het bos had wel honderd richtingen en hij wist niet welke hij moest kiezen. Hij werd zichzelf weer meester en gedroeg zich plotseling heel rustig. "Toe", zei hij, "laat me de onderste la nog doorzoeken, dan ga ik."

De portier drukte op de off-knop en knikte even. "Als alles maar weer opgeruimd wordt", zei hij. Cato Isaksen knikte, ging weer op zijn knieën zitten en bladerde razendsnel door de laatste documenten. Opeens, op het moment dat hij teleurgesteld geloofde dat zijn gezoek zonder resultaat zou blijven, vond hij onder op de stapel een kaart. Hij was opgevouwen. Cato Isaksen greep de kaart en kwam overeind. De portier liep op hem af. Cato Isaksen vouwde de kaart uit op het bureau. Een plattegrond zeilde op de vloer. Hij bukte zich vlug en pakte hem op. Eén blik was genoeg om te zien dat het een beschrijving van een bunker was. Hij was bovengronds nauwelijks zichtbaar. Op de plattegrond was te zien dat de bunker bestond uit een lange gang, een aantal kleine kamers en een groot vertrek met een stalen deur. Onderaan stond met kleine letters *Vestmarka*. Cato Isaksen dacht dat hij het antwoord in zijn handen hield. De portier doorbrak de stilte. "Hebt u gevonden wat u zocht?" vroeg hij.

"Ik denk het wel", zei Cato Isaksen, naar de tekening starend.

"U mag helaas geen documenten meenemen", zei de portier vastbesloten.

Cato Isaksen probeerde rustig te blijven. Hij zou de kaart misschien na kunnen tekenen, maar dat zou te lang duren. "Ik hoef alleen deze twee dingen te hebben", zei hij, "de kaart en de plattegrond. Die zijn vast niet zo belangrijk."

De portier keek naar de kaart. "Ik moet in elk geval toestemming vragen", zei hij iets meegaander. "Maar dat zal wel even duren."

Cato Isaksen knikte. Nu dat weer, nu hij bijna zijn doel had bereikt. De portier liep weg. Woedend sloeg Cato Isaksen met zijn vuist op het bureau, hij sloeg zo hard dat zijn hele hand pijn deed. Hij hoorde de voetstappen klepperend verdwijnen door de gang.

Hij draaide zich om en keek naar het raam. Hij dacht niet langer dan een paar seconden na, liep er resoluut naartoe en opende het. Hij keek naar het klinkerstraatje beneden. De eerste verdieping was niet hoog, maar toch hoog genoeg.

Hij propte de kaart en de plattegrond tussen de band van zijn broek en klauterde op de vensterbank. Toen keerde hij zich om en probeerde zich aan zijn armen te laten zakken terwijl hij met zijn handen het kozijn vasthield. Zijn hart ging als een razende tekeer. Hij voelde het zweet van zijn voorhoofd druipen en een gevoel van misselijkheid steeg uit zijn maag op. Dit soort acties had hij al lange tijd niet meer uitgevoerd. Hij liet los en kwam hard op de stenen neer. Een scheut van pijn trok door zijn enkel, maar hij dacht niet dat hij iets had gebroken. Hij stond weer op, keek vlug om zich heen en hoorde plotseling sirenes naderen. Waarschijnlijk hadden die niets met hem te maken, maar het geluid maakte hem toch onrustig. Op de klanken van het muziekkorps dat een stukje verderop nog steeds stond te spelen, strompelde hij over het voetpad. Op een sukkeldraf stak hij het plein voor het Museum voor Hedendaagse Kunst over. Hij liep langs een paar bomen. De bladeren hingen roerloos. Het leek alsof ze hun adem inhielden en wachtten. Door de open deur van Café Engebret klonk luid gelach.

Nog steeds liepen mensen met vlaggen en banieren door de straten. Grootmoeders en vermoeide kinderen werden in de richting van cafés en terrassen geschoven. Cato Isaksen stapte in zijn auto die nog steeds op de plek stond waar hij hem had achtergelaten. Hij zette het zwaailicht weer op het dak, reed achteruit en draaide de Universitetsgate in. Hij wist niet of het eenrichtingverkeer was, maar dat interesseerde hem niet. Hij reed zo snel mogelijk over de Bygdøy-allé en de Drammensvei. Een voor een vielen de stukjes op hun plaats. Een week voor de ansichtkaart uit Årjäng kwam, had hij Alf Boris Moen wat meer onder druk gezet. Hij was onrustig geworden en had ervoor gezorgd dat de politie zich ergens anders op ging concentreren. Daarom was hij naar Zweden gereden om de kaart te posten die hij Kathrine onder dwang had laten schrijven. Op de een of andere manier wist hij ook dat de livegroep van André Hansen in Rakkestad zou spelen. Hij was daar gewoon naartoe gereden en had het sms-bericht met Kathrines telefoon verstuurd.

Cato Isaksen sloeg af bij Sandvika en reed verder in de richting van Tanum. Op de stoel naast hem lag de kaart die hij had gevonden.

Alf Boris Moen draaide zich om. Hij kon zijn zus in het donker niet zien. Hoe ver liep ze achter hem? Probeerde ze er toch vandoor te gaan? Hij kon wel wild om zich heen gaan schieten, maar hij moest in de gaten houden hoeveel kogels hij nog had. Hij bleef met opgeheven hoofd staan luisteren. Hij stond verborgen achter een boomstam te wachten. Twee wandelaars naderden. Hij werd zijn zus gewaar die op dat moment langs hem heen liep. Hij wierp zich op haar. Pijlsnel haalde hij een sjaal uit zijn zak en bond hem over haar mond. Hij legde haar op de grond en richtte het pistool op haar. Helena bood geen tegenstand.

"Mijn beste meid", zei haar broer zacht fluisterend, "nu komt het erop aan. Niemand stuurt mijn plannen in de war. Niet nu ik bijna mijn doel heb bereikt." Helena sloot haar ogen. Een nieuwe gedachte schoot door haar heen. Hij kon haar nu niet neerschieten, want dan zouden de wandelaars het horen en de politie bellen. Hij zou ontdekt worden. Ze wist dat het haar wat tijd zou geven.

"Ze zullen denken dat het een jager is die op een dier schiet", zei hij ineens, alsof hij haar gedachten kon lezen.

Ze sloot haar ogen. Er gebeurde niets, dus deed ze ze weer open. Hij beduidde haar dat ze op moest staan. Hij gaf haar een hand en trok haar omhoog. Ze was helemaal klam van de kletsnatte bosgrond. De sjaal zat nog steeds om de onderste helft van haar gezicht geknoopt. Hij hield haar stevig tegen zich aangedrukt, tot de wandelaars over het pad uit het zicht verdwenen. "Ik wil dat je eerst Kathrine ziet", zei hij kwaadaardig en hij bond hardhandig een stuk touw om haar polsen en enkels.

CATO ISAKSEN STOPTE EN PAKTE DE KAART. HIJ VOUWDE HEM UIT op het stuur. Zijn blik dwaalde over het landschap. Hij probeerde te bedenken waar de bunker zich kon bevinden. Hij was niet echt bekend in deze omgeving. Op de kaart kon hij zien dat het pad er helemaal naartoe liep. De bergplaats moest tussen twee kleine heuveltjes liggen, waarschijnlijk verborgen tussen de bomen.

Hij reed een stukje verder. Het weggetje zat vol kuilen. De koplampen verlichtten de gaten die vol modderwater stonden. Het was bijna donker. De ruitenwissers stonden op de hoogste stand. Hij kwam aan het eind van de weg. Er stonden geen auto's op de parkeerplaats. Had hij het toch bij het verkeerde eind? Hij stapte uit, vouwde de kaart op en stopte hem onder zijn jas. Regendruppels troffen hem venijnig hard in het gezicht toen hij begon te rennen.

Hij had nog maar een klein stukje over het bospad gelopen toen hij de witte Passat ontdekte, half verstopt onder de struiken. Toen wist hij dat hij goed zat. Hij pakte zijn mobiele telefoon en toetste het noodnummer in. De vrouw aan de andere kant van de lijn luisterde zwijgend toen hij vertelde wie hij was. Hij sloeg groot alarm en probeerde zo duidelijk mogelijk uit te leggen waar hij was.

Hij sloot even zijn ogen en voelde de regen op zijn gezicht. Hij haalde diep adem. Het regende nog harder. Hij begon te rennen.

Hij had geen zaklantaarn, alleen het kleine, blauwe lampje aan zijn autosleutels. Hij rende tussen de dikke bomen door, door de varens en het dichte struikgewas. Hier en daar zag hij lichtjes van boerderijen in de verte. Een hond blafte en verbrak de stilte. Opeens bleef hij staan luisteren. Hij dacht dat hij verderop iets zag bewegen. Hoorde hij iets? Hij rende naar een groepje bomen. Een doornstruik stak in zijn been. De onderste takken die vastzaten in de stof van zijn broek, lieten zich niet opzij schuiven. Toen hij toch probeerde verder te lopen, viel hij.

Hij voelde de vochtige grond op zijn wang. Het gestreepte landschap strekte zich onduidelijk voor hem uit. De donkere akkers lagen als vierkante lapjes naast elkaar.

Hij kwam half overeind. Zijn polsen deden pijn. Zijn handen zaten onder de modder. Hij bukte zich en veegde de natte klei aan zijn broek af. Hij scheen met het blauwe lampje op zijn horloge. Hij had een kwartier gelopen. Hij trok de kaart uit zijn broekband. Hij kon zich nergens op oriënteren. Geen bergtoppen of meertjes.

Hij stopte de kaart weer in zijn broek en liep op goed geluk verder.

KATHRINE WERD LANGZAAM WAKKER. ZE WAS ZO MOE DAT ZE BIJNA had besloten nooit meer wakker te worden. Het eerste wat ze zag was de armband die een zachte glans verspreidde in het donker. Hij was vlak bij haar. Hij fluisterde: "Kathrine. Je gaat sterven." Ze schreeuwde luid omdat een fel licht het vertrek binnenstroomde. Hij was alweer terug. Dat klopte niet. Anders zat er veel meer tijd tussen zijn bezoeken.

"Hou op met dat gejammer. Ik kan niet tegen dat zielige gedrag."

Ze greep de kruk die ze klaar had liggen tegen de muur, achter de matras. Hij voelde zwaarder aan dan ooit. Ze sloeg en maaide om zich heen. Het deed pijn in haar bovenarmen. Ze voelde dat ze in twee verschillende werelden was. Haar hersenen waren ervan overtuigd dat het een droom was. Maar ze wist dat ze niet zo duidelijk kon dromen.

Het pistool ging af, maar de kogel trof haar niet. Hij wierp zich op haar. Ze sloeg naar zijn mond. Ze zag de opengesperde ogen die haar vol verachting aankeken, maar hij zei niets. Toen ze schreeuwde klonk ze niet als zichzelf.

"Alleen maar omdat je een verrader bent", riep hij en hij greep haar hand. Ze voelde een klamme vochtigheid en ze begreep dat het zijn mond was. Zijn tanden boorden zich in haar vingers en beten haar tot op het bot.

Ze gilde. De pijn was verschrikkelijk, maar toen ze haar hand wist te bevrijden, kon ze hem nog een keer slaan. Een tel later werd alles stil. Ze merkte plotseling dat de deur achter hem openstond. Het was vreemd om de koude lucht op haar gezicht te voelen. Hij moest de buitenste deur ook open hebben gelaten. In de verte hoorde ze regendruppels op metaal.

De redding waarvan ze had gedroomd en waarover ze zo vaak had gefantaseerd, leek nu afstotelijk. Hoe frisser de lucht werd, hoe verder ze naar achteren kroop. Ze wilde opstaan en weglopen, maar ze kon niet.

Ze wilde liever haar ogen sluiten. Ze wilde liever rusten. Toen hoorde ze hem een stukje verderop jammeren: "Heb ik je niet geraakt?"

Ze gaf geen antwoord, maar wist een stukje overeind te komen. Ze pakte de kruk weer. Tilde hem nog een keer op terwijl ze langzaam opstond.

Plotseling kwam de kruk weer neer op zijn schedel. De pijn schoot door zijn hoofd. Een dun streepje warm bloed stroomde over zijn gezicht. Het metaal trof zijn oor dat brandde van pijn. Hij probeerde zich te beschermen door zijn armen boven zijn hoofd te houden. Het licht uit de badkamer viel over de stenen vloer en kruiste de lichtstreep uit de gang. Alf Boris Moen lag midden in de kruising van het licht. Hij had zijn pruik verloren. Hij zag vaag Kathrine staan. Woede welde op achter zijn voorhoofd. Hij zwaaide met zijn armen, probeerde haar been te pakken. Na drie pogingen had hij succes. Kathrine smakte op de stenen vloer, half over hem heen.

Hij zag haar niet. Helena hoorde hem aankomen. Ze dacht dat het haar broer was die terugkwam. Ze sloot haar ogen en wachtte. Ze begon te hyperventileren, maar dat stopte weer. De man die voor haar stond was een ander. Ze schopte wild met haar benen.

Plotseling ontdekte Cato Isaksen een muur met een hek en daarachter een laag, grijs gebouw. Dat moest de bunker zijn. Het zwakke daglicht kleurde de stenen muur mosterdgeel. Donkere groepjes sparrenbomen leken zwarte strepen tegen de donkergrijze lucht. In de verte zag hij vaag de contouren van het landschap. Hij bleef staan luisteren. Plotseling hoorde hij iets.

Cato Isaksen draaide zich langzaam om. Om de een of andere reden liep hij voorzichtig een paar meter achteruit. Hij boog wat struiken opzij en scheen met het blauwe sleutelhangerlampje voor zich uit. De blauwe lichtkegel scheen over de bosgrond.

Helena Bjerke sloeg met haar voeten op de grond. Het holle geluid trommelde hem tegemoet. Opeens kreeg hij haar in het oog. Van schrik bleef hij een paar tellen roerloos staan voor hij de sleutelbos met het blauwe lichtje in zijn zak stopte. Voor hem op de grond lag Helena Bjerke, gekneveld en vastgebonden. Haar haar plakte aan haar gezicht zodat haar bange ogen nauwelijks te zien waren. Haar witte lange broek zat onder de modder en het bloed.

Hij viel op zijn knieën naast haar en haalde met trillende vingers de touwen uit de knoop. Hij hielp haar voorzichtig overeind en maakte de knevel los. Helena Bjerke klappertandde van de kou. Onder het uitstoten van vreemde, schorre geluiden, klemde ze zich koortsachtig aan hem vast.

Cato Isaksen legde zijn arm om haar heen en ze leunde zwaar tegen hem aan. Ze kneep hard in zijn hand, doodsbang dat hij haar los zou laten of in de steek zou laten. Haar zenuwen waren tot het uiterste gespannen.

Cato Isaksen praatte zacht en rustig tegen haar terwijl hij haar voorzichtig meevoerde. Hield deze waanzin dan nooit op? Ze liepen langzaam de helling af naar de bunker. Ze keken naar de grijze muur. Aan het hek hingen borden. VERBODEN TOEGANG! MILITAIR OEFENTERREIN. Cato Isaksen liet haar voorzichtig los. "Helena", zei hij, "luister." Ze trilde zo erg dat ze nauwelijks op haar benen kon staan. "Nee", zei ze huilend. "Ga niet weg."

"Nu moet je doen wat ik zeg. Je moet hier blijven staan. Niet weglopen. Gewoon blijven staan." Hij duwde haar voorzichtig tegen de muur.

"Nee", trilde ze. "Nee."

Hij pakte haar stevig bij de schouders. "Als Kathrine nog leeft, is het een kwestie van minuten", fluisterde hij. "Wil je dat ze sterft? Nu we haar bijna hebben gered? Wil je dat?" Hij schudde haar voorzichtig bij haar schouders.

Het geluid van een schot scheurde de duisternis uiteen. Helena Bjerke gilde. Speeksel liep uit haar mond. Ze klampte zich hysterisch aan de politieman vast, die haar hard aan de kant duwde en riep dat ze stil moest zijn. Maar ze bleef gillen.

Cato Isaksen dook in elkaar en kroop langs de muur. Het grote hek stond open. De zware deur naar de bunker ook. Hij vervloekte zichzelf dat hij Roger en Randi niet eerder had opgeroepen. Het was pure waanzin dat hij hier in zijn eentje was. Hij bleef even staan luisteren. Het was doodstil. Hij bleef voor de halfopen stalen deur staan. Toen liep hij voorzichtig de gang in.

Hij rook onmiddellijk de rotte, bedorven geur. De muffe, vochtige kelderlucht deed zijn angst toenemen en maakte hem misselijk. Een zuchtje tocht waaide naar binnen en een paar herfstbladeren ritselden voor zijn voeten over de vloer.

Opeens hoorde hij Alf Boris Moens stem en een andere stem. Hoeveel tijd had hij? Het kon een kwestie van seconden zijn. Cato Isaksen voelde hoe de angst door zijn lichaam trok. Waarom mochten politiemensen verdomme geen wapen dragen?

Opeens hoorde hij een jong meisje schreeuwen. Een koude rilling liep over zijn rug. Toen werd het stil, een stilte die werd doorbroken door een harde knal. De stenen muren versterkten het geluid dat tegen zijn trommelvliezen sloeg. Automatisch hief hij zijn handen op om zijn oren te beschermen. Hij was bij de deur. "Politie!" riep hij luid en bang.

KATHRINE ZAT SPIERWIT, MET GROTE OGEN, GEKNIELD OP DE VLOER met de kruk boven haar hoofd geheven. Naast haar lag het pistool. Cato Isaksen wist dat hij dit nooit meer zou vergeten, dit waanzinnige, bloedige theater dat zich had afgespeeld in het grijze stenen vertrek. Ze keek hem aan alsof ze hem niet zag. Ze probeerde op te staan, maar zakte voor zijn voeten weer in elkaar. Ze rook de geur van natte lucht en gras die door de open deur naar binnen zweefde. Ze dacht dat ze nog nooit in haar leven iets frissers had geroken. In de verte donderde het zachtjes.

Cato Isaksen kon zijn ogen niet van haar losmaken, maar verplaatste uiteindelijk toch zijn blik naar Alf Boris Moen die op zijn rug op de grond lag. Hij keek hulpeloos op naar de rechercheur en stak zijn grote hand met de diamanten ringen naar hem uit. Uit zijn keel klonken zacht snikkende geluiden. "Ze heeft op me geschoten", fluisterde hij verwonderd.

De rechterkant van zijn gezicht was volledig besmeurd met bloed. Overal zat het bloed, in zijn haar, zijn open mond, zijn ogen. Maar hij ademde, hij leefde.

Cato Isaksen keek naar de uitgestoken hand. Toen liep hij naar Kathrine toe en nam de kruk uit haar handen. Hij legde hem voorzichtig op de grond, gaf haar zijn hand en trok haar behoedzaam omhoog.

Kathrine keek de vreemde man verwonderd aan. Hij sloeg zijn arm om haar magere schouders. Ze klampte zich aan hem vast. Ze was vel over been. Cato Isaksen leidde Kathrine voorzichtig naar buiten terwijl het gesnik van Alf Boris Moen steeds zachter en zachter klonk. In de gang vroeg hij haar even tegen de muur te blijven staan. Hij draaide zich om, duwde de zware deur dicht en schoof de grendel ervoor.

Helena Bjerke lag trillend achter de muur. Het geluid van het schot had haar bevroren. Ze rustte met haar wang tegen de muur en had het afwisselend warm en koud. Haar mond was droog. Ze rook de ijzergeur die opsteeg van de aarde. Dat was het enige wat ze herkende, de ijzergeur van de aarde. In een paar kleine steentjes zag ze plotseling een chaotisch patroon van tekens. Uit alle macht zette ze haar handen tegen de muur en ze probeerde op te staan.

Ze kwam moeizaam overeind en stak haar vingers tussen het gaas van het hek. Ze sloot haar ogen, voelde niet langer de kou hoewel ze wist dat alles voorbij was.

Opeens werd de lucht doorsneden door een zwak stemgeluid. Helena Bjerke opende haar ogen. Ze dacht dat ze hallucineerde. Het beeld van Kathrine in de deuropening samen met de politieman kon toch niet waar zijn? Ze kneep haar ogen dicht, opende ze weer. Het was Kathrine. Ze voelde een warme vreugde door zich heen stromen. Ze kon de indrukken niet verwerken. Vanbinnen was alles een grote chaos.

Kathrine zag er ongeveer uit zoals ze zich had voorgesteld. Ze was mager, maar ze had niet gedacht dat haar haar zo vol klitten en knopen zou zitten, zo ruig en wanordelijk. Ze nam de bange ogen op, de bleke huid en het bloed op haar handen en kleren.

Elke keer dat haar moeder over haar had gelezen in de kranten of beelden had gezien op tv, had ze gedacht dat ze er zo niet meer uit zou zien. Ze wist dat als haar dochter leefde, de omstandigheden haar veranderd zouden hebben. Ze had geloofd dat ze overleden was. Maar diep vanbinnen was ze blijven hopen. Een moeder geeft haar kind nooit op.

Kathrine keek naar de grijze plassen regenwater. "Het is herfst", zei ze verwonderd. Ze bleef zich aan Cato Isaksen vastklampen die zijn arm stevig om het magere lichaam heen hield. Toen zag ze haar moeder.

Helena Bjerke barstte in huilen uit, liet het gazen hek los en stak haar armen uit. Cato Isaksen hield het meisje steviger vast. Hij dacht dat ze zou vallen. Maar ze viel niet. Zo liepen ze zachtjes de donkere regen in naar haar moeder die stond te wachten bij het hek.

EPILOOG

In het daglicht zag de plek er heel anders uit. Het landschap was nog groen, met hier en daar gele herfstvlekken.

Vlak bij de bunker was een klein meertje. Heftige, korte windvlagen vormden golven op het water.

De technische recherche was bezig met het onderzoek. Cato Isaksen en Roger Høibakk wandelen een eindje van de plaats delict weg.

Cato Isaksen keek naar zijn collega en stak zijn handen in zijn zakken. Hij dacht aan de kleine, maar fatale missers in het onderzoek van de Moen-zaak. Roger had het belang van het verhoor van mevrouw Adamsen aan de overkant niet ingezien. Hij had ook vergeten op te merken dat het hek van nummer 51 openstond op de avond dat Brenda Elise Moen werd vermoord. Dat maakte de hoofdinspecteur woedend. "Je hebt bepaalde dingen niet gerapporteerd", zei hij bits. "Je hebt getuigen vergeten te verhoren."

Roger Høibakk draaide zich om en bleef met zijn rug naar het water staan. "De aspirant had haar naam genoteerd", zei hij bitter. "Hij heeft het verknoeid."

"Maar het was jouw verantwoordelijkheid."

Roger Høibakk wist dat Cato Isaksen gelijk had. Als hij in het eerste rapport had vermeld dat het hek openstond, had het onderzoek vanaf het begin een wending kunnen nemen die tot een snellere oplossing had geleid. Brenda Elise Moen deed het hek altijd zorgvuldig dicht als ze wegging. Het open hek had veel kunnen vertellen. Het had kunnen vertellen van de ruzie, dat Brenda Elise Moen die avond boos het huis had verlaten. Na de moord op zijn moeder was Alf Boris Moen via een andere weg teruggelopen. Hij was langs het voetpaadje tussen de huizen aan de andere straat gegaan, verkleed in vrouwenkleren. Daarom was het hek open blijven staan.

"We hadden Kathrine misschien eerder kunnen vinden." Cato Isaksen probeerde rustig te praten. Hij dacht aan het arme meisje en aan alles wat ze had meegemaakt. "De kleine details zijn belangrijk, die moeten we samenvoegen tot een totaalbeeld."

Roger Høibakk liep langs zijn collega heen een stukje de helling op. Hij liep het bos in, maar bleef opeens staan en liep een paar meter terug. Hij voelde zich gekwetst door de beschuldigingen. Hij was verontwaardigd en boos. "Het zou ook kunnen", riep hij armzwaaiend, "dat het meisje nu dood was geweest als ik dat in het rapport op had genomen. Moen had haar kunnen vermoorden zodra hij zich bedreigd voelde, heb je daar wel aan gedacht? Misschien is ze juist wel gered door mijn fout met het hek en de getuige. Omdat wij de zaak niet op konden lossen, kon hij doorgaan met zijn verkleedpartijen. Hij had haar nodig als publiek."

Cato Isaksen haalde diep adem. Er zou iets in kunnen zitten. Wat had Kathrine ook alweer tegen de dominee gezegd? Dat kleine meisjes zich uitdagend mochten kleden, zodat anderen ze zouden zien.

Hij hoorde Roger Høibakk terugkomen. Hij bleef achter hem staan. "Toen ik gisteravond hier kwam", zei hij zacht, "toen alles net voorbij was, zat de grendel voor de deur."

Cato Isaksen stond onbewegelijk. Een zuchtje wind speelde met zijn haar. "Moen heeft zelfmoord gepleegd", zei hij beslist. "Er was niets meer aan te doen."

"Maar hij moet helemaal tegen de deur aan gekropen zijn, want die kregen we niet open. Hij kan daar niet gelegen hebben toen jij hem verliet."

Cato Isaksen keek naar de grond. Het gele gras was nat.

"Wat zegt Ellen?" Roger Høibakk stond dicht naast hem.

"Dat het zo is gebeurd."

Beide collega's bleven zwijgend naast elkaar staan. Verderop hoorden ze mensen van de technische recherche zachtjes met elkaar praten. Het was zondag, een vredige, rustige zondag. Cato Isaksen zag een vogel uit een boom opvliegen en laag over het water scheren. De vogel weerspiegelde in het wateroppervlak en het werden er twee. Vanuit de verte leek hij zwart. Misschien was hij in het echt ook zwart.

Lees nu ook van uitgeverij Signature

De schaduw van de wind

Carlos Ruiz Zafón

ISBN 90 5672 078 3
ISBN 90 5672 187 9

Als Daniel op een dag door zijn vader wordt meegenomen naar het Kerkhof der Vergeten Boeken en daar een boek uitkiest met de titel *De schaduw van de wind*, is zijn leven voorgoed veranderd. Vanaf dat moment wordt Daniel beheerst door de personages die het boek bevolken. Hij raakt geïntrigeerd door de schrijver ervan, Julián Carax, en gaat naar hem op zoek. Er ontspint zich een web van verhalen, waarin de levens van Daniel en Julián steeds meer met elkaar verweven raken …

Een duizelingwekkend verhaal tegen de schitterende achtergrond van een mysterieus Barcelona.

Carlos Ruiz Zafón brak met zijn roman *De schaduw van de wind* internationaal door. Het boek is al in meer dan 30 landen verkocht en heeft inmiddels een wereldwijde oplage van meer dan 6 miljoen exemplaren.

‘Een geweldige, romantische leeservaring.’
– *Stephen King*

‘Een bestseller à la Gaudí.’ – *Trouw*

‘Belofte uit Barcelona.’ – *Het Nieuwsblad*

SIGNATURE